新 世 纪 儿 童 文 学 新 论

主编：朱自强

朱自强， 中国海洋大学教授、博士生导师，儿童文学研究所所长。主要学术领域为儿童文学、语文教育、儿童教育。出版《朱自强学术文集》（10卷）。具有代表性的学术著作有《儿童文学的本质》《中国儿童文学与现代化进程》《儿童文学概论》《日本儿童文学论》《小学语文文学教育》《小学语文儿童文学教学法》等。学术研究获得过蒋风儿童文学理论贡献奖、鲁迅文学理论批评提名奖等奖项。主持教育部重大课题攻关项目"中国儿童文学跨学科拓展研究"。创作的系列儿童故事《花田小学的属鼠班》获泰山文艺奖，图画书《会说话的手》获图画书时代奖银奖；翻译出版日本儿童文学名著十余种、图画书近百种。

新 世 纪 儿 童 文 学 新 论

朱自强／著

中外儿童文学比较论稿

少年儿童出版社

总序

朱 自 强

2018年9月12日，少年儿童出版社副总编辑唐兵和原创儿童文学出版中心主任朱艳琴专程来到青岛，代表出版社，邀请我主编一套中国原创的儿童文学理论丛书，我几乎未经思忖，就一口答应下来。这样做，其实事出有因。

上海一直是中国儿童文学的重镇。改革开放以来，中国的儿童文学研究取得了前所未有的发展、进步，上海的少年儿童出版社贡献不菲。

在1980年代、1990年代，少年儿童出版社以《儿童文学研究》这份重要杂志，搭建了十分珍贵且无以替代的学术研究平台，为中国儿童文学的观念转型和学术积累做出了十分重要的贡献。1990年代，是我学术成长的发力期，《儿童文学研究》上发表了我的十几篇论文，其中就有《儿童文学：儿童本位的文学》、《新时期少年小说的误区》（全文）、《新时期儿童文学理论的误区》等建构我的"儿童本位"的儿童文学观的重要论文。1999年，《儿童文学研究》停刊，其部分学术功能转至《中国儿童文学》杂志，我依然在上面发表了十几篇文章，其中就有《解放儿童的文学——新世纪的儿童文学观》《中国儿童文学的困境和出路》《再论新世纪儿童文学的走势——对中国儿童文学后现代性问题的思考》等为中国儿童文学研究提供新的理论话题的文章。

1997 年，少年儿童出版社经过精心策划、深入研讨，出版了"跨世纪儿童文学论丛"，收入《儿童文学的三大母题》（刘绪源）、《人之初文学解析》（黄云生）、《西方现代幻想文学论》（彭懿）、《转型期少儿文学思潮史》（吴其南）、《智慧的觉醒》（竺洪波）、《儿童文学的本质》（朱自强）六部学术著作。《儿童文学的本质》是我的儿童文学理论的奠基之作。我以此书较为系统地建构起了当代的"儿童本位"这一理论形态，此后，我的儿童文学研究，基本是以此书所建构的儿童文学观为理论根底来展开的。"跨世纪儿童文学论丛"对我学术发展所具有的意义不言而喻。

正是因为有上述因缘和情结，我才欣然答应承担这套理论丛书的主编工作。儿童文学学科需要加强理论建设。"跨世纪儿童文学论丛"出版以后，在儿童文学学术界产生了很好的反响，《儿童文学的三大母题》《西方现代幻想文学论》《儿童文学的本质》等著作，至今仍然保持着较大的影响力。我直觉地意识到，时隔 22 年，由少年儿童出版社再次出版一套儿童文学理论丛书，也许是一件具有特殊意义的事情。

为了与"跨世纪儿童文学论丛"形成对照，我将这套理论丛书命名为"新世纪儿童文学新论"。这两个"新"字,意有所指。

在《"分化期"儿童文学研究》（2013 年）一书中,我指出并研究了进入 21 世纪的中国儿童文学出现的四个"分化"现象:幻想小说从童话中分化出来;图画书（绘本）从幼儿文学中分化出来;通俗（大众）儿童文学与艺术儿童文学分流;分化出语文教育的儿童文学。可以说,新世纪的儿童文学有了新的气象。

学术研究如何应对儿童文学出现的这种新气象?我在《论"分化期"的中国儿童文学及其学科发展》（《南方文坛》2009 年第 4 期）一文中说:"分化期既是中国儿童文学发展的最好时期,同时也是儿童文学学科建设的关键时期。在分化期,儿童文学创作和研究中出现了很多纷繁复杂、混沌多元的现象,提出了许多未曾遭逢的新的课题,如何清醒、理性地把握这些现象,研究和解决这些课题,是儿童文学理论研究和学科建设的题中之义……"

收入"新世纪儿童文学新论"丛书的八本著作是作者多年潜心研究的学术成果。它们不是事先规划的命题作文,而是在较短的时间内的自然组稿。本丛书作为一个规模较大的理论丛书,这种自然形成的状态,正反映了儿童文学学术研究在当下的一部分面貌。

本丛书在体例上尽量选用专门的学术著作,如果是文章合集,则必须具有明晰的专题研究性质。作这样的考虑,是为了提高理论性。儿童文学研究迫切地需要理论,儿童文学研究比其他学科更需要理论。

只有理论才能帮助我们看清儿童文学所具有的真理性价值。

理论是什么？乔纳森·卡勒在《文学理论入门》一书中指出："一般说来，要称得上是一种理论，它必须不是一个显而易见的解释。这还不够，它还应该包含一定的错综性……一个理论必须不仅仅是一种推测；它不能一望即知；在诸多因素中，它涉及一种系统的错综关系；而且要证实或推翻它都不是一件容易事。"卡勒针对福柯关于"性"的论述著作《性史》一书说："正因为它给从事其他领域的人以启迪，并且已经被大家借鉴，它才能成为理论。"

按照乔纳森·卡勒所阐释的理论的特征，本丛书的八种著作，都具有一定的理论性，即所研究的问题，以及研究问题的方式，"不是一个显而易见的解释"，"涉及一种系统的错综关系"。

在注重理论性的同时，本丛书收入的著作或在一定程度上，或在某个角度上体现了"新论"的色彩和质地。

我指出的新世纪出现了幻想小说从童话中分化出来，图画书（绘本）从幼儿文学中分化出来这两个重要现象，已经得到学术界的普遍关注，幻想小说、图画书这两种文体的研究受到了应有的重视，取得了一些成果。在幻想小说研究方面，已有《西方现代幻想文学论》（彭懿）和《中国幻想小说论》（朱自强、何卫青）这样的综论性著作，不过，儿童幻想小说如何讲述故事，使用何种叙事手法，采用何种叙事结构，这些叙述学上的问题尚未有学术著作专门来讨论。本丛书中，聂爱萍的《儿童幻想小说叙事研究》聚焦于幻想小说的叙事研究，对论题做了有一定规模和深度的研究。程诺的《后现代儿童图画书研究》、中西文纪子的《图画书中文翻译问题研究》（这部著作为中西文纪子在中国攻读学位所撰写的博士论文）是近年来图画书研究中的较为用力之作。这两部著作，前者侧重于理论建构和深度阐释，后者侧重于英、日文图画书中译案例的详实分析，从不同的层面，为图画书研究做出了明显的贡献。

徐德荣的《儿童文学翻译的文体学研究》是一部应对现实需求，十分及时的著作。在近二十年的时间里，中国可称得上儿童文学的翻译大国。翻译作品的阅读能否保有与原作阅读相近的艺术质量，在很大程度上取决于翻译质量。徐德荣的这部著作，较为娴熟地运用翻译学理论，努力建构儿童文学翻译的文体学价值系统，既具有理论意义，也具有翻译实践的参考价值。

李红叶的《安徒生童话诗学问题》和黄贵珍的《张天翼与中国现代儿童文学》是标准的作家论。这两部专著一个研究世界经典童话作家，一个研究中国儿童文学的代表性作家，其选题本身颇有价值，而对于一直处于低迷状态的作家论这一重要研究领域，也有一定的提振士气的作用。

本丛书的最后两部著作是方卫平的《1978—2018 儿童文学发展史论》和我本人的《中外儿童文学比较论稿》。显而易见，这是两部文章合集的书稿。所以选入，一是因为具有专题研究性质，论题可以拓展丛书的学术研究的广度，二是因为想让读者在丛书里看到从 1980 年代开始成长起来的学者的身影。

在改革开放的四十年里，中国儿童文学取得了前所未有的成就，对这一发展历程进行理性的分析和总结，是中国儿童文学史研究的重要课题。我在《朱自强学术文集》（10 卷）的第二卷《1908—2012 中国儿童文学与现代化进程》一书中，对改革开放三十几年的儿童文学历史，划分为向"文学性"回归（1980 年代）、向"儿童性"回归（1990 年代）、进入史无前例的"分化期"（大约 2000 年以来）这样三个时期，而方卫平的《1978—2018 儿童文学发展史论》对近四十年中国儿童文学创作和艺术发展历程的描述、分析和思考，则为我们提供了另一种学术眼光，呈现出文学史研究的另一种视野的独特价值。如果将我和方卫平的改革开放四十年儿童文学史的研究，两相对照着来阅读，一定是发人思考、耐人寻味且饶有趣味的事情。作为同代学人，阅读方卫平的这部带有亲历者的那种鲜活和温度的史论著作，令我感到愉悦。

我本人的《中外儿童文学比较论稿》是基于我多次出国留学之经验的著述。日本留学，给我提供了朝向西方（包括日本）儿童文学的意识和视野。作为比较文学研究，这本小书值得一提的学术贡献，是从"语言"史料出发，实证出"童话"（儿童文学的代名词）、"儿童本位"、"儿童文学"这些中国儿童文学的顶层概念，均来自日语语汇，从而证明作为观念的"儿童文学"，不是如很多学者所主张的中国"古已有之"，而是在西方的现代性传播过程中，中国的先驱们在清末民初，对其自觉选择和接受的结果。

从"跨世纪儿童文学论丛"，到"新世纪儿童文学新论"，可以看到时代给儿童文学这个学科带来的变化。22年前，虽然"跨世纪儿童文学论丛"的作者年龄参差不齐，但还是属于同一代学者，然而，"新世纪儿童文学新论"的作者几乎可以说是"三代同堂"，尤其值得一记的是，丛书中的著作，有五部是在博士学位论文基础上形成的，这似乎既标志着学术生产力的代际转移，也显示出儿童文学这个依然积弱的学科在一点一点地长大起来。

儿童文学是社会现代化进程的产物。一个社会的现代化的水准，在极大程度上取决于儿童教育的水准。作为具有多维度儿童教育功能的儿童文学，理应在社会现代化进程中发挥重要作用，也就是说，作为学科的儿童文学的队伍规模，在中国向现代化国家发展的进程中，理应会进一步壮大。

我们期待着……

2019 年 10 月 9 日
于中国海洋大学儿童文学研究所

自序

从事儿童文学研究已近四十年。儿童文学理论、中国儿童文学史、日本儿童文学、小学语文教育等，都是我有十分明确的研究意识，并下过较大功夫的学术领域。这次为"新世纪儿童文学新论"丛书编辑带有专题研究性质的文集，在检视自己撰写的论文、文章时，发现在不知不觉间，也做了一些儿童文学比较研究方面的工作，于是挑拣一番，尽管所获不多，却也编录成册，名之曰《中外儿童文学比较论稿》。

我这里说的"不知不觉"，意指我在撰写这些文章时，并没有做比较文学研究的学术规划，这与我做儿童文学理论、中国儿童文学史等研究，颇不一样。然而无心插柳却能成荫，也是有因缘际会蕴于其中。

中国儿童文学的发生和发展，都深受包括日本在内的西方儿童文学的影响。作为中国的儿童文学研究者，我较早意识到，如果不关注包括日本在内的西方儿童文学，在阐释儿童文学理论、研究中国儿童文学的历史时，必然会语焉不详、词不达意。2000 年，我出版了博士论文，同时也是国家社科基金项目成果《中国儿童文学与现代化进程》一书。

在《后记》中，我曾这样说："儿童文学是西方社会现代化进程中的产物，它受西方社会的现代化的催生和推进；中国儿童文学的发生是受动的，它由西方影响来催生。由此，我认为，要描述、分析中国儿童文学的性质、发生发展规律以及走势，导入西方这一维度，从中国儿童文学的现代化问题这一视角进行研究当是十分科学而有效的理论途径。"

研究中国与西方的关系，是中国儿童文学学科的题中之义。我甚至认为，对于中国儿童文学史研究而言，中国与西方，犹如一张纸的两面，当你深入思考、探究、阐释中国儿童文学历史的发生缘由以及起落消长时，不可避免、自然而然地会力透纸背，触及西方。

前不久，以我为首席专家申报的"中国儿童文学跨学科拓展研究"课题，被立项为 2019 年度教育部哲学社会科学研究重大课题攻关项目。我在论证子课题"中外儿童文学比较研究"时，将"建立在语言学基础上的'观念'比较研究"作为重点研究内容之一，并论证道："本课题研究不是将'儿童文学'当作一个'实体'，而是看作一个'观念'，在人类社会从传统社会向现代社会转型过程中发生的一个观念。中国儿童文学受外国儿童文学的影响，就是受其观念的影响。尤其是在中国儿童文学的发生期，先行者孙毓修、周作人、茅盾等人，是通过具体的语汇（概念）来接受西方的儿童文学观念的，比如'童话'（当时是作为'儿童文学'的代名词）、'儿童文学'、'儿童本位'就是直接从日语引进到中国来的，还有像'儿童学'、'复演说'等则取自美国。正是这些关键、核心概念的直接引进，其所蕴含的各种儿童文学的'观念'才传播到了中国。"

这样联系着来看，这本《中外儿童文学比较论稿》正可以视为"中外儿童文学比较研究"这一子课题的前期成果。书中的《周作人的"儿童文学"观念的发生——以日本影响为中心》《"童话"词源考——中日儿童文学早年关系侧证》《中日儿童文学术语异同比较》《小说童话：一种新的文学体裁》几篇论文，均属于从语言入手进行的"观念"比较研究。其中，《"童话"词源考——中日儿童文学早年关系侧证》论证出孙毓修、茅盾、郑振铎等人编辑中国最早的儿童文学丛书《童话》时，使用的"童话"（实为"儿童文学"的代名词）这一概念，是来自日语语汇，《周作人的"儿童文学"观念的发生——以日本影响为中心》考证出为周作人最早使用的"儿童文学"、"儿童本位"这两个代表中国儿童文学的核心观念的词语，也是来自日语语汇。如果不避自夸之嫌，对中国儿童文学所使用的"童话"、"儿童文学"、"儿童本位"这些词语的源头的考证，是具有较高学术价值的关键性学术发现，因为它以无可辩驳的"事实材料关系"（比较文学的重要根基），证明着作为观念的"儿童文学"，不是如很多学者所主张的中国"古已有之"，而是在西方的现代性传播过程中，中国的先驱们在清末民初，对其自觉选择和接受的结果。

除了上述中国儿童文学与西方儿童文学之间，在语言"事实材料关系"方面的影响比较，本书的另一个比较维度是中西方儿童文学思想、艺术价值关系方面的比较。

早在 1988 年，我就在《文艺报》发表了《儿童观——儿童文学的原点》一文，开启了我本人主张的儿童研究先于儿童文学研究这一研究模式。我的儿童观的形成和演进，就外来因素而言，一方面深受西方经典儿童文学所塑造的儿童形象的影响，一方面是从西方的现代儿童教育哲学中汲取资源。我认为，中国儿童文学的发展、进步的过程，就是摆脱从中国古代延续下来的传统儿童观的束缚的过程。在这一摆脱的过程中，正如周作人的"儿童本位"思想的发生所显示的那样，也需要从西方儿童文学、儿童学那里借助力量。本书较为集中的对中外儿童观进行影响关系研究（影响研究）和异同研究（平行研究）的论文有三篇：《鲁迅的儿童观：儿童文学视角》《日本的"阿信"与中国的"阿信"》《中国与西方传统儿童观的异同比较——以儿童文学的发生为视角》。除此之外，《周作人的儿童文学理论与日本影响》一文中，也论述到了日本白桦派作家有岛武郎的儿童观对周作人的影响。

《周作人的〈儿童的文学〉解说》一文涉及的是比较文学的影响研究中的误读问题。这里的误读二字没有打引号，意在区别于误读理论，指的是真正的错误解读。这篇文章针对"杜威的儿童本位论主要是一种教育-教学理论，在'五四'时的中国，经过周作人、胡适等鼓吹推演，与文化人类学、'复演说'相融合，才变成一种儿童文学理论"（吴其南著：《20 世纪中国儿童文学的文化阐释》）这一流布甚广的说法，经过实证后指出："上述说法流布甚广，但却是违背儿童文学史的客观事实的。"针对"……人类学派为周作人确立具有新的时代内容和思想特征的'儿童观'提供了有力的理论支持"（方卫平著：《中国儿童文学理论批评史》）这一观点，纠正说：周作人的"儿童本位"的儿童观"是受到了斯坦利·霍尔、高岛平三郎等人的儿童学、生物学上的进化论、人道主义和个人主义思想的影响"。根据同样的道理，"在晚清至'五四'这段时间，周作人等以'复演说'这种方式发明了儿童和儿童文学，使中国儿童文学走向自觉……"（吴其南著：《20 世纪中国儿童文学的文化阐释》）这段话中的"以'复演说'这种方式发明了儿童"这一说法也是不能成立的。

比较文学的影响研究，蕴含着学习、借鉴一方的主体性这一问题。中国儿童文学在学习借鉴西方的思想和学术资源时，是否会必然步入自身的主体性丧失这一泥淖之中呢？

周作人在《日本近 30 年小说之发达》中，反对"中学为体，西学为用"这一"勉强去学"的"老主意"，认为"要想救这弊病，须得摆脱历史的因袭思想，真心地先去模仿别人。随后自能从模仿中蜕化出独创的文学来"。可见，周作人对于学习、借鉴别人，是保持着一种放松、自信的姿态。周作人在《清浦子爵之特殊理解》一文中还说过："中国日下吸收世界的新文明，正是预备他自己的'再生'。"作为中国儿童文学理论的奠基人，周作人的具有"思想革命"特质的"儿童本位"理论，就是具有中国主体性的理论，是中国儿童文学的"自己的'再生'"。

回顾中国儿童文学的百年历史，尽管还存在着发展中的问题，但是，在思想和艺术的重大、核心问题上，并没有陷入模仿和照搬西方的泥淖，而是在借鉴的同时，有效地处理着自身所面临的发展问题。收录于本书的《"儿童的发现"：周作人的"人的文学"的思想源头》《西方影响与本土实践——论中国"儿童本位"的儿童文学理论的主体性问题》《佩里·诺德曼的误区——与〈儿童文学的乐趣〉商榷》等论文就在一定程度上显示着中国儿童文学的主体性精神。在《西方影响与本土实践——论中国"儿童本位"的儿童文学理论的主体性问题》一文中，我引用了我的另一篇论文《论"儿童本位"论的合理性和实践效用》作为文章的结语——"绝对真理已经遭到怀疑。但是，真理依然存在，我是说历史的真理依然存在。'儿童本位'论就是历史的真理。'儿童本位'论在实践中，依然拥有马克思所说的'现实性和力量'。不论从历史还是从现实来看，对于以成人为本位的文化传统根深蒂固的中国，'儿童本位'的儿童文学观，都是端正的、具有实践效用的儿童文学理论。它虽然深受西方现代思想，尤其是儿童文学思想的影响，但却是中国本土实践产生的本土化儿童文学理论。它不仅从前解决了，而且目前还在解决着儿童文学在中国语境中面临的诸多重大问题、根本问题。"

这段话论述、强调的是贯穿于百年中国儿童文学历史的"儿童本位"理论所具有的主体性。

最后，与保持自身的主体性相关，我想谈谈《佩里·诺德曼的误区——与〈儿童文学的乐趣〉商榷》这篇文章。作为一本比较文学研究的文集，收录此文，多少会令读者感到诧异，因为它算不上纯正的比较文学论文。我之所以将其收录本书，是想说明，在我眼里，绝不是月亮都是外国的亮、外国的圆——对西方的思想和理论，我是保持着甄别意识的。

《佩里·诺德曼的误区——与〈儿童文学的乐趣〉商榷》一文，是一篇对西方儿童文学著名学者的重要观点进行批判与辩驳的文章。中国大陆和台湾的一些学者将佩里·诺德曼的《儿童文学的乐趣》（台湾译本为《阅读儿童文学的乐趣》）这部著作奉为了"儿童文学的极致"。具有代表性的观点是大陆中译本的译者陈中美在"译后记"中所说的，"不管是书的内容，还是书中所体现的精神，本书均可称得上是一本巨著，是儿童文学思考的'极致'，面对'极致'，我们不由会心生崇敬"。也许是出于这样的"崇敬"心态，有的大陆学者对佩里·诺德曼的"儿童文学代表了成人对儿童进行殖民统治的努力"这一观点照单全收，用以阐释中国儿童文学的"现代性"，甚至把"枷锁"这顶帽子扣在了"儿童本位"论的头上。

我在文中指出了佩里·诺德曼的三个重大误区：1. 儿童观、儿童文学观上的偏见（儿童"缺乏经验"）；2. 方法论的倾斜（"相似比差异更为重要"）；3. 本质主义的思维方式（"搜寻中世纪的儿童文学"）。这里只就他在儿童观、儿童文学观上的偏见，引用我的论文中的一段，以管窥一斑——"'我们相信好的儿童文学是假设读者缺乏经验'，所以，儿童文学是'一种专门为缺乏语言和生活经验的读者而写的文学'——这只是诺德曼自己对儿童以及儿童文学的假设。在这个问题上，他的偏见或者说误区有三点：一是只关注'知识和理解'之来源的'经验'，却没有把具有'超验'性的感受性、感动和想象力这些对文学艺术来说更重要的能力纳入视野和考量。二是没有意识到儿童有其独特的经验世界，这个经验世界与我们大人颇为不同。三是把儿童文学偏狭而又矮小化地定义为'一种专门为缺乏语言和生活经验的读者而写的文学'，而完全把英国浪漫派诗人、德国浪漫主义童话作家、刘易斯·卡洛尔、马克·吐温、凯斯特纳、林格伦等所代表的儿童文学的伟大传统一笔抹杀了。"

近年来，我倡导学术研究应该同时具有"凝视"、"谛视"、"审视"这三重目光。我从写作《佩里·诺德曼的误区——与〈儿童文学的乐趣〉商榷》一文得到的体会是，对西方的儿童文学理论，我们需要大力引进和借鉴，但是，不能单一地用"崇敬"的目光仰视，而是也要以平视的目光去"凝视、谛视、审视"。要保持自身的主体性，面对西方的思想和理论就要放出"审视"的目光，哪怕对西方著名学者的观点，也必须予以"审视"。

　　这本文集中的大部分文章是有问题意识的有感而发。唯其成稿时对自身比较文学研究的性质的"不知不觉",恰足以证明,儿童文学研究可以自然而然地进入到不同的学科领域。我多次指出,儿童文学具有学术上的跨学科性和实践上的应用性这两大学科属性。这本《中外儿童文学比较论稿》,作为自己跨学科学术实践的一个总结,虽然浅陋,亦可敝帚自珍。

2019 年 10 月 4 日

于中国海洋大学儿童文学研究所

目录

上编
中日儿童文学比较论

下编
中西方儿童文学比较论

附录

上编

中 日 儿 童 文 学 比 较 论

周作人的"儿童文学"观念的发生

——以 日 本 影 响 为 中 心

中国儿童文学的发生与西方不同，它脱逸出了先有儿童文学创作，后有儿童文学理论这一常轨，而是呈现出先有西方儿童文学作品的翻译，然后有受西方影响而产生的儿童文学理论，之后才有中国自己的儿童文学创作这一特异的文学史面貌。先有理论，后有创作这一文学史特点，使得中国儿童文学史研究对关于"儿童"的观念以及儿童文学的观念的考察变得尤为重要。

周作人是中国儿童文学理论的开拓者和奠基人，他"别求新声于异邦"，如普罗米修斯，从西方盗来了孕育儿童文学的现代思想的火种。关于周作人在"儿童"的发现和"儿童文学"的发现上所受到的西方影响，我曾经发表过论文

《论周作人的"儿童文学"观念的发生——以美国影响为中心》①，主要论述了周作人所接受的来自美国的影响。在本篇论文中，我论述、梳理的是来自日本的重要影响。

一、"儿童文学"：是实体还是观念

讨论儿童文学的发生，需要辨析"儿童文学"这一词语的内涵。在中国儿童文学学术界，很多学者是将"儿童文学"当作一个实体来看待。关于中国儿童文学的历史起点，历来有中国儿童文学"古已有之"和中国儿童文学是"现代"文学这两种针锋相对的观点。"古已有之"派的王泉根认为："中国的儿童文学确是'古已有之'，有着悠久的传统"，并明确提出了"中国古代儿童文学"、"古代的口头儿童文学"、"古代文人专为孩子们编写的书面儿童文学"② 的说法。方卫平也主张"古已有之"："……中华民族已经拥有几千年的文明史。在这个历史过程中……儿童文学及其理论批评作为一种具体的儿童文化现象，或隐或现，或消或长，一直是其中一个不可分离和忽视的组成部分。"③ 针对中国儿童文学"古已有之"论，我提出了中国儿童文学是"现代"文学这一主张。我说："儿童与儿童文学都是历史的概念。

① 朱自强. 论周作人的"儿童文学"观念的发生——以美国影响为中心 [J]. 中国海洋大学学报，2015（2）.
② 王泉根. 中国儿童文学现象研究 [M]. 长沙：湖南少年儿童出版社，1992：15—24.
③ 方卫平. 中国儿童文学理论批评史 [M]. 南京：江苏少年儿童出版社，1993：34.

从有人类的那天起便有儿童，但是在相当漫长的历史时期里，儿童却并不能作为'儿童'而存在。……在人类的历史上，儿童作为'儿童'被发现，是在西方进入现代社会以后才完成的划时代创举。而没有'儿童'的发现作为前提，为儿童的儿童文学是不可能产生的，因此，儿童文学只能是现代社会的产物。它与一般文学不同，它没有古代而只有现代。如果说儿童文学有古代，就等于抹煞了儿童文学发生发展的独特规律，这不符合人类社会的历史进程。"[①] 但是，双方在讨论的过程中，都有着拿具体的作品作为儿童文学存在的证据这一倾向。比如，王泉根说，晋人干宝的《搜神记》里的《李寄》是"中国古代儿童文学"中"最值得称道的著名童话"，"作品以不到 400 字的短小篇幅，生动刻绘了一个智斩蛇妖、为民除害的少年女英雄形象，热情歌颂了她的聪颖、智慧、勇敢和善良的品质，令人难以忘怀"。[②] 我则认为："《李寄》在思想主题这一层面，与'卧冰求鲤'、'老莱娱亲'一类故事相比，其封建毒素也是有过之而无不及。'李寄斩蛇'这个故事，如果是给成人研究者阅读的话，原汁原味的文本正可以为研究、了解古代社会的儿童观和伦理观提供佐证，但是，把这个故事写给现代社会的儿童，却必须在思想主题方面进行根本的改造。"[③] 方卫平把明代吕得胜、吕坤父子的《小儿语》和《演小儿语》看作是儿童文学的"儿歌童谣"，我却赞同周作人的观点："……如吕新吾作

---

① 朱自强. 中国儿童文学与现代化进程［M］. 杭州：浙江少年儿童出版社，2000：54.
② 王泉根. 中国儿童文学现象研究［M］. 长沙：湖南少年儿童出版社，1992：24.
③ 同①82—83.

《演小儿语》，想改作儿歌以教'义理身心之学'，道理固然讲不明白，而儿歌也就很可惜的白白的糟掉了。""他们看不起儿童的歌谣，只因为'固无害'而'无谓'，——没有用处，这实在是绊倒许多古今人的一个石头。"①

双方这种用具体作品来证明儿童文学的存在的论述方式，使关于中国儿童文学的发生期的讨论陷入了僵局。意识到这一问题之后，我撰写了《"儿童文学"的知识考古——论中国儿童文学不是"古已有之"》一文，指出："上述争论双方都是把所谓古代儿童文学的存在，当作一个'实体'来对待。可是，儿童文学偏偏又不是一个客观存在的'实体'，不像面对一块石头，一方说这就是石头（儿童文学），另一方也得承认的确是石头（儿童文学）。判断一个文本是不是儿童文学，并没有一个放之四海而皆准的客观标准。你拿你所持的儿童文学理念来衡量，说这是儿童文学作品，而我所持的儿童文学理念与你不同，拿来一衡量，却说这不是儿童文学作品。这样的公说公有理，婆说婆有理的讨论不光是很难有一个结果，更重要的是这样的讨论学术含量、学术价值很低，也很难形成学术的增值。""依据建构主义的本质论观点，现在我认为，作为'实体'的儿童文学在中国古代（也包括现代）是否'古已有之'这一问题已经不能成立！剩下的能够成立的问题只是，在中国古代，作为一个建构的观念的儿童文学是否存在这一问题。"②

---

① 周作人. 吕坤的《演小儿语》[G] //钟叔河. 周作人散文全集：第3卷. 桂林：广西师范大学出版社，2009.

② 朱自强. "儿童文学"的知识考古——论中国儿童文学不是"古已有之"[J]. 中国文学研究，2014（4）.

我考察的结论是，在中国古代从来没有儿童文学观念发生，只有在现代，才出现了明晰可辨的儿童文学观念。我在前文将周作人称作中国儿童文学理论的开拓者和奠基人，正是他第一次提出了表述一种崭新的文学观念的"儿童文学"这一词语。在周作人的著述中，"儿童文学"这一概念的形成过程大致是，先是于1908年发表的《论文章之意义暨其使命因及中国近时论文之失》一文中，提出"奇觚之谈"（即德语的"Märchen"，今通译为"童话"），将其与"童稚教育"联系在一起，随后于1912年写作《童话研究》，提出了"儿童之文学"（虽然孙毓修于1909年发表的《〈童话〉序》一文，出现了"童话"、"儿童小说"这样的表述，但是，"儿童之文学"的说法仍然是一个进步），八年以后，在《儿童的文学》一文中，明确提出了"儿童文学"这一词语。

接下来，我将考察周作人的"儿童文学"这一观念的发生接受了来自日本的哪些影响。

二、日本语："儿童本位"、"儿童文学"词语的源头

周作人对中国儿童文学的贡献，不仅在于他是中国儿童文学理论的开山者，而且更在于他提出了对中国儿童文学的发展产生深远影响的"儿童本位"论。周作人的"儿童本位"论在中国儿童文学发生之初，"筚路蓝缕，以启山林"，在其后的发展过程中，作为历史的真理，依然显示着它的实践价值和现实力量，而在改革开放后的时代里，更是被朱自强、刘绪源等学者继承，发展成为中国当代最有影响的一种

儿童文学理念。

　　既然"儿童本位"论，在中国儿童文学的发生、发展中如此重要，考察"儿童本位"这一词语的源头，就是具有学术意义的工作了。我曾在《中国儿童文学与现代化进程》一书里，在《〈儿童的文学〉解说》一文中，提出周作人使用的"儿童本位"这一词语来自日文语汇的观点，在此，就这一问题做进一步的实证性说明。

　　在我的阅读视野里，中国最早将"儿童"与"本位"建立联系并作表述的是周作人。1914 年，周作人在《玩具研究一》一文中说："盖小儿如野人然，喜浓厚之正色者也。故选择儿童玩具，当折其中，即以儿童趣味为本位，而又求不背于美之标准。"① 同年，周作人又在《学校成绩展览会意见书》《小学校成绩展览会杂记》两篇文章中分别说道："故今对于征集成绩品之希望，在于保存本真，以儿童为本位。而本会审查之标准，即依此而行之，勉在体会儿童之知能，予以相当之赏识。如稚儿之涂雅，与童子之临帖，工拙有殊，而应其年龄之限制，各致其志，各尽其力，则无不同。斯其优秀不能并较，要当分期而定之。世俗或以大人眼光，评儿童制作，如近来评儿童艺术展览会者，揄扬少年（十四五岁之男子或女子）所作锦绣书画，于各期幼儿优秀之作，未有论道。斯乃面墙之见，本会之所欲勉为矫正者也。"② "今倘于此不以儿童为本位，非执着于实利，则偏主于风雅，如此

① 周作人. 玩具研究一［G］//钟叔河. 周作人散文全集：第 1 卷. 桂林：广西师范大学出版社，2009.

② 周作人. 学校成绩展览会意见书［G］//钟叔河. 周作人散文全集：第 1 卷. 桂林：广西师范大学出版社，2009.

制作，纵至精美，亦犹匠人之几案，画工之丹青，于艺术教育之的，去之已远。"①（重点号均为本文作者所加）

在以上三篇文章中，周作人所使用的"本位"一词的语义，不是取自汉语的"本位"，而是取自日语的"本位"。

在周作人使用"本位"一词的1914年之前，中国古代典籍中的"本位"一词有两个解释：一个是本来的官位，比如，《左传·昭公二十七年》有"复位而待"，晋杜预注："复本位待光命"；另一个是本来的座位，比如，《宋书·礼志一》有"四厢乐作，百官再拜。已饮，又再拜。谒者引诸王等还本位"。到了现代，《现代汉语词典》对"本位"一词的解释——"本位：（1）货币制度的基础或货币价值的计算标准：金～｜银～｜～货币。（2）自己所在的单位；自己的工作岗位：～主义｜做好～工作。"②

查日语《学研国语大词典》，对"本位"（日语表记与汉语完全相同）一词的解释是——

　　　本位：（名词）　（1）原来的位置。以前的位置。（2）成为（思想和行为的）中心的基准或标准。作为结尾词，也接在名词后面使用，表示将其作为思想和行为的中心。③

① 周作人. 学校成绩展览会意见书［G］//钟叔河. 周作人散文全集：第1卷. 桂林：广西师范大学出版社，2009.
② 中国社会科学院语言研究所词典编辑室. 现代汉语词典［M］. 北京：商务印书馆，1979.
③ ［日］金田一春彦，池田弥三郎. 学研国语大辞典［M］. 东京：学习研究社，1978.

　　很显然，周作人的"本位"一词的语用意义，既不是古代汉语的"本来的官位"、"本来的座位"，也不是现代汉语的"自己所在的单位"，而是与《学研国语大词典》对"本位"语义的第二个解释，即"将其作为思想和行为的中心"相符合。

　　周作人使用的"儿童本位"一语的语源在哪里？

　　吴其南认为周作人使用的"儿童本位"中的"'本位'原是一个金融学用语"，[①] 方卫平则认为"'儿童本位论'是'儿童中心主义'的中国化了的理论表述和用语"。[②] 这两种看法，既不符合语用学、语义学的逻辑，也没有文献学上的依据，难以取信。

　　周作人在《我的杂学》的第十节《儿童文学》中说过："我在东京的时候得到高岛平三郎编《歌咏儿童的文学》及所著《儿童研究》，才对于这方面感到兴趣，其时儿童学在日本也刚开始发达……"[③] 在同一篇文章中，周作人揭示了儿童学对于他发现"儿童"的重要作用："以前的人对于儿童多不能正当理解，不是将他当作小形的成人，期待他少年老成，便将他看作不完全的小人，说小孩懂得什么，一笔抹杀，不去理他。现在才知道儿童在生理心理上虽然和大人有点不同，但他仍是完全的个人，有他内外两面的生活。这是我们从儿童学所得来的一点常识，假如要说救救孩子，大概

---

① 吴其南. 20世纪中国儿童文学的文化阐释［M］. 北京：中国社会科学出版社，2012：77.

② 方卫平. 中国儿童文学理论批评史［M］. 南京：江苏少年儿童出版社，1993：180.

③ 周作人. 我的杂学［G］//止庵. 苦口甘口［G］. 石家庄：河北教育出版社，2002.

都应该以此为出发点的。"① 高岛平三郎正是日本儿童学研究的开创者，周作人所说的《儿童研究》，即《教育に応用したる兒童研究》（《应用于教育的儿童研究》）一书，出版于明治 44 年。我查阅了周作人所读过的《教育に応用したる兒童研究》一书，在目录和正文里，都出现了"儿童本位"一语。完全可以认为，周作人所使用的"儿童本位"这一表述，极有可能就来自高岛平三郎的这部著作。

接下来再考察周作人使用的"儿童文学"一语的语源。

我在《〈儿童的文学〉解说》一文中说："在中国，第一次使用'儿童文学'这一词语（概念）的是周作人。……在我的阅读视野中，《儿童的文学》不仅是中国第一篇最为系统的论述儿童文学的论文，而且还应该是中国首次用'儿童文学'这一词语来表述儿童文学这一概念的文献。"② 关于"儿童文学"一语的来源，我在《论周作人的"儿童文学"观念的发生——以美国影响为中心》一文中，考证了周作人撰写《儿童的文学》一文，从他所购读的麦克林托克的 *Literature in Elementary Schools* 和斯喀特尔的 *Childhood in Literature and Art* 两书中受到的影响，指出："在麦克林托克的 *Literature in Elementary Schools* 一书中多次出现了 literature for children 这一词语。这个词语的意思是专门给孩子的文学，即儿童文学。在斯喀特尔的 *Childhood in Literature and Art* 一书中多次出现了 literature for children

① 周作人. 我的杂学［G］//止庵. 苦口甘口. 石家庄：河北教育出版社，2002.
② 朱自强. 儿童的文学解说［G］//朱自强. 现代儿童文学文论解说. 北京：海豚出版社，2014.

和 books for children 这样的词语。在《儿童的文学》一文中，周作人笔下的'儿童文学'很可能直接来自麦克林托克和斯喀特尔笔下的 literature for children 一语。"①

但是，现在我要更正我的上述看法。

周作人在 1923 年 2 月 11 日出刊的《晨报副镌》上发表了《歌咏儿童的文学》一文，文章开篇有这样的话："高岛平三郎编，竹久梦二画的《歌咏儿童的文学》，在 1910 年出版，插在书架上已经有十年以上了，近日取出翻阅，觉得仍有新鲜的趣味。"② 周作人留学日本，是于 1911 年夏天回国的，如果周作人前述"我在东京的时候得到高岛平三郎编《歌咏儿童的文学》……"这一回忆是准确的，那么，得到《歌咏儿童的文学》这本书就是在 1911 年夏天之前，这一时间也与"插在书架上已经有十年以上"这一说法相吻合。从"近日取出翻阅，觉得仍有新鲜的趣味"中的"仍有"和"新鲜"两词来推断，周作人从前应该认真读过这本书，感受到过书中的"趣味"。在周作人的评论中，书有"趣味"，则是最高的评价。

在这本书中，高岛平三郎分六编，分别辑录了表现儿童的短歌、俳句、川柳、俗谣、俚谚、随笔。高岛平三郎在《序》里感叹日本儿童诗的缺乏，但是，周作人则认为，"六编中包含着不少的诗文，比中国已经很多了"。

在《歌咏儿童的文学》一文中，周作人引用了高岛平三

---

① 朱自强. 论周作人的"儿童文学"观念的发生——以美国影响为中心 [J]. 中国海洋大学学报，2015（2）.
② 周作人. 歌咏儿童的文学 [G] //钟叔河. 周作人散文全集：第 3 卷. 桂林：广西师范大学出版社，2009.

郎的一段话："我想我国之缺乏西洋风的儿童文学，与支那之所以缺乏，其理由不同。在支那不重视儿童，又因诗歌的性质上只以风流为主，所以歌咏儿童的事便很稀少，但在我国则因为过于爱儿童，所以要把他从实感里抽象出来也就不容易了。支那文学于我国甚有影响，因了支那风的思想及诗歌的性质上，缺少歌咏儿童的事当然也是有的；但是这个影响在和歌与俳句上觉得并不很大。"周作人评价说："我想这一节话颇有道理。"

我查阅了日文版《歌咏儿童的文学》一书，周作人引用的那段话出自高岛平三郎为该书写的《序》，出现在著作的第 14 至 15 页。其中周作人译为"西洋风的儿童文学"，日文写作"西洋風の児童文学"，"儿童文学"一语的日语表记与当时繁体字汉语表记几乎完全一样。我想，《歌咏儿童的文学》这样一本让周作人长时期感到"新鲜的趣味"，对周作人十分重要的书，其中他很赞赏的高岛平三郎的那段话中的"儿童文学"一语，很可能在当时就引起了他的注意。"儿童文学"一语不仅在《序》中，而且在书中也多次出现，因此，如果说早就读过此书，并感到有"新鲜的趣味"的周作人没有予以注意，反倒是有违常情的。

周作人阅读《歌咏儿童的文学》一书早于阅读麦克林托克、斯喀特尔等人的书籍，而且比之英文的"literature for children"，与汉语表记相同的日文的"儿童文学"一语，显然更容易转为汉语的"儿童文学"。因此，我现在的观点是，周作人在《儿童的文学》一文中使用的"儿童文学"这一概念，更可能是直接取自高岛平三郎的《歌咏儿童的文学》一书中的"儿童文学"一语。我甚至猜想，周作人于 1914 年用文言文撰写的《童话研究》《童话略论》两篇论文中出现的"儿童之文学"，也很可能就是"儿童文学"的文言的表述。

"儿童本位"、"儿童文学"，是两个对于中国儿童文学的发生都具有根本性的关键词语，也可以说是两个重要观念。这两个重要观念，周作人在使用之前，其所阅读并予以重视的两本日文书籍《应用于教育的儿童研究》（周作人谓之《儿童研究》）和《歌咏儿童的文学》都曾经出现过，这不可能纯粹是一种巧合，而是有着必然的因由。因此，中国儿童文学的发生期的研究，有必要重新估价来自日本的影响。

三、"情"：周作人的儿童文学精神结构中的日本影响

周作人首次论述的"儿童本位"、"儿童文学"这两个观念如果是接受了日本的直接影响，那么，周作人的这两个观念的内涵，就应该与日本的关于儿童的文化和文学存在着密切的联系，也就是说，周作人的儿童文学精神结构中，应该有着日本的直接影响。

人类的健全的精神结构是一种什么样的状态？周作人对这一问题的回答恐怕是六个字——"合于物理人情"。周作人在 1922 年时说："人间所同具的智与情应该平匀发达才是，否则便是精神的畸形。"[1] 他说："不问古今中外，我只

① 周作人. 阿丽思漫游奇境记 [G] // 钟叔河. 周作人散文全集：第 2 卷. 桂林：广西师范大学出版社，2009.

喜欢兼具健全的物理与深厚的人情之思想……"① 还说："经典之可以作为教训者，因其合于物理人情，即是由生物学通过之人生哲学，故可贵也。"② "合于物理人情"，这既是周作人的主张，也是他本人的精神追求。1944 年，周作人在《我的杂学》一文中说：有人夸他的文章，"自然要感谢，其实也何尝真有什么长处，至多是不大说诳，以及所说多本于常识而已。假如这常识可以算是长处，那么这正是杂览应有的结果，也是当然的事……"③ 周作人明确地说道："我的杂学如上边所记，有大部分是从外国来的，以英文与日本文为媒介，这里分析起来，大抵从西洋来的属于知的方面，从日本来的属于情的方面为多，对于我却是一样的有益处。"④ 周作人列举了自己的十八项杂览，其中有中国的三项、印度的一项、西洋的九项、日本的六项（儿童文学和外国语为西洋和日本所共有），然后总结道："我从古今中外各方面都受到各样影响，分析起来，大旨如上边说过，在知与情两面分别承受西洋与日本的影响为多，意的方面则纯是中国的，不但未受外来感化而发生变动，还一直以此为标准，去酌量容纳异国的影响。"⑤

大致说来，周作人所说的"杂览"或"杂学"，属于西方的"知"的有神话学、文化人类学、儿童学、性心理学、生物学等，属于日本的"情"的有乡土研究与民艺、江户风

---

① 周作人.《苦竹杂记》后记［G］//止庵. 苦竹杂技. 石家庄：河北教育出版社，2002.
② 周作人. 我的杂学［G］//止庵. 苦口甘口. 石家庄：河北教育出版社，2002.
③ 同②.
④ 同②.
⑤ 同②.

物与浮世绘、川柳落语与滑稽本、俗曲与玩具以及日本语。关于日本语要多说几句，因为对比英语，日本语对周作人有特殊的意义。关于英文，周作人说："我学英文当初为的是须得读学堂里的课本，本来是敲门砖；后来离开了江南水师便没有什么用了；姑且算作中学常识之一部分，有时利用了来看点书，得些现代的知识也好，也还是砖的作用，终于未曾走到英文学门里去。"可是，对日文则殊为不同："我看日本文的书，并不专是为得通过了这文字去抓住其中的知识，乃是因为对于此事物感觉有点兴趣，连文字来赏味，有时这文字亦为其佳味之一分子，不很可以分离……""我的关于日本的杂览既多以情趣为本，自然态度与求知识稍有殊异，文字或者仍是敲门的一块砖，不过对于砖也会得看看花纹式样，不见得用了立即扔在一旁。"① 可以说，连对日本的语言，周作人都有一定的"以情趣为本"的态度。

在"儿童"和"儿童文学"的发现这一问题上，周作人主要从日本所接受的"情"，与主要从西洋所接受的"知"之间是什么样的联系呢？周作人于 1914 年发表于《绍兴教育会月刊》第六号上的《儿童问题之初解》一文透露了重要的信息——"凡人对于儿童感情，可分三纪。初主实际，次为审美，终于研究。字育之事，原于本能。婴儿幼生，未及他念，必先谋所以保育之方。此固人兽同尔。有不自觉者。逮文化渐进，得以余闲，审其言动，由恋生爱，乃有赞美。终以了知个人与民族之关系，则有科学的研究，依诸问题，寻其解释。"在儿童问题上，字育、审美、研究三件事依次

---

① 周作人. 我的杂学［G］//止庵. 苦口甘口. 石家庄：河北教育出版社，2002.

排列，而对儿童的审美在儿童文学的发现上具有不可或缺的重要性乃至前提性。[①] 动物行为学家劳伦兹对动物研究尚且认为，没有对动物的爱的情感，研究不了动物行为学，研究儿童的文学，就更离不开对于儿童的"由恋生爱，乃有赞美"了。

如果成人缺乏对于儿童的爱，则儿童的文学难以产生，对这件事周作人是有明确认识的。他在《歌咏儿童的文学》一文中就说："……中国缺乏儿童的诗，由于对于儿童及文学的观念之陈旧，非改变态度以后不会有这种文学发生，即使现在似乎也还不是这个时候。据何德兰在《孺子歌图》序上说北京歌谣中《小宝贝》和《小胖子》诸篇可以算是表现对于儿童之爱的佳作，但是意识的文艺作品就极少见了。"[②]

在发现"儿童"、发现"儿童文学"这一维度上，周作人都从日本接受了哪些具体的"情"的影响呢？

周作人最早读到小林一茶的歌咏儿童的俳句，是在高岛平三郎所编《歌咏儿童的文学》之中，时间大约是在 1910 年至 1911 年夏天之间。在 1916 年，周作人说，"俳句以芭蕉及芜村作为最胜，唯余尤喜一茶之句"，[③] 表露出对小林一茶超乎寻常的喜爱。周作人看重的是小林一茶俳句中的"人情"："他的俳谐是人情的，他的冷笑里含着热泪，他的对于

① 周作人. 儿童问题之初解 [G] //钟叔河. 周作人散文全集：第 1 卷. 桂林：广西师范大学出版社，2009.
② 周作人. 歌咏儿童的文学 [G] //钟叔河. 周作人散文全集：第 3 卷. 桂林：广西师范大学出版社，2009.
③ 周作人. 日本之俳句 [G] //钟叔河. 周作人散文全集：第 1 卷. 桂林：广西师范大学出版社，2009.

强大的反抗与对于弱小的同情，都是出于一本的。"①

在小林一茶俳句的"人情"里，最能唤起周作人共鸣的是"对于弱小的同情"。周作人曾译出一茶伤悼一岁夭折的爱女的俳句，"露水的世，虽然是露水的世，虽然是如此"，然后说："一茶是净土宗的信徒，但他仍是不能忘情，'露水的世'一句，真是他从心底里出来，令人感动的杰作。"② 周作人还翻译了一茶的俳句："不要打哪，苍蝇搓他的手，搓他的脚呢！"然后反省自己写作的将苍蝇视为"美和生命的破坏者"的诗，说"我读这一句，常常想起自己的诗觉得惭愧"。③

小林一茶的俳句深深吸引周作人的除了"对于弱小的同情"，再有就是"孩子气"。对一茶的俳句，周作人认为，"他的特色是在于他的所谓小孩子气。这在他的行事和文章上一样明显地表示出来，一方面是天真烂漫的稚气，一方面却又是倔强皮籁，容易闹脾气的：因为这两者本是小孩的性情，不足为奇……"④

一茶的"孩子气"和"对弱小的同情"这两个精神气质，表现在俳句创作上，就是写了大量"歌咏儿童"的作品，仅在高岛平三郎编的《歌咏儿童的文学》中，就收录了数十首之多。周作人的新诗集《过去的生命》共收录三十多首诗作，其中题为《小孩》的诗就有五首，另外还有一首

---

① 周作人. 一茶的俳句［G］//钟叔河. 周作人散文全集：第 2 卷. 桂林：广西师范大学出版社，2009.
② 同①.
③ 周作人. 苍蝇［G］//钟叔河. 周作人散文全集：第 3 卷. 桂林：广西师范大学出版社，2009.
④ 周作人. 俺的春天［G］//钟叔河. 周作人散文全集：第 3 卷. 桂林：广西师范大学出版社，2009.

《儿歌》、一首《对于小孩的祈祷》，我们完全可以猜想，这里面有着以小林一茶为代表的日本诗文"歌咏儿童"这一情感倾向、审美倾向的影响。

1923年，周作人与鲁迅合译、出版了《现代日本小说集》。周作人为这本书作序，说："至于从文坛全体中选出这十五个人，从他们的著作里选出这三十篇，是用什么标准，我不得不声明这是大半以个人的趣味为主。但是我们虽然以为纯客观的批评是不可能的，却也不肯以小主观去妄加取舍；我们的方法是就已有定评的人和著作中，择取自己所能理解感受者，收录集内……"① 单从周作人的译作来看，他所"以个人的趣味为主"，"择取自己所能理解感受"的小说，都是什么作品呢？

《现代日本小说集》里共收录三十篇小说，其中鲁迅翻译十一篇，周作人翻译十九篇，而在周作人翻译的十九篇中，竟有八篇小说是以儿童或少年的生活为题材，周作人的这种选择是发人深思的。这些现代日本小说，迎合了周作人"个人的趣味"，也是周作人多年阅读、翻译的积累，一定对他（还有鲁迅）的"救救孩子"的儿童文学的思想和实践发生了重要的影响。

千家元磨的《蔷薇花》，写小孩儿的无邪给大人带来的愉悦。"那孩子不当这个作坏事看呢。""只有小孩对于自己所做的事毫不为意，我觉得是非常的美。"这些小说中成人

① 周作人.《现代日本小说集》序［G］//钟叔河. 周作人散文全集：第2卷. 桂林：广西师范大学出版社，2009.

人物说的话，正是周作人所说的"由恋生爱，乃有赞美"。①
1918 年翻译的江马修的《小小的一个人》，结尾有这样的话：
"我又时常这样想：人类中有那个孩子在内，因这一件事，也
就教我不能不爱人类。我实在因为那个孩子，对于人类的问
题，才比从前思索得更为深切：这绝不是夸张的话。"② 对周
作人翻译的这样的话，何尝不可以看作是周作人的夫子自道
呢。译文《小小的一个人》就与倡导新文学理念的《人的文
学》一起，发表在《新青年》的第五卷第六号上，这恐怕不
是完全的巧合吧。1920 年周作人翻译的日本千家元磨的《深
夜的喇叭》，最后一段是："我含泪看着小孩，心里想，无论
怎样，我一定要为他奋斗。"③ 周作人对于儿童、儿童文学
的异乎寻常的关心，似乎可以在这段译文中找到因由。就
在出版《现代日本小说集》的同一年，周作人编辑、翻译
了儿童文学作品集《土之盘筵》，在儿童剧《乡间的老鼠和
京都的老鼠》译文的《附记》中，周作人说："即使我们已
尽了对于一切的义务，然而其中最大的——对于儿童的义
务还未曾尽，我们不能不担受了人世一切的苦辛，来给小
孩们讲笑话。"④ 在我看来，这句话与千家元磨小说中"我
含泪看着小孩，心里想，无论怎样，我一定要为他奋斗"
这句话简直是同气相求。可以说，后来周作人写关于"小

---

① ［日］千家元磨. 蔷薇花［G］//止庵. 周作人译文全集：第 8 卷. 上海：上海人
民出版社，2012.
② ［日］江马修. 小小的一个人［G］//止庵. 周作人译文全集：第 8 卷. 上海：上
海人民出版社，2012.
③ ［日］千家元磨. 深夜的喇叭［G］//止庵. 周作人译文全集：第 8 卷. 上海：上
海人民出版社，2012.
④ 周作人.《乡间的老鼠和京都的老鼠》附记［G］//钟叔河. 周作人散文全集：
第 3 卷. 桂林：广西师范大学出版社，2009.

孩"的诗歌，论述儿童教育、儿童文学，是践行了他翻译的《小小的一个人》《深夜的喇叭》这两篇小说中的人物所说的话。

《现代日本小说集》中收录的白桦派作家有岛武郎的《与幼小者》是鲁迅翻译的，但是，周作人与有岛武郎神交已久，对《与幼小者》也早就情有独钟。

《与幼小者》这篇作品是有岛以写给孩子们的遗书的形式写成的，其中有这样的话——

> 时光不停地流逝。等你们长大时，你们的父亲在你们的眼里是什么样的人，这是难以想象的。大概像我现在嗤笑可怜将过去的时代一样，你们也会嗤笑可怜我的陈腐的心思吧。为了你们，我希望你们这样想。如果你们不是毫不客气地以我为台阶，超越我而前行到更高更远的地方，那便是错误的。
>
> （中略）
>
> 我爱过你们，并且永远爱你们。这爱并非是为了从你们那儿得到作为父亲的报酬。对于教会我爱你们的你们，我的要求只不过是接受我对你们的感谢。（中略）你们那年轻的力量，不要被已经走下坡路的我所拖累。像吃尽死去的父亲，贮存起力量的小狮子一样，你们舍弃掉我，强壮勇猛地走上人生之路就是了。

有岛武郎的《与幼小者》作于 1918 年。周作人在 1921 年 8 月，用日语写下《对于小孩的祈祷》一诗，发表在日本白桦派杂志《生长的星群》第一卷第七号上。同年，周作人将其译成汉语，又发表在《新青年》第九卷第五号上。这里引的全诗是周作人将这首诗收录于诗集《过去的生命》时的重译——

> 小孩呵，小孩呵，
>
> 我对你们祈祷了。
>
> 你们是我的赎罪者。
>
> 请赎我的罪罢，
>
> 还有我所未能赎的先人的罪，
>
> 用了你们的笑，
>
> 你们的喜悦与幸福，
>
> 用了得能成为真正的人的矜夸。
>
> 在你们的前面，有一个美的花园。
>
> 从我的上头跳过了，
>
> 平安的往那边去罢。
>
> 而且请赎我的罪罢，——
>
> 我不能够到那边去了，
>
> 并且连那微茫的影子也容易望不见了的罪。

对孩子的深挚的爱，将希望寄托于孩子身上的热切期待以及让孩子超越父辈的心愿，是流淌于《与幼小者》和《对于小孩的祈祷》中的共同思想感情。倾倒于白桦派文学的周作人，收藏了有岛武郎的许多作品。《与幼小者》得之于1919年3月，而周作人读到它也许更早一些："有岛君的作品，我所最喜欢的是当初登在《白桦》上的一篇《与幼小者》。"① 周作人创作《对于小孩的祈祷》时，受到他"所最喜欢的"有岛武郎的《与幼小者》的影响是极其自然的。

有岛武郎不仅是白桦派的重要作家，而且在大正期的日本儿童文学史上还占有重要位置。他在 1920 年至 1922 年为儿童创作了六篇作品，数量不多但却粒粒珠玑，其中的《一串葡萄》已成为大正童心主义儿童文学的重要收获。这些作品后来结集出版，题为《一串葡萄》（周作人于 1922 年 9 月得到这本集子）。正如有岛武郎成为儿童文学作家不是偶然的一样，周作人与同时身为儿童文学作家的有岛武郎的神交也不是偶然的。

周作人是将有岛武郎视为自己的为数不多的"同行者"之一的。1923 年 7 月 9 日，有岛武郎情死。周作人从日本报纸得知消息约一周后，写下了悼念文章《有岛武郎》，文中写道："其实在人世的大沙漠上，什么都会遇见，我们只望见远远近近几个同行者，才略免掉寂寞与虚空罢了。"② 周作人显然是从有岛之死，感到了心中的"寂寞与虚空"。

结语：周作人儿童文学观念的主体性

通观周作人的儿童文学观念的形成过程，作为核心概念的"儿童本位"和"儿童文学"，其语言的本源最有可能来

① 周作人. 有岛武郎 [G] //钟叔河. 周作人散文全集：第 3 卷. 桂林：广西师范大学出版社，2009.
② 同①.

自日语语汇，这一重要的影响关系是中国儿童文学史研究者所应该记取的。

最后，我想指出的是，周作人在接受包括日本在内的西方影响时，一直保持着自身的主体性，即如他自己所言，"意的方面则纯是中国的，不但未受外来感化而发生变动，还一直以此为标准，去酌量容纳异国的影响"。

在"知情意"三者之中的"意"，用周作人自己的话解释就是"以生之意志为根本的那种人生观"。① 周作人还解释了他身上的"意"和"知与情"的关系："意""这个主意既是确定的，外边加上去的东西自然就只在附属的地位，使他更强化与高深化，却未必能变化其方向。我自己觉得便是这么一个顽固的人，我的杂学的大部分实在都是我随身的附属品，有如手表眼镜及草帽，或是吃下去的滋养品如牛奶糖之类，有这些帮助使我更舒服与健全，却并不曾把我变成高鼻深目以至又有牛的气味"。② 我认为，周作人的"生之意志"既包括周作人所谓的"儒家精神"即儒家的"中庸"思想（《苦口甘口》：96—97），更包括他本人的生命根性，如此才称得上是"生之意志"。周作人的这个生命根性，我的理解就是热爱自由和同情弱小，即后来发展成的个人主义和人道主义。

周作人说："我写文章，往往牵引到道德上去，这些书的影响可以说是原因之一部分，虽然其基本部分还是中国的与我自己的。"③ 这话虽然是针对"文化人类学"的借鉴所

① 周作人. 我的杂学 [G] //止庵. 苦口甘口. 石家庄：河北教育出版社，2002.
② 同①.
③ 同①.

说，但也适用于周作人对其他西方思想、文化的借鉴。总而言之，周作人的"儿童本位"的儿童文学理论，是在借鉴西方（包括日本）思想、文化资源的基础上，对中国以成人为本位的封建文化反思和批判的结果，其基本部分还是中国的与他自己的，是他遵奉"物理人情"的结果。

发表于第二十三届国际儿童文学学会双年会（加拿大，约克大学）

"童话"词源考

——中日儿童文学早年关系侧证

一、汉语"童话"最早出现在哪一年

中国古代便有童话式的作品，这已是公认的事实。然而，"童话"这一名称却是到了近代才出现的。现有的研究一致认为辛亥革命前，孙毓修为商务印书馆编集《童话》丛书，第一次在中国出版物上使用了"童话"一词。那么，《童话》丛书最初出版是哪年哪月呢？我查阅了国内一些研究者的文字，发现主要有以下说法：

① 1909 年 2 月。（盛巽昌：《关于"童话"的来源》，载《儿童文学研究》第 21 辑。）

② 1909 年 3 月。（洪汛涛：《童话学》，安徽少年儿

童出版社 1986 年 12 月版，第 16 页。）

③ 1909 年 10 月。（胡从经：《晚清儿童文学钩沉》，少年儿童出版社 1982 年 4 月版，第 2 页。）

与上述说法不同，日本的已故中国文学学者新村彻在他的《中国儿童文学小史（3）》（《野草》第 29 号，1982）中，明确指出，《童话》丛书的最初出版日期为 1908 年 11 月。现将新村彻的有关论述摘录如下：

可以说，真正意识到儿童，以儿童为读者对象的读物是从 1908 年开始出现的，那就是孙毓修编、译、校，上海商务印书馆刊行的《童话》丛书。

《童话》丛书的第一篇是《无猫国》（1908 年 11 月）。

第一集共 89 篇（89 册，86 种），可确证的出版日期为 1908 年 11 月至 1919 年 12 月（第 88 篇的出版日期），第二集共 9 篇（9 册，8 种），可确证的出版日期为 1910 年 1 月（第 2 篇的日期）至 1918 年 7 月（第 8 篇的日期）。如果把见到的再版版本加在内，其最终出版日期是在 1923 年 9 月即《童话》丛书经历了"五四"文学革命时期，持续出版了 15 年。

在上述国内研究者之间以及他们与日本学者新村彻的说法之间出现了矛盾。在国内研究者的文章中，没有明白表露出是否以亲眼目睹了原始出版物为根据（但是，在盛巽昌、张锡昌主编的《中国现代名家童话选》中，明确标明《无猫国》和《大拇指》均选自 1909 年 3 月版）。只有新村彻的文章明确道出是在亲眼目睹了樽本照雄所收藏的《童话》丛书（不全）后得出的上述结论。需要说明的是新村彻没有见到《童话》丛书的第一本《无猫国》（1908 年 11 月），但是他见到了与《无猫国》同时出版的丛书的第二本《三问答》。新村彻还说，接下来的三本《大拇指》《绝岛漂流》《小王子》是于 1909 年 1 月和 2 月出版的。

在同文中，新村彻还提到：孙毓修为《童话》丛书写的《〈童话〉序》一文曾于 1908 年 12 月发表在《东方杂志》第 5 卷第 12 期上。如果新村彻说法属实，那么孙毓修的《〈童话〉序》也许就不止在杂志上发表过一次。因为据王泉根选评的《中国现代儿童文学文论选》提供的资料，《〈童话〉序》还曾发表在 1909 年 2 月刊行的《教育杂志》第 1 年第 2 期上。

《〈童话〉序》发表的两次时间也显示出《童话》丛书有可能是在 1908 年 11 月开始出版的（当然也不排除孙毓修在丛书出版之前把序文寄出发表的可能性）。至于盛巽昌、张锡昌主编的《中国现代名家童话选》所收录的 1909 年 3 月出版的《无猫国》和《大拇指》则有可能是再版版本。据新村彻同文可知，《童话》丛书曾有再版，其中的《大拇指》从 1909 年 1 月到 1922 年 9 月共刊行了十四版之多。

目前来看，新村彻的 1908 年 11 月的说法，根据比较确凿。如果以此为准，那么中国的出版物上第一次使用"童话"一语就是 1908 年 11 月。不仅如此，一些研究者认为

《童话》丛书出版截止于 1916 年的说法，也被新村彻的上述文章所推翻。

二、"童话"词源来自何处

最早指出"童话"一词来源的是周作人。他在 1922 年与赵景深通信讨论童话时曾说："童话这个名称，据我知道，是从日本来的。中国唐朝的《诺皋记》里虽然记录着很好的童话，却没有什么特别的名称。十八世纪中日本小说家山东京传在《骨董集》里才用童话这两个字，曲亭马琴在《燕石杂志》及《玄同放言》中又发表许多童话的考证，于是这名称可说已完全确定了。"

日语中的"童话"，音读为"どうわ"，发音与汉语的"童话"相近，书写为"童話"，与当时孙毓修使用的繁体字"童話"完全相同。故中日两国，不论谁传给谁，在书写（印刷）上照搬即可。虽然，汉语中有"神话"、"说话"、"平话"、"笑话"等文体上的用语，从汉语的组词结构来看，也有可能自生表示文体的"童话"一词，但相比较而言，日语造出"童话"词汇的可能性更大。比如，日语中除了也有"神话"、"说话"、"笑话"等表示文体的语汇以外，汉语称为"民间故事"、"民间传说"的作品，日语则称为"昔话"或"民话"，对其进行改写则叫作"再话"，汉语的"寓言"，日语则称作"寓话"。可见"话"在日语中组成一种文体的造词功能和造词频率都高于汉语。尽管古汉语中，"话"也是"故事"之意，但日语中的"话"至今仍作为表示"故事"之意的词，经常而广泛地在日常生活中被使用。这说明了"话"在日语中的活力。

后来的许多人也都持着"童话"来自日本语语汇的看法。比如新村彻上述文章中就说："'童话'一语为日本语语汇。在日本，从文献上可以确证有其词汇是 1810 年前后起，而在书名中冠以'童话'一词的单行本，出版于近代明治时期的 1873 年。"另如，1981 年中国台湾地区出版的《中华儿童百科全书》中也说："日本人翻译《安徒生小仙子故事集》，用的就是'童话'这个名词，译成《安徒生童话集》。'童话'的意思是'儿童故事'。这个名词，也传到我们中国来。"贺宜也持"童话"来自日本的看法，但他认为"是'五四'以后才从日本引进的"。[①] 这在时间上已经站不住脚。

近年，有研究者对"童话"一词来自日语语汇的说法持怀疑和否定的态度。其方法是以证明日本在孙毓修主编《童话》丛书之前，并没有使用过"童话"这一语汇为根据。

盛巽昌说："我们没有见到山东京博（应为山东京传——朱自强注）等的'童话'，但从他们的传记里清楚，这两位十九世纪日本的文人，都与儿童文学风马牛不相及，他们对中国古典小说《水浒传》等却很有造诣；此后，誉称日本'儿童文学之父'的岩谷小波，为日本孩子做出很大贡献，他主编了不少少年儿童书刊，可是在他的著作里，没有见到'童话'的字眼，'童话'往往却被'物语'代替了。'童话'两字究竟是日本传入中国（当然不是'五四'运动之后），或者是中国传入日本，甚至是英雄所见，不谋而同，

---

① 贺宜. 漫谈童话 [M]. 成都：四川少年儿童出版社，1981.

至今还是个谜。"①

洪汛涛的《童话学》在引出周作人的上述观点后加以否定说："我们至今未能找到那本《骨董集》。但有的文字中说，《骨董集》问世于1814年，但其中并无'童话'此词，而只是'昔话'（むかしばなし）。'昔话'是从前的故事，不能说是'童话'。""有的文章中说，《燕石杂志》问世于1810年，其中也没有'童话'此词，而只有'童物语'（わらべものがたり）。'童物语'也就是'儿童的故事'，并不是'童话'。"

洪汛涛在同书中还以日本学者上笙一郎的《儿童文学引论》把日本儿童文学的诞生定为1890年、1891年为根据，认定："山东京传和曲亭马琴的作品是在这以前早许多的时间里，更不大可能用上'童话'这个词。"洪汛涛还根据《儿童文学引论》的文字说："日本在过去把那种幻想故事，是称作'御伽噺'的，到大正时代才开始叫'童话'。""大正元年才是1912年；那比周作人说的年代要晚得多了。""如果上笙一郎在《儿童文学引论》中的说法确凿的话，那周作人的说法就被否定。日本出现'童话'这个词，最早也是1912年。……孙毓修编撰《童话》，出版期为1909年3月，……较之日本的大正元年，也早了好几年。当然，光有这些材料，也不能断定说'童话'这个名称是由中国传到日本去的。但是可以说日本的'童话'这个名称，有由中国传过去的可能性。"

① 盛巽昌. 关于"童话"的来源［G］//贺宜. 儿童文学研究：第21辑. 上海：少年儿童出版社，1986.

　　周作人的"童话"来自日本说，与洪汛涛的"童话"有
由中国传过去的可能性说，两者谁是谁非呢？根据我目前对
日本儿童文学史的了解和所查证的资料，基本可以说"童
话"来自日本语语汇，而洪汛涛所说的"童话""由中国传
过去的可能性"几乎没有。其理由如后文所示。

三、日语"童话"的出现早于汉语"童话"近一百年

　　虽然洪汛涛在上述文章中推翻了周作人的说法，但是却
没有有力的证据，有的结论甚至是由对别人观点的误解而得
来的。

　　对周作人讲到的《骨董集》《燕石杂志》《玄洞放言》，
洪汛涛以"有的文章中说"为根据，否定其中出现过"童
话"一词。但是，洪汛涛没有标出"有的文字"的作者和出
处，使我无从查考其可信性。引用他人观点而不标示出处，
是为研究尤其是考证文章之大忌。洪汛涛以上笙一郎指出的
"日本的儿童文学是 1890 年、1891 年才有的"为由，认为
"山东京传和曲亭马琴的作品是在这以前早许多的时间里，
更不大可能用上'童话'这个词"；他还根据上笙一郎指出
的日本儿童文学由明治时代的"御伽噺"演进为大正时期的
"童话"这一历史发展过程，认定："日本出现'童话'这个
词，最早也是 1912 年。"上笙一郎的说法是确凿的，但洪汛
涛由此而做出的两个推论却是完全错误的，因为其出示的论
据与要得出的结论并没有因果关系。

　　上笙一郎的《儿童文学引论》以岩谷小波的童话（在那

个时代被普遍称为"御伽噺")《小狗阿黄》(在《儿童文学引论》中译本中被译者误译为《黄金号》) 的出版作为日本近代意义上的儿童文学的诞生标志,但这并不意味着在此之前日本就没有儿童文学。上笙一郎就把近代以前的儿童文学称作"史前的儿童文学"。如果了解到了这一点也就不会断定《小狗阿黄》之前"不大可能"存在"童话"——儿童的故事。

在明治时期日本文学界的确把岩谷小波式的幻想故事称为"御伽噺"而不叫作"童话",但这是从文体上进行的区分,也不意味着日本在这时或者更早绝对没有广义表示儿童的故事的另一个词——"童话"。

那么,日本语中究竟是何时有"童话"一词,"童话"又是经过了怎样的发展过程才在意义上演变为今天日本语中的"童话"的呢?

根据我所见到的资料,能够证明的是"童话"的最早出现,是在泷泽马琴(泷泽马琴别号曲亭主人,故亦称曲亭马琴)的《燕石杂志》(1810 年)、《玄洞放言》(1820 年) 和山东京传的《骨董集》(1814—1815 年) 中。

日本儿童文学学会编著的《儿童文学事典》(东京书籍株式会社,1988) 中的"童话"一条这样写道:"童话一般是指以儿童为读者对象,具有文学性的读物,大多是指面向低学年的短篇作品。在这一用语之前,明治中期,岩谷小波把面向幼年儿童的读物称为'御伽噺'。(中略)'御伽噺'直到进入大正时期,为'童话'所取代之前,一直被广泛使用。不过'童话'这一语汇已经被江户时代的作家、学者使用过。山东京传把'童话'训读为'むかしばなし',用音读的'童话考'作为'童话'研究著作的书名。泷泽马琴在

《燕石杂志》中把'童话'读为'わらべものがたり'。黑泽翁满写过《童话长编》一书。"《儿童文学事典》所收的"山东京传"和"泷泽马琴"两词条也明确指出，《骨董集》和《燕石杂志》使用了"童话"一语。

周作人与赵景深在 1922 年对童话进行讨论的通信文章，曾在 1935 年被伊藤树夫翻译成日文，发表在日本的《儿童艺术研究》杂志第 3、4 期上。伊藤树夫在译文后，给周作人提到的《骨董集》《燕石杂志》《玄洞放言》做注释如下：

> 《骨董集》——"文化初年开始写作，文化 12 年 12 月上编四卷出版发行。京传在晚年，以十余年的光阴，对这一编著倾尽全力。这是关于江户时代的文艺习俗的随笔集，是研究的极好资料。虽然在《骨董集》的版权页上，预告'最近将出版'《劝惩记》《山东漫录》《杂志考》《童话考》四卷，但最终未能上梓。"
>
> 《燕石杂志》——"文化 5、6 年著，文化 7 年刊行。考证式随笔录。"
>
> 《玄洞放言》——"文政 3 年刊行。考证式随笔集。当世评价其模仿《骨董集》，但终未能超过《骨董集》。共计 84 篇，全六卷，卷六杂部中可以见到童话考余。"

伊藤树夫在注释中所加的重点号，无疑是用来证明周作人之言属实。

四、日语"童话"在日本出版物中的百年轨迹

为了找到 1810 年到我们开始使用"童话"的 1908 年间"童话"一词在日本出版史上的轨迹，我查阅了三种年表，结果发现仅书（篇）名中出现"童话"一词的就有如下出版物：

1874 年，《西洋童话》，今井史山纂辑，浪华书肆清规堂出版。

1899 年，《关于童话》，松本孝次郎著，载于《儿童研究》杂志第 7 期。

1900 年，①《日本童话的渊源》，芳贺矢一著，载于《教育》杂志第 6 期。

②《童话问题》，乙竹岩造著，载于《教育》杂志第 7 期。

1901 年，《童话的缺欠》，铃木治太郎著，载于《儿童研究》杂志第 2 期。

1907 年，《日本的童话》，高野斑山著，连载于《教育学术界》杂志 1907 年第 12 期，1908 年第 1、2 期。

1908 年，《童话的研究》，高岛平三郎著，连载于《小学校》杂志第 2、3 期（以上见《儿童文学事典·年表》）。

1857 年，《童话长编》（童话考），黑泽翁满著，律居社中梓。

1874 年，《西洋童话》，今井史山译，浪华、清规堂

出版（以上见《儿童文学辞典·年表》，东京堂出版，1970 年 3 月 5 日初版印刷）。

1901 年 2 月，《童话的缺欠》，铃木治太郎著，载于《儿童研究》杂志。

1902 年 8 月，《童话在幼儿园》，松本孝次郎著，载于《儿童研究》杂志。

1903 年 8 月，《月亮池》，海外童话，冽水译，连载于《读卖新闻》2 日至 16 日（以上见鸟越信著《日本儿童文学史年表·1》，明治书院，1975 年 9 月 10 日初版发行）。

鸟越信年表中的翻译作品《月亮池》一项，虽然作品题目中没有出现"童话"一词，但在原作者处，不是标示人名，而是笼统标示"海外童话"，因此，也可作为出版物中出现"童话"语汇的例证。

年表，是文献学、书志学研究的一种形式，其重要的编纂原则之一，正如鸟越信在《日本儿童文学史年表》的凡例中所说："以尽可能占有原始出版物为宗旨，表记上遵从原始出版物的记载，追求严密性。"

可以说，上述年表中的资料，基本上经过了编者对原始出版物的实证，是具有可信性的。当然，上述年表也并没有反映出全部有关资料，而且由于它们只是对单行本和杂志、报纸上发表的文章（作品）的题名给以记载，对其内容却并不作具体反映，所以，除此之外"童话"一词肯定还多次出现于其他出版物中。

比如，木村小舟的《少年文学史》（1942—1943 年）明治编下卷中，就提供了一个叫开发社的出版社于 1899 年，开始出版发行题名为《修身童话》的幼儿读物这一信息。木村小舟认为，明治以后，有意识地将"童话"作为儿童的文学的名称来用，是在出版《修身童话》的 1899 年。这似乎与上述《儿童文学事典》中所说的明治时期，普遍把面向幼年儿童的读物称作"御伽噺"一事有些矛盾。但是，木村小舟说："同样是民间故事或者传说之类，从文学的角度把握时，称其为御伽新，从教育的立场把握时，则不叫御伽噺而称其为童话（重点号为原有——朱自强注）。这样一种看法，如果以今天的认识来看，恐怕会产生很大异议，但在当时，却大体是这样进行区别的。"①

再如，前述年表资料中曾两次出现的发表童话研究文章的松本孝次郎，于 1902 年出版了《实际的儿童学》一书，其中便收有《关于童话的研究》一文。这篇文章（包括整本书）是作者在"帝国教育会"所做讲演的记录，能得以出版，可以想象其在当时影响是很大很广泛的。该文的主旨在于探究"童话"在教育上的价值，以儿童心理学为基点，考察将童话给予儿童的方式、方法。

从前述年表所提供的资料，我们可以发现两个富于意味的信息，其一是，进入明治四十年代，"童话"一词开始频繁地出现在出版物中；其二是，有关"童话"的文章，均出自儿童心理学家、儿童教育学家之手笔，这些文章均发表在儿童研究或教育文献的杂志上。

---

① 日本儿童文学概论［M］. 东京：东京书籍株式会社，1978：103—104.

明治三十年代，是日本儿童研究的兴盛时期。儿童研究的浪潮促进了明治四十年代儿童文学研究的发生和发展。儿童心理学家们在日本儿童文学研究的初萌期，发挥了启蒙作用。仔细阅读几种年表，的确如木村小舟所言，岩谷小波这样的文学家对儿童文学读物使用"御伽噺"这一名称（间或也用"少年文学"），而松本孝次郎、高岛平三郎这样从事儿童心理、儿童教育研究的学者则使用"童话"这一名称。

以上对日语"童话"在出版物中出现的轨迹的考察，已经能够证明至中国出现"童话"一词的 1908 年，日语的"童话"一词已是年代久远，根深蒂长了。

五、日本对诞生期的中国儿童文学的影响

考证"童话"一词是由中国传到日本，抑或是从日本传到中国，文献学上的实证是最为重要的，但是，与此同时，大的历史条件和文化背景也必须纳入我们的视野。因为说到底，在中国，"童话"一词的出现是结结实实地与儿童文学的出现连在了一起。它绝不是孤立的语言影响。

世界各国文化上的影响，尽管质量有别，但总的来说是一种双向运动。不过，在具体功利目的下面对他国进行的文化选择，都会遵循取人之长，补己之短的原则。即是说在一些具体的领域，文化上的影响也会呈现单向运动的轨迹。

中国儿童文学在诞生时期，便接受了日本儿童文学的影响。这个时期除了有日本的儿童文学作品如押川春浪的冒险小说译介到中国，许多西方儿童文学作品，也是从日译本转译过来的。比如梁启超译的《十五小豪杰》（儒勒·凡尔纳著，原名为《两年间学校暑假》）转译自日本森田思轩的日译本《十五少年》。鲁迅的《月界旅行》（儒勒·凡尔纳著）转译自日本井上勤的日译本。在儿童文学理论方面，以作为创始人的周作人为例，他所宣扬的进步的儿童观的底蕴里，明显有着日本"白桦派"的人道主义思想的影响；他的童话理论的基石——安特路朗·兰格的人类学观点，也是通过日本这一桥梁所取得的；另外，日本民俗学者柳田国男的民俗学方法也对他产生过影响。

在日本对中国儿童文学发生影响的大背景下，深谙中日两国文化并处于时代漩涡中的学识严谨的周作人说出"那时中国模仿日本已经发刊童话了"（见《周作人回忆录》，湖南人民出版社，1982：375），"童话这个名称，据我知道，是从日本来的"这样的话，是基本可信的。在当时儿童文学评论里还能找到不少照搬的日语语汇，比如"物语大师安徒生"中的"物语"，论文《童话与空想》中的"空想"（日文意为幻想）即是。

周作人等对"童话""物语""空想"等语汇来自日本语的实感，恐怕就像今天的精通日语，熟知日本文化的人见到"卡拉OK"、"洋服屋"、"新登场"便知道其语源来自日本语一样。

中国儿童文学在诞生期从日语拿来"童话"这一语汇，绝不是偶然的、孤立的现象。作为儿童文学代名词的"童话"一词的源头来自日本，其实是一种不可抗拒的历史必然。中国儿童文学在诞生期的这种受动的性格，对其后来的成长产生了复杂的影响。

载于《东北师大学报》1994年第2期

中日儿童文学术语异同比较

在文学艺术领域，用一种语言去表现另一种语言创造的世界是一件极其艰难而又危险的工作。凡是从事过文学翻译的人都知道，翻译是多么不可靠的东西，它总是违背原文，似乎不断地从原文中夺走某些价值，再将某些因素添加到原作上去。正是因此，在意大利才有"翻译者即是背叛者"这样的谚语。既然一种语言无法将另一种语言的意义彻底还原，那么研究母语以外的语言的文学，或者对母语文学与其他语言的文学进行比较研究的时候，精通对方的语言，从原作入手就成了保证研究具有科学性、准确性的重要和先决的条件。而对那些更多的通过翻译来了解不同语言的民族的文学的人来说，便要首先打消自己能够原原本本地了解对象的奢望，做好"上当受骗"的心理准备。

语言的这种尴尬也不无例外地横在汉语与日语之间。比如，汉语的小说很少使用连词，这使日本译者大伤脑筋，其译文有时不由自主地现出原本没有的接续关系。反过来，日语小说中的时态、敬语、男女用语也令中国译者不知所措。在学术性研究方面，汉语与日语之间的隔膜依然存在，只不过与表现人的思想、情感、心态的文学作品相比，其疏离程度小一些而已。

在中日儿童文学的交流中，语言既是桥梁也是沟堑。凡是懂得对方的语言，同时又了解两国儿童文学的理论和文学史的人，都会感到双方使用的某些儿童文学术语，或者是难以对接，或者不能完全契合。我们绞尽脑汁去寻找与对方语言相对应的语汇，却常常词不达义，令人失望。这也不奇怪，人类是借助语言进行思维从而认识世界的，当不同文化背景下的不同民族对一种文学怀有不同理解时，当然首先表现出语言方面的疏离。不过事情总有它的另一面。如果循着中日两国儿童文学用语的疏离进行探究，反而更能披露各自的性格，而明确了彼此的性格，显然是为交流奠定了基础。

下面，我站在中国儿童文学接受日本儿童文学的立场上，阐述两国儿童文学的一些重要用语的异同。

日本："童心主义"——中国："童心主义"

日本儿童文学中的"童心主义"一语，指的是日本大正（1912—1926）后半期的儿童文学主流思想。"童心主义"将处于人生中的儿童期的纯真善感的心态称为"童心"，把回归童心作为成年人的生活理想。历史地看，日本的童心主义同时包容着积极和消极的两个方面。

在 20 世纪的第二个十年里，半封建的日本近代社会掀起了被称之为"大正民主主义"的自由思想的浪潮。尊重儿童的人格和自由的近代儿童观取代了封建的儿童观，渗透进教育和儿童文化的领域。在这一时代的机运中，刊载童话、童谣作品的《赤鸟》于 1918 年创刊。继此之后，《金船》（1919 年，后改为《金星》）、《童话》（1920）等杂志也告诞生。这些杂志便成为童心主义儿童文学的主要舞台。儿童拥有一个与成人不同的独自的心灵世界和生活领域，这一对儿童的发现，在日本大正时期的作家和诗人们那里，是以对"童心"的发现表现出来的。提倡创作"童心童语"的新童谣的北原白秋以及西条八十、野口雨情等诗人的童谣，小川未明、浜田广介、千叶省三等作家的童话，超越了各自资质和风格的差别，共同立于解放童心的理念之上。特别是童谣作品，与作曲结合在一起，相映生辉，绽放出童心艺术的花朵。

童心主义尽管本来具有歌颂儿童的内部世界的积极意义，但是，另一方面也产生了封闭在作为成年人怀旧的"童心"里面的倾向。尤其是童心主义的亚流思想，将"童心"与成人的世界隔离开来加以赞美，陷入逃避现实的观念论的泥淖，脱离了现实生活中的儿童。由于昭和初期无产阶级儿童文学对童心主义的批判以及时代的变化，童心主义急速地衰落了下去。但是"童心主义"一语仍然为现代日本儿童文学所承继使用着。正如人们面对那些将儿童单纯当作可爱的存在加以描写，缺乏真实感的甜蜜蜜的童话常说"这是童心主义"所显示的,在现代日本,人们往往从消极的意义方面使用"童心主义"一语。

中国早有"童心"一词。《左传·襄公三十一年》篇中就有"于是昭公十九年矣,犹有童心"之说。而作为一种思想观念的阐述,则首推李贽的《童心说》一文,尽管其所发并非儿童文学的议论。

进入现代,鲁迅等现代文学作家用过"童心"一语,不过中国儿童文学第一次"讨论""童心"问题是在 1960年。1958 年,陈伯吹在《儿童文学研究》(内部刊)第 4 期上发表了《漫谈当前儿童文学问题》一文,其中有这样的话:"如果审读儿童文学作品不从'儿童观点'出发,不在'儿童情趣'上体会,不怀着一颗'童心'去欣赏鉴别,一定会有'沧海遗珠'的遗憾……"到了 1960 年,随着文艺界对修正主义文艺思想的批判拉开帷幕,陈伯吹的上述观点也被作为"童心论"来批判。正如 1980 年重新讨论"童心论"时,陈伯吹所解释的,当时他所讲的"童心""也就是儿童的思想与感情的结晶体"。阅读有关"童心论"讨论的文章,可以清楚看到,陈伯吹以及其他人所说的"童心",强调的只是成人对儿童的理解,而非哲学观念上的崇尚,因而与日本童心主义儿童文学所提倡的"童心"属于不同的次元。

中国的儿童文学,直到近年以前,一直没有"童心主义"一语。尽管在中国现代文学史上可以找到鲁迅、冰心、丰子恺等推崇赞美"童心"的作家,在他们的作品中可以体会到某些与日本童心主义儿童文学相似的心境,但是,在阶级斗争和抗日救亡的时代大洪流中,"童心"只能是转瞬即逝的浪花，无法像日本那样成为一个时代的主流的儿童文学思想。

据我所知，第一次将日本童心主义介绍到中国的是王敏的《日本儿童文学中的童心主义》；第一次将日本童心主义思想与中国作家崇尚"童心"的心境进行比较研究的是朱自强的《鲁迅的儿童观：儿童文学视角》；第一次从哲学观上论述儿童文学的"童心"问题的是班马的论著《中国儿童文学理论批评与构想》，稍晚其后的王泉根的论著《儿童文学的审美指令》与班马持相同问题意识阐述这一观念时，则进一步以"童心主义"取代了"童心"一语。由此，中国的儿童文学开始了对"童心主义"的思考。

班马、王泉根在人生哲学方面对"童心"或"童心主义"所作的思考基本同日本的"童心主义"思想位于同一次元，然而在作为儿童文学的创作方法来思考时，王泉根对新时期中国儿童文学创作中所谓"童心主义"现象的评价则有忽略"童心主义"负价值的一面之嫌。比如，他所高度赞誉的曹文轩的"童心崇拜"的小说《红枣儿》《静静的小河湾》《静静的水，清清的水》《哑牛》，便流于对纯洁无瑕的"童心"的简单、浅层的赞美，是童心主义的亚流作品。

由于汉语与日语共同使用相同汉字的特点，目前我们直接用汉语的"童心主义"对应日语的"童心主义"一语。但是，这种文字表记上的便利却带来了潜在的危险，即容易产生一种错觉，以为中国对"童心主义"的理解与日本的"童心主义"概念是一致的。然而，正如前文所述，目前中国认识、理解的"童心主义"与日本的"童心主义"是两个意义不尽相同的概念。在这种情况下虽然在谈论日本儿童文学或对中日儿童文学进行比较时，用汉语的"童心主义"指谓了日语的"童心主义"，但是，严格来讲，这里的"童心主义"并非"童心主义"。造成这种疏离的原因是由于两国对儿童文学在某些方面怀着不同的理解，拥有不同的儿童文学史。

日本："フアンタジー"——中国：？

日本是一个善于吸收外来文化的国家。日语中大量外来语的存在便说明这一开放的接受态度。日语的"フアンタジー"一语来自英语中的 fantasy。"フアンタジー"有两个意思，一个意为幻想，一个是指一种文学体裁。这里谈论的是后者。

正如词源所显示的，"フアンタジー"这种文学体裁发源于英国。深受欧美儿童文学影响的日本从 1960 年石井桃子等人出版评论集《儿童与文学》起，开始使用"フアンタジー"这一概念，目前，"フアンタジー"在日本儿童文学界，已作为儿童文学的一种体裁而固定下来。日本学者神宫辉夫给"フアンタジー"下的定义可以代表一种普遍的认识："包含着超自然的要素，以具有小说式的展开的故事，引起读者惊奇感觉的作品。"[1] 日本"フアンタジー"的滥觞之作是佐藤晓的《谁也不知道的小小国》（1959 年）和乾富子的《树荫之家的小人们》（1959 年）。

---

① ［日］神宫辉夫. 儿童文学的主将们［M］. 日本广播电视出版协会，1989：115.

　　然而，中国儿童文学界一直没有一个与日语"フアンタジー"相对应的文学体裁称谓。在中国，仍然普遍把"フアンタジー"作为"童话"来看待。这是因为，在创作方面，"フアンタジー"还没有作为文学体裁确立起来；在世界儿童文学史研究方面，还没有明确幻想型故事文学所走过的民间童话、文学童话、"フアンタジー"这三个历史阶段。当然，不是说中国连一篇自己的"フアンタジー"都没有，也不是说中国的研究者一点都没有注意到幻想型故事文学向"フアンタジー"的发展（关于这方面的情况请参见拙文《小说童话：一种新的文学体裁》）。然而，在把"フアンタジー"作为一种文学体裁来认识这一层次上，中国与日本相比则存在着明显的时间差。怀着改变中国在"フアンタジー"认识问题上，与欧美（包括日本）的非同步状况这一问题意识，我曾在《小说童话：一种新的文学体裁》一文[①]中，抛砖引玉式地以"小说童话"作为与"フアンタジー"相对接的文学体裁用语，论述了在中国确立"小说童话"这一文体的依据、"小说童话"的本质、"小说童话"的成因及其艺术魅力。给"フアンタジー"一个对应的汉语名称并不难，难的是深刻理解它的本质，把握它后面的文学史背景，在创作上确立"フアンタジー"文体并在此基础上建立真正的文体批评式的作家、作品论。这显然需要一个不短不易的过程。没有这个过程，中国儿童文学是难以与日本儿童文学的"フアンタジー"进行精确（相对）对接的。

---

① 载于《东北师大学报》1992 年第 4 期.

日本："童话"——中国："童话"

　　尽管有些研究者曾提出疑义，但是我在经过考证之后，仍然认为周作人的"童话"一词"是从日本来的"这一说法是可信的。

　　中国第一次使用从日语词汇引进的"童话"一词是在1908年，见于孙毓修为商务印书馆主编的《童话》丛书。由于年代久远，《童话》丛书的原始出版物大多散佚，但根据赵景深所著《民间故事研究》一书对孙毓修所编童话来源的整理，我们可以了解到，《童话》中除了"《书呆子》和《寻快乐》似乎是沈德鸿的创作"外，其余"童话"均为编写、编译的中国历史故事、外国神话、童话、寓言和小说。即是说，孙毓修所用的"童话"便是儿童文学的代名词。"童话"一词后来经过周作人等学者的考证研究，范围逐渐收拢。到了新中国以后，儿童文学界几乎一致认为"童话"是一种特殊的幻想故事，即把幻想作为童话的最根本的艺术特征。

　　与中国儿童文学对"童话"的认识过程相比，日本的"童话"意义的变化更为复杂。虽然日语的"童话"一词的出现早于中国近一百年（1810年），但是江户时代的"童话"指的是从民间故事中选取的适合儿童的故事读物，而近代意义的日本儿童文学的诞生却是在岩谷小波出版《小狗阿黄》的1891年。尽管在明治期，从事儿童教育的人士使用过"童话"一词，不过明治期文学领域里的人士以及后来的研究者都以"御伽噺"（下文将作论述）来覆盖明治期的儿童文学。进入大正时代，铃木三重吉不满于以岩谷小波为代表的明治时代的"御伽噺"文笔上的粗糙，选材上的不全面，创刊了艺术杂志《赤鸟》，旨在创造"具有真正艺术价值的文笔流畅、优雅的童话和童谣"。从此日本儿童文学（叙事性作品）从"御伽噺"的时代进入了"童话"的时代。

从《赤鸟》上发表的"童话"可以看出，所谓"童话"既有表现幻想的"童话"，也有描写现实的"童话"。前者的代表性作家是小川未明，后者的代表性作家是坪田让治。从铃木三重吉把素材和表现方法完全不同的两类作品都纳入"童话"这一点可以肯定，对他而言，"童话"就是以具有艺术性的语言为儿童所创作的故事。这一对"童话"的理解为当时的日本儿童文学界所普遍接受，这样的"童话"不断产生，直到二战之后的"童话传统批判"发起为止，"童话"一语发挥着儿童文学的代名词的功能。

需要指出的是，三重吉所追求的艺术童话具有排除年龄大的儿童的特征。"童话"的"童"不是指所有的儿童，而是指年幼的儿童。另外从兼收并蓄幻想故事与现实故事这一点看，"童话"也不是文学体裁上的名称。

如果大正艺术儿童文学运动的组织者、领导者铃木三重吉在文学体裁上不是抱着如此模糊的认识，恐怕日本儿童文学的"童话"用语不会在漫长的时期里呈现着严重的暧昧和混沌的状态。可以说，这种暧昧和混沌即使在今天依然程度不同地存在着。

比如，以儿童小说《一串葡萄》争得日本近代儿童文学史上的一席重要地位的文坛作家有岛武郎的儿童文学作品集《一串葡萄》便仍被称为"童话集"。但是，该集子中的作品均为小说和现实故事，没有一篇是表现幻想内容的。再如，讲谈社于 1989 年出版的新美南吉的儿童文学作品集《新美南吉童话大全》中，儿童小说也占了相当的比例。

通过上述分析可以看出，日语的"童话"含义十分暧昧，在很多情况下与汉语的"童话"显然不是能够对应的概念。

日本进入昭和时代之后，开始出现将"童话"限定为包含幻想要素的故事性作品的倾向。这样的主张大都出自专事儿童文学的人士。为了避免"童话"含义的暧昧，有时便在"童话"的前面冠以限制词。"生活童话"便是这样的语汇。从文学发展史的立场来看，"生活童话"是 1930 年前后发展起来的无产阶级儿童文学为伪装自己的阶级色彩而造出的名字，但是到了无产阶级儿童文学运动完全衰微下去的 1935 年前后，"生活童话"则广义指以写实手法描写儿童日常现实生活的作品。用日本学者上笙一郎的话说，这是因现实主义未得确立才应运而生的一种既非童话也非儿童小说的折衷形式。"生活童话"在 1953 年早大童话会发起"童话传统批判"时，因被倡导现实主义小说创作方法的早大童话会的主将鸟越信和古田足日认为是与"私小说"同质的文学，受到激烈批判，从此销声匿迹，"生活童话"也成了死语。

在中国，尽管也曾有一些与日本的"生活童话"相近似的儿童故事，但由于没有日本"生活童话"那样的一种文学史的现象和过程，因而，目前中国的儿童文学用语中依然找不到与"生活童话"相对应的文学用语，而只好依凭汉语与日语使用相同汉字的天然条件将其译成"生活童话"。但是，如上所述，如果对日本儿童文学史缺乏了解，这种译法还是使人有些不知所云。

日本："御伽噺"——中国：？

"御伽噺"是日语使用汉字自造的文学用语，在汉语中找不到与其相对应的固有词汇。"伽"的意思是不去睡觉而来讲述故事："噺"字则指为了不重复同一个内容而加进了新意的故事。以《小狗阿黄》（1891年）拉开近代日本儿童文学帷幕的岩谷小波创造了"御伽噺"这一用语，指谓写给儿童的童话、故事。"御伽噺"明确提出的标志是1894年1月号的《幼年杂志》所设立的"御伽噺"专栏。岩谷小波笔下的"御伽噺"既有神话传说、民间故事、传记的改写，也有如《小狗阿黄》那样的独自创作。而"御伽噺"的主流则属于后者。

前文已述，日本儿童文学从明治期到大正期，是从"御伽噺"的时代进入了"童话"的时代。那么，都是指谓写给儿童的童话和故事，为什么却使用了两个不同的用语呢？

在思想内容上岩谷小波的"御伽噺"，正如当时人们对《小狗阿黄》批判时指出的那样，包含着封建的道德观念，宣传的是仁义忠孝、劝善惩恶的陈旧的儒教思想，其塑造的少年英雄迎合了明治期国家富国强兵、个人出人头地的时代风潮；而大正期以《赤鸟》为代表的"童话"的思想基础则是个人主义、民主主义、人道主义的新思想，其响应的是不为国家的目标所左右，思考个人的生活，探索个人的生存方式的时代风潮。

在文学表现上，岩谷小波的"御伽噺"正如其词源意义所显示的那样，具有民间文学讲述的性格，注重外向性，另外文笔比较粗糙；而大正时代以小川未明为代表的"童话"则摆脱了民间文学的讲述性，以优雅的文笔创造了一种内向的，"诗意的"、"情感的"艺术世界。

以上可见，"御伽噺"和"童话"虽然都是为儿童创作的童话、故事，但是其性质却有极大的区别。因此日本儿童文学以两个不同的用语来分别指谓，实在是符合儿童文学史的客观逻辑，科学而又合理。不过这却给具有不同的文学发展史和使用不同语言的中国儿童文学带来了困窘。把"御伽噺"称为童话故事显然不科学，因为这样既无法显示"御伽噺"的文学史的性格，也不能揭示其文体上的特质。另外，还极易与大正期的"童话"相混淆。郎樱、徐效民在翻译上笙一郎的《儿童文学引论》时，因无法为"御伽噺"找到一个相对应的汉语名称，而取其原文译为"御伽噺"，并在注释中加以简短说明。这种做法比较明智，缺点是"噺"字非中国现代汉语，在表记和识读上给不懂日语的人带来了不便。我个人有个想法，就是能否以"小波式童话故事"来对称"御伽噺"，不论是取日语原文还是用"小波式童话故事"或其他除"童话故事"以外的名称，要想使其固定为被普遍接受的用语，对日本儿童文学的"御伽噺"持有文学史和文体上的认识是必需的条件。

日本："战争儿童文学"——中国："战争儿童文学"

日本儿童文学中有"战争儿童文学"这一用语，指的是反对战争，希望和平的儿童文学作品。虽然有日本研究者指出应该用"反战和平儿童文学"代替"战争儿童文学"这样一个不准确的名称，但作为文学用语，"战争儿童文学"已经约定俗成。"战争儿童文学"的问题核心是日本侵华战争和太平洋战争。

中国儿童文学界以"战争儿童文学"来对应日本的"战争儿童文学"。但是，如果是不了解日本现代儿童文学面貌的人，便难以从汉语的"战争儿童文学"去准确把握日本的"战争儿童文学"这一概念。造成这一障碍主要有两个原因。

第一个原因。日本的"战争儿童文学"已经成为战后日本儿童文学的一个特殊而重要的创作领域。仅从1980年出版的石上正夫、时田功编著的《战争儿童文学350篇》一书便可以想见"战争儿童文学"的宏大规模。但在中国，虽然也有相当数量的表现战争的作品，如《鸡毛信》《小兵张嘎》《小马倌与大皮靴叔叔》等，但是作家尤其是研究者并没有普遍地将战争儿童文学作为一种问题意识来探讨，因而也就没有形成这一概念。中日两国的不同态度是缘于双方与战争的不同关系。虽然日本侵华战争给中国人民带来的伤害和损失要远远超过侵略一方的日本，但中国最终是以反侵略战争的胜利者形象而出现的，即"战争胜利"挽救了中国。而日本则自食了战争惨败的恶果，美国在广岛、长崎投下的两颗原子弹，更是给日本民族心理上造成了长久的战争恐惧；在另一方面反而恰恰是"战败挽救了日本"。从战败中吸取教训，不再发动战争，成了日本民族的战后呼声（当然也有不甘心失败，企图卷土重来的军国主义者）。在上述两种心态下，自然在表现描写战争的儿童文学创作中表现出不同的旨趣和重视程度。中日两国的描写战争题材的儿童文学作品都有对战争的控诉，所不同的是对抗日英雄的歌颂和赞美往往成为中国儿童文学作品的主旋律，而对侵略战争的反省往往沉淀为日本"战争儿童文学"的底蕴。

第二个原因。在日本，是把"战争儿童文学"作为文学体裁的用语来使用的。而在中国则把"战争儿童文学"理解为题材上的划分归类。这是因为中日两国在文学体裁上怀有不同的认识和理解。在日本，文学体裁除了有儿歌、小说、童话、儿童剧这样的与中国相通的体裁划分，还有另一种划分法，即在叙事性儿童文学作品中，分出动物故事、玩具故事、历史小说、冒险小说、家庭小说、学校小说、职业小说、侦探小说等。"战争儿童文学"便是基于后一种划分法的逻辑所生成的文学体裁。

只有在将日本"战争儿童文学"的上述特点纳入思维框架之后，汉语的"战争儿童文学"与日语的"战争儿童文学"才开始接轨，否则，即便使用相同的汉字去对应，概念的内涵也是断裂交错的。

日本："少年小说"——中国："少年小说"？

日语的"少年小说"与汉语的"少年小说"都是各自固有的儿童文学用语，尽管使用的早晚不同。虽然这两个用语的表记完全相同，但是并非在任何情况下意义都能契合。

在近代日本儿童文学史研究中，"少年小说"基本是大众儿童文学范畴中的用语。菅忠道的《日本的儿童文学》一

书，在论述大正期、昭和期的大众儿童文学时，使用的便是"少年小说"这一用语。从该书中可知，活跃于当时的大众儿童文学作家佐藤红绿也是把自己的作品如《呵，把花儿插入玉杯》称为"少年小说"的。鸟越信的《日本儿童文学指南》以"大众的、通俗的少男少女小说"作为"大众儿童文学"的同义语。不满于历来的日本儿童文学史或者无视大众儿童文学或者偏重艺术儿童文学的状况的二上洋一，著述了通史式的评论著作《少年小说的谱系》，以"少年小说"作为"大众儿童文学"的同义语。

在中国，民国初年，受才子佳人小说、侦探小说、武侠小说、黑幕小说等大众通俗读物的影响而产生了"通俗的儿童读物"。由于后来的"五四"文学革命，"通俗的儿童读物"衰弱了下去，而到了30年代，又开始了巨大的复苏。尽管如此，中国的现代儿童文学史研究并没有将其纳入视野，而在新中国建立后，大众儿童文学则完全是一片空白。中国的儿童文学史研究既然没有大众儿童文学这一概念意识，当然也就没有能与日本的"少年小说"（大众儿童文学）相对应的用语。如果与日本的"少年小说"（大众儿童文学）相接轨，显然不能用"少年小说"而只能用"大众儿童文学"或者"大众少年小说"这样的用语。

近代的日本儿童文学史中的艺术的儿童文学不使用"少年小说"而是以"童话"来指谓。到了战后，为促使艺术的儿童文学从"童话"发展到小说作出重要贡献的，是早大童话会发表的《少年文学宣言》。战后日本儿童文学中的"少年小说"（有时包括少女小说，有时则仅指少男小说，所以日本儿童文学用语中还有"少年少女小说"）用语基本上等同于中国从新时期开始广泛使用的"少年小说"。需要指出的是，日本儿童文学研究、评论中，有时使用"少年小说"用语，有时则以"リアリズム"（现实主义）来指谓我们中国所理解的现实主义的"少年小说"。

可见，日本儿童文学的"少年小说"（或"少年少女小说"）含义比较暧昧。确定其含义，必须看其具体论述指谓的对象，而不能简单地望文生义。汉语与日语使用相同的汉字，有时给两国儿童文学的沟通、交流提供了方便，但有时也是设下了"陷阱"。

中日两国儿童文学作为不同的存在，在交流的过程中，契合是相对的，疏离是绝对的。也许我们所能做的只是尽量将契合提高到最大值，将疏离降低到最小值。

载于《东北师大学报》1993 年第 5 期

日本的"阿信"与中国的"阿信"
——关于翻译和解说的问题

石井桃子的《阿信坐在云彩上》创作于第二次世界大战之中，出版于第二次世界大战之后。该书于日本战败后的1947年由大地书房首次出版时，并无多大反响，但是，1950年由光文社再版时，却博得了人们热烈的欢迎。这部作品可以说是日本战后儿童文学的发轫之作。

这部长篇童话较早地被介绍到了中国。1958年6月，上海的少年儿童出版社首次出版，22年后的1980年8月，该社又发行了第二版，发行数第一版为3500册，第二版为5万册。

我最初阅读的《阿信坐在云彩上》是日文原作。读过之后，在深受感动的同时，也产生了一些疑问。比如，这部作品真的是童话吗？这个故事吸引我的并不是阿信所乘坐的云彩、云彩上的老爷爷，就是说不是幻想世界的情景，而是阿信一家在现实世界里的日常生活。阅读该作的感受，与阅读佐藤晓的《谁也不知道的小小国》时所产生的对小小国的浓厚兴趣和激动的心情具有完全不同的性质。

我认为，如果《阿信坐在云彩上》是小说或者是生活故事，会成为更为感动读者的作品。再有一点，我对云彩上的老爷爷无论如何也不能产生亲近感，所喜欢的倒是与他持有相同的儿童教育思想的阿信的爸爸。我感到，老爷爷看起来像是具有优越感的权威人士，说的话也含有说教意味，不过是作者石井桃子的儿童教育观念的化身。

当我打算以上述感想为基础撰写一篇文章时，很想了解《阿信坐在云彩上》被翻译到中国时是如何被接受的，就到图书馆去找中译本，结果只借到了 1980 年 8 月的第二版译本。

阅读中译本，吃惊于译本"编者的话"对作品的解说与我对作品的理解完全相反，同时也对译文怀有一些疑义，于是，打算针对阅读日文原作的感受和中译本的接受状况下笔写作。作为参考，我阅读了手边找得到的日本学者撰写的论述《阿信坐在云彩上》的文章，结果发现，与我的感想相比，安藤美纪夫、浜野卓也、上野瞭诸位先生已经更为深入地对问题做过阐述。因此，本文只能就中译本的接受和翻译问题进行论述。

一、关于译文

《阿信坐在云彩上》的中译本译者为梅韬。梅韬的译文比较准确、流畅，易为儿童阅读和理解。尽管如此，我在将中译本与原作大致进行对照时，仍然发现除了一些细小的错译，还有一处重大的误译和几处对原作的省略。

下面，我想探讨这处重大的误译和几处省略带来了怎样的接受结果。

石井桃子的《阿信坐在云彩上》敏锐地发现了儿童生活世界的逻辑，对儿童心理上的变化和心灵的成长进行了生动的描写。

比如，作品有一处写到阿信对妈妈也有"雪子"这样一个名字感到吃惊，并由此获得了对妈妈的新的认识。对此，石井桃子这样写道——

> 对阿信来说，这可是重大的发现。从那以后，过去曾是一体的妈妈和阿信之间，出现了缝隙。这道缝隙使阿信感受到了各种各样的事情，而且可以说，因为有了这道缝隙，阿信在心里更加珍重妈妈了。

但是，对上述文章，中文译者翻译为——

> 这在阿信是个大发现。从那以后，阿信觉得在她和妈妈中间有了一个新的关系。这个关系，使她越发感到妈妈可亲。

"有了一个新的关系"与"出现了缝隙"，对作品来说，意义完全不同。与意味着阿信和妈妈彼此分离的"缝隙"相比，"新的关系"不仅仅是极为暧昧和抽象的，它最根本的问题在于，我们从其中感觉不到个性的觉醒以及与此相伴随的对他人的发现。因此，"这个关系，使她越发感到妈妈可亲"一语也就令人难以理解。译文省略去"这道缝隙使阿信感受到了各种各样的事情"一语，也就砍掉了缝隙的发现对进一步丰富阿信的感性所具有的意义。另外，"越发感到妈妈可亲"与"在心里更加珍重妈妈"两者的意思也是有很大差别的。

日本学者浜野卓也这样论述"缝隙"的重要性："阿信和母亲之间的'缝隙'是她认识到两个人是分别的个体，具有应该互相敬爱的平等的独立人格的一个过程。因此作品写道：'阿信在心里更加珍重妈妈了……'即是说，从朴素的儿童的逻辑出发，发展到作为市民社会的逻辑的相互间的人格认识。"① 然而，从中译本的上述译文，是不能至少是很难挖掘出浜野卓也所论述的思想内容的。事实上，这部分日文中并没有一个难解的词汇。造成失误的，不是译者的日文水准，而是对儿童世界的逻辑所持的理解和认识的水准。这一点从后面对译文的删削问题的论述也可得到证实。

在原作中，阿信听妈妈讲故事时，问妈妈："很久以前是什么时候？"妈妈说："就是爷爷的爸爸还是孩子的时候。"接着，石井桃子就阿信对"很久以前"的感受做了这样的描写——

这时，不知为什么，睡在漆黑的房间里的阿信的眼前，唰地流过一道白光。如果说得让别人易懂些，那是

---

① ［日］浜野卓也. 战后儿童文学作品论［M］. 大日本图书株式会社，1984：12.

以阿信为中心，向前后伸展的一条漫长无尽的道路。路的一端连接到黑暗处，而另一端则消失在亮光之中。亮光的前方，耀眼得什么也看不见，黑暗的一方当然也什么都看不见。不过，在暗处稍靠前的地方有许多东西——是活物，人也混杂在里面——在蠕动。其中一个梳着发髻的小男孩儿独自一人蹲在地上，专心地在那里玩儿。只有这个男孩儿的身姿清晰地映入了阿信的眼睛。这就是阿信不认识的爷爷的爸爸的"孩子的时候"。

这段描写当然是石井桃子化身为阿信所想象出来的，但是它却生动地表现出了儿童的思维逻辑，即通过具体、实在的形象来感受和认识抽象的时间概念。

但是，这段描写被中译本删掉了。虽然不能完全肯定，不过根据翻译外国文学，特别是给儿童的外国文学时，经常存在着的对原作难懂的地方进行适当的改写以使其明白易懂，或者干脆省略的情况，也许可以推测译者的删削是将这部分作为儿童读者难懂的地方进行的处理。如果这个推测可以成立的话，我与译者的理解相反，恰恰认为这段描写是儿童读者所容易理解的，而且作者石井桃子也正是为了让儿童读者更好地理解"很久以前"才进行这一描写的。

我们再来看中译本的另一处删削。

阿信的哥哥阿毅因为冲司机喊"停车"给对方造成麻烦而被爸爸打了。云彩上的老爷爷从阿信口里听了这件事，拍着膝盖，笑得快要蹦了起来——

"哈哈哈！开心，开心，你爸爸的这一剂药真有效。

如果经常打他，只能打得满头是包，但是发挥不出药的效力。你爸爸呀，可真是抓住了关键。他与冰川寺的神很好地商谈过。是呀是呀，孩子这东西是不能只用人类社会的规章来规定的。在儿童的身上，有许多地方是必须用他们出生之前的国度，神的国度来衡量的……你爸爸完全了解这一点。"

和冰川寺的神商谈！出生之前的国度！

阿信吃惊地想问清这些事情，但是老爷爷已经对哥哥的事着了迷，根本没把阿信的表情放在眼里。（文中加重点号处，是被中译本删掉的部分——本文作者注）

我是重视译者的这一删除做法的。与前述删削不同，这部分对儿童读者来说是不易理解的。也许译者也是因为儿童读者不易理解才加以删削的。不过，我感到这一删削可能还有另一个原因，那就是出自教育观念的慎重考虑。因为不管怎么讲，老爷爷所说的"孩子这东西是不能只用人类社会的规章来规定的。在儿童的身上，有许多地方是必须用他们出生之前的国度，神的国度的规则来衡量的"这些话，是与那个时代（1958 年前后）的中国儿童文学所追求的儿童教育观念相矛盾的。

中文译者在《阿信坐在云彩上》一书的《译后记》中写明："这个译本略去原书最后关于阿信长大，在医学校读书时回顾她和哥哥、阿司幼年的一章。"译者对译本所省略部分的内容归纳得是否准确暂且不管，我们只来看看这一省略带来了什么样的与原作不同的结果。

读中译本和原作的结尾，我感到在故事的完整性这个意义上，与译作相比，原作更给读者以安心、满足感。原作开头的"这是十几年前，一个晴朗的春天的早晨发生的事情。现在叫东京都，那时却叫东京府……"这一倒叙讲述方式，决定了故事的叙述时间。阅读这样的故事开端，阿信现在怎么样了这一关心必然留在读者的潜意识中。在故事的结尾，如果作者对阿信以及其他人物的状况不作交待，就会让儿童读者产生一定程度的不满足感，故事也就难说是完整的。因此，作者石井桃子写道——

　　从那一天到今天——我忘记说了吗？阿信掉入天空，乘上云彩实际上是发生在十几年前的故事。不，我确实说过了，请你看一下这个故事的最开头——

作者将故事的时间回归到现在，以作前后呼应。因而，译本将这里一直到最后都删去，必然会给人以故事没有结束的感觉。

我认为，中译本的这一删削，不仅影响了原作故事的完整性，而且影响了原作的主题和人物形象的完整性。比如"成长"这一概念在评价儿童文学作品尤其是长篇作品中的人物形象时，是经常被使用的。阿信遵守为医生做帮手的诺言，从女子学校毕业后，马上升入培养医生的学校。关于这一行动能否称为"成长"，关于阿信是不是理想的儿童形象，日本学者安腾美纪夫和上野瞭作出了否定性评价。尽管如此，表面看来，阿信升入高一级的学校，哥哥阿毅"默默地突破男孩子所面临的难关"，这些也可以勉强看作是对"成长"的描写。而且，我认为，石井桃子写下"曾是孩子的阿信们已经长成了大人"时，是把这些作为阿信们的真正的成长来描写的。可以说，中译本的删削是有违于原作者的意图的。

事实上，中译本删掉的最后一部分中，有许多令人感动的内容。阿信怀着总有一天要把自己幼时的事情讲给某个孩子听的期待，哥哥阿毅埋葬死去的阿司（狗名）时的悲伤，参军后一去不返的长吉，这些描写，使我回忆起自身幼少年时代的往事。也许这是作为成人的乡愁，但是的确令我深受感动。正是因为这一点，我才认为《阿信坐在云彩上》如果是小说文体，会成为更优秀的作品，才持有这部作品是否真的是童话这一疑问。因此，删削后的中译本给我的感受和体验与原作是有很大区别的。

那么，译者为什么要删掉原作的最后部分呢？我认为这与原作在最后部分是如何表现日本侵华战争的有关。

"在'七七事变'的阶段对战争持批判态度的儿童文学者们，到了'大东亚战争'的阶段，很多人就都'顺随'、'归一'到'天皇之神道'上，协助'圣战'去了。"① 与菅忠道所说的协助"圣战"的儿童文学工作者们相比，石井桃子在当时的确是清醒的，而且她在战时创作的《阿信坐在云彩上》中，没有一句协助侵略战争的话。但是，仅止于此，作品就一点问题都没有了吗？

上野瞭曾指出："战争并没有从阿信那儿夺走任何东西。阿信在幼时获得的价值观并没有像国体原理崩溃那样而崩

---

① ［日］菅忠道. 日本的儿童文学［M］. 前进出版株式会社，1983：255—256.

毁。"① 对《阿信坐在云彩上》以温室价值为基点的思想提出了疑问和批判。因日本的侵华战争而遭受巨大灾难的中国方面的读者则从另一个立场审视《阿信坐在云彩上》。只要作品缺乏对战争的批判或者反省，中国读者受伤的心就不能得到抚慰，因此对这部作品的结尾怀有抵抗是情理之中的，特别是在战争结束并非太久的 1958 年。这样讲，并非要求日方创作的与侵华战争有关的作品都要对中国道歉。众所周知，韩富子的《树荫之家的小人们》（中译本书名为《小矮人奇遇》）、松谷美代子的《两个意达》中也并没有这种道歉，但是，翻译介绍到中国后却得到很高的评价。在这个问题上，最关键的是对战争有否反省或批判。所以，我认为译者删削原作的结尾的行为是可以理解的。

也许这一删削还有其他原因，但是，我认为最重要的原因还是在于这部分中缺少对战争的反省和批判。这一删削也表明了缺乏对战争的反省和批判给《阿信坐在云彩上》自身的国际化带来了怎样的局限。

二、关于中译本的《编者的话》

在《阿信坐在云彩上》的 1980 年第二版译本的卷首，刊载着相当于日语的"解说"的文章——《编者的话》。从文章中"这本书在 1958 年就介绍来我国，受到小读者的欢迎，这次重排出版，又将引起广大小朋友的阅读兴趣"的话

① ［日］上野瞭. 战后儿童文学论［M］. 理论社，1967：59.

里，可以知道，这篇解说是编者在 1980 年为第二版所写的。

浜野卓也曾说，石井桃子虽说是站在"另一个高度的次元上，但完成的仍然不过是好孩子的童话"。① 对此，我完全抱有同感。而且我认为，正是因为是好孩子的童话，才被强烈要求儿童文学要具有教育作用的中国作为合适的作品介绍进来。但是，这里所说的"教育"与广义的人的教育具有不同的旨趣，它是狭隘的"学校教育"和"道德教育"。由于中译本编者信奉的教育观念与原作所表现出的教育观念有着许多矛盾，因而导致了《编者的话》对原作的根本误读。这一点，读了《编者的话》立刻就会明白。

我无论如何都觉得进行解说的编者就像学校里的那些唠唠叨叨、吹毛求疵的教师——

哥哥阿毅是个聪明、倔强的孩子，但他存在着一些缺点。（省略）阿毅的这些缺点，有的是相当严重的。（省略）像阿毅这样的小朋友，决不能原谅自己的缺点，应该严格要求自己，好好接受爸爸妈妈和老师们的引导教育，虚心听取小朋友的批评帮助，并且学会从自己所犯的缺点错误中辨明是非，吸取教训，以求得更快的进步。

她（指阿信——本文作者注）确实品学兼优，全面发展，不可多得。但是像阿信这样的小朋友也有弱点和缺点，就是容易骄傲，看不起别人，尾巴翘到天上去。（省略）所以，像阿信这样的小朋友，要谦虚谨慎，戒

---

① ［日］浜野卓也. 战后儿童文学作品论［M］. 大日本图书株式会社，1984：16.

骄戒躁，要养成严格要求自己的美德。

这本书……对于培养我们小朋友的诚实、谦虚、友爱、勤学、遵守纪律、热爱劳动等优良品德，是很有积极意义的……

读了上述解说，恐怕读者会想起作品中老爷爷对阿信说过的话："这是什么呀！你这不就像在念道德守则吗！"中文译本的编者是怎样把活生生的文学作品当作学校的道德教科书来对待已是毋庸赘言的。问题是，编者所主张的教育观念是否真的是正确的。比如，关于阿毅的"缺点"，编者这样写道——

一个明显的缺点就是粗心大意、马马虎虎。……他有个外号叫"螃蟹君"，说他有一次走到医院化验室，把显微镜说成"高射炮"，又把在显微镜下看到的昆虫标本跳蚤说成"螃蟹"。显微镜和高射炮，跳蚤和螃蟹，相差那么大，稍加思考也分辨得清，而阿毅却把它们混同了。他是多么粗心大意啊！他的这个缺点又表现在学习上，影响成绩。他读书不如妹妹用功，考试成绩各门功课全甲是没有的，总有几个乙。……

贪玩，是阿毅的又一个缺点，这与他的粗心疏忽是有关系的。他非常喜欢小狗阿司，逗狗取乐，一天到晚不知浪费了多少宝贵时间，而他并不觉得可惜。他的贪玩有时到了着迷的程度。有一次他放学回家，脚还站在门外，眼睛就被在家里柜上放着的飞机模型吸引住了。他不顾脚穿泥鞋，突然跳进屋里，在干干净净的房里和靠垫上，走过去，回过来，留下了不少泥脚印，而他自己还不觉得。因为他脑子里只想着去拿飞机玩，对于其他一切，无所顾忌。他为了取乐，又发生了拦车事件。他躲在山脚下，当前面有汽车开过来时，就突然地跳到路上大喊"停车，停车"。读到这里，我们不禁要为他捏把汗。他以拦车作儿戏，把交通规则的公共秩序全放在脑后，那将产生何等严重的后果！爸爸狠狠地批评他，要求他认识错误的严重性和危害性，当然是很有必要的了！

阿毅的这些缺点，有的是相当严重的。

编者一边说，阿毅"和一般的小朋友一样，对周围事物有种好奇心和进取精神，有时难以控制自己"，但是，还是把阿毅当作问题儿童来对待的。可是，在作品中，阿毅绝不是一个问题儿童，而是一个生龙活虎的具有前途的孩子。比如编者所说的"粗心大意"这个缺点，把跳蚤与螃蟹相混同，并非什么缺点，而是缺乏经验的儿童在生活中常有的理所当然的事。而且作品也说："不过，那时也难怪哥哥错了。那跳蚤看上去那么大，被它咬一口，好像就会给它咬死似的。"即是说，作者丝毫没有把这件事作为阿毅的缺点来描写的打算。相反，倒是使人感到，作者是为了表现儿童世界所充满的幽默和快乐而特意这样描写的。

另外，阿毅与阿司这只狗的玩耍，这不仅不是什么缺点，反倒是阿毅的一个很大的优点。因为儿童与自然界和动物间的接触、交流是他们成长为一个健全的人的十分重要的条件。真正的儿童文学是非常珍视这一点的。可是，编者的看法是多么不可思议。

再比如，阿毅光顾了玩，穿着泥鞋弄脏了妈妈做好的针线活，这件事是不能用简单的道德规范来衡量的。在此，我不禁想起晖峻淑子在《真的有圣诞老人吗》这一讲演中说过的一段话——孩子忘东西是因为他的神经全部都集中到了别的地方。看一看这样的孩子的将来，大都变成了学者和艺术家，因为他们具有埋头于其中的素质。阿毅也像忘东西的孩子一样，神经全部集中到了飞机（即游戏）上，因此才没有注意到妈妈的宝贵的布。这样说来，阿毅是具有成为了不起的人物这种可能性的。事实上，阿毅也并非总是"粗心大意"的，在学习他所喜欢的算术时，就一点也不粗心大意。作品中明确交待过，阿毅考试成绩总是得甲的就是算术。

正如有的日本学者所指出的，作者石井桃子认为，遵守着道德守则的好孩子阿信其实并非真正的好孩子，正是有缺点的顽皮淘气的阿毅才是活生生的，具有前途的孩子。关于这一点，我们从作品所描写的日常生活中的事件和云彩上的老爷爷所说的"阿毅好像我的云彩，有弹性，不会屈服，也压不坏。我们对孩子，正应当希望他这样啊"的话中可以了解得十分清楚。

当然，在评价一部作品时，一般而言，看法因人而异，这毫不足怪。但是，就《阿信坐在云彩上》来说，编者的看法不仅违背了作者的原意，误解了作品的原貌，而且显然是错误的。造成这一错误的根本原因，在于编者的儿童观、儿童文学观、儿童教育理念所存在的问题。

载于〔日本〕《国际儿童文学馆纪要》第 6 号（本文为日文撰写、发表，中文翻译为作者本人）

中日战争儿童文学比较

从 1931 年"九一八"事变到 1945 年"八一五"日本无条件投降，在中国国土上，中日两国进行了长达十四年的战争，尤其是自 1937 年"卢沟桥事变"起，战争的硝烟弥漫整个中国。对这场战争，中国一方称为"日本侵华战争"、"抗日战争"，日本一方则称为"日中战争"。尽管有极少数的日本人企图歪曲历史，但日本政府的外交辞令和绝大多数日本人民都明确承认"日中战争"是日本军国主义发动的侵略中国的战争。在这场战争中，仅从最宝贵的人的生命的损害来看，中国军民共伤亡三千五百多万，日本军人伤亡一百三十余万，堪称是极为巨大、残酷的战争。这场战争不仅在当时极大地改变了中日两国各自的命运，而且至今在中日两国的政治、经济、文化、文学艺术等各个领域，仍是无法超越的存在。

在儿童文学的版图上，近年来中日两国交流最多、接触最深的便是以日本侵华战争为题材的战争儿童文学。仅从两国间正式的、大规模的学术研讨来看，1990 年 10 月，以"中日儿童文学的过去、现在及其未来"为主题的第一届中日儿童文学研讨会在日本大阪召开，在这届研讨会上，战争儿童文学成为两国儿童文学学者对话最为集中的问题；两年多以后的 1993 年 5 月，第二届中日儿童文学研讨会在中国上海举行，而此届大会的主题就是"战争儿童文学"。为了增进双方在战争儿童文学上的相互了解，深入战争儿童文学的比较研究，使本届研讨会取得更大成果，中日两方共同编辑中文、日文两种版本的《战火中的孩子们》一书，中文版赶在了研讨会召开前出版。

中日儿童文学的大规模交流首先集中于战争儿童文学范畴，是有其必然逻辑的。对于具有十四年的日本侵华战争历史的中日两国来说，要进行儿童文学的交流，战争儿童文学既是无法绕过又是最为切实的共同课题。另外，对于以人道正义精神为重要支撑点的儿童文学来说，关注、探讨摧残毁灭人性的战争，当然是自己义不容辞的责任。

在战争儿童文学问题的认识上，中日两国既有契合，也有疏离。人类是借助语言进行思维从而认识世界的。当不同文化背景下的不同民族对一种文学怀有不同理解时，首先表现出语言方面的疏离。这种语言的疏离既是文学交流和比较研究的障碍，但同时也是入口和桥梁。那么我们就先从"战争儿童文学"这一儿童文学用语入手，对中日两国战争儿童文学加以比较。"战争儿童文学"一语来自日本语语汇。日本儿童文学中的"战争儿童文学"这一用语产生于 20 世纪 60 年代，指的是反对战争、希望和平的儿童文学作品。虽然有日本研究者指出，应该用"反战和平儿童文学"代替"战争儿童文学"这样一个不准确的名称，但作为文学用语，"战争儿童文学"已经约定俗成；日本的战争儿童文学的问题核心是日本侵华战争和太平洋战争。从题材的范围看，要比基本立足于本土的中国战争儿童文学要广博。在日本也有主张进一步扩大战争儿童文学外延的学者，如战争儿童文学研究专家长谷川潮便认为，战争儿童文学作为一种体裁，也应把所有描写战争的作品，包括战时的少年小说等好战的作品也纳入其中。总之，日本的"战争儿童文学"已经成为战后日本儿童文学的一个特殊而重要的创作领域。仅从 1980 年出版的石上正夫、时由功编著的《战争儿童文学 350 篇》一书，便可以想见日本战争儿童文学的宏大规模。

在中国，近年以前并没有"战争儿童文学"这一用语。虽然也有相当数量的表现战争的作品，但是，作家尤其是研究者并没有普遍地将战争儿童文学作为一种理论问题来探讨，因而也就没有形成这一概念。"战争儿童文学"一语输入中国，并渐次成为中国儿童文学的问题意识是始于 20 世纪 80 年代末，从那时起，中国的儿童文学作家和研究者出访或留学日本，开始与日本儿童文学界进行频繁而实质性的交流，因而在"战争儿童文学"问题上发生了撞击。

可以这样认为，中国儿童文学对战争问题的思考和重视程度，从 20 世纪 50 年代至 90 年代是呈逐渐滑坡的趋势，这与日本在战败后的二十年后战争儿童文学不断升温恰好形成强烈的反差，造成这种状况的原因，中国的研究者曾从几个方面考虑：第一，儿童文学作家在主观上重视不够，由于中国在抗日战争的最终是以胜利国的姿态出现的，这在某种程度上冲淡了中国作为弱国的意识，因而缺乏吸取惨痛的挨打教训的自省；第二，作家队伍新老交替带来的消极影响。一大批亲身经历过战火考验的老作家或则去世，或则创作精力衰竭，而年轻的作家由于缺乏战争体验而难以写出这一类型的作品；第三，儿童文学教育性淡化。过去的儿童文学作品确实有说教味太浓，图解思想，丧失文学品质的倾向，但有些作家矫枉过正，又走到另一极端，出现了淡化教育性的倾向，从而造成了战争儿童文学创作上的冷落和萧条。我们认为还有一个原因就是，进入 20 世纪 80 年代以来，改革开放的中国全力以赴进行现代化建设，处于这一大潮中的儿童文学更加关注的是今天和明天，而对过去了的战争历史则有顾之无暇之感。

正像在"战争儿童文学"这一语汇上所显露出的中日两国儿童文学对战争的不同心态一样，中日战争儿童文学作品也呈现出不同的风貌。在中国，反映日本侵华战争的儿童文学作品几乎与历史的进程同步，"七七事变"前，有代表性的作品可以举出茅盾的《儿子开会去了》《大鼻子的故事》、叶圣陶的《邻居》、老舍的《小坡的生日》、贺宜的《野小鬼》等；"七七事变"后，是战争儿童文学作品收获较丰的时期，这类作品主要产生于抗日根据地和解放区，著名的有华山的《鸡毛信》、管桦的《雨来没有死》、周而复的《晋察冀童话》、王玉胡的《英雄小八路》、韩作黎的《一支少年军》等；新中国成立以后，五六十年代是战争儿童文学的丰收时节。著名的有周而复的《西流水的孩子们》、郭墟的

《杨司令的少先队》、颜一烟的《小马倌和大皮靴叔叔》、刘知侠的《"铁道游击队"的小队员们》、徐光耀的《小兵张嘎》、刘真的《我和小荣》等。这些作品中有些已成为新中国儿童文学的名著。从 1966 年起，由于"文革"，不仅战争儿童文学，整个儿童文学都进入了创作的空白期。经历了十年动乱和文学艺术的复苏期之后，儿童文学也进入了一个新的时期，创作渐趋繁荣，理论研究活跃。但是恰恰在这个儿童文学事业发展的时期，战争儿童文学创作却日渐衰微，仅出版了为数不多的中长篇小说和一些短篇小说。其中较有影响的有颜一烟的《盐丁儿》、严阵的《荒漠奇踪》等。

在日本，战后的战争儿童文学的真正有成果的时期是在 1960 年以后。战败后的十五年间，有关战争的作品数量并不太多。代表这个时期的作品有竹山道雄的《缅甸的竖琴》和壶井荣的《二十四只眼睛》。日本战争儿童文学所以出现这十五年的沉寂期的主要原因是，战前和战争中出现的专门从事儿童文学创作的作家中，有许多在战争中创作了颂扬侵略战争的军国主义作品，他们在战后当然对战争绝口不谈，而另一些作家没能认识到战争对儿童来说也是极为关心的对象。

接近 20 世纪 60 年代时，一批在战争中度过了儿童时代、青少年时代的年轻人作为儿童文学作家成长起来，他们开始在儿童文学中探索如何表现战争。1959 年日本出版了两本有重大文学史意义的长篇战争儿童文学，即乾富子的《树荫之家的小人们》和柴田道子的《从峡谷底里来》，从而开始了真正的战争儿童文学时代。从 60 年代以后，日本战争儿童文学发展的势头比较稳定、均衡。我们这里以表现题材的内容为线索，列举一些有代表性的重要作品。描写主人公在军队体验的作品有石川光男的《青草色的轮船》、长崎源之助的《傻子的星星》、山本和夫的《燃烧的湖》、前川康男的《小杨》；描写参加战争中的动员劳动、学生疏散体验的有安藤美纪夫的《蓝色的机翼》、柴田道子的《从峡谷底里来》、奥田继夫的《我的战场》、谷真介的《蜉蝣村庄》；以中国为舞台的作品有乙骨淑子的《笔架山》、那须田稔的《白桦与少女》、赤木由子的《柳絮飘飞的国家》、三木卓的《灭亡国的旅行》，另外前面提到的《傻子的星星》《燃烧的湖》《小杨》也是以中国为背景的作品。日本战争儿童文学还有两个极为重要的表现领域，即原子弹爆炸文学和空袭（指美军对日本本土的空袭）文学，前者有代表性的是由广岛儿童文学研究会四位同人合编的短篇集《鹤飞的日子》、大野允子的《立在海上的虹》、大江秀的《每当八月来到的时候》、松谷美代子的《两个意达》，后者则以岩崎京子、早乙女胜元、今江祥智的有关作品为代表。

必须承认，中日两国创作战争儿童文学时，虽然反对战争、要求和平是双方共同的呼声，但是，由于战争的不同关系，不同的战争体验，双方又有着各自的立场。虽然日本侵华战争给中国人民带来了深重灾难和巨大损失，但是，中国最终是以反侵略战争的胜利者的形象出现的，即"战争胜利"挽救了中国。用正义战争消灭非正义战争成了总是成为被侵略对象、被迫卷入战争的中华民族的生存立场。而日本，则自食了发动侵略战争的恶果。美军在广岛、长崎投下的两颗原子弹，更是给日本民族心理上造成了长久的战争恐惧。与"战争胜利"挽救了中国相反，是"战败"挽救了日本。从战败中吸取教训，不再发动侵略战争，成了日本民族的生存立场（当然，也有不甘心失败、企图卷土重来的军国主义者。知识分子中也有为军国主义招魂的人，比如写《大东亚战争肯定论》的林房雄）。在上述两种心态下，中日两国自然在战争儿童文学作品上表现出不同的问题意识和旨趣；从以上列举的中日两国的战争儿童文学作品来看，在总体上呈现着这样一个面貌——中日两国的战争儿童文学都有对战争的揭露与控诉，所不同的是，对抗日英雄的歌颂和赞美往往成为中国战争儿童文学的主旋律，而对侵略战争的批判和反省则沉淀为日本战争儿童文学的底蕴。

在对中日两国战争儿童文学进行比较时，我们不能忽略的一个重要问题是，作为日本人民，面对日本侵华战争和太平洋战争，有着加害者和受害者这样两个立场。

对中国人民来说，日本是加害者。我们必须始终从这一立场看待日本战争儿童文学中描写与日本侵华战争相关生活的作品。日本儿童文学作家在描写这一内容时的态度，对中国儿童文学者来说是十分重要的。石井桃子的《阿信坐在云彩上》于 1958 年被翻译介绍到中国，但中译本删去了原作结尾处对日本侵华战争爆发后，阿信等人的生活经历的描写，从而改变了原作的面貌。我们推测，译者所以做这样的删削，是因为这部分内容缺乏对日本发动的侵略战争的反省和批判。尽管石井桃子与小川未明、北原白秋等对侵略战争采取支持合作态度的儿童文学作家相比，头脑是清醒的，《阿信坐在云彩上》里也没有一句肯定侵略战争的语言，但是，对中国读者来说，仅此是不够的。只要作品缺乏对战争的反省和批判，在日本侵略战争中遭受巨大灾难的中国读者心灵的创伤就不能得到抚慰，因此对作品的结尾处怀有抵抗感也是自然而然的。这样讲并非是主张写到那场战争的每一部作品都必须对中国谢罪。众所周知，乾富子的《树荫之家的小人们》（中译本书名为《小矮人奇遇》）、松谷美代子的《两个意达》并没有对中国谢罪的语言，然而，翻译介绍到中国却受到了很高的评价。在这个问题上，最重要的是，有无对战争的反省和批判。因此，我们能够理解《阿信坐在云彩上》的译者删除原作结尾的做法。而且我们认为，这一删除明确地表明了对战争的缺乏反省和批判给《阿信坐在云彩上》的国际化过程带来了怎样的局限。

在日本侵华战争，尤其是太平洋战争中，日本人民在作为加害者的同时也成了受害者。日本人民一方面受到日本军国主义的战时管制和压迫之苦，一方面承受了广岛、长崎两颗原子弹和东京等城市的大空袭的灾难。在数量众多的原子弹儿童文学作品和空袭儿童文学作品中，几乎都表现出了强烈的受害者意识，对此也是可以理解并值得同情的，但是，问题的本质应该是，原子弹灾难也好，空袭灾难也好，对受害的日本人民来说，首先和主要应该负责的都是发动战争的日本政府和军国主义分子。另外，我们赞成有些日本儿童文学作家的观点，即今后应更加重视以加害者的意识创作战争儿童文学作品。

在日本儿童文学者的战争儿童文学观中，也有我们所不能接受的观点。日本的儿童文学评论家西本鸡介的《战争儿童文学论》一文中就认为："战争的罪恶是包括胜者、败者、加害者和被害者在内的全人类所应同样反省的事情。"① 西本鸡介所说的战争，具体的就包括日本侵华战争。我们不懂的是，被日本侵略军的铁蹄蹂躏得国破家亡的中国人民（受害者、胜者）进行正义的抗日战争，有何需要"反省"之处。西本的这种战争抽象论在客观上是在减轻日本军国主义的罪责。西本鸡介还在对比了被列入战时国策文学作家的火野苇平的《麦子和士兵》和被誉为战后反战文学的典型之作的梅崎春生的《日末》之后，扬前者抑后者地说道："我们是不能把连进行战争的理由都不知道而一心一意地信奉圣战思想，挺身赴死的年轻人当作'没有意义的一个东西'来葬送的。因为这些年轻人的做法正是当时必须牺牲一切去参加战争的日本人心灵的真实姿态。"② 西本鸡介的话令我们想起许多作品和影片中那些集体自杀或驾机与敌舰同归于尽的日本青年军人的疯狂面孔。尽管西本认为这种行为"充满了略带古风的正义感"和"祖国爱"，然而在无辜而受害的中国人民的眼里，这种"日本人的心灵的真实姿态"是十分残忍而可憎的。将年轻人"一心一意信奉圣战思想"挺身赴死看作具有人生意义的西本鸡介，在评论壶井荣的《二十四只眼睛》时，无视大石老师嘱咐学生"不要去做为名誉战死的事"这句话，想来也不是没有原因的。

必须看到，军国主义的幽灵一直徘徊在战后的日本。长谷川潮曾指出："尽可能地想要抹煞这种本质（即日中战争的侵略性质——作者注）是现在的日本政府的态度。虽然这

---

① 过渡期的儿童文学［M］. 偕成社，1980：183.
② 同①196.

个政府也没有否定日中战争的存在，但围绕教科书审定事件冒出来的一些议论，什么侵略战争并不是只有日本才搞过，战争本来就是残酷的，等等，也就可以清楚地看出，这种抹煞日中战争本质的倾向是很明显的。"① 值得欣慰的是，日本儿童文学界对军国主义倾向的每一次抬头都进行了努力的批判和抵制。而这种反对战争要求和平的立场正是中日两国进行战争儿童文学交流的坚实基础。

---

① ［日］长谷川潮. 日中战争是如何被反映的［J］//儿童文学研究，1993（6）.

周作人的儿童文学理论与日本影响

周作人的儿童文学理论，是西方（包括日本）的现代化进行世界性传播过程中的产物。如果说，中国儿童文学的自觉化进程，是由周作人开启的，那么周作人本人的儿童文学研究的自觉则是由西方文化开启的。而在周作人接受西方文化的影响时，日本是一个重要的存在。

周作人于 1906 年赴日本留学，他本来应该先学习日语，然后攻读建筑的，但到了日本，却一头扎进了"闲书"——小说、神话等里面去了。正是这种"以情趣为本"的心性，将他引向也可以称为"闲书"的儿童文学。

由于对神话的兴趣，周作人在日本得遇用人类学阐释神话的安德鲁·朗格（Andrew Lang）的著作。周作人这样评价说："于我影响最多的是神话学类中之《习俗与神话》《神话仪式与宗教》这两部书，因为我由此知道神话的正当解释，传说与童话的研究，也于是有了门路了。"① 安德鲁·朗格是英国著名的民俗学家（民俗学亦称人类学）、历史学家，同时也是文学家。他是奠定神话、传说、民间童话（即周作人所称"童话"）的现代科学性研究和民俗学基础的重要人物。自 1889 年至 1907 年，他将世界各地的民间童话以及贝洛、格林兄弟、豪夫、多诺夫人、安徒生等人的著名童话编辑为《蓝色童话》《绿色童话》《红色童话》《黄色童话》面向儿童读者出版。朗格编辑的这四卷童话，给现代儿童文学的潮流以很大的影响，后人将其称为《朗格童话》或《彩色童话》。但是，我猜测，周作人可能在当时没有见到它们。朗格在《神话仪式与宗教》一书的第三章以下论述野蛮人的原始心理状态，举出其五个特点：一为万物同等，均有生命与知识；二为信法术；三为信鬼魂；四为好奇；五为轻信。根据朗格的解说，周作人了解了神话传说以及童话的意味。

由安德鲁·朗格等人的人类学理论，周作人得到了"童话者，原人之文学"的解释。仅此，似还不能使周作人与儿童文学发生直接联系。可是，由于人类学，周作人开始对儿童学产生了兴趣："我们对于儿童学的有些兴趣这问题，差不多可以说是从人类学连续下来的。"② 周作人接触儿童学也是在日本（日本在中国新文学、中国儿童文学接受西方影响，走向现代化的进程中，真是起到了不可或缺的桥梁作用）。"我在东京时，得到高岛平三郎编的《歌咏儿童的文

① 周作人. 苦茶——周作人回想录［M］. 兰州：敦煌文艺出版社，1995：533，539，310.
② 同①.

学》及所著《儿童研究》，才对于这方面感到兴趣，其时儿童学在日本也刚开始发展。"① 周作人提到的高岛平三郎是著名儿童心理学家，日本儿童心理学的创始人，他的《歌咏儿童的文学》在周作人回国十来年后仍发生着重要影响。1923年初，周作人重读《歌咏儿童的文学》，"觉得仍有新鲜的趣味"，原因之一是高岛在序里说了"在支那不重视儿童，又因诗歌的性质上只以风流为主，所以歌咏儿童的事便很稀少"的话，周作人说："我想这一节话颇有道理，中国缺乏儿童的诗，由于对于儿童及文学的观念之陈旧，非改变态度以后不会有这种文学发生……"② 从高岛这里，周作人受到了根本性的一种启发。

"民国初年我因为读了美国斯喀特尔（Socudder）和麦克林托克（Maclintock）诸人所著的《小学校里的文学》，说明文学在小学教育上的价值，主张儿童应该读文学作品，不可单读那些商人杜撰的读本，读完了读本，虽然说是识字了，却是不能读书，因为没有养成读书的趣味。我很赞成他们的意见，便在教书的余暇，写了几篇《童话研究》《童话略论》这类的东西，预备在杂志上发表。"③ 受《小学校里的文学》的直接影响，周作人开始了儿童文学研究，这时，他在日本留学时得到的人类学和儿童学的知识终于有了用武之地，他在"五四"前依据人类学、儿童学，用文言写下了四篇儿童文学论文：《童话研究》、《童话略论》（1913 年）、《儿歌之研

---

① 周作人. 苦茶——周作人回想录 [M]. 兰州：敦煌文艺出版社，1995：533，539，310.

② 周作人. 歌咏儿童的文学 [M]//钟叔河. 知堂书话：下卷. 海口：海南出版社，1997.

③ 同①.

究》、《古童话释义》（1914 年）。

西方（包括日本）在儿童文学发展的早期，也都将人类学的方法运用于儿童文学研究上，可以说，这是儿童文学走向现代化的必经环节。周作人第一个将这一方法移植到中国，显示了敏锐的理论目光。

进入"五四"时期，周作人从提倡新文学的立场倡导儿童文学。他的儿童文学理论明确形成了"以儿童为本位"的儿童观。周作人的这一儿童观，并非像很多儿童文学史研究者所认定的那样，是受了杜威的儿童中心主义的直接影响，而是受到儿童学、生物学上的进化论、英国浪漫派诗人、日本白桦派的人道主义思想的影响。

周作人的儿童观深受日本白桦派的人道主义思想的影响。周作人与白桦派的领袖人物武者小路实笃的密切关系是广为人知的，而在人生观和儿童观方面，周作人与白桦派的另一位重要作家有岛武郎的神交则更深。

1921 年 3 月，有岛武郎在《艺术自由教育》上发表了《为单个人的人而生活》一文。在文中，有岛武郎说："人生不是为社会，而是为单个人的人，为单个人的人的本性，为单个人的要求，为单个人的幸福，为单个人的自由。"现代市民社会成熟的重要标志之一就是，不仅个人具有对社会的义务感，而且社会更要对每个普通人持有义务和责任。因此，在这种对每个普通人持有义务和责任的现代社会到来之前，有岛武郎这样的人道主义者往往强烈地主张个人主义。有岛武郎在《为单个人的人而生活》中的以个人为至上的思想，在他创作于 1920 年的《不惜一切去夺得爱》一书中已经清楚地显露了出来。《不惜一切去夺得爱》一书，查周作人日记可知，周作人于 1920 年 12 月获得。

周作人在 1922 年 1 月 18 日，以《小孩》为题写了两首诗，其二全文是——

我真是偏私的人呵。

我为了自己的儿女才爱小孩，

为了自己的妻子才爱女人，

为了自己才爱人。

但是我觉得没有别的道路了。

周作人诗中的个人主义思想与有岛武郎文中的个人主义思想是具有相通之处的。周作人的个人主义思想在其儿童文学活动中，表现为对儿童独立人格和个人权利的坚决维护。

周作人与有岛武郎身上都有着也许可以称为女性崇拜的思想倾向。我不知道这一倾向是否与英国蔼理斯的性心理学存在直接的联系，不过，在他们两人身上，的确都有着蔼理斯的性心理学的深刻影响。日本学者小坂晋曾在《有岛文学的性心理学分析》一文[①]中，对有岛武郎的《克拉拉离家出走》《一个女人》《该隐的末裔》等作品，从蔼理斯的巨著《性的心理》中所受到的直接、具体的影响，做了精细的分析。对周作人而言，蔼理斯的性心理学是其重要的思想源泉，他曾在《文艺与道德》《蔼理斯的话》《生活之艺术》《性的心理》《蔼理斯的时代》等多篇文章中，引用蔼理斯的观点以支持自己的思想。当然，蔼理斯对两人的影响有不尽

---

① 白桦派文学［M］. 有精堂，1974.

相同之处。对有岛武郎的影响，用小坂晋的话来说就是，蔼理斯的《性的心理》是有岛"解除自幼年至青年时期形成的，紧紧束缚他的既成道德的绳索，以及表白自身的里比多的武器"；而在周作人，则不仅是凭借蔼理斯在科学上的权威以打破封建伦理观和假道学，确立健全的性道德，而且还将蔼理斯奉为自己人生的尊师。

周作人与有岛武郎共同具有的同情和保护弱者的心性，不仅表现在妇女观上，而且更表现在儿童观上。说到有岛武郎的儿童观，人们都会想到因鲁迅的介绍而有名的《与幼小者》。这篇作品是有岛以写给孩子们的遗书的形式写成的，其中有这样的话——

时光不停地流逝。等你们长大时，你们的父亲在你们的眼里是什么样的人，这是难以想象的。大概像我现在嗤笑可怜将过去的时代一样，你们也会嗤笑可怜我的陈腐的心思吧。为了你们，我希望你们这样想。

如果你们不是毫不客气地以我为台阶，超越我而前行到更高更远的地方，那便是错误的。

……

我爱过你们，并且永远爱你们。这爱并非是为了从你们那儿得到作为父亲的报酬。对于教会我爱你们的你们，我的要求只不过是接受我对你们的感谢。……你们那年轻的力量，不要被已经走下坡路的我所拖累。像吃尽死去的父亲，贮存起力量的小狮子一样，你们舍弃掉我，强壮勇猛地走上人生之路就是了。

　　有岛武郎的《与幼小者》作于 1918 年。周作人在 1921 年 8 月，用日语写下《对于小孩的祈祷》一诗，发表在日本白桦派杂志《生长的星群》第一卷第七号上。同年，周作人将其译成汉语，又发表在《新青年》第九卷第五号上。这里引的全诗是周作人将这首诗收录于诗集《过去的生命》时的重译——

> 小孩呵，小孩呵，
> 我对你们祈祷了。
> 你们是我的赎罪者。
> 请赎我的罪罢，
> 还有我所未能赎的先人的罪，
> 用了你们的笑，
> 你们的喜悦与幸福，
> 用了得能成为真正的人的矜夸。
> 在你们的前面，有一个美的花园。
> 从我的上头跳过了，
> 平安的往那边去罢。
> 而且请赎我的罪罢，——
> 我不能够到那边去了，
> 并且连那微茫的影子也容易望不见了的罪。

　　对孩子的深挚的爱，将希望寄托于孩子身上的热切期待以及让孩子超越父辈的心愿，是流淌于《与幼小者》和《对于小孩的祈祷》中的共同思想感情。倾倒于白桦派文学的周作人，收藏了有岛武郎的许多作品。《与幼小者》得之于

1919 年 3 月，而周作人读到它也许更早一些："有岛君的作品，我所最喜欢的是当初登在《白桦》上的一篇《与幼小者》。"① 周作人创作《对于小孩的祈祷》时，受到他"所最喜欢的"有岛武郎的《与幼小者》的影响是极其自然的。

有岛武郎不仅是白桦派的重要作家，而且在大正时期的日本儿童文学史上还占有重要位置。他在 1920 年至 1922 年为儿童创作了六篇作品，数量不多但却粒粒珠玑，其中的《一串葡萄》已成为大正童心主义儿童文学的重要收获。这些作品后来结集出版，题为《一串葡萄》（周作人 1922 年 9 月得到这本集子）。正如有岛武郎成为儿童文学作家不是偶然的一样，周作人与同时身为儿童文学的有岛武郎的神交也不是偶然的。

周作人是将有岛武郎奉作自己的为数不多的"同行者"之一的。1923 年 7 月 9 日，有岛武郎情死。周作人从日本报纸得知消息约一周后，写下了悼念文章《有岛武郎》，文中写道："其实在人世的大沙漠上，什么都会遇见，我们只望见远远近近几个同行者，才略免掉寂寞与虚空罢了。"② 周作人显然是从有岛之死，感到了心中的"寂寞与虚空"。

通观周作人的儿童文学理论的形成过程，日本有时是连接西方文化的桥梁，有时则直接成为影响的资源，这一事实是中国儿童文学史研究所应该记取的。

---

① 周作人. 有岛武郎 [G] // 钱理群. 周作人散文精编. 杭州：浙江文艺出版社，1994.
② 同①.

鲁迅的儿童观：儿童文学视角

鲁迅的儿童观的研究并非未经开垦的处女地。但是，在有关鲁迅儿童观的问题中，鲁迅对"儿童本位论"的态度有重新评价的必要，而鲁迅的儿童观与日本童心主义儿童文学的比较，则似乎未曾有人涉足。本文便从这两个方面做一初步探讨，试图在人生哲学的层次上描述鲁迅的儿童观。

一、鲁迅与周作人的"儿童本位论"

在我国儿童文学理论界，有一种鲁迅批判过"儿童本位论"的说法。比如，有的学者说："鲁迅先生和其他进步的儿童文学作家，都曾对'儿童本位论'做过某些必要的批判，并在自己的作品中摆脱这种儿童文学理论的影响。"① 这种观点在儿童文学界影响是比较普遍的。但是令我感到疑惑的是，在鲁迅的著作中，很难找出直接批判"儿童本位论"的字样，相反，倒是可以找到鲁迅支持"儿童本位论"的言论。

"儿童本位论"是我国五四文学革命时期提出的崭新的儿童文学理论。与其他提倡过"儿童本位论"的人如胡适、郑振铎等相比，周作人对"儿童本位论"做了更积极、更广泛、更系统的传播。周作人主张的"儿童本位论"的精髓是反对不承认儿童的独立人格和个性的封建儿童观。周作人说："中国向来对于儿童，没有正当的理解"，"不是将他当作缩小的成人，拿'圣经贤传'尽量地灌下去，便将他看作不完全的小人，说小孩懂得什么，一笔抹杀，不去理他。"② 鲁迅也说过极为相似的话："中国似向未尝想到小儿也"③，"往昔的欧人，对于孩子的误解，是以为成人的预备；中国人的误解，是为缩小的成人。"④ 周作人站在人道主义的立场，激烈抨击虐杀儿童的封建主义"父为子纲"的儿童观，提出"我们对于教育的希望是把儿童养成一个正当的'人'"，凡是"违反人性"的虐杀儿童精神的"习惯制度"都应加以"排斥"。他强调必须尊重儿童的社会地位与独立人格："儿童在生理心理上，虽和大人有点不同，但他仍是完全的个人，有他自己的内外两面的生活。"鲁迅对"父为

① 《中国现代儿童文学史》绪论［J］，浙江师范大学学报（儿童文学专辑），1986.
② 本文引用的周作人语均见王泉根编《周作人与儿童文学》一书.
③ 鲁迅. 鲁迅书信集：上卷［M］. 北京：人民文学出版社，1976：216.
④ 鲁迅. 我们现在怎样做父亲.

子纲"的封建儿童观的攻势也极为凌厉。1918年《狂人日记》中"救救孩子"的呼喊不久便发展为切实的内容："此后觉醒的人，应当先洗净了东方古传的谬误思想，对于子女，义务思想须加多，而权力思想却大可切实核减，以准备改作幼者本位的道德。"①

鲁迅的儿童观与周作人的"儿童本位"的儿童观，不仅表现在反封建的思想内容的一致上，而且在儿童心理的特殊性方面也取得了相近的认识。周作人认为，儿童文学应当"顺应满足儿童之本能的兴趣与趣味"，"顺应自然，助长发达，使各期之儿童得保其自然之本相"。鲁迅也曾说，"直到近来，经过许多学者的研究，才知道孩子的世界，与成人截然不同，倘不先行理解，一味蛮做，便大碍于孩子的发达。所以一切设施，都应该以孩子为本位"②。鲁迅十分痛恨封建专制文化对儿童天性（即周作人所说的"自然之本相"）的摧残和扼杀，他在回忆童年生活时说："我的小同学因为专读'人之初性本善'读得要枯燥而死了，只好偷偷地翻开第一页，看那题着'文星高照'四个字的恶鬼一般的魁星象，来满足他幼稚的爱美的天性。昨天看这个，今天也看这个，然而他们的眼睛里还闪出苏醒和欢喜的光辉来。"③ 为了不让儿童的天性在"人之初"一类封建教条中闷死，鲁迅提出了"完全的解放"的教育思想。

以儿童为本位，必然把儿童的心灵和儿童生活的特殊性强调到至高的地位。周作人从来不主张文学急功近利，但是

---

① 鲁迅. 我们现在怎样做父亲.
② 同①.
③ 鲁迅. 朝花夕拾·二十四孝图.

他说过："我们对于教育的希望是把儿童养成一个正当的'人'。"如果儿童文学具有这样的教育功能，周作人还是会认可的。周作人一直反对的是"太教育的，即偏于教训"的儿童文学，因为这种"偏于教训"的儿童文学"不承认儿童的世界"。鲁迅虽然在文学的功利性上与周作人的观点有分歧，但他也反对用儿童文学来教训儿童："这几年来，向儿童们说话的刊物多得很，教训呀，指导呀，鼓励呀，七嘴八舌，如果精力的旺盛不及儿童的人，是看了要头昏的。"① 可以认为，周作人的忧虑肯定不是儿童文学会产生教育儿童的作用，而是怕明确的功利意图会带来"教训"的坏文学即庸俗的功利主义文学。鲁迅主张文学在一定历史时代的阶级功利，但他仍然一直反对狭隘庸俗的功利主义，反对简单化地给作品贴上时髦的政治标签，他的文学创作就并不给人以强烈的功利性的感觉。

在儿童文学能否直接反映政治斗争、群众运动这一问题上，周作人是持激烈的反对态度的。绝对地、无条件地反对儿童文学反映政治内容，使周作人的理论带上了割裂儿童与社会生活的联系的色彩，这反映了周作人思想和世界观的局限。不过我们也应该看到，当时确实曾经出现过不考虑儿童特点，不注重儿童文学的文学性，教条地、机械地以儿童文学来反映政治斗争、群众运动的现象。周作人曾经批评过这种观象："现在《小朋友》又大吹大擂的出国货号，我读了那篇宣言，真不解这些既非儿童的复非文学的东西在什么地方有给小朋友看的价值。"很显然周作人是把儿童文学的文

---

① 鲁迅.《且介亭杂文末编》附集.

学自律性和儿童的特殊性放在首位的。儿童的世界与成人的世界不同，儿童文学较之成人文学离具体的阶级斗争、政治运动远一些，这是由儿童的特点所决定的。这一点鲁迅似乎也是承认的。鲁迅译完俄国盲诗人爱罗先珂的童话《狭的笼》之后说："通观全体，他于政治经济是没有兴趣的，也并不藏着什么危险气味；他只有着一个幼稚的，然而优美的纯洁的心……"鲁迅说这段话是在 1921 年，到了 1929 年，他在《〈小彼得〉译本序》中说："作者所被认为'真正的社会主义作家'者，我想，在这里，有主张大家的生存权（第二篇），主张一切应该由战斗得到（第六篇之末）等处，可以看出，但披上童话的花衣，而就遮掉些斑斓的血汗了。"鲁迅还是觉得阶级斗争的内容写进童话时，有些东西是要被"遮掉"的。到 1935 年，鲁迅仍然非常重视儿童的特殊性。当有些人用"古时候曾有十几岁突围请援，十四岁上阵杀敌的奇童"来"教训"儿童爱国时，鲁迅说："这些故事，作为闲谈来听听是不算很坏的，但万一有谁相信了，照办了，那就会成为乳臭未干的吉诃德。""请援，杀敌，更加是大事情，在外国，都是三四十岁的人们所做的。他们那里的儿童，着重的是吃，玩，认字，听些极普通、极紧要的常识。中国的儿童给大家特别看得起，那当然也很好，然而出来的题目就因此常常是难题，似如飞剑一样，非上武当山寻师学道之后，决计没法办。"① 可见，鲁迅还是反对不问儿童特点、儿童的能力，硬把儿童"没法办"的大人的事写进儿童文学来"教训"儿童的。

---

① 鲁迅. 且介亭杂文·难行和不信.

我们将鲁迅与周作人的言论加以比较之后，不难发现，两者的儿童观或者有些地方完全相同，或者有些地方非常相近。对周作人"儿童本位"思想中的合理因素，鲁迅都曾给予过支持。似乎现在下这样的结论并不显得过于轻率：从总体上看，鲁迅一直是"五四"时期的"儿童本位论"的支持者和同情者，而不是反对者和批判者。澄清鲁迅与"儿童本位论"的关系，不仅可以使我们重新勾画出鲁迅儿童观的一个侧面，而且对于我国儿童文学史上的重大问题的评价，对于今后儿童文学理论的发展建设都有重要意义。

"儿童本位论"从五四时期产生到新中国成立，在我国儿童文学理论界的影响很大。但是，应该看到，它一直作为空洞的理论被束之高阁，儿童文学创作并没有按照这一理论图式营造工程，而到了建国后的 50 年代，"儿童本位论"随着文艺界对胡适、周作人的批判，就被彻底否定了。大约从 1985 年起，有人开始重新评价"儿童本位论"，但仍认为它有着很大消极性，认为鲁迅是"儿童本位论"的批判者。其实鲁迅作为伟大的思想家、文学家，曾对我国现代文学史上出现的各种反动文艺思潮流派进行过批判，但是对"儿童本位论"却是采取承认和同意的态度的，这是否该引起我们的深思：在反对封建主义的时代，儿童本位论作为吸取了资产阶级教育思想而形成的一种理论，就一定是谬误的吗？

二、鲁迅与日本童心主义儿童文学

当鲁迅研究给人们以极限感之后，一些有智识的鲁迅研究者便把目光投注到鲁迅与外国文学的比较研究上。鲁迅与日本白桦派作家有岛武郎在思想与文学观上的密切关系，是国内外鲁迅研究者们早已谈论过的。但是从儿童文学研究的视角看，作为儿童文学的关心者的鲁迅，与作为日本童心主义儿童文学的代表作家的有岛武郎，仍然有相似之处。

鲁迅于 1919 年 10 月写下了《我们现在怎样做父亲》一文，在这之后两日，鲁迅在有岛武郎《著作集》里看到了《与幼小者》这篇随笔（鲁迅看作小说）。对有岛武郎的《与幼小者》，鲁迅"觉得很有许多好的话"，并在以《与幼小者》为题的读后感里将其引用。鲁迅极为赞同有岛武郎的《与幼小者》中发挥的关于长者与幼者关系的观点。我们把鲁迅的《我们现在怎样做父亲》与有岛武郎的《与幼小者》加以比较就会轻易地发现两者表现了近乎一致的儿童观。

有岛武郎是日本童心主义儿童文学的代表作家之一。所谓童心主义，既是一种文学思想，也表现为一种儿童观，即在儿童纯真的童心里寻找人生的最高价值，崇尚儿童的自由想象的世界里的生活。鲁迅的儿童观便与童心主义有许多契合之处。比如鲁迅曾经高度地评价过儿童的心灵世界："孩子是可以敬服的，他常常想到星月以上的境界，想到地面下的情形，想到花卉的用处，想到昆虫的言语；他想飞上天空，他想潜入蚁穴……"鲁迅翻译了爱罗先珂的童话之后说："我觉得作者要叫彻人间的是无所不爱，然而不得所爱的悲哀，而我所展开他来的是童心的，美的，然而有真实性的梦。这梦，或者是作者悲哀的面纱罢？那么，我也过于梦梦了，但是我愿意作者不要出离了这童心的美的梦，而且还要招呼人们进向这梦中，看定了真实的虹，我们不至于是梦游者。"① 鲁迅认为爱罗先珂"只有一个幼稚的然而纯洁的心",他"深感谢人类中有这样的不失赤子之心的人与著作"。② 鲁迅的这些话是对童心的重要评论。鲁迅对于有着"真实性"的童心的梦的高度崇尚是无须加以解释的。

童年的生活,对于大多数人来说,都是永志不忘,回想起来便感到亲切的。但是对崇尚童心的人来说,却不仅如此。他们总是想把儿童的纯真在一个更高的阶梯上再现出来,让人的可贵性格在儿童的天性中纯真地复活。鲁迅便也是这样的人:"他具有如何的一个童年的心,他是如何纯洁而真诚,简直像火焰一样照耀在我们面前。"(欧阳凡海语)"胸中燃着少年之火,他是一个'老孩子'!"(茅盾语)

崇尚童心的成人作家几乎都以自己的作品珍视、怀恋着童年。翻开鲁迅的小说、散文,对童年的怀恋频频可见。对随着逝去的童年而一道失掉的人类初始保有的可贵品质,鲁迅与有岛武郎都怀着惋惜的心情。鲁迅曾沉痛地说:"……孩子长大,不但失掉天真,还变得呆头呆脑,是我们时时看见的。"有岛武郎在他的《儿童的世界》一文里惋惜地写道:"我们随着长大,逐渐远离了儿童的心灵。……我们明显地不能和儿童一样来思考和感受。"当他们用笔来回忆童年时,其心境如此相似——

　　　　可是,我最喜欢的那位好老师却不知到什么地方去了。虽然我知道再也不能和她相见,但我还是希望如果

---

① 鲁迅.《爱罗先珂童话集》序.
② 鲁迅.《狭的笼》译后附记.

她至今还活着的话，该有多好呵。一到秋天，一串串葡萄依然染上紫色并挂满了美丽的白霜，我却在哪儿也见不到那托着葡萄的大理石一样洁白而美丽的手。

——有岛武郎《一串葡萄》

真的，一直到现在，我实在再没有吃到那夜似的好豆，——也不再看到那夜似的好戏了。

——鲁迅《社戏》

将鲁迅的《故乡》《社戏》等作品与有岛武郎的《一串葡萄》《溺水的兄妹》等儿童小说进行比较，我们会发现，其叙述方式也是相同的。他们对儿童生活的描绘，不仅都带有一定的自叙传色彩，而且都是站在成人的立场，取回顾的姿态。这种叙述方式，很自然地给作品造成了儿童—成人的比较格局。不论在鲁迅那里，还是在有岛那里，童年与成年都是两个色彩反差极大的世界，他们对童年的依恋和向往，蕴含着对成人世界的阴影的否定。

如果我们把握了鲁迅崇尚童心的儿童观，会给我们带来对鲁迅文学世界的新的认识。冷峻、深沉是鲁迅的文学风格的主要方面，但是鲁迅作品在总体冷峻的色调中，也常常透露出几抹亮色，给作品带来明朗甚至是欢快的暖色调。需要说明一句，这里所谈及的亮色，不是鲁迅自己所说的"删削些黑暗，装点些欢容，使作品比较的显出若干亮色"中的亮色，即不是"在《药》的瑜儿的坟上平空添上一个花环"，而是鲁迅以崇尚童心的儿童观来"时时反顾"童年生活时所必然具有的结果。可以肯定地说，鲁迅文学世界的亮色与鲁迅的儿童观有着密切的因果关系。我们不了解鲁迅儿童观的崇尚童心的一面，就或者容易忽略了亮色这一鲁迅文学世界的重要存在，或者虽然看到却难以做出合理的解释。

《故乡》几乎通篇笼罩着悲凉昏暗的阴云，但是，唯独童年的回忆却像一缕阳光穿透阴云，给作品点染上一些明媚的色彩。《故乡》明暗色调的反差后面是一种对比：儿童时心灵的沟通——成人后心灵的隔绝。"我"与闰土童年的友谊何其纯真无邪，但 30 年后相见，闰土恭敬地叫出一声"老爷"，就在两人之间隔起了"一层可悲的厚障壁"。鲁迅后来明确地意识到这是久远的封建制度对人性的残害："别人我不得而知，在我自己，总仿佛觉得我们人人之间各有一道高墙，将各个分离，使大家的心无从相印。这就是我们古代的聪明人，即所谓圣贤，将人分为 10 等，说是高下各不相同。"[①] 鲁迅与"厚障壁"这种封建的社会病相对抗而取的人际关系的道德标准却来自儿童的世界，来自童心。天真纯洁的儿童是不愿受这种封建等级观念束缚的。当年的迅哥儿和闰土亲密无间，他们的后辈宏儿与水生也"还是一气"。作者所真诚希望的是"有新的生活"来保护童心所体现出的美好的人际关系。

在鲁迅的小说中，基调最明朗舒畅的便是《社戏》。许多评论者津津乐道的是小说中对少年儿童心理的逼真刻画，但我总是从小说结尾那一声无限惋惜的叹息（"真的，一直到现在，我实在再没有吃到那夜似的好豆，——也不再看到那夜似的好戏了"）中，体味到人生哲学的沉重分量。童年

---

① 鲁迅. 俄文译本《阿 Q 正传》序及著者自叙传略.

时的"社戏"和"罗汉豆"后面是儿童那种和谐的人际关系，以及无拘无束、自由活泼的天性，而这一切却随着步入布满封建罗网的成人世界而永远消逝了。鲁迅的散文集《朝花夕拾》对童年生活痛痛快快地做了一次回忆。如何解释鲁迅这种创作心境，我认为鲁迅是以这些散文，向逝去的童年寻求心灵的慰藉和暂时的解脱。《朝花夕拾》中回忆儿时生活的散文，对于鲁迅毋宁说是一块远离尘嚣的成人世界的绿草坪，在这里，疲惫、孤独、寂寞的鲁迅歇息下来，舔舐着自己伤口的血痕，"在纷扰中寻出一点闲静来"。鲁迅的这种心境和抉择，与有岛武郎是比较相近的。有岛武郎所以在自杀前的两三年里，以自己的童年经历为素材，写起儿童文学来，就是因为在现实斗争中，他经过多次冲突和曲折，思想上正处于极度的疲惫、苦闷之中。当然，有岛武郎最后陷入虚无、绝望，以情死的方式，宣告了自己追求的失败，而鲁迅在写《朝花夕拾》之始就曾说过，虽然"实在困倦极了，很想休息休息"，但是，"此后我还想仍到热闹地方，照例捣乱"，① 并没有放弃现实斗争的想法。鲁迅与有岛武郎的返回童年，一个积极，一个则比较消极。历史的事实表明，鲁迅在这场童年回忆里，获得的是勇气和力量，是一种批判封建思想和文化的武器。

鲁迅上述作品中美的事物、美的理想都是与童心联系在一起的。鲁迅所崇尚的童心，具有憎恶、抗恶的本能，对人和事能够提供一个合理的价值标准，它虽然是朴素的、直感的，却也是鲜明的和正确的。这种儿童观与日本童心主义儿

---

① 鲁迅 1926 年 6 月 17 日致李秉中信.

童观十分神似。日本的童心主义儿童文学代表作家小川未明便相信，质朴的儿童心灵是感受性敏锐、正义感极强的，他曾说："只有儿童时的心灵才能自由地张开翅膀……用纯情的儿童的良心来裁判什么是善，什么是恶，这是只有这种艺术（指童心主义儿童文学——引者注）才具有的伦理观。"[①]

通过对鲁迅与有岛武郎的比较，我认为鲁迅的儿童观与日本童心主义的儿童观在人生哲学的层次上是比较一致的。但是，必须指出的是，不同的国情为两者涂上了不同的色彩。日本的童心主义具有一定的脱离社会、缺乏社会性的软弱病；鲁迅崇尚童心的儿童观却成为他猛烈抨击封建思想和文化的锐利武器。

载于《东北师大学报》1989 年第 5 期

---

① ［日］菅忠道. 日本的儿童文学［M］. 东京：大月书店，1956：104.

接受的作用及其方向

——以中国儿童文学为中心的思考

汉语中有句格言叫"他山之石，可以攻玉"。这句格言适用于一切学问研究，而对于有过留学日本经历的我来说，更是深感中国的儿童文学研究者应该将其付诸行动。

一

1987 年 10 月，作为中国政府派遣的留学生，我第一次踏上了日本这方土地。我是为学习日本儿童文学史而来的，但由于一直对儿童文学理论和中国儿童文学研究也十分关注，所以，在意识的深处，我总想运用在日本所学到的东西，为中国儿童文学质的提高尽自己的微薄之力。

　　随着日本儿童文学史尤其是战后的"童话传统"批判的学习，我了解到欧美儿童文学的创作和理论对日本儿童文学的发展产生了重大的影响。

　　对"童话传统"的批判来自三个方面。第一，从 1953 年早大童话会发表的《集结在"少年文学"的旗帜下》（俗称"少年文学宣言"）到早大童话会成员之一的古田足日出版评论集《现代儿童文学论》等一系列的评论活动。第二，1960 年，由石井桃子、乾富子、铃木普一、濑田贞二、松居直、渡边茂男 6 人共同执笔的《儿童和文学》的出版。第三，1959 年 3 月，发表于《思想的科学》上的佐藤忠男的《关于少年的理想主义——再评〈少年俱乐部〉》。这三方面的批判中，早大童话会和石井桃子等所谓 ISWMI 小组虽有不同程度的差异，但实际上都不约而同地接受了外国儿童文学尤其是欧美儿童文学的价值观，批判了以小川未明为代表的日本童话传统。

　　例如，虽然在"少年文学宣言"中没有明言，但是，据该宣言的起草者鸟越信事后做说，起草"少年文学宣言"前后，在早大童话会成员的讨论中，马克·吐温、凯斯特纳等外国经典儿童文学作家经常成为话题。另外，古田足日的《现代儿童文学论》中的最重要的论文《再见，未明——日本近代童话的本质》，在批判小川未明的童话时，其价值标准明确地是取自《鲁滨逊漂流记》《丛林故事》《十五少年漂流记》这样的作品。

　　如果说鸟越信、古田足日的"童话传统"批判主要是从欧美经典儿童文学作品中获取日本儿童文学应有的价值观的话，那么，石井桃子等的《儿童和文学》则是致力于从欧美儿童文学理论和作品两方面去探求日本儿童文学应有的面貌的。

《儿童和文学》的基础是外国儿童文学尤其是欧美儿童文学的素养。"在世界儿童文学中,日本儿童文学是独特的,与众不同的。世界儿童文学的基准——儿童的文学应该有趣易懂——在此是行不通的。而且,日本的儿童文学批评也是印象的、感觉的、抽象的、难解的。"此书前言所讲的这段有名的话中的"世界儿童文学的基准",实际上是英语圈儿童文学的基准,而且这一理论的范本便是 1964 年由石井、濑田、渡边翻译出版的利丽安·史密斯的《儿童文学论》。

《儿童和文学》的执笔者们对于欧美儿童文学作品基本没有任何怀疑,并以此来衡量日本的近代童话。例如,以安徒生的《海的女儿》来否定未明的《红蜡烛和人鱼》的开头部分,以马杰里·弗拉克的《问问熊先生》来质疑广介的《小猪腾腾走》。

上述的"童话传统"批判的观点都招来反驳和批评。特别是对《儿童和文学》的欧化主义,反驳的呼声很大。当然,无论是早大童话会还是"儿童和文学"小组,都并非没有反面缺陷,但我认为这是前进路上必须付出的代价。"童话传统"批判积极接受欧美儿童文学的价值观并加以吸收的前进道路是正确的。"童话传统"批判为打开当时日本儿童文学停滞低迷的局面发挥了巨大的作用。

我认为"童话传统"批判是研究日本儿童文学史的最重要的关键部分,因此再度留学日本时,我选择了"童话传统"批判这一研究课题。虽然自身学习不足,但是承蒙"童话传统"批判当事人之一的鸟越信老师的指导,研究的收获颇大。

研究"童话传统"批判，不仅使我把握住了日本儿童文学史的大的发展脉流，并且对我的中国儿童文学研究也颇有启发。

二

开篇已经说过，"他山之石"这句格言对于中国儿童文学研究者尤为重要，这也是基于我对中国独特的儿童文学史的思考而下的结论。

"清末民国之初，因接受西欧（还有日本）近代思想而产生的中国儿童文学到'五四'文学革命时期获得了主体性。从大的方面来看，可以说是获得了现代性。不过，从根本上说这种现代性还不是以内在的、能动的东西为中心，而是以外在的、受动的东西为中心的。这一点，看一看以翻译、吸收西欧的儿童文学理论和欧美、日本的儿童文学为先行，而将中国自古以来的神话、民间故事的再创作置于其后的状态，就可以明了。"（新村彻：《中国儿童文学小史（四）》，《野草》第 30 号，1982）

事实的确如新村彻所言。就拿"五四"时期的儿童文学理论来看，例如，当时最具影响力的周作人的儿童及儿童文学理论并非他的独创，而是大多基于英国安德鲁·朗格的民俗学方法，在幻想论方面则是受了英国心理学家蔼里斯的影响。周作人在《周作人回忆录》中回顾："我在东京时，得到高岛平三郎编的《歌咏儿童的文学》及所著《儿童研究》，才对于这方面感到兴趣。""我到东京的那年（1906 年），得到了罗德该莱（Gayley）的《英文学中之古典神话》，随后又得到了安特路朗（Andrew Lang）的两本《神话仪式与宗教》，这样便使我与神话结发生了关系。"也就是说，日本既是直接的接受对象，也是周作人与欧美之间的桥梁。

周作人因吸收欧美（日本）近代思想而创立的儿童文学理论，对于诞生时期的中国儿童文学的现代化做出了巨大的贡献。到 1949 年为止，他对中国儿童文学研究所产生的巨大影响，没有任何人能够企及。

遗憾的是，进入 30 年代，民族危机当前，中国儿童文学无奈地放弃了对于欧美（日本）儿童文学的关注。而且，从中华人民共和国成立到"文化大革命"结束，因为与欧美意识形态的对立，使得吸收与自身儿童文学观不同的欧美儿童文学理论也成为不能想象的事。

50 年代，中国致力于苏联的儿童文学作品和理论的介绍，从中我们受到了难以估量的影响。但随着两国反目，苏联的儿童文学也随之被冷淡。

在我看来，在"五四"时期，因为吸收欧美（日本）儿童文学而诞生的具有现代性的中国儿童文学，后来随着与欧美（日本）儿童文学的隔绝而发展滞后。

进入 80 年代，中国走上了改革开放的道路。虽然还十分不够，但与以前任何一个时代相比，欧美、日本的儿童文学都被大量地翻译过来。但是，在理论方面，据我所知，只有《俄苏作家论儿童文学》（周忠和编译）和《儿童文学概论》（上笙一郎著）两本。除此之外，只不过是只言片语的介绍，局面十分沉寂。

三

　　进入 80 年代以来，中国儿童文学迈出了前进的一大步。但如上所述，因为对欧美（日本）儿童文学接受的匮乏，致使在创作和理论方面，出现了诸多的问题。例如，80 年代中期发生的儿童文学创作脱离儿童读者的现象。新时期伊始，儿童文学理论研究开始出现生机，它反思以往的儿童文学，探求未来儿童文学的应有姿态。这一过程体现的特征是，否定过去将儿童文学作为道德甚至是政治教育的工具这一儿童文学观，呼吁儿童文学向文学性回归。这在当时是理所当然的，即便在今天看来，其合理性和功绩也是不可否认的。但问题出在下一步，也就是出在如何获得文学性这一问题上。

　　无论怎样探索新的儿童文学，都需要一把尺子或范本来衡量。迄今为止的中国儿童文学因为缺乏文学性而被否定，因此，其本身基本被置于视野之外。剩下的便是外国儿童文学和成人文学两条道路。遗憾的是，一部分缺乏儿童文学尤其是欧美儿童文学素养的人以及潜意识里认为儿童文学本身就缺少文学性的人只能从成人文学中去建立文学性标准。我认为所谓的新潮探索派就是这一倾向的代表。《鱼幻》《长河一少年》等典型的新潮探索作品放弃清晰的人物形象描写、明白易懂的故事和完整的结构，而去矮小化地模仿外国的新心理主义、表现主义、超现实主义等先锋派的文学手法。这些作品，即便是持有既成的儿童文学价值观的成人读后也是一头雾水。对此类作品，有人持赞同意见，也有人持反对意见。持反对意见的批判大都集中在作品的表现形式晦涩难懂上。我站在持反对意见的一方，我的意见表达在《新时期少年小说的误区》（《当代作家评论》，1990 年第 4 期）和《新时期儿童文学理论的误区》（《儿童文学研究》，1993 年第 13 期）中。现在想来，新潮派的探索作品不仅在表现形式上晦涩难懂，其所涉及的主题也是值得怀疑的。

新潮探索作品曾轰动一时，对儿童文学创作产生了一定的影响，但很快便走进了死角，到 90 年代便悄无声息了。当然，创作新潮探索作品的作家本意是为实现中国儿童文学质的提高，但结果却起到了消极作用。

在新时期儿童文学理论研究方面也有少数人同新潮探索作品一样接受了外国成人文学理论的价值观。儿童文学既然是文学，就应该从成人文学理论中汲取营养，这一点是众人皆知的。但是，没有在根本上建立儿童文学本质论，并且对外国儿童文学理论一知半解的中国儿童文学理论，盲目地吸收（外国）成人文学理论的话，很容易招致脱离儿童文学的危险。

实际情形是，从 80 年代中期，中国儿童文学理论开始出现了轻视、否定故事性的倾向。而且进入 90 年代，少数研究者不但没有改变其态度，反而更变本加厉地在理论上强调故事文学价值的低下。一位十分活跃的儿童文学评论家经常发表这样的观点——儿童的"价值判断标准常会产生偏差，例如，他们一般喜欢比较容易懂，故事性强的作品。但这类作品在美学上不属于相对较高水平的范畴"，"喜欢故事是文学能力低下的期待意识的一种典型表现"。那么，什么样的作品文学性高呢？他说"同样是 6 岁的儿童，有的孩子缠着奶奶给他讲《小红帽》。有的孩子自己看图画故事书，有的孩子还在吃奶，有的孩子如宗璞（女作家，也创作儿童文学——本文作者注）已经能背诵整本的唐诗"，并称赞能背诵一整册唐诗的孩子的文学鉴赏力要比喜欢《小红帽》和图画书的孩子高得多。也就是说，成人文学（唐诗）比儿童文学的价值高。因持有这种儿童文学观，那么其依赖于成人文学理论及欧美先锋派的文学理论也就不足为奇了。不，也许相反。正因为不懂欧美儿童文学理论，而依赖于欧美成人文学先锋派，才导致这种儿童文学观的形成。

四

我一直在强调接受外国尤其是欧美儿童文学的重要性，毋庸说，这种接受是自主地从外国儿童文学中汲取营养。

现在，虽然有几个留学日本的儿童文学研究者，但是赴欧美诸国研究其儿童文学的人几乎还没有。当然，在中国也可以研究外国儿童文学（如韦苇的《世界儿童文学概述》就是非常有用的著作），但我还是希望有更多的学者亲赴欧美诸国，对其儿童文学进行第一手资料的研究，并通过这种接受，为中国儿童文学的振兴做出贡献。

本文用日文撰写，发表于《大阪国际儿童文学馆培育会会报》第39期，1995年1月（中文译者为田波）

近年日本儿童文学在中国

——我 所 体 验 的 翻 译 状 况

　　中国儿童文学的发生具有外源性，是受西方（包括日本）儿童文学、文化的影响甚至催生而产生的，其中日本一方面发挥着连接中国和西方的桥梁作用，一方面直接对中国儿童文学产生着影响，比如，周作人的儿童观、儿童文学观中就有日本的资源，比如中国第一套儿童文学丛书《童话》丛书所使用的"童话"一词，就是来自日语语汇。

　　进入 1978 年改革开放时期以后的这三十几年，日本儿童文学依然对中国儿童文学发挥着重要影响。我在多篇文章里指出过，进入 21 世纪，中国儿童文学发展的一个重要趋势，就是呈现出"分化"状态，主要表现在：1. 幻想小说（Fantasy）从童话中分化出来；2. 绘本从幼儿文学中分化出来；3. 分化出语文教育的儿童文学；4. 通俗（大众）儿童文学与艺术儿童文学的分化。

分化是生物学上的一个概念，是指原始干细胞在发育中渐趋成熟的过程。通过分化，细胞在形态、功能、代谢、行为等方面各具特色，各显其能，从而形成不同的组织和器官。我借用"分化"这个概念来表述中国儿童文学的发展走向，则是指儿童文学本来应有的重要构成部分，由于各种原因的限制，此前一直处于发育不良的"未分化"状态，而这些"未分化"的"原始干细胞"，近年来终于开始出现了"分化"。所以，目前中国大陆儿童文学发生的分化，是一种多元的、均衡的发展状态，是走向成熟所应该经历的一个过程。

在这四种分化过程中，我本人都以研究和翻译参与其中。我所做的幻想小说研究、绘本研究和翻译、儿童文学的语文教育功能研究、通俗儿童文学研究和翻译，都直接受到了日本儿童文学的影响和启发。我想从日本儿童文学的翻译这一角度，从自己的体验出发，谈谈这四种分化中的绘本和通俗（大众）儿童文学所体现的日本儿童文学翻译的新动向。

一、关于绘本翻译

在 2001 年出版的《中国儿童文学 5 人谈》一书中，我曾指出："图画故事就是幼儿文学的代名词。""图画故事书肯定是中国儿童文学在 21 世纪一个非常大的生长点。要想把它做好，首先是一个引进的工作。"

时间过去了十一年，绘本的确成了中国儿童文学出版的热点，而国外绘本的引进出现井喷局面。我在《中国儿童文学 5 人谈》中说绘本是生长点时，基本是从儿童文学的文体形式上的发展需要来谈的。出版和创作上的绘本热，还有儿童图书出版实现产业化，以及中国大陆社会的儿童教育观念发生深刻变革，儿童阅读推广运动蓬勃开展这些时代的原因。

在近年的绘本热中，日本的绘本是一个重要的存在。这一事实，从"绘本"这一用语也反映出来。在中国的大陆和台湾，绘本这种文图互动的文学艺术形式有"绘本"和"图画书"两种称谓。在台湾，基本是一半用"绘本"，一半用"图画书"。在大陆，用"图画书"者多于用"绘本"者，但使用"绘本"的人也并不少。"绘本"一词当然是来自日本。这种用语的直接使用，反映出了绘本热潮中，日本的深刻影响。

我感到，近几年来，日本绘本的引进呈现出爆发的势头。在世界范围内具有一流水准的日本绘本，在中日两国绘本领域深度交流、对话的推动下，大量优秀作家、作品被翻译、介绍进来。仅以我个人而论，就翻译过五味太郎、宫西达也、赤羽末吉、马场登、高楼房子、清水道尾等绘本作家的数十种绘本。

不仅绘本作品，日本的绘本理论似乎也加快了中译的进度。近五年，松居直著《幸福的种子》（刘涤昭译，2007年），松居直著《我的图画书论》（郭雯霞、徐小洁译，2009年，与季颖 1997 年翻译的松居直的《我的图画书论》内容有很多不同），河合隼雄、松居直、柳田邦男合著《绘本之力》（朱自强译，2011 年）被翻译到中国，得到了很多人的关注。

二、关于通俗儿童文学翻译

由于儿童文学面向的儿童读者的阅读兴趣和品味还没有出现明显的分化，因此儿童文学在总体上具有通俗性、大众性倾向（越是年幼读者，这种倾向越是显著）。但是，在儿童文学内部，相比较而言，依然存在着较为通俗和较为艺术的两种作品类型。

我感到，由于自 20 世纪 90 年代中国由计划经济向市场经济转型，中国的儿童文学的出版也变成了真正的商业行为，儿童文学书籍也真正成为了商品。中国的儿童文学出版一经"商业化"，通俗儿童文学的写作就有了巨大的市场需求。此前，散见于儿童文学（艺术儿童文学？）创作中的一些通俗文学元素，在商业出版的召唤下，渐渐凝聚到了一些思路活泛、追逐流行的作家们的笔下，通俗儿童文学由此分化出来。

在这样的背景下，与日本的艺术儿童文学相比，通俗儿童文学受到了关注。比如山中恒，他的《红毛小狗》和《我是我》虽然我在著述中有所介绍，也在为出版社策划选题时做过推荐，但是至今没有得以翻译出版，而他的"儿童读物"却至少有十几种被翻译进来。少年儿童出版社 2006 年出版了山中恒的《日本校园风靡小说》（六种）。我在为其作序时说："'他山之石，可以攻玉。'我以为，山中恒的这些

'儿童读物'，对于我们探究大众儿童文学的艺术价值和尺度，提供了一个颇有意义的参照系。"

这种借鉴和参照意识，随着我对某些发行量巨大的中国原创通俗儿童文学质量的不满，变得越来越强烈。我向 21 世纪出版社大力推荐了那须正干的"活宝三人组"系列作品，并从 2010 年起，与著名翻译林少华一起翻译，至今出版了 12 种。在一篇访谈文章中，我曾说："我向二十一世纪出版社提议并主持译介'活宝三人组'系列作品，除了希望中国的儿童读者也能读到一套真正有趣、有益的高水准的通俗儿童文学，另一个重要目的就是为中国原创大众儿童文学树立一种大众儿童文学艺术标准的参照系。我想，面对'活宝三人组'这样的优秀大众儿童文学作品（也可像日本作家山中恒那样，称之为'儿童读物'），我们的'儿童读物'作家应该会得到有益的启示。"①

希望我的这一愿望能如愿以偿。

---

① 朱自强，却咏梅. 通俗儿童文学：孩子的一方精神乐土［J］. 中国教育报，2010 － 09 － 16.

下编

中 西 方 儿 童 文 学 比 较 论

论周作人的"儿童文学"观念的发生

——以 美 国 影 响 为 中 心

　　在中国的儿童文学学术界，儿童文学是"古已有之"，还是"现代"文学，一直存在着巨大的争议。至今为止的争论，基本都是想指认所谓儿童文学作品是在哪个时代出现的。争论双方都把儿童文学当作一个像石头那样的客观"实体"，如果它存在，就明明白白地摆在那儿，人人都应该看得见、摸得着。其实，这种思维方式具有本质主义的色彩。我现在想确立的是一种建构主义的本质论，即主张儿童文学不是一种具有自明性的客观实体，而是一个在历史中被建构的观念。持着这种建构主义的本质论来讨论儿童文学的起源问题，要做的工作就不是寻找作为一块"石头"的儿童文学存在于历史的何处，而是考察作为一种历史观念的儿童文学在人们的意识中的形成过程为何形。

　　周作人是中国儿童文学理论的先驱和奠基人。可以说，考察周作人的"儿童文学"观念的发生过程，能够使我们看到中国的"儿童文学"观念发生的主要源头。本文在做这样的考察时，将以周作人所接受的美国影响为中心来展开论述。

一、从"奇觚之谈（Marchen）"到"儿童之文学"

　　乔纳森·卡勒在《文学理论入门》中说："如今我们称之为文学的是 25 个世纪以来人们撰写的著作，而文学的现代含义才不过 200 年。1800 年之前，文学（literature）这个词和它在其他欧洲语言中相似的词指的是'著作'，或者'书本知识'。"① 乔纳森·卡勒指出的是文学（literature）一词含义的历史演变。周作人的文学概念的形成就有着西方的文学概念的直接影响。

　　周作人于 1908 年发表的《论文章之意义暨其使命因及中国近时论文之失》一文，是对他的文学观的最早梳理。那时，周作人不是以"文学"，而是用"文章"来指称"literature"："原泰西文章一语，系出拉体诺文 Litera 及 Literatura 二字，其义杂糅，即罗马当时亦鲜确解。"② 周作人已经了解到 literature 一词含义甚广："且若括一切知识，凡传自简册者悉谓之文章，斯其过于漫延而无抉择，又可知

---

① ［美］乔纳森·卡勒. 文学理论入门［M］. 李平，译. 南京：译林出版社，2013：22.
② 周作人. 论文章之意义暨其使命因及中国近时论文之失［G］//钟叔河. 周作人散文全集：第 1 卷. 桂林：广西师范大学出版社，2009：94.

已。"① 周作人指出这种"文章"（文学）观的三个"缺点"之后，介绍"美人宏德（Hunt）之说"："宏氏《文章论》曰：'文章者，人生思想之形现，出自意象、感情、风味（Taste），笔为文书，脱离学术，遍及都凡，皆得领解（Intelligible），又生兴趣（Interesting）者也。'"② 周作人认为，宏氏观点"言至简切，有四义之可言"，并对其"四义"进行了"敷陈"。

周作人的这篇文章的重要之处，在于其初步形成的具有变革意志的文学观念里，已经包含着儿童文学这一要素："以言著作，则今之所急，又有二者，曰民情之记（Tolk-novel）与奇觚之谈（Marchen）是也。盖上者可以见一国民生之情状，而奇觚作用则关于童稚教育至多。"③ 周氏所谓"奇觚之谈（Marchen）"中的"Marchen"应为德语"Märchen"之误。所误应该不在周氏而是手民，因为在后来的《童话研究》一文中的表记是"Märchen"。德语的Märchen即是格林童话那样的作品，现通译为"童话"，周氏译为"奇觚之谈"，大体不错。

《论文章之意义暨其使命因及中国近时论文之失》一文表明，早在1908年，Märchen（童话）就已经是周作人所阐释的文学的重要组成部分。在该文中，周作人将"奇觚之谈（Marchen）"与"童稚教育"联系在一起，透露出其最初的儿童文学意识就重视儿童文学的实践功用。

1912年10月2日的周作人日记里有这样一句："下午作

---

① 周作人. 论文章之意义暨其使命因及中国近时论文之失［G］//钟叔河. 周作人散文全集：第1卷. 广西师范大学出版社，2009：94.

② 同①96.

③ 同①115.

童话研究了。"在中国儿童文学历史上，这是值得记忆的时刻。正是在这篇用文言写作的论文里，周作人明言："故童话者亦谓儿童之文学。"其论述的依据是，"足知童话者，幼稚时代之文学，故原人所好，幼儿亦好之，以其思想感情同其准也"。[①]虽然孙毓修于 1909 年发表的《〈童话〉序》一文，出现了"童话"、"儿童小说"这样的表述，但是，"儿童之文学"的说法仍然是一个进步。

周作人在 1913 年发表的《童话略论》中，再一次论及"儿童之文学"："童话者，原人之文学，亦即儿童之文学，以个体发生于系统发生同序，故二者感情趣味约略相同。"[②]值得注意的是，在此文中，周作人第二次依据复演说，明确地将"原人之文学"的"童话"与"儿童之文学"的"童话"联系在了一起。

周作人自己说："民国初年我因为读了美国斯喀特尔（Socudder）、麦克林托克（Maclintock）诸人所著的《小学校里的文学》，说明文学在小学教育上的价值，主张儿童应该读文学作品，不可单读那些商人杜撰的读本，读完了读本，虽然说是识字了，却是不能读书，因为没有养成读书的趣味。我很赞成他们的意见，便在教书的余暇，写了几篇《童话研究》《童话略论》这类的东西，预备在杂志上发表。"[③]考察《童话研究》《童话略论》等论文内容，里面的确显示出周作人将"童话"（儿童文学）运用于教育的意识

---

① 周作人. 童话研究［G］//钟叔河. 周作人散文全集：第 1 卷. 桂林：广西师范大学出版社，2009：265.
② 周作人. 童话略论［G］//钟叔河. 周作人散文全集：第 1 卷. 桂林：广西师范大学出版社，2009：279.
③ 周作人. 苦茶——周作人回想录［M］. 兰州：敦煌文艺出版社，1995：310.

和主张，但是，将其归为来自美国斯喀特尔、麦克林托克诸人的影响，有可能是周作人自己记忆有误。查他的日记，麦克林托克的 *Literature in Elementary Schools* 一书为 1914 年 3 月 30 日购得，斯喀特尔的 *Childhood in Literature and Art* 为 1914 年 10 月 11 日购得，此时《童话研究》《童话略论》等文言论文业已完成。目前还没有证据证明周作人以其他方式先期读到过麦克林托克等人的书。

二、从"儿童之文学"到"儿童文学"

儿童文学学术界对于"儿童文学"这一词语（概念）出现于何时何处，似乎一直语焉不详。茅盾在《关于"儿童文学"》一文中曾说过："'儿童文学'这名称，始于'五四'时代。"[①] 但也没有具体指出最早的出处。我以为，对"儿童文学"出处的探寻，关系到儿童文学理念的形成历史，是一项有意义的学术工作。

在周作人的著述中，"儿童之文学"最早出现于 1912 年写作的《童话研究》一文，八年以后，在《儿童的文学》一文中，出现了"儿童文学"这一词语。在我的阅读视野中，《儿童的文学》不仅是第一篇最为系统地论述儿童文学的论文，而且还应该是中国首次出现"儿童文学"这一概念表述的文献。

周作人在《儿童的文学》中说："据麦克林托克说，儿

---

① 茅盾. 关于"儿童文学"［G］//王泉根. 中国现代儿童文学文论选. 桂林：广西人民出版社，1989：396.

童的想象如被迫压，他将失了一切的兴味，变成枯燥的唯物的人；但如被放纵，又将变成梦想家，他的心力都不中用了。所以小学校里的正当的文学教育，有这样三种作用：（1）顺应满足儿童之本能的兴趣与趣味；（2）培养并指导那些趣味；（3）唤起以前没有的新的兴趣与趣味。这（1）便是我们所说的供给儿童文学的本意，（2）与（3）是利用这机会去得一种效果。"① （本文重点号均为引者所加）麦克林托克说的话，由于到"他的心力都不中用了"这里用了句号，所以，我一直为"三种作用"是麦克林托克的观点，还是周作人的原创而踌躇不决，后来，在郑振铎的《儿童文学的教授法》② 一文中，读到了这样的介绍——"在Maclintock 所著《小学校的文学》一书里，他以为教授儿童文学有三个原则：一要适合儿童乡土的本能的趣味和嗜好，二要养成并指导这种趣味和嗜好，三要引起儿童新的或已失去的嗜好和趣味"。这才知道"三种作用"是麦克林托克的主张。在《儿童的文学》里，周作人第二次使用"儿童文学"一语，也与麦克林托克的著述有关——"麦克林托克说，小学校里的文学有两种重要的作用：（1）表现具体的影像；（2）造成组织的全体。文学之所以能培养指导及唤起儿童的新的兴趣与趣味，大抵由于这个作用。所以这两条件，差不多就可以用作儿童文学的艺术上的标准了"。③ 我由此猜测，周作人在《儿童的文学》里开始使用"儿童文学"一语，

① 周作人. 儿童的文学［G］//钟叔河. 周作人散文全集：第 2 卷. 桂林：广西师范大学出版社，2009：275.
② 郑振铎. 儿童文学的教授法［J］. 时事公报，1922 - 08 - 10.
③ 同①279.

很可能是由阅读美国的麦克林托克的著作而得到了直接触发。

在麦克林托克的 *Literature in Elementary Schools* 一书中，的确能够找到周作人和郑振铎介绍的那段话——"In literature then，as in the other subjects，we must try to do three things：（1）allow and meet appropriately the child's native and instinctive interests and tastes；（2）cultivate and direct these；（3）awaken in him new and missing interests and tastes."应该说，两个人对英文的解读基本是准确的。①

周作人曾说："我来到北京之后，适值北京大学的同人在方巾巷地方开办孔德学校，——平常人家以为是提倡孔家道德，其实却是以法国哲学家为名，一切取自由主义的教育方针，自小学至中学一贯的新式学校，我也被学校的主持人邀去参加，因此又引起了我过去的兴趣，在一九二〇年十一月二十六日乃在那里讲演了那篇《儿童的文学》。这篇文章的特色就只在于用白话所写的，里边的意思差不多与文言所写的大旨相同，并没有什么新鲜的东西……"② 这段话里既有自谦成分，也有记忆不确之处。我以为，在《儿童的文学》里，周作人的新的贡献在于三个方面：第一，更清晰、全面地阐述了"儿童本位"的儿童观的内涵；第二，直接借鉴麦克林托克和斯喀特尔等美国学者的"小学校里的文学"教育的观点，论述了"小学校里的正当的文学教育"的诸问题；第三，从文体的角度，梳理小学校的文学教育的儿童文

---

① MacClintock，Porter Lander. Literature in the Elementary School. Chicago：The University of Chicago Press，1907：18.

② 周作人. 苦茶——周作人回想录［M］. 兰州：敦煌文艺出版社，1995：310—311.

学资源，呈现了更加完整的儿童文学的文体面貌。

周作人的《儿童的文学》与美国发生了十分紧密的交集。有意味的是，两者的身份都是大学教授，都是面对小学校教育，这样的相同很重要，它可能促成了周作人对麦克林托克等人的观点的直接借鉴，可能决定了《儿童的文学》一文的应用研究意识——从小学校的文学教育的角度论述儿童文学。不过，周作人在儿童文学的属性上从一开始就有清醒的认识。他在《童话研究》一文中说："盖凡欲以童话为教育者，当勿忘童话为物亦艺术之一，其作用之范围，当比论他艺术而断之，其与教本，区以别矣。故童话者，其能在表见，所希在享受，撄激心灵，令起追求以上遂也。是余效益，皆为副支，本末失正，斯昧其义。"①

在《儿童的文学》中，不只是在学术研究的问题意识和思想观点上，周作人受到了麦克林托克等美国学者的著作的影响，在"儿童文学"这一表述上，也似乎是直接的借取。在麦克林托克的 *Literature in Elementary Schools* 一书中多次出现了 literature for children 这一词语。这个词语的意思是专门给孩子的文学，即儿童文学。在斯喀特尔的 *Childhood in Literature and Art* 一书中多次出现了 literature for children 和 books for children 这样的词语。在《儿童的文学》一文中，周作人笔下的"儿童文学"很可能直接来自麦克林托克和斯喀特尔笔下的 literature for children 一语。

---

① 周作人. 童话研究 [G] //钟叔河. 周作人散文全集：第 1 卷. 桂林：广西师范大学出版社，2009：264.

三、"儿童本位"的儿童观、儿童文学观与美国的儿童学

其实，周作人在《儿童的文学》一文中明确使用"儿童文学"这一概念时，其"儿童本位"的儿童观已经在民国初年形成，只是散见于多篇文章之中。

在周作人的著述里，最早质疑"成人本位"的儿童观的是《儿童问题之初解》一文。"中国亦承亚陆通习，重老轻少，于亲子关系见其极致。原父子之伦，本于天性，第必有对待，有调合，而后可称。今偏于一尊，去慈而重孝，绝情而言义你，推至其极，乃近残贼。……中国思想，视父子之伦不为互系而为统属。儿童者，本其亲长之所私有，若道具生畜然。故子当竭身力以奉上，而自欲生杀其子，亦无不可。"① 在成人与儿童之关系问题上，第一次提出"儿童本位"则是在《玩具研究一》中："故选择儿童玩具，当折其中，既以儿童趣味为本位，而又求不背于美之标准。"② 在《学校成绩展览会意见书》中，进一步提出"赏识"的"儿童本位"观："故今对于征集成绩品之希望，在于保存本真，以儿童为本位，而本会审查之标准，即依此而行之。勉在体会儿童之知能，予以相当之赏识。"③

就在周作人第一次质疑"成人本位"的儿童观的《儿童

① 周作人. 儿童问题之初解 [G] //钟叔河. 周作人散文全集：第 1 卷. 桂林：广西师范大学出版社，2009：246—247.
② 周作人. 玩具研究一 [G] //钟叔河. 周作人散文全集：第 1 卷. 桂林：广西师范大学出版社，2009：322.
③ 周作人. 学校成绩展览会意见书 [G] //钟叔河. 周作人散文全集：第 1 卷. 桂林：广西师范大学出版社，2009：369.

问题之初解》一文中，他就在倡导"儿童研究"："凡人对于儿童感情可分三纪，初主实际，次为审美，终于研究。""第在中国，则儿童研究之学固绝不讲，即诗歌艺术，有表扬儿童之美者，且不可多得。"①

1912 年时"儿童研究之学"这一说法，很快就在写于1913 年的《童话略论》《儿童研究导言》两文中，为"儿童学"这一表述所取代："童话研究当以民俗学为据，探讨其本原，更益以儿童学，以定其应用之范围，乃为得之。"②"上来所述，已略明童话之性质，及应用于儿童教育之要点，今总括之，则治教育童话，一当证诸民俗学，否则不成为童话，二当证诸儿童学，否则不合于教育……"③ "儿童研究，亦称儿童学。以研究儿童身体精神发达之程序为事，应用于教育，在使顺应自然，循序渐进，无有扞格或过不及之弊。"④ 由于未购买霍尔的 *Aspects of Child Life and Education* 一书之前所写的《童话研究》没有出现"儿童学"这一表述，可以猜测，《童话略论》《儿童研究导言》似写于购阅 *Aspects of Child Life and Education* 一书的 1913 年 2 月之后。

《童话略论》引入"儿童学"的观点一事值得我们重视。周作人了解的儿童学的研究范围中，是包含童话和儿歌的。他曾说："美国儿童学书，自体质知能的生长之测量，以至

---

① 周作人. 儿童问题之初解 [G] //钟叔河. 周作人散文全集：第 1 卷. 桂林：广西师范大学出版社，2009：247.
② 周作人. 童话略论 [G] //钟叔河. 周作人散文全集：第 1 卷. 桂林：广西师范大学出版社，2009：276.
③ 同②281.
④ 周作人. 儿童研究导言 [G] //钟叔河. 周作人散文全集：第 1 卷. 桂林：广西师范大学出版社，2009：287.

教养方策，儿歌童话之研究，发刊至多，任之者亦多是女士，儿童学祖师斯丹来诃尔生于美国，其学特盛……"① 周作人将"儿歌童话之研究"也归诸"儿童学"，可见其儿童文学研究直接受到美国的儿童学，特别是斯坦利·霍尔的儿童学的影响。

前面介绍到的《儿童问题之初解》一文的主旨之一，是在人格权利上为儿童主张与成人的平等，而《儿童研究导言》的主旨则在于揭示儿童在心理、生理上与成人的不同。周作人于 1912 年、1913 年提出的这两点主张，就是他后来的"儿童本位"论——中国的"儿童的发现"的两个逻辑支点。而这两点主张，都与美国的儿童学有关。

"以前的人对于儿童多不能正当理解，不是将他当作小形的成人，期望他少年老成，便将他看作不完全的小人，说小孩懂得什么，一笔抹杀，不去理他。现在才知道儿童在生理心理上虽然和大人有点不同，但他仍是完全的个人，有他内外两面的生活。这是我们从儿童学所得来的一点常识，假如要说救救孩子，大概都应以此为出发点的。"② 周作人所说的"一点常识"，正是他在《人的文学》《儿童的文学》等新文学的重要理论文献中表述的"儿童本位"的儿童观，这一儿童观是他所主张的"人的文学"和"儿童的文学"的思想根基。

在《儿童研究导言》中，出现了美国的儿童学。儿童学

① 周作人. 女学一席话［G］//钟叔河. 周作人散文全集：第 8 卷. 桂林：广西师范大学出版社，2009：498.
② 周作人. 儿童文学［G］//钟叔河. 周作人散文全集：第 9 卷. 桂林：广西师范大学出版社，2009：212.

"今乃大盛，以美国霍尔博士为最著名，其研究分二法。一主单独，专记一儿之事，自诞生至于若干岁，详志端始，巨细不遗，以寻其嬗变之迹。一主集合，在集各家实录，比量统计，以见其差异之等"。① 周作人的这些介绍与斯坦利·霍尔的工作似乎是相符合的。应该说，他对斯坦利·霍尔有相当的了解。这些了解至少是来源于斯坦利·霍尔的 *Aspects of Child Life and Education* 一书（周作人将其译为《儿童生活与教育的各方面》）。查周作人日记，*Aspects of Child Life and Education* 一书为 1913 年 2 月 1 日从相模屋书店邮寄至绍兴家中。此后，自当月 21 日，日记中连续六次记载阅读该书。

周作人的"儿童本位"的儿童观，明显接受了儿童学的直接影响：他先是"在东京时，得到高岛平三郎编的《歌咏儿童的文学》及所著《儿童研究》，才对于这方面感到兴趣……"，② 后得斯坦利·霍尔所编《儿童生活与教育的各方面》一书，从中获益颇多。顺便说一句，吴其南曾认为"儿童本位"中的"本位"一语是金融学语汇，其实是不对的。我说周作人使用的"儿童本位"来自日语语汇，是有事实依据的。高岛平三郎所著《应用于教育的儿童研究》（即周作人所说的《儿童研究》）一书的目录和正文里，都出现了"儿童本位"一语，完全可以猜想，周作人所用"儿童本位"这一表述，很可能就来自高岛平三郎的这部著作。

根据周作人的著述，他得之于美国的斯坦利·霍尔的儿

---

① 周作人. 儿童研究导言 [G] //钟叔河. 周作人散文全集：第 1 卷. 桂林：广西师范大学出版社，2009：288.
② 周作人. 苦茶——周作人回想录 [M]. 兰州：敦煌文艺出版社，1995：539.

童学的资源当更多。周作人的著述中，至少七次论及斯坦利·霍尔及其儿童学。如按照发表的年代顺序细加琢磨，前面都是积极地汲取姿态，而到了后来，则是对中国难以引入儿童学这一状况渐渐失望了。这正与中国社会在"五四"以后的复辟式"读经"有关。比如，1934年，他在《论救救孩子——题〈长之文学论文集〉后》一文中说："听说现代儿童学的研究起于美洲合众国，斯丹莱霍耳博士以后人才辈出，其道大昌，不知何以不曾传入中国？论理中国留学美国的人很多，学教育的人更不少，教育的对象差不多全是儿童，而中国讲儿童学或儿童心理学的书何以竟稀若凤毛麟角，关于儿童福利的言论亦极少见，此固一半由于我的孤陋寡闻，但假如文章真多，则我亦终能碰见一篇半篇耳。据人家传闻，西洋在十六世纪发见了人，十八世纪发见了妇女，十九世纪发见了儿童，于是人类的自觉逐渐有了眉目，我听了真不胜歆羡之至。中国现在已到了那个阶段我不能确说，但至少儿童总尚未发见，而且也还为曾从西洋学了过来。"①在文中，周作人认为，要想"救救孩子"，就"要了解儿童问题"，"须得先有学问的根据，随后思想才能正确"。②周作人在批判了成人社会对儿童的"旧的专断"和"新的专断"之后，深为遗憾地说："中国学者中没有注意儿童研究的，文人自然也同样不会注意，结果是儿童文学也是一大堆的虚空，没有什么好书，更没有什么好画。"③周作人所指出的

---

① 周作人. 论救救孩子——题《长之文学论文集》后［G］//钟叔河. 周作人散文全集：第6卷. 桂林：广西师范大学出版社，2009：413.
② 同①.
③ 同①414.

"儿童的发现"在中国的不幸命运是符合实情的。

周作人在 1945 年时曾说："关于儿童，如涉及教养，那就属于教育问题，现在不想来阑入，主张儿童的权利则本以瑞典蔼伦开女士美国贺耳等为依据，也可不再重述。"[①] 周作人明确说"主张儿童的权利"应该以"美国贺耳等为依据"。虽然是日后谈，但是，周作人当年在《儿童问题初解》《人的文学》《儿童的文学》等文章中就是这样做的。

在理解儿童与成人的不同的生理心理方面，周作人也从以研究儿童心理发展为特色的美国儿童学中得到了启蒙。值得关注的是，周作人总结出的"应用于教育，在使顺应自然，循序渐进，无有扦格或过不及之弊"这一儿童学的教育理念，直接转化成了他的儿童文学的理念——"今以童话语儿童，既足以餍其喜闻故事之要求，且得顺应自然，助长发达，使各期之儿童得保其自然之本相，按程而进，正蒙养之最要义也"。[②] "顺应自然，助长发达，使各期之儿童得保其自然之本相"，这是周作人的"儿童本位"的儿童文学观的思想核心。他的这一思想理念对于中国儿童文学的健康发展极为重要。在中国儿童文学的历史上，每当出现违反这一思想理念的"逆性之教育"风潮，周作人常常会挺身而出，猛烈批判："但是近来见到《小朋友》第七十期'提倡国货号'，便忍不住要说一句话，——我觉得这不是儿童的书了。无论这种议论怎样时髦，怎样得庸众的欢迎，我以儿童的父

---

① 周作人. 凡人的信仰 [G] //钟叔河. 周作人散文全集：第 9 卷. 桂林：广西师范大学出版社，2009：619.

② 周作人. 童话略论 [G] //钟叔河. 周作人散文全集：第 1 卷. 桂林：广西师范大学出版社，2009：279.

兄的资格，总反对把一时的政治意见注入到幼稚的头脑里去。"① "旧礼教下的卖子女充饥或过瘾，硬训练了去升官发财或传教打仗，是其一，而新礼教下的造成种种花样的信徒，亦是其二。我想人们也太情急了，为什么不能慢慢地来，先让这班小朋友们去充分的生长，满足他们自然的欲望，供给他们世间的知识，至少到了中学完毕，那时再来诱引或哄骗，拉进各派去也总不迟。现在却那么迫不及待，道学家恨不得夺去小孩手里的不倒翁而易以俎豆，军国主义者又想他们都玩小机关枪或大刀，在幼稚园也加上战事的训练，其他各派准此。这种办法我很不以为然，虽然在社会上颇有势力。"②

结语

综上所述，周作人的"儿童文学"观念形成于西方（包括日本）的现代文化进行世界性传播的过程之中。如果仔细索解周作人著述中的儿童文学观念发生的来龙去脉，就会清晰地看到来自美国的具体而微，然而又是重要而深刻的影响。这些影响可以大致归纳为两个方面：一是周作人借鉴以斯坦利·霍尔为代表的美国儿童学的观点，"主张儿童的权利"，强调"儿童在生理心理上""和大人有点不同"，进而发展出

① 周作人. 关于儿童的书［G］//钟叔河. 周作人散文全集：第 3 卷. 桂林：广西师范大学出版社，2009：192.
② 周作人. 论救救孩子——题《长之文学论文集》后［G］//钟叔河. 周作人散文全集：第 6 卷. 桂林：广西师范大学出版社，2009：413—414.

"顺应自然，助长发达，使各期之儿童得保其自然之本相"这一"儿童本位"的儿童文学观。二是直接借鉴麦克林托克、斯喀特尔等美国学者的应用研究成果，从小学校的文学教育的角度论述儿童文学，从文体的角度梳理小学校的文学教育的儿童文学资源，呈现出了更加完整的儿童文学的文体面貌。

需要指出的是，来自美国的上述两方面影响是相互交叉的，其原因在于麦克林托克、斯喀特尔等人的儿童文学的文学教育研究，也是以儿童学研究作为立论依据之一的。麦克林托克主张的"小学校里的正当的文学教育"要"（1）顺应满足儿童之本能的兴趣与趣味；（2）培养并指导那些趣味；（3）唤起以前没有的新的兴趣与趣味"，与周作人的"顺应自然，助长发达，使各期之儿童得保其自然之本相"这一儿童文学观念是一脉相通的。

最后需要说明的是，在周作人的"儿童本位"的儿童文学观念的形成过程中，来自日本的影响也非常重要。对此，我在《中国儿童文学与现代化进程》一书和《"儿童的发现"：周作人"人的文学"的思想源头》等文章中有所论述。由于本文的写作题旨所限，对日本影响的详细梳理只好暂付阙如了。

载于《中国海洋大学学报》2015 年第 2 期

20 世纪中国儿童文学理论走向
——中 西 方 儿 童 文 学 关 系 史 视 角

一、历史回顾："别求新声于异邦"

　　中国儿童文学发轫于何时，学术界对此有以下三种观点：一种观点是外国"移植说"，即认为中国儿童文学萌蘖于外国童话的移植。持这种观点的人大都将孙毓修编译的《童话》丛书（商务印书馆）出版的起始年 1908 年①作为中国儿童文学诞生的标志。另一种观点认为，中国儿童文学是在"五四"新文学运动中产生的，叶圣陶的《稻草人》（1923年）是中国的第一部儿童文学作品集。上述两种观点都认为中国古代没有儿童文学。第三种观点则与此相反，认为中国

---

① 我国学术界普遍认为《童话》丛书的出版起于 1909 年，但据日本学者新村彻对原始出版物所做的调查，应为 1908 年. 参见拙文《"童话"词源考》，载《东北师大学报》1994 年第 2 期.

古代虽无"儿童文学"之词，但儿童文学却是"古已有之"，而且源远流长。

对中国儿童文学的诞生期的划分之所以会如此众说纷纭，根本原因在于研究者对儿童文学的本质以及中国社会在儿童文学方面的特殊境遇持有不同的理解和认识。

儿童文学的产生是以儿童的发现为前提的。因此，儿童文学只能产生于建立起尊重儿童人格和诸项权利的新型儿童观的近代社会，这一结论已经成为儿童文学理论中的公认原理。如果依据这一原理来分期，中国儿童文学古已有之的看法便失去了立足的根基。当然，人们有理由挖掘神话、传说、志怪、传奇等中国古代文学样式中的儿童文学的某些要素，但是，归根结底，只能把它们看作是儿童文学的史前现象。

依据上述原理，中国儿童文学产生于晚清这一观点也似乎令人生疑，因为迄止晚清，中国社会并没有形成近代意义的儿童观。但是，探究中国儿童文学的发生，必须将中国近代社会的特殊性质置于视野之中。中国的近代化是在西方近代化的猛烈冲击之下开始的，在这个意义层面上，中国的近代化不是能动的而是受动的。中国近代化的这种受动性，对中国儿童文学的发生以及后来的发展具有根本性的影响。尽管晚清社会因没有建立近代意义的儿童观而并不能产生自给自足的儿童文学作品，但是，自鸦片战争特别是进入 20 世纪之后，西方儿童文学、儿童读物的大量翻译介绍，却在中国这片古老的土地上，催生出儿童文学的稚嫩萌芽。正是由于移植西方儿童文学作品，晚清儿童文学才呈现出一片氤氲气象。

所谓"十月怀胎，一朝分娩"，如果把中国儿童文学的发生看作是一个过程的话，晚清无疑是中国儿童文学的胎动期。这个时期的儿童文学还没有获得主体性。到了"五四"时期，反对封建传统的新型儿童观的确立和白话文的提倡，打破了阻碍儿童文学成长的两大桎梏，中国儿童文学终于获得了主体性并走向近代化。

如上所述，中国儿童文学的发生，不具备西方儿童文学的能动性和常规性，它的发生过程脱逸出了先有创作，后有理论这一文学发生、发展的一般规律，而是表现出先有西方（包括日本）儿童文学的翻译和受西方影响的儿童文学理论，后有中国自己的儿童文学创作这样一种特异的文学史面貌。

中国儿童文学在西方文化、西方儿童文学的催生下产生这一历史事件，充分证明了中国儿童文学在诞生之初的受动性格。正是这种受动性格给得风气之先的中国儿童文学理论以蓬勃的生机，使其出手不凡、振聋发聩。

在中国儿童文学理论的发生期，呼唤"人的文学"的周作人做出了举足轻重的贡献。从目前可见的史料来看，周作人于 1920 年 10 月 25 日在北京孔德学校所做的讲演《儿童的文学》（发表于《新青年》第 8 卷第 4 号）是中国最早立于哲学的基点，系统、全面、深入地推出自己完整的儿童文学观的一篇理论文字。在这篇论文中，周作人不仅承继《人的文学》中对封建儿童观的批判，而且更进一步正面阐述了他的儿童观："以前的人对于儿童多不能正当理解，不是将他当作缩小的成人，拿'圣经贤传'尽量地灌下去，便将他看作不完全的小人，说小孩懂得什么，一笔抹杀，不去理他。近来才知道儿童在生理心理上，虽然和大人有点不同，但他仍是完全的个人，有他自己的内外两面的生活。儿童期的二十岁年的生活，一面固然是成人生活的预备，但一面也自有独立的意义与价值；因为全生活只是一个生长，我们不能指定那一截的时期，是真正的生活。我以为顺应自然的生活各期，——生长，成熟，老死，都是真正的生活。"基于这种近代的进步的儿童观，并具体运用儿童学的方法，周作人对少年期前半的各年龄段的儿童文学，从体裁分类上进行了清晰而不乏精到的阐述。《儿童的文学》所提出的儿童文学观，如果一言以蔽之，那就是周作人后来在《儿童的书》一文中所强调的——"儿童的文学只是儿童本位的，此外更没有什么标准"。正是由于把儿童文学规定为儿童本位的文学，周作人才敏锐地洞察到儿童文学的两种偏颇："在儿童文学上有两种方向不同的错误：一是太教育的，即偏于教训；一是太艺术的，即偏于玄美；教育家的主张多属于前者，诗人多属于后者。其实两者都不对，因为他们不承认儿童的世界。"[1] 周作人指出："中国现在的倾向自然多属于前派，因为诗人还不曾着手干这件事业。向来中国教育重在所谓经济，后来又中了实用主义的毒，对儿童讲一句话，眨一眨眼，都非含有意义不可，到了现在这种势力依然存在，有许多人还把儿童故事当作法句譬喻看待。"[2] 周作人所批评的实用主义观念不仅是当时的流弊，而且在其后漫长的历史时期，一直限制着中国儿童文学的长足发展。

---

[1] 周作人. 儿童的书 [G] //王泉根. 周作人与儿童文学. 杭州：浙江少年儿童出版社，1985：53.

[2] 同[1].

周作人这样的儿童观和儿童文学观，为中国儿童文学理论奠定了坚实的近代性基础。在中国儿童文学的发生期，像周作人这样深刻而全面地洞察儿童文学本质的，还别无他人。比如发出"救救孩子"的"呐喊"的鲁迅，虽然在《我们现在怎样做父亲》等文章中表现了与周作人十分相似的儿童观，但是，在鲁迅那里，对儿童问题的论述，主要是对"五四"新文化运动的反封建主题的扩展和深化，而并没有直接走向儿童文学，因此，鲁迅与周作人在儿童问题方面是处于不同的维度。在批判封建思想和文化上，鲁迅有着周作人所无法替代的深刻，而在儿童文学理论的奠基上，周作人则当仁不让地拔了头筹。再如就童话问题与周作人进行过数回合深入讨论的赵景深，虽然其研究的范围也比较广泛，但在接受西方学术观点时，对中国的民族性问题思考不足，有着脱离实际之嫌。此外，像郑振铎、郭沫若、茅盾等人的儿童文学主张虽各有特色和优长，但在总体的儿童观和儿童文学观上，仍然无法与周作人比肩而立。

周作人走向儿童文学理论，当然是出自他同情、关怀弱小者的心性，在他的儿童文学论中，表现出比任何人都来得强烈的对人生的追求和信念。周作人的儿童文学理论是其强烈的主体性的结晶。但是，另一个事实是，他的令人难以超越、起点甚高的儿童观、儿童文学观，是他个人的素质与西方（包括日本）思想、学术的影响相融合的产物。简略而言，他在民国初年开始的童话研究是从泰勒、弗莱泽，特别是安德鲁·朗格那里习得神话学、文化人类学的理论和方法，"童话的研究，也于是有了门路"。① 周作人自称："对于儿童学的有些兴趣这问题，差不多可以说是从人类学连续下来的。"② 而他的儿童学理论也同样受启示于西方和日本学者的研究著述。他在回忆录中说："我在东京时，得到高岛平三郎编的《歌咏儿童的文学》及所著《儿童研究》，才对于这方面感到兴趣，其时儿童学在日本也刚开始发展。斯丹来贺尔（Stanley Hall）博士在西洋为斯学之祖师，所以后来参考的书多是英文的，塞莱（Sully）的《幼儿时期之研究》虽已经是古旧的书，我却很是珍重，至今还时常想起。"③

可以说，至 20 年代末，中国儿童文学理论的疆域成了以周作人为代表的"儿童本位"论的一统天下。虽然进入 30 年代，苏联儿童文学创作及其理论的影响渐次加强，但是，"儿童本位"论仍作为系统化的理论在学界传播，1947 年中华书局出版的《辞海》就写道：儿童文学乃"以儿童为本位而组织之文学也"。正如任何理论都是一种选择，因而任何理论都有不足和缺憾一样，"五四"时期接受西方理论产生的"儿童本位"论也并非无懈可击，但是，作为儿童文学基本理论，它具有系统性、科学性是不容怀疑的。还有一点必须称道的是，由于"儿童本位"论是以周作人为代表的学贯古今中西的一流学者勉力借鉴西方理论构筑而成，因此，在当时与西方的学术发展进程保持着大体同步的状态。

---

① 周作人. 苦茶——周作人回想录［M］. 兰州：敦煌文艺出版社，1995：533，539.
② 同①.
③ 同①.

二、借鉴的困境：理论与创作间的错位

"五四"时期接受西方影响而产生的"儿童本位"的儿童文学理论漂亮地拉开了中国现代儿童文学的大幕。从先有理论后有创作的中国儿童文学的特殊历史逻辑来看，"儿童本位"论理应发挥其对创作的指导功能。然而历史事实却令人失望：在中国这块封建思想文化板结的土地上，在中国这块遭受外国帝国主义蹂躏的土地上，"儿童本位"论难以结出饱满的果实。

我认为，历来的中国现代儿童文学史研究忽略了一个极为重要的文学史现象，这就是为中国儿童文学奠基的"儿童本位"理论与后来的中国现代儿童文学的创作之间出现的重大错位。

叶圣陶的《稻草人》作为中国的第一部创作童话集，沈从文的《阿丽思中国游记》（1928年）作为中国的第一部长篇童话，都象征性地说明中国儿童文学创作一开始便与先行的理论之间存在着裂痕。郑振铎在《〈稻草人〉序》中曾说："圣陶最初动手写作童话在我编辑《儿童世界》的时候。那时，他还梦想一个美丽的童话的人生，一个儿童的天真的国土。……然而，渐渐地，他的著作情调不自觉地改变了方向。……在成人的灰色云雾里，想重现儿童的天真，写儿童的超越一切的心理，几乎是个不可能的企图。圣陶发生的疑惑，也是自然的结果。我们试看他后来的作品，虽然他依旧想用同样的笔调写近于儿童的文字，而同时却不自禁地融化了许多'成人的悲哀'在里面。"① 叶圣陶本人似乎也意识到自己的童话渐渐出现离开儿童的倾向。他在 1922 年 1 月 14 日写给郑振铎的信上就说："今又呈一童话，不识嫌其太不近于'童'否？"② 而赵景深则这样评价童话集《稻草人》："我以为叶绍钧君的《稻草人》前半或尚可给儿童看，而后半却只能给成人看。"③ 至于沈从文的《阿丽思中国游记》，作者在《后序》中自述："我先是很随便的把这题目捏来。因为我想写点类乎《阿丽思漫游奇境记》的东西，给我的小妹看，……谁知写到第四章，回头来翻翻看，我已把这一只善良和气的有教养的兔子变成了一种中国式的人物了（或者应说是有中国绅士倾向的兔子了）。同时我把阿丽思也写错了，对于前一种书一点不相关连……我把到中国来的约翰·傩喜先生写成了一种并不能逗小孩发笑的人物，而阿丽思小姐的天真，在我笔下也失去不少。……我不能把深一点的社会沉痛情形，融化到一种纯天真滑稽里。"④ 这段自述将沈从文创作《阿丽思中国游记》的经过说得十分清楚。正如有的研究者所指出的："沈从文的作品所描写的阿丽思和兔子约翰·傩喜在中国的游历，展开了五光十色的社会世相，全书贯串着强烈的对中国文化负面和社会黑暗面的讽刺性批判，它的语言和内容都不是少年儿童所能理解的。"⑤

　　"儿童本位"的儿童文学理论与紧随其后出现的儿童文

① 郑尔康，盛巽昌. 郑振铎和儿童文学 ［G］. 上海：少年儿童出版社，1990：34.
② 同①.
③ 赵景深. 研究童话的途径 ［G］// 王泉根. 中国现代儿童文学文论选. 桂林：广西人民出版社，1989：385.
④ 金燕玉. 中国童话史 ［M］. 南京：江苏少年儿童出版社，1992：271.
⑤ 同④.

学创作之间的错位，因由来自蕴含着西方式儿童文学精神的"儿童本位"理论这颗种子，与当时中国的社会土壤、历史气候的互不适应。其实，叶圣陶这样的"筚路蓝缕，以启山林"的儿童文学作家又何尝不想创作"顺应自然，助长发达，使各期之儿童得保其自然之本相"①的儿童文学作品，但是，从现实生活中获得的体验，迫使他不得不由"想重现儿童的天真"转向抒写"成人的悲哀"。文学是时代妈妈的儿子，当时的中国只能产生而且也需要产生这种性质的作品。儿童文学的生成和发展需要精神自由、经济发达、社会（国家）稳定的多方条件。在没有这些条件的情况下，创造这些条件便成了儿童文学生存、发展的首要前提。这些条件的创造当然要依靠成人社会。叶圣陶、冰心、张天翼等中国进步的和革命的儿童文学作家正是肩负着改造黑暗腐朽的旧社会，创造光明健康的新社会的历史责任来为儿童创作的。这种有着浓厚成人倾向的儿童文学虽然无奈地牺牲了许多对儿童文学而言十分珍贵的"儿童性"的内容和表现，但是，它对现实社会的批判和揭露，它对合理平等的未来社会的期待和呼唤，既是"救救孩子"的切实工作，也是为更加理想的儿童文学得以出现所做的必要准备。

当然，"儿童本位"的儿童文学理论没能在创作园地扎下根须，并不能证明这一理论就是非科学、非合理的。它的悲剧命运起因于它的生不逢时的超前性。在现实社会的矛盾斗争中，特别是在日本帝国主义铁蹄践踏的民族危亡关头，

---

① 周作人. 童话略论 [G] //王泉根. 周作人与儿童文学. 杭州：浙江少年儿童出版社，1985：76.

"儿童本位"的儿童文学理论很快失去了原来的影响力。中国儿童文学也改变了学习西方的姿态转而借鉴苏联的社会主义儿童文学理论。

三、现实思考：借鉴取向的再度选择

儿童文学是最具世界性的一种文学。中国儿童文学在五四时期因对西方的学习和借鉴而露出自身的现代化端倪，这是历史的必然，也是历史给予的恩惠。遗憾的是好景不长，外来的政治、军事侵略，阻绝了西方优秀文化输入的通道，而战后两大阵营的对峙局面，也逼迫中国不得不对西方文化抱封闭的心态。虽然 50 年代曾有过对苏联儿童文学的情有独钟，然而很快两国失和，对苏联的学习和借鉴也成了昙花一现。历史肤浅、先天贫血的中国儿童文学就是在这种封闭的状态中，迟滞了走向现代化的步伐。

时光流至 70 年代末。改革开放打开国门，中国文学豁然看到"外面的世界真精彩"。在短短的十几年间，西方文学百年的各种思潮、流派便都在中国文坛轮番登场并施加影响。虽然壁垒与误读始终存在，但总以观之，中国（成人）文学已经与西方文学相互打通。

在中国儿童文学发展史上，新时期是可以引为自豪的年代。纵观历史，中国儿童文学的创作和理论都曾出现过两个高峰。创作方面，第一个高峰是 50 年代，第二个高峰是新时期；理论研究方面，第一个高峰是"五四"时代，第二个高峰则又是新时期。新时期儿童文学在创作和理论上的梅开二度，昭示着中国儿童文学已经迎来了发展的最佳时期。即是说，"五四"时期，以周作人为代表的蕴含着西方精神的"儿童本位"的儿童文学理论在中国当时特定的土壤上，尚无法催开同根的创作花朵，而 50 年代"教育儿童的文学"创作也难以引发本体意义的儿童文学理论研究，只有在改革开放的新时期，中国儿童文学才开始摆脱理论与创作相互错位的尴尬处境。

新时期儿童文学理论的开展是立于对五六十年代儿童文学传统理论的反思和超越基点之上的。新时期伊始，儿童文学理论工作者就敏感地识破"教育工具论"是偏离儿童文学本体的畸形理论，进而提出了"儿童文学是文学"[①] 的命题。虽然这一命题本来是应在儿童文学理论之前解决的问题，但是对于面对忽视文学属性的传统理论的新时期中国儿童文学来说，却是最不得绕过，最需要首先解决的重要理论环节。随着研究的深入，儿童文学理论进入了五六十年代传统理论的盲区——儿童观研究。"儿童观——儿童文学的原点"这一命题[②]与"儿童文学是文学"一起成为新时期儿童文学的两大理论生长点。这两个命题从文学性与儿童性两个决定性方向为新时期儿童文学理论的起飞提供了推动力。

耐人寻味的是，新时期出现的儿童文学理论研究的驼峰与"五四"时期有一个共同点，这就是它们都与西方（包括日本）的影响有密切关联。但是，比较而言，新时期儿童文

---

① 参见周晓.《儿童文学札记二题》. 载《文艺报》1980 年第 6 期；曹文轩.《儿童文学观念的更新》. 载《儿童文学研究》第 24 辑.

② 参见拙文:《儿童观——儿童文学的原点》（载 1988 年 11 月 12 日《文艺报》）和《论中国当代儿童文学的儿童观》（载《东北师大学报》1988 年第 4 期）.

学理论对西方学术文化的吸收、借鉴，缺少"五四"时期的清醒意识与全方位感。这种历史的退化也许暗示出新时期儿童文学理论研究队伍素质的下降与知识结构的不合理欠缺，而这些问题从根本而言，主要是社会的而非个人的责任。

新时期儿童文学研究对西方理论的成功借鉴主要集中于儿童哲学与儿童心理学领域。卢梭的"重返自然"的儿童哲学思想、英国浪漫派诗人的儿童观、杜威的儿童中心主义教育哲学、皮亚杰的发生认识论、马斯洛的人本主义心理学等西方理论，经常伴随着有条件的批评而成为新时期儿童文学理论的立论依据。这些西方理论虽然有的已经历史悠久，但是，它们对中国儿童文学在儿童观问题思考方面的启蒙却具有崭新的意义。当然，也曾出现过"儿童的审美能力处于低水平"，儿童"还处在一种前审美的阶段"之类以成人为本位来否定或轻视儿童的少数理论话语，不过，从整体上看，中国儿童文学理论界的儿童观水准依然取得了极大提高，而与此相伴随的是，儿童文学观也大大前进了一步。

然而，与"五四"时期以周作人为代表的学者们对西方儿童哲学和儿童文学理论的全方位借鉴相比，新时期显然在借鉴西方儿童文学理论方面远不如人意。据我的统计，至今为止，翻译介绍的外国儿童文学研究书籍仅有日本学者上笙一郎的《儿童文学引论》、日本儿童文学学会编著的《世界儿童文学概论》，另有一本《俄苏作家论儿童文学》则是由中国译者编辑的论文集。这种窘况与新时期成人文学对西方理论的翻译介绍相比，难免令人汗颜。中国儿童文学研究队伍基本处于只能依靠翻译来了解西方理论的状况，有机会接触并有能力阅读消化西方理论原著的研究者不过寥寥数人。

由于借鉴途径的闭塞，新时期中国儿童文学理论常常是自说自话。

有的研究者企图通过借鉴来提高儿童文学理论的水准，但是，面向西方儿童文学理论的道路不通，只得另寻出路，转向西方成人文学理论。毫无疑问，西方成人文学理论中适合儿童文学的部分应该大力引进（事实上，有的研究者在接受美学理论启发下进行的儿童文学读者论研究便比较成功）。但是，离开儿童文学的主体立场，而投靠西方成人文学理论，却时时会落入陷阱。比如某些理论话语就曾在追求诗化、哲理、象征以及淡化性格等方面出现过迷误。而偏离儿童文学本体，在价值观上的最大借鉴错位出现于对故事（情节）的价值评判上面。80年代中期发出的淡化故事（情节）的局部理论呼声，至90年代初期，在个别研究者那里已经恶化成对故事（情节）价值的根本否定。众所周知，19世纪末至20世纪50年代，西方文坛上掀起了影响广泛的现代主义思潮。以反传统为大旗的现代主义作家中，否定故事的不乏其人。然而，西方儿童文学创作和理论不为成人文学这种风潮所动，坚持并发扬了自己的故事传统。故事之于儿童文学具有本体意义。简而言之，故事是儿童文学作家的创作思维方式，同时又是儿童读者的阅读思维方式。如果抽去故事，儿童文学作品便会颓然倒地，而儿童读者的眼前也将是一片黑暗。把现代主义文学否定故事（情节）的主张当作整个成人文学的金科玉律尚不足取，让其君临具有独自价值系统的儿童文学理论之上，更是一种理论上的颠覆和背叛。

新时期儿童文学理论面临着借鉴取向的再度选择。矫正已经出现的借鉴取向的错位，明确面向西方儿童文学理论的借鉴意识，尽快行动起来，通过准确选择，翻译出版西方儿童文学理论的经典著作，以此打通向西方儿童文学理论借鉴之路，是目前中国儿童文学理论面临的实际而重大的课题之一。

四、未来设计：搭乘三驾马车

西方是世界儿童文学的发祥地，它的儿童文学历史悠久、传统深厚、水准很高。西方儿童文学的传播，促进了全球性的儿童文学发展。从中西方儿童文学的关系史而言，对西方儿童文学的每一次吸收、借鉴都或是催生了中国儿童文学理论，或是提升了中国儿童文学理论。具体观点的借鉴固然需要，不过研究方法的借鉴却尤为重要，尤为根本。我认为西方儿童文学理论主要有以下三方面路数。

1. 以儿童哲学和儿童心理学为理论根基

儿童哲学和儿童心理学的理论价值在于为儿童文学解决儿童观的问题。儿童观是儿童文学的原点，有什么样的儿童观就有什么性质的儿童文学。如果考察西方儿童文学的历史，我们会清晰地看到儿童观的演变呈这样的趋势：传统基督教的原罪观→英国哲学家、教育思想家约翰·洛克的"白板"说→法国思想家卢梭"重返自然"的儿童观→英国浪漫派诗人的"儿童是成人之父"的儿童观→现代儿童观。儿童观的生成及其变化，总是在制约着儿童文学的性质，决定着儿童文学的发展方向。整个一部西方儿童文学史，就是在儿童观的操纵下发生着演变。

不能不承认，在儿童哲学和儿童心理学研究方面，西方一直走在世界的前面。正是越来越趋近儿童心灵堂奥的儿童观为儿童文学提供了科学的、坚实的理论根基。我们翻开在西方被誉为儿童文学研究者必读之名著的法国文学史家、比较文学学者波尔·阿扎尔的《书·儿童·成人》（1923 年），不仅为博识多才的作者所具有的法国式睿智而折服，而且更为其洞悉儿童心灵，深解儿童生活本质的儿童观后面所蕴含的博大人格而感动。波尔·阿扎尔的具有丰富人格力量的儿童观生发出《书·儿童·成人》一书的生命气蕴。1981 年由剑桥大学出版局出版的尼克拉斯·塔卡的《儿童与书籍》则通过心理学和文学这两个研究途径探究了儿童与儿童文学的关系。儿童文学研究与一般文学研究相比，有着更为显著的跨学科性质。活跃于儿童文学研究领域的塔卡，正是由于同时身为心理学学者，才以这部划时期的力作展示了儿童文学研究的新方法。就我所阅读过的西方儿童文学论著而言，除了上述两部著作，像与阿扎尔的《书·儿童·成人》一起被誉为西方儿童文学理论著作之双璧的利利安·史密斯的《儿童文学论》（1953 年）、贝蒂娜·修丽曼的《儿童书籍的世界——三百年的历史》（1959 年），都是基于科学而稳固的儿童观之上的满蕴着对儿童文学的真知灼见的研究著作。

2. 以丰富的感性体验为先行

理论研究必须建立在通过阅读作品而获得的感性体验之上，从这个角度讲，由于儿童文学创作匮乏而导致感性体验贫弱的国度，在理论研究方面身患先天贫血症。"五四"时期，中国儿童文学理论恰恰因为采取"拿来主义"，获得了对西方儿童文学的感性体验，才使理论立于较高的起点。感性体验的准确与丰富与否，很大程度地决定了儿童文学理论的水准高低。可以说西方发达的儿童文学创作，为其儿童文学理论创造了得天独厚的条件。西方儿童文学理论尤为珍视对儿童文学名著的感性体验，其许多著作字里行间流溢着对名著的信赖之意。由于对感性体验的重视和感性体验的溢满而流的丰富状态，西方儿童文学理论便多有富于感性、诗情的随笔型著作，波尔·阿扎尔的《书·儿童·成人》便堪称这类研究的典范之作。在我的阅读感受里，有时恰恰是这种感性化的理论文学，更能一语道破儿童文学本质的天机，令人心悦诚服。

3. 以切实的儿童读书状况为参照

在成人文学理论领域，研究者只须将自己的阅读感受升华为理论便可以了，但是，儿童文学的理论批评的形成过程则是另一番情形。儿童文学的本位读者是儿童，然而，儿童文学研究者却是成人，两者间的年龄和心理落差很容易使儿童欣赏的文学与成人研究者欣赏的文学并不完全契合。因此，儿童文学理论研究一方面要求研究者具有保持儿童心性和早年阅读体验这一素质，另一方面则要求研究者充分了解和把握儿童对儿童文学的现实需求状况，对儿童喜欢什么样的书，讨厌什么样的书心中有数，因为对于一部作品即使成人研究者给予再高的评价，但只要儿童读者不感兴趣，那么它作为儿童文学作品的价值便值得怀疑。可以说，是成人研究者的价值评判受制约于儿童读者的阅读态度。

西方儿童文学理论十分重视儿童读书的状况，并以此为参照，调整自己的理论判断准绳。在西方（包括日本）的理论著述中，我们常可以看到研究者对儿童读书现状所做的细致调查，在这些调查结果的基础上所形成的结论或理论主张几乎没有与儿童读者的根本需求发生龃龉之虞。西方完备的儿童图书馆各项服务，程序化的儿童图书出版与发行，都为儿童文学研究者提供了各种关于儿童读书状况的切实数据。日本学者鸟越信编著的《儿童自己选择的儿童图书》① 一书，便是以在儿童读者中阅读流传 25 年以上作为选择作品篇目的尺度。这种以切实的儿童读书状况为参照的研究方法，避免了以己之心度他人之腹的主观臆测，因而理论的客观性、正确性有了保障。

我把上述以儿童哲学、儿童心理学为根基，以感性体验为先行，以儿童读书状况为参照这三种研究方法比喻为拉着西方儿童文学理论这辆马车稳健飞奔的三匹骏马。我认为，中国儿童文学研究对西方理论的借鉴首先应该是对这种研究方法的借鉴。搭乘上这辆三驾马车，未来的中国儿童文学理论将驰往光明而广阔的前路。

中国儿童文学研究对西方儿童文学理论的吸收和借鉴既已经积淀为一段历史，也正在形成新的现实要求。必须认识到，作为人文科学的文学理论的吸收和借鉴绝不同于自然科学技术的引进，即中国儿童文学研究吸收和借鉴西方儿童文学理论，必须是保持自身主体性的一种能动行为，而绝不是

---

① （日文版）创元社，1990 年 9 月 20 日第一版第一次印刷.

盲目追求西方化。儿童文学是既具有广泛的世界性，也沾染民族特色的一种文学。虽然与"五四"时代相比，借鉴、移植的社会土壤条件有了极大改善，但是全盘西化无论在理论上还是在现实上，都是"东施效颦"之举。结论只能是，中国儿童文学理论的发展必须借助于对西方儿童文学理论的吸收和借鉴，但是这种吸收和借鉴的根本目的在于提升自身的水准，形成自身的特色并进而实现对自身局限的超越。

载于《社会科学战线》1996 年第 1 期

"儿童的发现"：周作人的"人的文学"的思想源头

一、《人的文学》：为"儿童"和"妇女"争得做"人"的权利

　　研究现代文学的人大都先是把周作人当作一位文学家，其实，周作人首先是一个思想家，其次才是一个文章家。他自己就说："我一直不相信自己能写好文章，如或偶有可取，那么所可取者也当在于思想而不是文章。""我很怕被人家称为文人，近来更甚，所以很想说明自己不是写文章而是讲道理的人，希望可以幸免……"① 当年，钱玄同竭力鼓动周氏兄弟给《新青年》写文章，看重的也首先是他们的"数一数

---

① 周作人.《苦口甘口》自序［G］//止庵. 苦口甘口. 石家庄：河北教育出版社，2002.

二"的思想。

1918 年，周作人在《新青年》上发表了《人的文学》一文。虽然此前胡适发表《文学改良刍议》，陈独秀发表《文学革命论》，但是，当时人们对新文学的思想内容的认识，还处于混沌、模糊的状态。《人的文学》一出，新文学运动的大幕才算完全拉开。之后，周作人又迅速发表了《祖先崇拜》和《思想革命》两篇文章，将自己对新文学的思考，推到了现代文学思想起源的核心位置。

以往的现代文学研究在阐释周作人的《人的文学》一文时，往往细读不够，从而将"人的文学"所指之"人"作笼统的理解，即把周作人所要解决的"人的问题"里的"人"理解为整体的人类。可是，我在剖析《人的文学》的思想论述逻辑之后，却发现了一个颇有意味、耐人寻思的现象——"人的问题"里的"人"，主要的并非指整体的人类，而是指"儿童"和"妇女"，并不包括"男人"在内。在《人的文学》里，周作人的"人"的概念，除了对整体的"人"的论述，还具体地把"人"区分为"儿童"与"父母"、"妇女"与"男人"两类对应的人。周作人就是在这对应的两类人的关系中，思考他的"人的文学"的道德问题的。周作人要解放的主要是儿童和妇女，而不是男人。《人的文学》的这一核心的论述逻辑，也是思想逻辑，体现出周作人的现代思想的独特性以及"国民性"批判的独特性。

我们虽然不能说，周作人的现代思想、"人的文学"的理念起于"儿童"，终于"儿童"，但是，周作人的关于"儿童"的思想（与关于妇女的思想等一道）构成了"人的文学"的思想源头，这应该是有事实做依据的。

我们先从《人的文学》的文本解读入手。

五四新文学思想是在颠覆封建专制的"三纲"这一基础上建立的。可是，仔细考察周作人在《人的文学》中表达的现代文学观，却主要是在颠覆"父为子纲"、"夫为妇纲"这两纲，尤其以颠覆"父为子纲"这一封建传统最为激烈，而"君为臣纲"却并没有作为批判对象。

在《人的文学》中，周作人简明介绍了西方发现人的历史，指出其出现了儿童学与妇女问题研究的"光明"，"可望长出极好的结果"，转而说道："中国讲到这类问题，却须从头做起，人的问题，从来未经解决，女人小儿更不必说了。如今第一步先从人说起，生了四千余年，现在却还讲人的意义，从新要发见'人'，去'辟人荒'，也是可笑的事。但老了再学，总比不学该胜一筹罢。我们希望从文学上起首，提倡一点人道主义思想，便是这个意思。"

对自己提倡的人道主义思想，周作人是这样解释的："我所说的人道主义，并非世间所谓'悲天悯人'或'博施济众'的慈善主义，乃是一种个人主义的人间本位主义。这理由是，第一，人在人类中，正如森林中的一株树木。森林茂盛了，各树也都茂盛。但要森林盛，却仍非靠各树各自茂盛不可。第二，个人爱人类，就只为人类中有了我，与我相关的缘故。"周作人进一步论述说："人的文学，当以人的道德为本，这道德问题方面很广，一时不能细说。现在只就文学关系上，略举几项。"而周作人所举出的"几项"是"两性的爱"即"男女两本位的平等"和"亲子的爱"即"祖先为子孙而生存"。以常理而论，周作人显然是认为这两项在"人的道德"中很重要，所以才先提出来加以论述的。

本来"如今第一步先从人说起",要先辟"人荒",却说着说着,又从"更不必说了"的"女人小儿"说起了。既然五四新文学思想是在颠覆封建专制的"君为臣纲,父为子纲,夫为妻纲"的"三纲"这一基础上建立起来的,那么,辟"人荒",提倡"人的道德",本应从"君为臣纲"这一封建伦常说起的,可是,周作人却就是偏偏不说,只是在列出的作为人的文学"不合格"的十类旧文学中,有"奴隶书类(甲种主题是皇帝状元宰相,乙种主题是神圣的父与夫)",与"君"沾一点边,但是皇帝只与"状元宰相"并列,未见有多尊贵,却强调了"神圣的""父与夫"。(重点号均为本文作者所加)在论述"人的文学,当以道德为本"这一"人道主义"问题时,周作人批判的只是"父为子纲"和"夫为妻纲",他是站在"神圣的""父与夫"的对立面上,为儿童和妇女说话。

以上所说的,就是《人的文学》的思想的真实面貌和论述的真实逻辑吧。

在判别道德方面,周作人特别看重对待妇女和儿童的态度,看其是否如庄子设为尧舜问答的一句"嘉孺子而哀妇人"。比如,周作人曾说:"一国兴衰之大故,虽原因复杂,其来者远,未可骤详,然考其国人思想视儿童重轻如何,要亦一重因也。"① 周作人还说过:"我曾武断地评定,只要看他关于女人或佛教的意见,如通顺无疵,才可以算作甄别及格……"②

---

① 周作人. 儿童问题之初解 [G] //钟叔河. 周作人散文全集:第 1 卷. 桂林:广西师范大学出版社,2009.
② 周作人. 我的杂学 [G] //止庵. 苦口甘口. 石家庄:河北教育出版社,2002.

其实，在《人的文学》一文中，周作人所主张的"人"的文学，首先和主要是为儿童和妇女争得做人的权利的文学，男人（"神圣的""父与夫"）的权利，已经是"神圣的"了，一时还用不着帮他们去争。由此可见，在提出并思考"人的文学"这个问题上，作为思想家，周作人表现出了其反封建的现代思想的十分独特的一面。

二、周作人的"人"的思想：批判"男子中心思想"、警惕"群众"压迫

我读《人的文学》，一直心怀疑问：周作人为什么在提倡"人的道德"时，只批判"三纲"中的后两纲，却偏偏没有批判居首的"君为臣纲"呢？

我在查阅相关资料和思考之后得出的结论是：在周作人的思想中，男子中心思想是"三纲主义"的思想根柢，"帝王之专制，原以家长的权威为其基本"（所以才有"君父"和"家天下"之说），在非人的社会里，在非人的文学里，"家长"（男人）正是压迫者。

这种思想的产生，与周作人的心性有关。作为人道主义者，周作人同情的是处于社会最底层的弱小者。早年，他的翻译和半偷半做的创作，都集中在妇女和儿童身上。《域外小说集》对"弱小民族文学"的重视，主要也是出自周作人的情感取向。在当时的中国社会，最弱小者是妇女和儿童。所以，周作人有诗云："平生有所爱，妇人与小儿。"他在文章中，也曾引用《庄子》里的"不敖无告，不废穷民，苦死

者，嘉孺子而哀妇人"，表述自己的同情弱者的人道主义思想。

对妇女和儿童的同情和关爱，使周作人的反封建的批判（包括对"种业"，即国民性的批判）主要是从道德变革的层面，而不是从政治变革的层面出发。周作人倡导新文学，最大的动力是源自对于妇女和儿童被压迫的深切同情，源自解放妇女和儿童的强烈愿望，至于"人"（如果排除了妇女和儿童，这个"人"就是男人了），也许倒在其次。因为在周作人看来，男人本来就是作为妇女，特别是儿童的压迫者而存在的："人类只有一个，里面却分作男女和小孩三种；他们各是人种之一，但男人是男人，女人是女人，小孩是小孩，他们身心上仍各有差别，不能强为统一。以前人们只承认男人是人，（连女人们都是这样想！）用他的标准来统治人类，于是女人与小孩的委屈，当然是不能免了。女人还有多少力量，有时略可反抗，使敌人受点损害，至于小孩受那野蛮的大人的处治，正如小鸟在顽童的手里，除了哀鸣还有什么法子？"①

1947年，周作人在《杂诗题记》中说："中国古来帝王之专制，原以家长的权威为其基本（家长在亚利安语义云主父，盖合君父而为一者也），民为子女，臣为妾妇……时至民国，此等思想本早应改革矣，但事实上则国犹是也，民亦犹是也，与四十年前故无以异。即并世贤达，能脱去三纲或男子中心思想者，又有几人？今世竞言民主，但如道德观念

---

① 周作人. 小孩的委屈［G］//周作人. 谈虎集. 石家庄：河北教育出版社，2002.

不改变，则如沙上建屋，徒劳无功。"① 1948 年，周作人在
《〈我与江先生〉后序》中进一步把男子中心思想称为封建伦
常的"主纲"："三纲主义自汉朝至今已有二千多年的寿命，
向来为家天下政策的基本原理，而其根柢则是从男子中心思
想出来的，因为女人是男人的所有，所生子女也自然归他所
有，这是第二步，至于君与臣的关系，则是援夫为妻纲的例
而来，所以算是第三步了。中国早已改为民国，君这一纲已
经消灭，论理三纲只存其二，应该垮台了，事实却并不然，
这便因为它的主纲存在，实力还是丝毫没有动摇。"②

可以把周作人在 40 年代说的这两段话，看作为《人的
文学》的思想论述逻辑所做的注释。如果说在写作《人的文
学》时，周作人对"家长"、男子中心思想是"三纲"的
"主纲"这一思想尚无清晰的认识，那么，这时已经洞若观
火，清晰至极。

周作人的这一思考与日本诗人柳泽健原的思想几乎是相
同的。1921 年周作人翻译了柳泽的《儿童的世界》一文，其
中有这样的话："许多的人现在将不复踌躇，承认女人与男
人的世界的差异，又承认将长久隶属于男人治下的女人解放
出来，使返于伊们本然的地位，是最重要的文化运动之一。
但是这件事，对于儿童岂不也是一样应该做的么？近代的文
明实在只是从女人除外的男人的世界所成立，而这男人的世
界又只是从儿童除外的世界所成立的。现在这古文明正放在

---

① 周作人. 杂诗题记 [G] //钟叔河. 周作人散文全集：第 9 卷. 桂林：广西师范
大学出版社，2009.
② 周作人.《我与江先生》后序 [G] //钟叔河. 周作人散文全集：第 9 卷. 桂林：
广西师范大学出版社，2009.

试炼之上了。女人的解放与儿童的解放，——这二重的解放，岂不是非从试炼之中产生出来不可么？"① 据周作人的翻译"附记"讲，"这一篇是从论文集《现代的诗与诗人》(1920年)中译出的"，但这一在日本是"许多的人""将不复踌躇，承认"的思想，是不是周作人通过日本，早已了解了呢？有一点是可以肯定的，周作人翻译此文，是因为他认同并且想宣传柳泽健原的思想。

将"儿童"和"妇女"的发现，作为"人的文学"这一现代文学理念的思想根基，这充分体现了周作人的独特性。需要重视的一个问题是，周作人之所以紧紧抓住"父为子纲"和"夫为妻纲"，而不去抓"君为臣纲"，除了他同情弱小，并将男子中心思想看作是"三纲主义"的思想根柢之外，在深层还与他的个人主义、自由主义思想的独特内涵有关。

自留学日本起，周氏兄弟就主张"任个人而排众数"(鲁迅：《文化偏至论》)，而周作人对这一个人主义思想，立场上最为坚持，态度上最为彻底。他一直将其作为反对专制、建立民主的一面旗帜。周作人在《人的文学》里特别强调，"我所说的人道主义，并非世间所谓'悲天悯人'或'博施济众'的慈善主义，乃是一种个人主义的人间本位主义"。周作人的这个解释意味深长。这个"个人主义"十分重要，对中国的"思想革命"十分重要。其实，这种个人主义思想，早就萌芽于周作人的思考之中。他在1906年作

---

① ［日］柳泽健原. 儿童的世界［G］//止庵. 周作人译文全集：第8卷. 上海：上海人民出版社，2012.

《〈孤儿记〉缘起》一文时，已经说过："故茫茫大地是众生者，有一日一人不得脱离苦趣，斯世界亦一日不能进于文明。故无论强权之说未能中于吾心，而亦万不能引多数幸福之言，于五十百步生分别见也。"① 后来的 1922 年，周作人因"非宗教大同盟"事件，与陈独秀等人论争，就敏感地认识到此一事件的根本性质。他在《复陈仲甫先生信》中说："先生们对于我们正当的私人言论反对，不特不蒙'加以容许'，反以恶声见报，即明如先生者，尚不免痛骂我们为'献媚'，其余更不必说了，我相信这不能不说是对于个人思想自由的压迫的起头了。我深望我们的恐慌是'杞忧'，但我预感着这个不幸的事情已经来了；思想自由的压迫不必一定要用政府的力，人民用了多数的力来干涉少数的异己者也即是压迫。"② 这是周作人由来已久的个人主义思想的一次社会实践。可见，思考中国的"人"的问题，思考对"人"的压迫问题，与"君王"、"君主"、"政府的力"的压迫相比，周作人更为警惕的是"群众"、"人民"这一"多数的力"。

三、何以是周作人"发现儿童"？

周作人是中国"发现儿童"的第一人。③ 事实上，在周

① 周作人.《孤儿记》缘起［G］//钟叔河. 周作人散文全集：第 1 卷. 桂林：广西师范大学出版社，2009.
② 周作人. 复陈仲甫先生信［G］//钟叔河. 周作人散文全集：第 2 卷. 桂林：广西师范大学出版社，2009.
③ 我曾在《中国儿童文学与现代化进程》（浙江少年儿童出版社，2000 年）一书中，辨析过在"发现儿童"一事上，周作人对于鲁迅的影响关系.

作人的现代思想展开的过程中（也包括周作人自己想"消极"的时候），关于"儿童"的思想的确是重要的资源之一。我曾说过："周氏兄弟能够超出他人，分别站在理论和创作的前沿，成为'五四'新文学的领袖，一个重要原因是他们发现了'儿童'，从而获得了深刻的现代性思想。"[①]

作为思想家的周作人，在"儿童的发现"上，他的道德家、教育家、学问家这三个身份，起到了根本的、合力的作用。因为兼备这三种身份，使周作人在"发现儿童"这一思想实践中，走在了时代的最前端，立于了时代的最高处。

周作人自己承认是个道德家。"我平素最讨厌的是道学家，（如照新式称为法利赛人，）岂知这正因为自己是一个道德家的缘故；我想破坏他们的伪道德不道德的道德，其实却同时非意识地想建设起自己所信的新的道德来。"[②] 他在妇女问题上的道德实践可举一事为例：他与刘半农、钱玄同组成过"三不会"，即奉行不赌、不嫖、不纳妾。事实上，周作人对此是身体力行了的。在儿童问题上，是他第一个提出了"以儿童为本位"的思想，并且切实地"改作幼者本位的道德"（鲁迅语）。

这种通过"儿童"建立起"新的道德"的尝试，可以上溯至 1906 年。周作人在《孤儿记》的"绪言"中说："嗣得见西哲天演之说，于是始喻其义，知人事之不齐，实为进化之由始，……呜呼，天演之义大矣哉，然而酷亦甚矣。宇宙之无真宰，此人生苦乐，所以不得其平，而今乃复一以强弱

① 朱自强. "儿童的发现"：周氏兄弟思想与文学的现代性 [J]. 中国文学研究，2010（1）.
② 周作人. 《雨天的书》自序二 [G] //周作人. 雨天的书. 石家庄：河北教育出版社，2002.

为衡，而以竞争为纽，世界胡复有宁日？斯人苟无强力之足恃，舍死亡而外更无可言，芸芸众生，孰为庇障，何莫非孤儿之俦耶？"[①] 止庵评价《孤儿记》的这一思想时说："这样一部为弱者、为个人张目的书，出现在'天演'、'竞争'风行之际，视为不合时宜可，视为先知先觉亦无不可。"[②] 我所看重的则是，周作人对将达尔文的进化论阐释成社会达尔文主义这一时代风潮的质疑，原来是来自对"儿童"的关注。在当时，中国所了解的只是《物种起源》所代表的达尔文的前半部进化论理论，而达尔文后来在《人类的由来及性选择》中所表达的"爱"、"合作"、"道德"这一关于人类的进化论思想，却不为人知。可是，周作人以其关爱儿童的人道主义情怀，在一定程度上，无师自通地与达尔文的后半部进化论理论殊途同归。

周作人于 1918 年翻译的日本作家江马修的《小小的一个人》，结尾有这样的话："我又时常这样想：人类中有那个孩子在内，因这一件事，也就教我不能不爱人类。我实在因为那个孩子，对于人类的问题，才比从前思索得更为深切：这绝不是夸张的话。"对周作人翻译的这样的话，何尝不可以看作是夫子自道呢。1920 年周作人翻译的日本千家元磨的《深夜的喇叭》，最后一段是："我含泪看着小孩，心里想，无论怎样，我一定要为他奋斗。"周作人这种对于儿童的异乎寻常的关心，似乎可以在这段译文中找到因由。后来，周作人写关于"小孩"的诗歌，论述儿童教育、儿童文学，是

---

① 止庵. 周作人译文全集：第 11 卷［G］. 上海：上海人民出版社，2012.
② 止庵. 周作人传［M］. 济南：山东画报出版社，2010：23.

践行了他翻译的两篇小说中的人物所说的话。这两篇小说中的《小小的一个人》就与《人的文学》一起，发表在《新青年》的第五卷第六号上，这恐怕不是完全的巧合吧。

　　周作人的"儿童的发现"始于"绍兴时代"而非北京大学时代。作为儿童文学理论的创立者，周作人的"儿童本位"思想起始于他的教育实践。1912 年 3 月至 1917 年 3 月，周作人在家乡绍兴从事儿童教育事业，做过浙江省视学，更在绍兴县教育会会长和中学教师位置上做了整整四年。这期间，周作人基本形成了他的独特而超前的"以儿童为本位"的儿童观、儿童教育思想，乃至儿童文学思想。这一情形，我们从他发表的《个性之教育》、《儿童问题之初解》（1912年）、《儿童研究导言》（1913 年）、《玩具研究一》、《学校成绩展览会意见书》、《小学校成绩展览会杂记》（1914 年）等论述文章，《游戏与教育》（1913 年）、《玩具研究二》、《小儿争斗之研究》（1914 年）等译文，特别是从《童话研究》、《童话略论》（1913 年）、《儿歌之研究》、《古童话释义》、《童话释义》（1914 年）等论文中，可以看得清楚。比如说，周作人最早批判成人对儿童的"误解"，是在《儿童研究导言》（1913 年）中："盖儿童者，大人之胚体，而非大人之缩形……""世俗不察，对于儿童久多误解，以为小儿者，大人之具体而微者也……"[①]，批判"重老轻少"是在《儿童问题之初解》（1914 年）中："中国亦承亚陆通习，重老轻少，于亲子关系，见其极致。原父子之伦，本于天性，第必有对

① 周作人. 儿童研究导言［G］//钟叔河. 周作人散文全集：第 1 卷. 桂林：广西师范大学出版社，2009.

待有调合，而后可称。今偏于一尊，去慈而重孝，绝情而言义，推至其极，乃近残贼。"[①]

学问家这一身份，对于周作人"发现儿童"也十分重要。学术研究能为周作人"发现儿童"提供方法和途径，实在是因为周作人在学术兴趣上有其特殊性。

周作人称自己的学问为"杂学"。在《我的杂学》一文中，他说："我对人类学稍有一点兴味，这原因并不是为学，大抵只是为人，而这人的事情也原是以文化之起源与发达为主。但是人在自然中的地位，如严几道古雅的译语所云化中人位，我们也是很想知道的，那么这条路略一拐弯便又一直引到进化论与生物学那边去了。"[②] 可见"为人"、为了解"化中人位"，是周作人学术研究的首要目的。于是，我们看见，周作人在倡导"祖先为子孙而生存"这一"儿童本位"的儿童观时，就拿了生物学来"定人类行为的标准"。

然而，对于周作人发现儿童影响最大的当是儿童学。不过，周作人的儿童学有着相当的特殊性。"我所想知道一点的都是关于野蛮人的事，一是古野蛮，二是小野蛮，三是文明的野蛮。一与三是属于文化人类学的，上文略说及，这其二所谓小野蛮乃是儿童，因为照进化论讲来，人类的个体发生，原来和系统发生的程序相同。胚胎时代经过生物进化的历程，儿童时代又经过文明发达的历程，所以幼稚这一段落，正是人生之荒蛮时期。……以前的人对于儿童多不能正当理解，不是将他当作小形的成人，期望他少年老成，便将

① 周作人. 儿童问题之初解 [G] //钟叔河. 周作人散文全集：第 1 卷. 桂林：广西师范大学出版社，2009.
② 周作人. 我的杂学 [G] //止庵. 苦口甘口. 石家庄：河北教育出版社，2002.

他看作不完全的小人，说小孩懂得什么，一笔抹杀，不去理他。现在才知道儿童在生理心理上虽然和大人有些不同，但他仍是完全的个人，有他自己内外两面的生活。这是我们从儿童学所得来的一点常识，假如要说救救孩子，大概都应以此为出发点的。"①

周作人的儿童学受美国"斯学之祖师"斯坦利·霍尔的影响很大。周作人在著述中经常谈到斯丹来霍耳（即斯坦利·霍尔）。斯坦利·霍尔运用德国动物学家、进化论学者海克尔提出的复演说（动物的个体发生迅速而不完全地复演其系统发生）来解释儿童心理发展，认为，胎儿在胎内的发展复演了动物进化的过程（如胎儿在一个阶段是有鳃裂的，这是重复鱼类的阶段）；而儿童时期的心理发展则复演了人类进化过程。正是这一儿童学上的复演说，深刻地影响了周作人，使他意识到："童话者，原人之文学，亦即儿童之文学，以个体发生与系统发生同序，故二者，感情趣味约略相同。"② "照进化论讲来，人类的个体发生原来和系统发生的程序相同：胚胎时代经过生物进化的历程，儿童时代又经过文明发达的历程；所以儿童学（Paidologie）上的许多事项，可以借了人类学（Anthropologie）上的事项来做说明。"③

除了斯坦利·霍尔的复演说理论，"弗洛伊特派的儿童心理"也是周作人的儿童学的重要基础。1934 年，周作人特

① 周作人. 苦茶——周作人回想录 [M]. 兰州：敦煌文艺出版社，1995：538—539.
② 周作人. 童话略论 [G] //钟叔河. 周作人散文全集：第 1 卷. 桂林：广西师范大学出版社，2009.
③ 周作人. 儿童的文学 [G] //钟叔河. 周作人散文全集：第 2 卷. 桂林：广西师范大学出版社，2009.

别为 1930 年所作的《周作人自述》加了一段话：“如不懂萧洛伊特派的儿童心理，批评他的思想态度，无论怎么说法，全无是处，全是徒劳。”后来的现代文学研究者，似乎是没有对这句话给予足够的注意和重视。这句话表明了周作人的“思想态度”中，关于儿童的思想，处于一个根本的、重要的地位。周作人所说“萧洛伊特派的儿童心理”是什么呢？他有一句话有所指明：“萧洛伊特的心理分析应用于儿童心理，颇有成就，曾读瑞士波都安所著书，有些地方觉得很有意义，说明希腊肿足王的神话最为确实，盖此神话向称难解，如依人类学的方法亦未能解释清楚者也。”[①] 关于心理分析学家波都安，周作人有《访问》一文，边译波都安的文章，边议论他，说他的《心的发生》“全书凡二十四章，以科学家的手与诗人的心写出儿童时代的回忆，为近代希有之作”。周作人特别译出波都安的自序中的一段话：“在心理学家或教育家，他将从这些篇幅里找出一条线索，可以帮助他更多地理解那向来少有人知道的儿童的心灵。……更明白地了解在儿童的心灵里存着多少的情感，神秘与痛苦。”[②] 应该说，波都安的这种知与情的儿童心理学研究与周作人的包括儿童观的整个思想情状是心有灵犀、一脉相通的。

四、结语

综上所述，在周作人于五四时期提出的“人的文学”这

---

① 周作人. 我的杂学 [G] //止庵. 苦口甘口. 石家庄：河北教育出版社，2002.
② 周作人. 访问 [G] //周作人. 永日集. 石家庄：河北教育出版社，2002.

一新文学理念中，"儿童的发现"是重要的思想源头之一。"儿童的发现"在周作人的整个新文学思想体系中，具有十分重要的地位。周作人的"儿童的发现"这一思想（也包括妇女的发现），体现出他的批判"男子中心"（"神圣的""父与夫"）这一现代思想的独特性。不论是在中国现代思想史，还是在中国现代文学史上，以周作人为代表的"儿童本位"这一儿童观都是值得进一步深入研究的重要课题。

载于《中国现代文学研究丛刊》2013 年第 10 期（发表时有改动）

儿童文学理论：在"现代"与"后现代"之间

目前的中国儿童文学学术研究迫切需要理论。

理论是什么？乔纳森·卡勒说："一般说来，要称得上是一种理论，它必须不是一个显而易见的解释。这还不够，它还应该包含一定的错综性……一个理论必须不仅仅是一种推测：它不能一望即知；在诸多因素中，它涉及一种系统的错综关系；而且要证实或推翻它都不是件容易事。"① "理论常常是常识性观点的好斗的批评家。"② "正因为它给从事其他领域研究的人以启迪，并且已经被大家借鉴，它才能成为理论。"③ 更重要的是，卡勒说："理论不会有和谐的答案。"

---

① ［美］乔纳森·卡勒. 文学理论入门［M］. 李平，译. 南京：译林出版社，2013：3.
② 同①5.
③ 同①7.

"……理论能够提供的不是一套结论，而是为新思想的出现开拓视野。"①

儿童文学这一文学样式，因其特定的起源和演变的历史，"现代性"话语和后现代思想就是能够"为新思想的出现开拓视野"的理论。

在中国，与成人文学研究相比，儿童文学研究对"现代性"话语和后现代理论的运用具有一定的滞后性，不过，还是出现了较为深入、较具规模地运用这两种理论的学术著作，较有代表性的可以举出运用"现代性话语"的《中国儿童文学与现代化进程》（朱自强，2000年），运用后现代理论的《中国现代儿童文学史论》（杜传坤，2009年）、《20世纪中国儿童文学的文化阐释》（吴其南，2012年）。我之所以举出这三部著作作为儿童文学研究中的"现代性"话语和后现代理论实践的代表，是因为由于后两种著作的"现代性批判"、"走出现代性"的姿态，与我本人的"现代性"话语实践形成了紧张的关系性，而我认为，对这一紧张的关系性的思考和探究，有助于中国儿童文学理论进一步向纵深开展。

本文就是以上述紧张的关系性为语境，置身于"现代"与"后现代"之间，对中国儿童文学理论发展的可能性路径所做的一项思考。

---

① ［美］乔纳森·卡勒. 文学理论入门［M］. 李平，译. 南京：译林出版社，2013：125.

一、无法"走出"的"现代性"

　　道格拉斯·凯尔纳和斯蒂文·贝斯特指出："所有的'后'（post）字都是一种序列符号，表明那些事物是处在现代之后并接现代之踵而来。"① 既然"后现代"是"接现代之踵而来"，如果持着历史的目光，就应该深刻地理解或走进现代性，否则不可能准确地理解各种后现代思想和理论。所以，我认为，对于中国儿童文学理论研究而言，还不能急切地"走出现代性"。

　　我这样说，是因为在我看来，一方面中国儿童文学在创作实践上没有完成应该完成的"现代性"任务，另一方面目前的儿童文学理论在"现代性"认识上还存在着诸多的语焉不详乃至错误阐释。

　　反对"现代性"必须"在场"，必须首先身处"现代性"历史的现场。人们曾经对激进的后现代理论的代表人物博德里拉作过这样的批判："博德里拉的这种'超'把戏，只是一名唯心主义者匆匆路过一个他从未莅临，也不了解，甚至根本没有认真去对待的环境时，浮光掠影地瞥见的一点皮毛而已。"② 中国儿童文学界屈指可数的几位操持后现代理论话语的研究者，也在不同程度上存在着不在"现代性"历史的现场这一问题。

　　吴其南的《20世纪中国儿童文学的文化阐释》和杜传坤

---

① ［美］道格拉斯·凯尔纳、斯蒂文·贝斯特. 后现代理论——批判性的质疑［M］. 张志斌，译. 北京：中央编译出版社，2011：31.
② 同①154.

的《中国现代儿童文学史论》是两个用后现代理论批判现代性的典型文本，前者的"结语"以"走出现代性"为题，后者的第一章"反思与重构：中国儿童文学史的研究与写作"中的一节的题目就是"发生论辩证：中国儿童文学起源的现代性批判"。对于儿童文学史研究的这两部著作来说，通过对史料的梳理、辨析，通过对当时的思想、文化、教育的中国"环境"的历史性把握，来阐释中国儿童文学的"现代"历史，乃是应该具有的"在场"行为，但是，在我看来，这两部算得上运用后现代理论的著作，在解构"现代性"时所提出的重大、重要的观点，都出现了不"在场"的状况。下面，我们稍稍做一下具体的说明和分析。

吴其南认为，"20 世纪中国文化经历了三次启蒙高潮。……前两次，从戊戌维新到'五四'新文化运动，中国儿童文学尚处在草创阶段，启蒙作为一种文化思潮不可能在儿童文学中有多大的表现……只有新时期、80 年代的新启蒙，才在儿童文学内部产生影响，出现真正的启蒙主义的儿童文学"。① 我的观点恰恰与吴其南相反，纵观中国儿童文学的百年历史，"真正的启蒙主义的儿童文学"恰恰发生于"草创阶段"，它以周作人的"儿童本位"论为代表。

我在《"儿童的发现"：周作人的"人的文学"的思想源头》一文中指出："以往的现代文学研究在阐释周作人的《人的文学》一文时，往往细读不够，从而将'人的文学'所指之'人'作笼统的理解，即把周作人所要解决的'人的

---

① 吴其南. 20 世纪中国儿童文学的文化阐释［M］. 北京：中国社会科学出版社，2012：166—167.

问题'里的'人'理解为整体的人类。可是，我在剖析《人的文学》的思想论述逻辑之后，却发现了一个颇有意味、耐人寻思的现象——'人的问题'里的'人'，主要的并非指整体的人类，而是指的'儿童'和'妇女'，并不包括'男人'在内。在《人的文学》里，周作人的'人'的概念，除了对整体的'人'的论述，还具体地把'人'区分为'儿童'与'父母'、'妇女'与'男人'两类对应的人。周作人就是在这对应的两类人的关系中，思考他的'人的文学'的道德问题的。周作人要解放的主要是儿童和妇女，而不是男人。《人的文学》的这一核心的论述逻辑，也是思想逻辑，体现出周作人的现代思想的独特性以及'国民性'批判的独特性。""其实，在《人的文学》一文中，周作人所主张的'人'的文学，首先和主要是为儿童和妇女争得做人的权利的文学，男人（'神圣的''父与夫'）的权利，已经是'神圣的'了，一时还用不着帮他们去争。由此可见，在提出并思考'人的文学'这个问题上，作为思想家，周作人表现出了其反封建的现代思想的十分独特的一面。"① 在《人的文学》发表两年后撰写的《儿童的文学》一文，其实是周作人在《人的文学》中表述的一个方面的启蒙思想，在儿童文学领域里的再一次具体呈现。此后，周作人在《儿童的书》《关于儿童的书》《〈长之文学论文集〉跋》等文章对抹杀儿童、教训儿童的成人本位思想的批判，都是深刻的思想启蒙，是吴其南所说的"专指意义上的启蒙，即人文主义与封

---

① 朱自强．"儿童的发现"：周作人的"人的文学"的思想源头［J］．中国现代文学研究丛刊，2013（10）．

建主义的冲突"。周作人的这些"思想革命"的文字，对规划中国儿童文学的发展方向至为重要。

"吴其南认为'只有新时期、80 年代'才'出现真正的启蒙主义的儿童文学'，其阅读历史的目光显然是被蒙蔽着的。造成这种被遮蔽的原因之一，就是对整体的历史事实，比如对周作人的'人的文学'的理念，对周作人儿童本位的儿童文学思想的全部面貌，没有进行凝视、谛视和审视，因而对于周作人作为思想家的资质不能做出辨识和体认。"①

再来看看杜传坤的"中国儿童文学起源的现代性批判"。杜传坤在《中国现代儿童文学史论》这部著作中对"儿童本位"论这一"发现儿童"的现代性思想进行了批判，认为"五四儿童本位的文学话语是救赎，也是枷锁"。② 杜传坤这样分析现代的"儿童的发现"——"儿童被认同才获得其社会身份，而其社会身份一旦确立，马上就被置于知识分子所构筑的庞大的社会权力网络之中——只有满足了国家与社会需要的'儿童'才有可能获得认同，因此，成为'儿童'就意味着获得监视。监视实践要求为儿童立法的那些人，比如儿童文学专家、教育专家、心理专家从事一门专业的监督任务，在这一监督中，一种社会无意识逐渐得以形成——儿童具有内在的不完美性、有欠缺，为了能够在未来的成人世界里生存，儿童必须习得成人为其规定的知识、道德与审美能

---

① 朱自强. "反本质论"的学术后果——对中国儿童文学史重大问题的辨析 [J]. 中国海洋大学学报，2013（5）.
② 杜传坤. 中国现代儿童文学史论 [M]. 北京：中国社会科学出版社，2009：36—37，340—341.

力……"① 我认为，这也是对中国儿童文学的现代性的不"在场"的阐释。要"在场"就得从笼统的宏观叙事，走向具体的微观分析。在中国，"儿童的发现"的代表人物是周作人，"儿童的发现"具体体现为他的"儿童本位"理论。当杜传坤指出"成为'儿童'就意味着获得监视"时，最应该做的是在最能代表"现代"思想的周作人的"儿童本位"论中发现"监视"儿童的证据，发现周作人认为"儿童具有内在的不完美性、有欠缺"的证据。我翻遍周作人的著作，非但找不到可以支撑杜传坤的批判的只言片语，反而随处遇到的是推翻她的指控的观点。我们信手拈来两例。

"以前的人对于儿童多不能正当理解，不是将他当作缩小的成人，拿'圣经贤传'尽量地灌下去，便将他看作不完全的小人，说小孩懂得什么，一笔抹杀，不去理他。近来才知道儿童在生理心理上，虽然和大人有点不同，但他仍是完全的个人，有他自己的内外两面的生活。儿童期的二十岁年的生活，一面固然是成人生活的预备，但一面也自有独立的意义与价值，因为全生活只是一个生长，我们不能指定那一截的时期，是真正的生活。我以为顺应自然生活各期，——生长，成熟，老死，都是真正的生活。所以我们对于误认儿童为缩小的成人的教法，固然完全反对，就是那不承认儿童的独立生活的意见，我们也不以为然。那全然蔑视的不必说了，在诗歌里鼓吹合群，在故事里提倡爱国，专为将来设想，不顾现在儿童生活的需要的办法，也不免浪费了儿童的

---

① 杜传坤. 中国现代儿童文学史论 [M]. 北京：中国社会科学出版社，2009：36—37，340—341.

时间，缺损了儿童的生活。"① 周作人的这样的言论不恰恰是对杜传坤所说的"只有满足了国家与社会需要的'儿童'才有可能获得认同"这一观念的批判吗？

"昨天我看满三岁的小侄儿小波波在丁香花下玩耍，他拿了一个煤球的铲子在挖泥土，模仿苦力的样子用右足踏铲，竭力地挖掘，只有条头糕一般粗的小胳膊上满是汗了，大人们来叫他去，他还是不歇，后来心思一转这才停止，却又起手学摇煤球的人把泥土一瓢一瓢地舀去倒在台阶上了。他这样的玩，不但是得了游戏的三昧，并且也到了艺术的化境。这种忘我地造作或享受之悦乐，几乎具有宗教的高上意义，与时时处处拘囿于小主观的风雅大相悬殊：我们走过了童年，赶不着艺术的人，不容易得到这个心境，但是虽不能至，心向往之；既不求法，亦不求知，那么努力学玩，正是我们唯一的道了。"② 在这样的话语里，我们看到的完全是与"儿童具有内在的不完美性、有欠缺"这一观念相反的儿童观。

如果按照杜传坤的观点，即将"监视"儿童视为"现代性"，那么周作人的"儿童本位"论就是反现代性的；如果认为周作人的"儿童本位"论是现代性的，那么杜传坤所判定的现代的"监视"儿童，就不是现代性的。我本人是将周作人的"儿童本位"论视为中国儿童文学的现代性的最为杰出的代表。我在《论"儿童本位"论的合理性和实践效用》

---

① 周作人. 儿童的文学［G］//钟叔河. 周作人散文全集：第 2 卷. 桂林：广西师范大学出版社，2009.
② 周作人. 陀螺序［G］//钟叔河. 周作人散文全集：第 4 卷. 桂林：广西师范大学出版社，2009.

一文中指出：“绝对真理已经遭到怀疑。但是，真理依然存在，我是说历史的真理依然存在。‘儿童本位’论就是历史的真理。‘儿童本位’论在实践中，依然拥有马克思所说的‘现实性和力量’。不论从历史还是从现实来看，对于以成人为本位的文化传统根深蒂固的中国，‘儿童本位’的儿童文学观，都是端正的、具有实践效用的儿童文学理论。它虽然深受西方现代思想，尤其是儿童文学思想的影响，但却是中国本土实践产生的本土化儿童文学理论。它不仅从前解决了，而且目前还在解决着儿童文学在中国语境中面临的诸多重大问题、根本问题。作为一种理论，只有当‘儿童本位’论在实践中已经失去了效用，才可能被‘超越’，反之，如果它在实践中能够继续发挥效用，就不该被超越，也不可能被超越。至少在今天的现实语境里，‘儿童本位’论依然是一种真理性理论，依然值得我们以此为工具去进行儿童文学以及儿童教育的实践。”①

钱淑英在《2013 年中国儿童文学研究：热烈中的沉潜》②一文中，指出了当前围绕着“儿童本位论”的学术分歧。从钱淑英的“与此相反，以吴其南为代表的研究者则站在后现代建构论的立场，对‘儿童本位论’进行了批评和反拨”这一表述里，似乎可以读出关于“儿童本位论”的认识、评价上的分歧，似乎是“现代”与“后现代”的分歧这一信息。可是，我却想说，在本质上，我与吴其南、杜传坤的分歧不是“现代”与“后现代”的分歧，而是是否置身于“现代

---

① 朱自强. 论“儿童本位”论的合理性和实践效用 [J]. 中国海洋大学学报，2014(3).
② 文艺报，2014-01-31.

性"历史的现场，准确、客观地把握了"儿童本位"这一现代思想的真实内涵的分歧。

我对于哈贝马斯将"现代性"视为"一项未竟的事业"，抱有深切同感。现代性思想的相当大部分，依然适合中国的国情。在中国这个正在建构"现代"的具体的历史语境里，或者用哈贝马斯的话说，在中国儿童文学的"现代性"还是"一项未竟的事业"的时代里，我们只能、只有先成为现代性的实践者。不论在现在，还是在将来，这都具有历史的合理性、合法性。至少，我们也得在自己的内部，使"现代"已经成为一种个人传统之后，才可能对其进行超越，才有可能与"后现代"对话、融合。这体现出人的"局限"，但是也可以看作是一种规律。

二、必须"走进"的后现代理论

我虽然批评了杜传坤、吴其南的后现代话语中的某些观点，但是对两位学者积极汲取后现代理论资源的姿态却怀着尊重，并且认为，这样的研究能够把对问题的讨论引向深入，具有重要的学术价值。我从他们的研究中悟出的道理是，在儿童文学、儿童文化的发展方面，现代思想和理论依然富含着建设性的价值，可以在当下继续发挥功能，而后现代理论也可以照出现代性视野的"盲点"，提供新的建构方法，开辟广阔的理论空间。

现代社会以及人类的思维方式和精神结构正在发生重大的变化，20 世纪 60 年代以来出现的某些后现代思想理论就是对这一变化的一种十分重要的反应。后现代理论关注、阐释的问题，是人的自身的问题，对于知识分子，对于学术研究者，更是必须面对的问题。从某种意义、某些方面来看，后现代理论是揭示以现代性方式呈现的人的思维和认识的局限和盲点的理论。与这一理论"对话"，有助于我们看清既有理论（包括自身的理论）的局限性。因此，"走进"后现代理论是中国儿童文学学术研究不可绕过的一段进程。

后现代理论中具有开拓性、创造性和批判性的那些部分，对我有着极大的吸引力，后现代理论中有我所需要的理论资源。不过，如同"现代性是一种双重现象"（吉登斯语）一样，后现代主义理论也存在着很多的悖论。我的基本立场，与写作《后现代理论——批判性的质疑》一书的道格拉斯·凯尔纳和斯蒂文·贝斯特的立场是一致的——"我们并不接受那种认为历史已经发生了彻底的断裂，需要用全新的理论模式和思维方式去解释的后现代假设。不过我们承认，广大的社会和文化领域内已经发生了重要变化，它需要我们去重建社会理论和文化理论，同时这些变化每每也为'后现代'一词在理论、艺术、社会及政治领域的运用提供了正当性。同样，尽管我们同意后现代对现代性和现代理论的某些批判，但我们并不打算全盘抛弃过去的理论和方法，不打算全盘抛弃现代性。"①

"自觉地进行学术反思，在我有着现实的迫切性。我的儿童文学本质理论研究和中国儿童文学史研究，在一些重要

① ［美］格拉斯·凯尔纳、斯蒂文·贝斯特. 后现代理论——批判性的质疑［M］. 张志斌，译. 北京：中央编译出版社，2011：35.

的学术问题上，面临着有些学者的质疑和批评，它们是我必须面对的问题，也是我愿意进一步深入思考的问题。其中最为核心的是要回答本质论（不是本质主义）的合理性和可能性这一问题，而与这一问题相联系的是中国儿童文学的历史起源即儿童文学是不是'古已有之'这一问题。"① 我所说的"有些学者的质疑和批评"指的就是来自吴其南、杜传坤等学者的后现代理论话语式的批判（尽管没有指名）。

在中国儿童文学界操持"后现代"话语的研究者混淆了"本质论"与"本质主义"的区别。吴其南在批判现代性时说："关键就在于人们持一种本质论的世界观，现实、历史后面有一个本质的、不以人的意志为转移的东西在那儿，人们的任务只是去探索它、发现它。"② 杜传坤在《中国现代儿童文学史论》一书中认为："联系当代儿童文学的现状，走出本质论的樊笼亦属必要。对当代儿童文学的发展而言，五四儿童本位的文学话语是救赎，也是枷锁……'儿童性'与'文学性'抑或'儿童本位'似乎成了儿童文学理论批评与创作的一个难以逾越的迷障。如同启蒙的辩证法，启蒙以理性颠覆神话，最后却使自身成为一种超历史的神话，'五四'文学的启蒙由反对'文以载道'最终走向'载新道'。儿童本位的儿童观与儿童文学观，同样走入了这样一个本质论的封闭话语空间。"③

---

① 朱自强. "儿童文学"的知识考古——论中国儿童文学不是"古已有之"[J]. 中国文学研究，2014（3）.
② 吴其南. 20世纪中国儿童文学的文化阐释 [M]. 北京：中国社会科学出版社，2012：286.
③ 杜传坤. 中国现代儿童文学史论 [M]. 北京：中国社会科学出版社，2009：36—37，340—341.

　　我的立场很明确，"本质论"与"本质主义"并不是一回事，我赞成批判、告别"本质主义"，但是不赞成放弃"本质论"，为此，我特别撰写了《"反本质论"的学术后果——对中国儿童文学史重大问题的辨析》一文，以事实为据，指出了以吴其南为代表的"反本质论"研究的学术失范、学术失据的问题。我在文中说道："犯这样的错误，与他们盲目地接受西方后现代理论中激进的'解构'理论，进而采取盲目的反本质论的学术态度直接相关。从吴其南等学者的研究的负面学术效果来看，他们的'反本质论'已经陷入了误区，目前还不是一个值得'赞同的语汇'，'反本质论'作为一项工具，使用起来效果不彰，与本质论研究相比，远远没有做到'看起来更具吸引力'。"在论文的结尾，我作了这样的倡议："我想郑重倡议，不管是'反本质论'研究，还是'本质论'研究，都要在自己的学术语言里，把'世界'与'真理'、'事实'与'观念'区分清楚，进而都不要放弃凝视、谛视、审视研究对象这三重学术目光。我深信，拥有这三重目光的学术研究，才会持续不断地给儿童文学的学科发展带来学术的增值。"①

　　近年来，我本人也在努力理解后现代理论，希望借鉴后现代理论，解决自己的现代性话语所难以解决的重大学术问题。尽管我依然坚持儿童文学的本质论研究立场，但是，面对研究者们对本质主义和本质论的批判，我还是反思到自己的相关研究的确存在着思考的局限性。其中最重要的局限，

---

① 朱自强. "反本质论"的学术后果——对中国儿童文学史重大问题的辨析 [J]. 中国海洋大学学报，2013（5）.

是没能在人文学科范畴内，将世界与对世界的"描述"严格、清晰地区分开来。有意味的是，我的这一反思，同样是得益于后现代理论，其中主要是理查德·罗蒂的后现代哲学思想。

在借鉴后现代理论的过程中，我反思自己以往的本质论研究的局限性，明确发展出了建构主义的本质论。我做的最大也是最有意义的一项运用后现代理论的学术工作，是运用建构主义的本质论方法，解决中国儿童文学是否"古已有之"这一文学史起源研究的重大学术问题。

一直以来，以王泉根、方卫平、吴其南、涂明求为代表的学者们认为中国儿童文学"古已有之"，而我则反对这种文学史观，认为儿童文学是"现代"文学，它没有"古代"，只有"现代"。但是，在论证各自的观点时，双方采用的都是将儿童文学看成是一个"实体"存在这种思维，而这种思维具有本质主义的色彩。所谓将儿童文学看成是一个"实体"存在，就是认为儿童文学可以像一块石头一样，不证自明——如果一个文本是儿童文学，那么就应该在所有人的眼里都是儿童文学。在我眼里是儿童文学的，在你眼里如果不是，那就是你错了。这样的思维方式使中国儿童文学是否"古已有之"的讨论，陷入了公说公有理，婆说婆有理的困局之中。然而，中国儿童文学的起源问题不说清楚，儿童文学这一学科就没有坚实的立足点。

是借鉴自后现代理论的建构主义本质论帮助我打破了思考的僵局。我在重建建构主义的本质论这一方法之后，认识到儿童文学不是一个客观存在的"实体"，而是现代人建构的一个文学观念。依据建构主义的本质论观点，作为"实体"的儿童文学在中国是否"古已有之"这一问题已经不能成立，剩下的能够成立的问题只是——作为观念的儿童文学是在哪个时代被建构出来的。于是，我撰写了《"儿童文学"的知识考古——论中国儿童文学不是"古已有之"》一文，借鉴福柯的知识考古学方法以及布尔迪厄的"文学场"概念，对"儿童文学"这一观念进行知识考古，得出了"儿童文学"这个观念不是在"古代"而是在"现代"被建构出来的这一结论。在《论周作人的"儿童文学"观念的发生——以美国影响为中心》① 一文和《现代儿童文学文论解说》② 一书中，我进一步考证了周作人的"儿童文学"概念的建构过程。

三、未来指向：融合"现代"与"后现代"

在我看来，在某些理论问题上，现代性与后现代不是敌人，而是具有着爱恨交织的复杂关系。后现代理论所倡导的"平等"、"多元"、"多样性"（去中心）、"多视角"等概念，本身就包含了不能用"后现代"来取代"现代性"这一逻辑。这两者之间虽然充满了矛盾，却是互为证明的存在，共同构成了巨大的思想张力。

后现代主义不是铁板一块，而是有着不同的形态。激进的后现代理论对中国是有害的，建设性后现代理论则是有益

---

① 中国海洋大学学报，2015（2）.
② 海豚出版社，2014.

的。建设性后现代理论的代表人物大卫·雷·格里芬指出："建设性后现代思想强调，范围广泛的解放必须来自现代性本身，它为我们时代的生态、和平、女权和其他解放运动提供了依据。然而，与前现代相对的后现代一词强调的是，现代世界已取得了空前的进步，不能因为反对其消极特点而抛弃这些进步。"①

　　在中国儿童文学的现代性中就具有为"其他解放运动提供了依据"的思想，其中最具有价值的就是周作人的"儿童本位"论。周作人终其一生都在关怀妇女和儿童这两个弱势群体。他在《人的文学》里论述两性的爱，提出的是"男女两本位的平等"这一主张，然而对于儿童与成人之间，却主张的是"儿童本位"，这是因为周作人洞察了儿童与成人之间，有着其他任何人际关系都没有的特殊关系。周作人说："以前人们只承认男人是人（连女人们都是这样想！），用他的标准来统治人类，于是女人与小孩的委屈，当然是不能免了。女人还有多少力量，有时略可反抗，使敌人受点损害，至于小孩受那野蛮的大人的处治，正如小鸟在顽童的手里，除了哀鸣还有什么法子？"② 周作人所说的妇女的"反抗"已经由 19 世纪至眼前的女权主义运动所证明，然而，与妇女相比更为弱小的儿童的命运依然完全掌握在大人的手里。尽管某些后现代理论在张扬儿童的实践能力，但是直到目前为止，儿童显然还无法像妇女发动一场女权运动那样，为自己

---

① ［美］大卫·雷·格里芬. 后现代精神［M］. 王成兵，译. 北京：中央编译出版社，2011：225.
② 周作人. 小孩的委屈［G］//钟叔河. 周作人散文全集：第 2 卷. 桂林：广西师范大学出版社，2009.

发动一场童权运动。那么，"以儿童为本位"的成人们有没有可能与儿童携起手来，共同推动"解放儿童"的"童权主义"运动呢?

我认为，这样的理论构想就是"现代性"与"后现代"思想所共同期盼，并且有可能共同描绘的一个未来图景。

载于《当代作家评论》2015 年第 3 期

西方影响与本土实践
——论中国"儿童本位"的儿童文学理论的主体性问题

儿童文学不是一种如石头一样的实体，而是一种观念。在人类文明史上，儿童文学这一观念是社会转型的过程中思想启蒙带来的成果。在中国，正如传统社会向现代社会的转型是在西方的影响下发生的一样，儿童文学观念的发生，也是"西学东渐"过程中的一个历史事件。

在中国儿童文学的"启蒙"问题上，我在总体上是赞成接受"西方"的"现代性"的，认为因接受西方的"现代性"而产生中国的儿童文学是历史的一个进步。

在中国的儿童文学启蒙的历史评价上，我本人坚持两个立场。第一，拒绝绝对真理这一幻想，而主张采用实用主义真理观的方法。历史是一种选择的结果。历史中没有理想的乌托邦，有的只是相对合理的实践性选择。在儿童文学的启蒙上，彻底的反传统就是相对合理的选择。因为对儿童文学的"启蒙"来说，与继承中国传统相比，借鉴与中国传统是异质的西方的"现代性"更有效。这已经是由历史所证明了的事实。由这一问题，就引出了我的第二个立场，即拒绝假设历史。所谓假设历史，就是假设我们即使不决然否定传统的"三纲"主义，照样可以实现儿童文学的启蒙。但是，这是无法通过历史实践来证明其确实可行的一个假设。历史能够证明的只是，我们在借鉴西方的学术和思想，实践西方的现代性的过程中，实现了儿童文学的启蒙。

接下来的问题在于，中国儿童文学在借鉴西方的现代性的过程中，是造成了自身主体性的迷失还是促成了主体性价值的实现。本文论述、探究的就是这一问题。

一、西方影响下的两股儿童文学脉流

我在《"儿童文学"的知识考古——论中国儿童文学不是"古已有之"》一文中指出："如果对'儿童文学'这一词语进行知识考古，会发现在词语上，'儿童文学'是舶来品，其最初是先通过'童话'这一儿童文学的代名词，在清末由日本传入中国（商务印书馆 1908 年开始出版的《童话》丛书是一个确证。我曾以'"童话"词源考'为题，在《中国儿童文学与现代化进程》一书中做过考证），然后才由周作人在民初以'儿童之文学'（《童话研究》，1913），在'五四'新文学革命时期，以'儿童文学'（《儿童的文学》，1920）将儿童文学这一理念确立起来。也就是说，作为'具有确定的话语实践’的儿童文学这一‘知识’，是在从古代传统社会向现代社会转型的清末民初这一历史时代产生、发展起来的。"①

上述论述透露出，中国儿童文学的最初实践是在经济和学术这两个领域开展起来的。以《童话》丛书为代表的将儿童文学作为商品的出版和周作人所进行的学术研究，代表了西方影响所带来的两大方面：一是资本主义经济，一是现代性思想。这两股儿童文学脉流既有交汇，亦有分离。

所谓交汇之处便是教育，而且是"新教育"。无论是孙毓修、沈德鸿（茅盾）等人编辑的《童话》丛书，还是周作人所做的学术研究，都具有明确的教育意识。

孙毓修为《童话》丛书所作的《序》开篇即说："儿童七八岁，渐有欲周知世故、练达人事之心，故各国教育令，皆定此时为入学之期，以习普通之智识。吾国旧俗，以为世故人事，非儿童所急，常俟诸成人之后，学堂所课，专主识字。自新教育兴，此弊稍稍衰歇，而盛作教科书，以应学校之需。"作为学校语文教育的缺欠的弥补，孙毓修介绍西方"乃推本其心理之所宜，而盛作儿童小说以迎之"这一经验，并论述说：儿童小说"说事虽多荒诞，而要轨于正则，使闻者不懈而几于道，其感人之速、行世之远，反倍于教科书"。② 应该说，孙毓修的培养"周知世故、练达人事之心"的阅读优于"专主识字"的传统教育这一应用儿童文学的认识体现的是现代教育理念。

---

① 中国文学研究，2014（3）.
② 孙毓修. 《童话》序［J］. 教育杂志，1909（2）.

　　周作人儿童文学研究的一个重要出发点是"教育"。不仅儿童文学，就是整个文学研究，周作人也导入了教育的视野。周作人于 1908 年发表的《论文章之意义暨其使命因及中国近时论文之失》一文，是对他的文学观的最早梳理。从儿童文学维度来看，周作人的这篇文章的重要之处，在于其初步形成的具有变革意志的文学观念里，已经包含着儿童文学这一要素："以言著作，则今之所急，又有二者，曰民情之记（Tolk-novel）与奇觚之谈（Marchen）是也。盖上者可以见一国民生之情状，而奇觚作用则关于童稚教育至多。"①"奇觚作用则关于童稚教育至多"一语所显示出的儿童教育意识，此后一直是周作人儿童文学研究的着眼点。

　　自 1912 年起，有五年的时间，周作人先后做过浙江省视学、绍兴县教育会会长和中学教师，这种经历，强化了他的儿童文学研究的教育意识。我在《论周作人的"儿童文学"观念的发生——以美国影响为中心》一文中曾论述美国的以斯坦利·霍尔为代表的儿童学对周作人的儿童观的影响，其实，细加分析，可以看到儿童学这一资源也启发了周作人对儿童文学的教育功能的认识。比如，在写于 1913 年的《童话略论》一文中，周作人就认定，"童话研究当以民俗学为据，探讨其本原，更益以儿童学，以定其应用之范围，乃为得之。""治教育童话，一当证诸民俗学，否则不成为童话，二当证诸儿童学，否则不合于教育……"②

---

① 周作人. 论文章之意义暨其使命因及中国近时论文之失［G］//钟叔河. 周作人散文全集：第 1 卷. 桂林：广西师范大学出版社，2009.
② 周作人. 童话略论［G］//钟叔河. 周作人散文全集：第 1 卷. 桂林：广西师范大学出版社，2009.

以《童话》丛书和周作人的儿童文学研究为代表的两种脉流的分离主要表现在思想层面上。

首先，是对待"教训"的态度方面的不同。

在《童话》丛书中，有着明显教训意味。我们将编译、编撰"童话"最多的孙毓修与沈德鸿的文章各举一段——

> 大男为着金砖，一心走到京城弄得几乎讨饭，幸遇富人收留，免了冻饿，已是满心知足。不料意外得了这注大财，真可称为奇遇。你看他有钱之后，安心读书，要做个上等之人。这才算受得住富贵了。
>
> ——孙毓修《无猫国》

> 海斯这段故事，编书人讲完了。编书人却有几分感触，不晓得看官们有否，姑且说来与诸位一听：第一，编书人不怪海斯愚笨，只怪他贪心不足，见异思迁。第二，天下的事，终没有十全十美的。只要自己有见识，有耐心，无事不可做到。这两层意思，不知看官们以为怎样？
>
> ——茅盾《海斯交运》

从以上两节可以看出，孙毓修和茅盾都在故事的后面赘上教训的尾巴。赵景深对《童话》丛书的这种教训性颇不以为然，他在与周作人讨论童话的通信中说："儿童对于儿童文学，只觉他的情节有趣，若加以教训，或是玄美的盛装，反易引起儿童的厌恶。我幼时看孙毓修的《童话》，第一、二页总是不看的，他那些圣经贤传的大道理，不但看不懂，就是懂也不愿去看。"① 而赵景深的有感而发，恰恰是因为读了周作人为译文《儿童的世界》写的附注里的这段话——"大抵在儿童文学上，有两种方向不同的错误，一是太教育的，即偏于教训，一是太艺术的，即偏于玄美，教育家的主张多属前者，诗人多属后者；其实两者都是不对，因为他们都不承认儿童的世界"。②

是否"承认儿童的世界"，是周作人的"儿童本位"论的一个评价标准，而上述孙毓修、沈德鸿编撰的"偏于教训"的童话，显然不合乎周作人的标准。

其次，是对待"幻想"的态度上的不同。

孙毓修在《〈童话〉序》中说："书中所述，以寓言、述事、科学三类为多"，而"神话幽怪之谈，易启人疑，今皆不录。"③ 我在《现代儿童文学文论解说》一书中指出，这种选择"显然偏重的是教育性、现实性和科学性，而对带有幻想精神的神怪故事则是疏远的。虽然由于取'欧美诸国之所流行者'这一编辑方针，《童话》丛书也收录了《大拇指》《红帽儿》《海公主》等世界著名童话，但是，在'刺取旧事'编撰中国古代书籍时，则对写实故事情有独钟。中国儿童文学这种扬现实而抑幻想的发轫，对中国儿童文学的日后命运具有耐人寻味的暗示性和象征性"。④

我们再来看看周作人对待幻想的态度。孙毓修编撰的

① 赵景深、周作人关于童话的讨论［G］//王泉根. 中国现代儿童文学文论选. 桂林：广西人民出版社，1989.
② 周作人译. 儿童的世界［G］//钟叔河. 周作人散文全集：第2卷. 桂林：广西师范大学出版社，2009.
③ 孙毓修.《童话》序［J］. 教育杂志，1909（2）.
④ 朱自强. 现代儿童文学文论解说［M］. 北京：海豚出版社，2014：5.

《童话》丛书里收入了《玻璃鞋》（即周作人所云"灰娘式"童话的《灰姑娘》），并在故事开头说"《无猫国》要算中国第一本童话，然世界上第一本童话要推这本《玻璃鞋》"，周作人在 1914 年撰写的《古童话释义》一文中，对孙毓修的这一说法，却认为"实乃不然"，"中国虽古无童话之名，然实固有成文之童话，见晋唐小说，特多归诸志怪之中。莫为辨别耳"。并举出唐段成式的《酉阳杂俎》续集《支诺皋》中的《吴洞》一篇，认为它"在世界童话中属灰娘式"。[①] 问题不在于孙毓修不能辨识《吴洞》为中国最早的童话，而在于其所编撰之丛书名为"童话"，却将"神话幽怪之谈"的中国童话排除在外。

周作人能发现《吴洞》这样的童话，不仅在于对于中外典籍的熟稔，更在于其肯定童话的幻想所具有的价值这一立场。他曾说："我们姑且不论任何不可能的奇妙的空想，原只是集合实在的事物的经验的分子综错而成，但就儿童本身上说，在他想象力发展的时代确有这种空想作品的需要，我们大人无论凭了什么神呀皇帝呀国家呀的神圣之名，都没有剥夺他们的这需要的权力，正如我们没有剥夺他们衣食的权力一样。"[②]

对于儿童文学的幻想精神，中国儿童文学自发生以来就有很多人持暧昧、怀疑甚至否定的态度。现在所论孙毓修的《〈童话〉序》所表现出的否定"神话幽怪之谈"这种怀疑甚

---

① 周作人. 古童话释义［G］//钟叔河. 周作人散文全集：第 1 卷. 桂林：广西师范大学出版社，2009.
② 周作人. 阿丽思漫游奇境记［G］//钟叔河. 周作人散文全集：第 2 卷. 桂林：广西师范大学出版社，2009.

至否定幻想精神的态度，是中国文化传统中的一种负面思想的积习。这种负面思想是什么？鲁迅举出日本的中国文学研究者盐谷温的观点说："中国神话之所以仅存零星者，说者谓有二故：一者华土之民，先居黄河流域，颇乏天惠，其生也勤，故重实际而黜玄想，不更能集古传以成大文。二者孔子出，以修身齐家治国平天下等实用为教，不欲言鬼神，太古荒唐之说，俱为儒者所不道，故其后不特无所光大，而又有散亡。"①

克服中国"重实际而黜玄想"这一文化传统，是中国儿童文学在发展中必须承担的一种宿命，它是中国儿童文学创作史、理论批评史的主线之一。

再次，是对待传统的伦理道德的态度上的不同。

在《童话》丛书里，孙毓修不仅在"编译"外国童话时，加入许多教训在其中，而且更是在面对中国传统读物"刺取旧事"时，表现出了陈腐的封建道德。在《童话》丛书第一集第十编《女军人》中，孙毓修说，"须知女子出名的不外三种，一是才，二是节，三是勇"，并向儿童读者介绍有名的"节女"刘兰芝的故事。焦仲卿与刘兰芝本来夫妻十分恩爱，可是，"无奈仲卿之母有些左性，稍不如意，便要责骂。兰芝愈加下气柔声，曲尽子妇之道。无奈婆婆终是嫌恶于他"。"为母亲所逼"之下，焦仲卿为尽孝道，休了刘兰芝。而被休回了娘家的刘兰芝又被太守请人提媒，此番又"为哥哥所逼"，而"兄是一家之长，凡事只可凭他做主"，

① 鲁迅. 中国小说史略［G］//鲁迅. 鲁迅全集：第9卷. 北京：人民文学出版社，1981：21.

刘兰芝"欲嫁则伤了丈夫之心，不嫁则违了哥哥之命。想来想去，除却一死，更无两全之策。未到太守家，在半路上，见个清池，投水而死，以完其节。从今可知，罕才是才女，兰芝是节女，皆是出色女子。……"

周作人曾说："我曾武断地评定，只要看他关于女人或佛教的意见，如通顺无疵，才可以算作甄别及格，可是这是多么不容易呀。"① 在周作人眼里，认为"兰芝是节女"，"是出色女子"的孙毓修肯定是不及格的。那么周作人本人呢？

早于孙毓修编撰《女军人》三年的1907年，周作人即撰写了《妇女选举权问题》一文，介绍英国一妇女杂志刊载的几位妇女就"妇女应得选举权否"所撰写的"提倡"文章。周作人特别译出这一段文字："男子之所欲于妇人者，初非求其灵智英特，自强不倚，勇敢急公，而与己并也；惟乐其巧慧温柔，平凡羞怯，依赖性成，循循守礼法而已。男士自喜，非欲于一家为其主宰，盖且并法令之出亦归诸一身，而成威福尊严毗于天帝也。"（重点号为本文作者所加）周作人指出，这正是"女权论者所欲力斥之要点，其最要害之处，则以男子意见，乃欲占有妇女，如其家奴，与为欢娱之物"。② 周作人显然是在为妇女主张与男子平等的人权。

周作人有诗云："平生有所爱，妇人与小儿。"这是周作人作为新文化运动、新文学运动领袖所特有的强烈情感。1918年，他的新文学理念宣言式的文章《人的文学》要解放的，不是"神圣的父与夫"，而是"妇人和小儿"；同年的译

① 周作人. 我的杂学 [G] //止庵. 苦口甘口. 石家庄：河北教育出版社，2002.
② 周作人. 妇女选举权问题 [G] //钟叔河. 周作人散文全集：第1卷. 桂林：广西师范大学出版社，2009.

文《贞操论》为妇女问题讨论投进了最大一块石头，震动了中国的思想界。我感到，周作人倡导包括儿童文学在内的新文学，最大的动力源自解放妇女和儿童的强烈愿望。周作人的现代性思想展开的过程中，其独特性就在于反对男子中心主义思想。

在妇女的道德这一立场上，孙毓修的《童话》丛书与周作人的"儿童本位"论的分离，显示了两者所具有的根本性的矛盾。这种矛盾是古代传统伦理思想与现代性思想水火不容的冲突，它将持续地出现于中国儿童文学的历史过程之中。

二、"思想革命"：现代"儿童本位"理论的本土实践的主体性

1919 年，周作人写下了《思想革命》一文，指出"文学革命上，文字改革是第一步，思想改革是第二步，却比第一步更为重要"。[①] 这是点到了包括儿童文学在内的新文学运动的关键所在。

以周作人为代表的"儿童本位"的儿童文学理论是受西方影响下发生的，但是在本土实践的过程中，"儿童本位"理论是具有主体性的，这种主体性的最大特质就是面对"三纲主义"这一传统所进行的思想革命。

---

① 周作人. 思想革命 [G] //钟叔河. 周作人散文全集：第 2 卷. 桂林：广西师范大学出版社，2009.

郑振铎认为："儿童文学是儿童的——便是以儿童为本位，儿童所喜看能看的文学。"[①] 持"儿童本位"立场的郑振铎对中国古代教育类儿童读物，做出这样的分析和评价："以养成顺民或忠臣孝子为目的，而以注入式的教育方法为一成不变的方法。对于儿童，旧式的教育家视之无殊成人，取用的方法，也全是施之于成人的，不过程度略略浅些而已。""他们根本蔑视有所谓儿童时代，有所谓适合于儿童时代的特殊教育。他们把'成人'所应知道的东西，全都在这个儿童时代具体而微地给了他们了；从天文、历史以至传统的伦理观念，无不很完整地给了出来。""如果把科举未废止以前的儿童读物做一番检讨，我们便知道中国旧式的教育，简直是一种罪孽深重的玩意儿。"[②] 表现出的是对传统的决绝的批判态度。

郭沫若也是"儿童本位"论的倡导者。在《儿童文学之管见》中，作为浪漫主义作家，他有重视想象和情感这一独特的阐发角度，不过，他依然说出了"……是故儿童文学底提倡对于我国彻底腐败的社会，无创造能力的国民，最是起死回春的特效药……"[③] 这样的话，表现出了一种批判精神。饶有意味的是，1949 年以后出版的《沫若文集》将这句话改成了"……是故儿童文学的提倡对于我国社会和国民，最是起死回春的特效药……"。删去"彻底腐败的"、"无创造能力的"这两个分别对当时的中国社会和国民定性的定语，郭

① 郑振铎. 儿童文学的教授法 [G] //王泉根. 中国现代儿童文学文论选. 桂林：广西人民出版社，1989.

② 郑振铎. 中国儿童读物的分析 [G] //王泉根. 中国现代儿童文学文论选. 桂林：广西人民出版社，1989.

③ 郭沫若. 儿童文学之管见 [J]. 民铎，2 (4).

沫若所主张的儿童文学"起死回春"的作用，便没有了依据，更重要的是，这篇文章的具有重要价值的现实批判性就被消除了。

"儿童本位"理论的集大成者当然是周作人。在儿童文学的"思想革命"方面，也是周作人来得最为坚决、彻底、持久。

在周作人的著述里，最早质疑"成人本位"的儿童观的是写于 1912 年的《儿童问题之初解》一文，可以将此文看作是周作人的"儿童本位"论的出发点。"中国亦承亚陆通习，重老轻少，于亲子关系见其极致。原父子之伦，本于天性，第必有对待，有调合，而后可称。今偏于一尊，去慈而重孝，绝情而言义，推至其极，乃近残贼。……中国思想，视父子之伦不为互系而为统属。儿童者，本其亲长之所私有，若道具生畜然。故子当竭身力以奉上，而自欲生杀其子，亦无不可。"① 周作人在人格权利上为儿童主张与成人的平等。可以说，周作人主张的"儿童本位"理论，基因里就带有解决中国的"父为子纲"这一问题的预设。

在周作人儿童文学的"思想革命"里，有两个重要的贬义语汇，一个是"读经"，一个是"教训"。作为自由主义知识分子，周作人反对各种各样的"读经"和"教训"。面对吕坤所编《演小儿语》，周作人批评道："……如吕新吾作《演小儿语》，想改作儿歌以教'义理身心之学'，道理固然

---

① 周作人. 儿童问题之初解［G］//钟叔河. 周作人散文全集：第 1 卷. 桂林：广西师范大学出版社，2009.

讲不明白，而儿歌也就很可惜地白白地糟掉了。"① 读《各省童谣集》，周作人表示，"我真不解'哴哴哴，骑马到底塘'何以有尚武的精神，而'泥水匠烂肚肠'会'教小儿知道尊卑的辈分'"，由此现象，周作人敏锐地指出与"旧教育"如出一辙的"现代"的教训主义："中国家庭旧教育的弊病在于不能理解儿童，以为他们是矮小的成人，同成人一样的教练，其结果是一大班的'少年老成'，——早熟半僵的果子，只适合做遗少的材料。到了现代，改了学校了，那些'少年老成'主义也就侵入里面去。在那里依法炮制，便是一首歌谣也还不让好好地唱，一定要撒上什么爱国保种的胡椒末，花样是时式的，但在那些儿童可是够受了。"②

　　周作人思想的深刻之处在于，他的"儿童本位"论不仅反对读古代之旧"经"，而且也反对读现代之新"经"。他看出"中国是个奇怪的国度，主张不定，反复循环，在提倡儿童本位的文学之后会有读经——把某派经典装进儿歌童谣里去的运动发生，这与私塾读《大学》《中庸》有什么区别"。③ 在《关于儿童的书》里，他反对《小朋友》杂志出"提倡国货号"，反对"让许多小学生在大雨中拖泥带水地走"，去参加"对外'示威运动'"，"反对把一时的政治意见注入到幼稚的头脑里去"。④ 在《〈长之文学论文集〉跋》中，他辛辣

---

① 周作人. 歌谣［G］//钟叔河. 周作人散文全集：第2卷. 桂林：广西师范大学出版社，2009.
② 周作人. 读《各省童谣集》［G］//钟叔河. 周作人散文全集：第3卷. 桂林：广西师范大学出版社，2009.
③ 周作人.《儿童文学小论》序［G］//钟叔河. 周作人散文全集：第2卷. 桂林：广西师范大学出版社，2009.
④ 周作人. 关于儿童的书［G］//钟叔河. 周作人散文全集：第3卷. 桂林：广西师范大学出版社，2009.

地嘲讽说："可怜人这东西本来总难免被吃的，我只希望人家不要把它从小就'栈'起来，一点不让享受生物的权利，只关在黑暗中等候喂肥了好吃或卖钱。旧礼教下的卖子女充饥或过瘾，硬训练了去升官发财或传教打仗，是其一，而新礼教下的造成种种花样的信徒，亦是其二。我想人们也太情急了，为什么不能慢慢地来，先让这班小朋友们去充分地生长，满足他们自然的欲望，供给他们世间的知识，至少到了中学完毕，那时再来诱引或哄骗，拉进各派去也总不迟。现在却那么迫不及待，道学家恨不得夺去小孩手里的不倒翁而易以俎豆，军国主义又想他们都玩小机关枪或大刀，在幼稚园也加上战事的训练，其他各派准此。这种办法我很不以为然，虽然在社会上颇有势力。"① 这些观点不仅在当时切中时弊，而且在今天依然发人深省。

我在《中国儿童文学与现代化进程》一书中，在讨论周作人的"主体的现代性"时，连引带评，写下过这样一段话："周作人在《日本近 30 年小说之发达》中，反对'中学为体，西学为用'这一'勉强去学'的'老主意'，认为'要想救这弊病，须得摆脱历史的因袭思想，真心地先去模仿别人。随后自能从模仿中蜕化出独创的文学来'。周作人在与友人讨论'国民文学'时说：'我不知怎地很为遗传学所迫压，觉得中国人总还是中国人，无论是好是坏，所以保存国粹正可不必，反正国民性不会消失，提倡欧化也是虚空，因为天下不会有像两粒豆那样相似的民族，叫他怎么化

---

① 周作人. 《长之文学论文集》跋［G］//钟叔河. 周作人散文全集：第 6 卷. 桂林：广西师范大学出版社，2009.

得过来。'此语虽然说得有些无奈，但也确是洞察文化影响结果的周作人的放松姿态。周作人下面这句话可以说明他学习西方文化的立场：'中国日下吸收世界的新文明，正是预备他自己的"再生"。'"①

我认为，以周作人为代表的具有"思想革命"特质的"儿童本位"理论，就是中国儿童文学的"自己的'再生'"。

三、"思想革命"：当代"儿童本位"理论的本土实践的主体性

自 1978 年起，中国进入改革开放的"新时期"。20 世纪 80 年代，也是儿童文学的"思想解放"的时代。其中一个重要事件是对于 1949 年以后一直招致批判的周作人的"儿童本位"论的重新评价。

1984 年，吴其南发表了《"儿童本位论"的实质及其对儿童文学的影响》一文。吴其南在该文中说："我们既要坚决地、有根有据地批判'儿童本位论'的错误及反动实质，又要根据历史条件，肯定其某些进步作用，在历史上给予它应有的地位。"他认为，"儿童本位"论在促进中国儿童文学的诞生方面具有重要作用，但是，它有着"反动的实质"："'儿童本位论'的突出错误，在于它割断儿童生活和整个社会的联系，把儿童生活臆想成一个与外界无涉的封闭体。"

---

① 朱自强. 中国儿童文学与现代化进程［M］. 杭州：浙江少年儿童出版社，2000：271—272.

"'儿童本位论'的另一个错误就是夸大了儿童心理的共同性，把儿童看成某种抽象的、超阶级的存在，这就必然陷进资产阶级人性论，反对用无产阶级思想指导儿童文学创作，对儿童进行革命的教育和影响。……如果一味鼓吹超阶级的'童心'，那只能取消儿童文学的党性原则，最终成为毒害儿童的东西。"①

1985 年，王泉根编《周作人与儿童文学》出版。在当时，儿童文学界对周作人的儿童文学研究著述还较为生疏的情况下，该书具有十分重要的文献价值。在该书中，作为"代前言"，收录了王泉根撰写的论文《论周作人与中国现代儿童文学》。在论文中，王泉根一方面肯定了周作人的儿童文学研究所具有的历史功绩，但是，在论述"周作人的儿童文学观也存在着明显的历史局限性"时，却得出了"由于他片面强调儿童心理个性，强调儿童文学'务在顺应自然'，这就从一个极端走向另一个极端，陷入了'儿童本位论'的消极因素的泥沼"，"周作人的这些论调，显然对现代儿童文学的发展是极其有害的"② 这一结论。

1988 年方卫平发表了《儿童文学本体观的倾斜及其重建》③ 一文。正如题目所示，他在文中将以周作人为代表的现代"儿童本位"论视为"倾斜"的儿童文学本体观，主张"重建"与现代"儿童本位"论不同的儿童文学本体观。1993 年，方卫平出版《中国儿童文学理论批评史》一书。在

---

① 吴其南. "儿童本位论"的实质及其对儿童文学的影响 [J]. 浙江师范学院学报，1984（4）.
② 王泉根. 周作人与儿童文学 [G]. 杭州：浙江少年儿童出版社，1985：15.
③ 儿童文学研究，1988（6）.

书中，方卫平引用了周作人的两段话，"近来见到《小朋友》第七十期'提倡国货号'，便忍不住要说一句话，——我觉得这不是儿童的书了。无论怎样时髦，怎样得庸众的欢迎，我以儿童的父兄的资格，总反对把一时的政治意见注入到幼稚的头脑里去。""总之我很反对学校把政治上的偏见注入于小学儿童，我更反对儿童文学的报刊也来提倡这些事"，然后加以反对，认为"在这里，'儿童本位论'的儿童文学观把儿童文学看作是一片远离尘世喧闹的儿童的净土，容不得半点社会文化因素的浸染。……这里已不单是一个儿童文学观念的问题，而是周作人人生理想和趣味的一个综合的反映。我们理解周作人的苦心，但不能苟同周作人的立论基础。"①

上述对周作人的"儿童本位"论的重新评价，修正了此前的全盘否定论，但是，对"儿童本位"论依然或认为是有着"反动的实质"（吴其南），或认为"是极其有害的"，或认为是"倾斜"的儿童文学本体观（方卫平），总之是认为，在当代，周作人的"儿童本位"论是需要抛弃的儿童文学观。

对周作人的"儿童本位"论还有与抛弃论不同的另一种评价立场，那就是接受、继承"儿童本位"论的内核，然后加以扩充和发展，建构当代的"儿童本位"理论。我本人就是当代"儿童本位"理论的倡导者和建构者。

1989年，我发表了论文《鲁迅的儿童观：儿童文学视角》，在文中说道："'儿童本位论'从'五四'时期产生到新中国成立，在我国儿童文学理论界的影响很大。但是，应

---

① 方卫平. 中国儿童文学理论批评史［M］. 南京：江苏少年儿童出版社，1993：187—188.

该看到，它一直作为空洞的理论被束之高阁，儿童文学创作并没有按照这一理论图式营造工程，而到了建国后的 50 年代，'儿童本位论'随着文艺界对胡适、周作人的批判，就被彻底否定了。大约从 1985 年起，有人开始重新评价'儿童本位论'，但仍认为它有着很大消极性，认为鲁迅是'儿童本位论'的批判者。其实鲁迅作为伟大的思想家、文学家，曾对我国现代文学史上出现的各种反动文艺思潮流派进行过批判，但是对'儿童本位论'却是采取承认和同意的态度的，这是否该引起我们的深思：在反对封建主义的时代，儿童本位论作为吸取了资产阶级教育思想而形成的一种理论，就一定是谬误的吗？"①

1997 年，我出版了《儿童文学的本质》一书，明确坚持儿童文学是"'儿童本位'的文学"，显示出全面继承周作人的"儿童本位"论的姿态。在 2000 年出版的《中国儿童文学与现代化进程》一书中，我提出了中国儿童文学现代化的五个坐标，第一个坐标就是"走向儿童本位的儿童观"，不仅如此，我还以题为"周作人：中国儿童文学的普罗米修斯"的专章来论述周作人的"儿童本位"理论，认为"周作人的儿童文学理论决不仅仅是属于文学史的"，并联系"建国后的 17 年将儿童文学归属为教育甚至政治的工具，并将教训注入儿童文学创作"，"新时期的新潮探索派……片面强调儿童文学是'文学的'"，"近年来出版界纷纷将《三字经》一类古代蒙学读物，面向今天的儿童出版"，以及"近十年来，个别颇有成绩和影响的儿童文学理论家、评论家一再鼓吹儿

---

① 朱自强. 鲁迅的儿童观：儿童文学视角 [J]. 东北师大学报，1989（5）.

童文学是'前艺术'，儿童读者的审美能力处于低水平的理论"等现象，指出"历史和现实都在告诉我们，周作人的许多儿童文学思想仍然属于我们今天这个时代"。①

如果真正继承周作人的"儿童本位"的思想，"思想革命"当然就是题中之义。我在 1988 年发表的《论中国当代儿童文学的儿童观》② 一文，对上个世纪五六十年代的中国儿童文学的教训传统的批判，2000 年发表的《解放儿童的文学：新世纪的儿童文学观》③ 对新生代儿童文学理论家主张儿童文学是"现世社会"对儿童进行"文化规范"的文学（王泉根），是"按成人的价值观对少年儿童的情感进行规范"、"框范"的文学（吴其南）这些观点的批判，都具有"思想革命"的性质。

我想特别一提的是收录于我的 10 卷本学术文集中的《佩里·诺德曼的误区——与〈儿童文学的乐趣〉商榷》④ 一文。这是一篇与西方儿童文学知名学者之间的"批判与辩驳"的文章。我不懂英文，只能根据中译本来讨论问题。依我的学术理念，这是我不愿意写的文章。但是，它又是我不得不写的文章，因为中国大陆和台湾的一些学者将这部著作奉为了"儿童文学的极致"。也许是出于这样的"崇敬"心态，有的大陆学者对佩里·诺德曼的"儿童文学代表了成人对儿童进行殖民统治的努力"这一观点照单全收，用以阐释中国儿童文学的"现代性"，甚至把"枷锁"这顶帽子扣在

---

① 朱自强. 中国儿童文学与现代化进程［M］. 杭州：浙江少年儿童出版社，2000：286.

② 东北师大学报，1988（4）.

③ 中国儿童文学，2000（4）.

④ 朱自强. 朱自强学术文集：第 6 卷［M］. 南昌：二十一世纪出版社集团，2015.

了"儿童本位"论的头上。所以，这篇论文与其说是针对佩里·诺德曼的，不如说更是针对那些盲目崇拜佩里·诺德曼的《儿童文学的乐趣》一书的中国学者的。当然，它也是我运用受西方影响而产生的"儿童本位"论这一本土理论话语，与西方儿童文学话语对话的一次尝试。

我将论文《论"儿童本位"论的合理性和实践效用》中的一段话作为本文的结语——"绝对真理已经遭到怀疑。但是，真理依然存在，我是说历史的真理依然存在。'儿童本位'论就是历史的真理。'儿童本位'论在实践中，依然拥有马克思所说的'现实性和力量'。不论从历史还是从现实来看，对于以成人为本位的文化传统根深蒂固的中国，'儿童本位'的儿童文学观，都是端正的、具有实践效用的儿童文学理论。它虽然深受西方现代思想，尤其是儿童文学思想的影响，但却是中国本土实践产生的本土化儿童文学理论。它不仅从前解决了，而且目前还在解决着儿童文学在中国语境中面临的诸多重大问题、根本问题。作为一种理论，只有当'儿童本位'论在实践中已经失去了效用，才可能被'超越'，反之，如果它在实践中能够继续发挥效用，就不该被超越，也不可能被超越。至少在今天的现实语境里，'儿童本位'论依然是一种真理性理论，依然值得我们以此为工具去进行儿童文学以及儿童教育的实践"。[①]

载于《中国海洋大学学报》2017 年第 4 期

---

① 朱自强. 论"儿童本位"论的合理性和实践效用 [J]. 中国海洋大学学报，2014 (3).

重新发现安徒生

撰写《欧洲意识的危机》的波尔·阿扎尔曾在其儿童文学理论的经典著作《书·儿童·成人》中说，儿童书籍就像一个个翻山越海去寻求异国友情的使者，最终缔结起了一个儿童的世界联邦。丹麦作家安徒生就是其中最伟大的一个使者。他走遍了世界上的所有国家，对于那里的儿童来说，安徒生的到来，就成为一个盛大的节日。安徒生改变了全世界儿童的命运。他像阿拉丁一样，手举着神灯，让每一个读到他的童话的儿童梦想成真。

今年4月2日，是安徒生诞辰200周年纪念日，全世界许多国家都在以各种形式纪念这位伟大的童话诗人。这显示出安徒生童话至今依然是人类取之不尽的宝贵精神资源。作为儿童文学研究者，我想从思想文化这一视角，思考安徒生在中国百年现代化进程中的意义和价值。

一、安徒生的发现

    现代社会的标志之一，是"儿童"的发现。"儿童"是一个历史的概念。自古以来，就有生物意义上的儿童，但是，他们却并不一定被作为"儿童"来看待。在中国古代的阴阳五行说中，儿童乃不祥之物。在现代社会之前，即使成人社会跳出阴阳五行说的怪圈来看待儿童，也基本上是如周作人所说的，"不是将他看作缩小的成人，拿'圣经贤传'尽量地灌下去，便将他看作不完全的小人，说小孩懂得什么，一笔抹杀，不去理他"。

    在西方，真正发现儿童的，是法国思想家卢梭。卢梭于1762年出版的著名教育著作《爱弥尔》，堪称儿童的福音书。这部人类思想史上的划时代著作，为童年概念的革命提供了两大贡献。第一，卢梭明确指出，儿童是与成人完全不同的独自存在。儿童时代决不只是成人的预备，而是具有自身的价值。儿童代表着人的潜力的最完美的形式。第二，卢梭提出了自然人的教育思想。《爱弥尔》开篇即说："出自造物主之手的东西都是好的，而一到了人们手里，就全变坏了……"卢梭以此开始了对将作为自然人的儿童异化成理性的人的社会和文明的批判。

    勃兰兑斯说："安徒生是丹麦发现儿童的人。"安徒生在他的自传中也曾说过："我的童话故事刚刚出现时，人们并不欢迎，只是到了后来，才得到应有的承认。……人们认为这样的作品没有价值；事实上，我在前面也提到过，人们甚至对此表示遗憾，认为我刚刚在《即兴诗人》中迈出了可喜的一步，现在不该又退回原位，写出像童话故事这样幼稚的作品。"安徒生不久就以他的童话改变了丹麦落后的成人本位的儿童观——人们终于知道：儿童是与成人不同的人，有着特殊的文学需求；给儿童的文学（童话）并不是幼稚的作品。

相比之下，在中国，儿童的发现则又要晚得多。而中国的儿童的发现又是与对安徒生的发现联系在一起的。让我们沿着历史的河流，上溯至安徒生在中国的最早的泊靠岸。

据胡从经的介绍，最早将安徒生作品翻译介绍到中国的，是"五四"新文化运动的骁将刘半农，他在 1914 年 7 月 1 日出版的《中华小说界》第七期上翻译了"滑稽小说"《洋迷小影》（即《皇帝的新装》）。不过，单纯从介绍作品来认定，似乎也可以将五四新文化运动的周作人视为翻译安徒生的第一人。因为，较刘半农提前一年，周作人在《若社丛刊》第 1 期（1913 年 12 月）上发表了《丹麦诗人安兑尔然传》一文，文中将《没有画的画册》中的"第十四夜"翻译了出来，是以特殊的形式翻译介绍了安徒生的作品。

正如郑振铎所言，"使安徒生被中国人清楚的认识的是周作人先生"。周作人虽然早在 1913 年就发表了上述介绍、研究安徒生的文章，但是，以《若社丛刊》这样的小杂志，不可能引起人们的注意，而且，当时也没有形成接受安徒生的土壤。到了新文化运动时期，社会变革需要新思想，《新青年》杂志应运而生。这时，周作人于 1918 年译登在《新青年》第六卷第一号上的《卖火柴的女儿》才为大家所特别注意。周作人还在《新青年》第五卷第三号上（1918 年），发表了《随感录二十四》（即《安德森的十之九》），批判陈家麟、陈大镫的译本《十之九》在翻译安徒生童话时，"用古文来讲大道理"。另外，在群益书局于 1920 年重印《域外小说集》时，周作人加译了《皇帝之新衣》，并写了作家介绍。此后，安徒生为人们广泛注意，被翻译的作品渐成规模。

据赵景深的资料整理，至 1922 年 3 月，安徒生的童话中译至少有 28 种（含篇）；据郑振铎的资料整理，至 1925 年 8 月，安徒生的童话至少已经有 43 种（含篇）被译介过来。

不仅是童话作品的翻译，而且，撰写文章对安徒生进行研究的人也为数不少。主要人物就有周作人、孙毓修、郑振铎、赵景深、顾均正、沈泽民、焦菊隐、徐调孚等。

至 20 世纪 20 年代的中期，中国确实出现了一场译介安徒生童话热。还有一件事也很有说服力。那就是在安徒生诞辰 120 周年的 1925 年，文学研究会的机关杂志《小说月报》以该刊第十六卷第八期和第九期出了"安徒生专号"（上、下）。对于热衷于"儿童文学运动"的文学研究会而言，重视安徒生这位童话大师，并不令人意外，但是以两期杂志来做专号，就应该还有时代的风潮在其中推波助澜了。

看到以上在译介安徒生童话中发挥作用的这些人物的名字，大家都会产生这样的印象，那就是，安徒生一到中国，就受到了隆重的礼遇。中国思想文化先驱者们对安徒生的发现，是因为他们已经意识到安徒生童话对于新文学、新文化的重大意义和价值。

二、儿童的发现

在中国现代文学史上，儿童文学是"五四"新文学的有机而重要的组成部分。缺失儿童文学视野的现代文学研究，所看到的新文学景观必然是不完整的。比如，在周作人这里，其新文学理念的宣言性文章《人的文学》就明确指出了"要发见'人'，去'辟人荒'"。在他看来，首先要解放"人"，继而解放"女子小儿"，从而达到"思想革命"的目的。

在周作人建设新文学思想和理念时，"儿童"成为他的重要资源和有效方法。"儿童的发现"是新文学、新文化的必经之路。他的"儿童本位"的儿童观，是中国现代思想史上最重要的收获之一。遗憾的是，对"儿童"十分忽视的中国思想界，并没有对周作人的这一贡献给予应有的注意和重视。

安徒生走进周作人的视野，并非偶然。日本学者藤井省三在《鲁迅与安徒生——儿童的发现及其思想史的意义》一文中，将"安徒生的发现"与"儿童的发现"视为同质，令人赞同。对现代化属于"外源型"国家的中国，"儿童的发现"同样也是"外源型"的。周作人就如实交代过自己对安徒生童话的认识、理解过程："我们初读外国文时，大抵先遇见 Grimm 兄弟同 Hans Christian Andersen 的童话。当时觉得这幼稚荒唐的故事，没甚趣味；不过怕自己见识不够，不敢菲薄，却究竟不晓得他好处在哪里。后来涉猎 Folk-lore 一类的书，才知道 Grimm 童话集的价值：他们兄弟是学者，采录民间传说，毫无增减，可以供学术上的研究。至于 Andersen 的价值，到见了诺威 Boyesen 丹麦 Brandes 英国 Gosse 诸家评传，方才明白：他是个诗人，又是个老孩子（即 Henry James 所说 Perpetualboy），所以他能用诗人的观察、小儿的言语，写出原人——文明国的小人，便是系统发生上的小野蛮——的思想。"安徒生的发现是周作人达到儿童的发现的路径之一，而这一路径，周作人是通过西方的启蒙而寻找到的。

安徒生的童话是如何被"五四"新文学的作家们转化为新文学的思想和艺术的资源的呢？这个问题依然是在周作人身上看得最清楚。

文学是不讲教训的，这是周作人"五四"前早就有的文学主张。在安徒生的接受问题上，周作人敏锐地发现教训主义的文学观，并加以抵制。1918 年 1 月，中华书局出版了由陈家麟、陈大镫翻译的安徒生童话集，中译名为《十之九》。周作人读后，马上在《新青年》上发表《随感录二十四》，一一列举译者以教训儿童的目的对原作进行的篡改，批判其"全是用古文来讲大道理"。

周作人还特别重视安徒生童话的文体意义和价值。他称赞"安兑尔然老而犹童，故能体物写意，得天然之妙"。他肯定"其词句简易如小儿"的安徒生童话为"纯粹艺术"。在《随感录二十四》中，周作人指出："这用'说话一样的'言语著书，就是他第一特色。"批评《十之九》的译者将原作"一个兵沿大路走来——一，二！一，二！"的"小儿的言语"译成"一退伍之兵。在大道上经过。步法整齐。"这种"大家的古文"。在新文学倡导白话文的语言革命中，这种对"说话一样的"安徒生的文体的卫护和张扬，具有十分特别的意味。

安徒生童话同时也在催生中国的作为独立文学样式的儿童文学上功绩卓著。它既帮助中国儿童文学的启蒙者们比如周作人、鲁迅、叶圣陶、郑振铎、赵景深等开启了眼界，建立了对儿童文学的自信和自尊，也为后来的创作者提供了艺术的范本。

安徒生童话走进中国已经有近百年的历史。这近百年的历史，也是中国儿童文学诞生和在起落消长中发展的历史。经过"五四"新文化新文学运动中的精英思想、知识阶层的启蒙，以及后来长期不断的研究、翻译特别是教科书的传播，如今在中国，安徒生和他的作品应该是家喻户晓了。

三、安徒生的"再发现"与童年生态的守护

在安徒生诞辰 200 周年之际，对安徒生最好的纪念，应该是在思想文化的层面，继承安徒生童话的神髓，沿着当年安徒生思考的方向，对当前中国的童年状态进行深入的反思。

我认为，对安徒生的中国受众而言，今天需要对安徒生进行"再发现"。安徒生是一位冰山型的作家，其作品深处，蕴涵着他对人性和人生问题深邃而独到的思想。安徒生既属于孩子，也属于成人。不论是对个体生命的各阶段，还是对群体社会的各时代，安徒生都可以常读常新。

说到今天这个时代，我在《童年的诺亚方舟谁来负责打

造——对童年生态危机的思考》一文中曾说："我们的被物质主义、功利主义迷雾遮住双眼的文化大船出现了生命'存在'的精神迷失，它正在现代的核动力的推动下，迅速地远离荷尔德林所吟咏的可以'诗意地栖居'的'大地'。作为历史概念而始终被成人社会假设的儿童和童年，处在今天的依然是成人本位的社会之中，更是命中注定地被这条精神迷失的快船拖向了危机四伏的海域。"

从儿童文化以及童年生态的层面和角度看，中国社会正在为发展付出沉重的代价——以童年生态的被破坏作为牺牲。一个孩子，一个生气勃勃的生命，来到这个世界，本来是为了享受自由、快乐的生命，体验丰富多彩的生活，但是，由于社会、学校、家庭中普遍奉行的功利主义（包括科学至上主义、知识至上主义、物质至上主义），孩子们的生命的蓝天，却竟然被几本教科书给遮黑了。不是为了"存在"而学习，而是为了学习而"活着"，学习不是为了给生命带来精神充实和快乐，而是将生命变成了学习的机器，这难道不是生态遭到破坏的童年的生存状态吗？

不能不遗憾地说，"儿童"几乎没有成为当代思想文化界的精神资源，而且，今天的思想界面对童年生态面临的危机，既迟钝、麻木，又缺乏责任感。我们经常能够听到：有的教育专家甚至会说，对儿童来说，读儒家经典比唱颂儿歌更能变得优秀，因为"小耗子，上灯台"一类儿歌里什么价值都没有；有的被人褒义地称为"思想的狂徒"的学者会武断地把由于成人社会的责任所造成的儿童的厌学、离家出走、沉溺于网吧甚至犯罪等儿童问题，反过来归咎为是孩子自身本能欲望的膨胀而导致的道德沦丧造成的，进而反对

"解放孩子"、"尊重孩子"，说"这种说法虽然表面上没错，却非常不明事理"；也有的学者，采取文学和教育二元论的立场，一方面主张儿童文学的独特价值，另一方面却对强制的学校和家庭教育大开绿灯；还有的学者用自己童年时代物质匮乏的痛苦来遮蔽、否定今天的孩子精神上无路、彷徨的更深重的痛苦。

四、安徒生的当下意义

在这样一个童年生态被破坏的时代，"安徒生的再发现"就变得尤为有意义。那么，安徒生在中国当下的特殊意义是什么呢？

勃兰兑斯在他那篇著名的《童话诗人安徒生》的论文中，这样阐释了安徒生成为天才的社会条件："对孩子的同情不过是十九世纪对一切纯真事物表示同情的一种现象。……在社会上，在科学、诗和艺术中大自然和孩子已经变成崇敬的对象。"安徒生显然与浪漫派诗人的传统一脉相承。安徒生的价值就在于勃兰兑斯所说的"举世公认的""童心"。这样的童心使"安徒生看待生活的方式有一个最明显的特点——任心灵的支配，这种特点是真正的丹麦式的。这个思考方法本身充满感情，所以，它抓住每一个机会来赞颂情感的美和重要性。它超越意志（亚麻的命运在全部的生活过程中都来自外界），与纯粹理性批判进行抗争，像是与某种顽固的东西对抗——魔鬼的邪恶、巫师的妖镜，它以其最令人称道而又诙谐的旁敲侧击（如《钟声》《天上落下的一片叶子》）取代了自以为是的科学……"

安徒生是社会与人性的洞察者，是为人类社会忽略、忘却"自然"这一倾向担忧的思想者。也正如班马所指出的："安徒生童话的根本精神是传递了一种'自然人'而非'社会人'的情感；也体现出了一种'审美'而非'实利'的注意力。无疑，它是'梦境'而非'纪实'。它是'原生性'的而非'异化'。"

如果我们要对童年负责的话，就要抵抗功利主义、工具理性对童年生态的破坏，就要建立以童年为本位的童年生态学，倡导整体论的生态人生观！毫无疑问，在这一"儿童的再发现"的行动中，安徒生童话就是一种方法和哲学。

载于 2005 年 3 月 27 日《文汇报》

中国与西方传统儿童观的异同比较

——以儿童文学的发生为视角

　　2014 年，我曾发表论文《"儿童文学"的知识考古——论中国儿童文学不是"古已有之"》①，如题目所示，论文质疑了在学术界相当有势力的中国儿童文学"古已有之"这一观点，进一步阐释了我一直以来坚持的儿童文学没有古代形态，而是"现代"文学这一观点。我在论文中强调，研究中国儿童文学的发生，要改变方法论——不能像以往那样，各自去到某个历史时代，寻找作为"实体"的所谓儿童文学作品，来作为儿童文学发生的依据。儿童文学不是一个"实体"，而是在特定的历史条件下建构出来的一个观念。根据这一认识，我提出了建构主义的本质论方法，主张对"儿童

---

① 朱自强. "儿童文学"的知识考古——论中国儿童文学不是"古已有之"［J］. 中国文学研究，2014（3）.

文学"这一观念进行知识考古。我经过"考古"发现，中国的"儿童文学"这一观念，是在从古代传统社会向现代社会转型的清末民初这一历史时代产生、发展起来的。按照我的上述观点，中国儿童文学的发生就与现代性紧密地联系在了一起。

从历史的客观事实来看，现代性具有单一起源的性质。现代性起源于西方，而在现代性兴起的过程中，启蒙运动发挥了根本性的作用。

英国的哲学家约翰·洛克被称为启蒙者的启蒙者，他所主张的保障个人的生命权、自由权、财产权这些自然权利的思想，对英国、法国、美国的启蒙思想运动产生了广泛、深刻的影响。约翰·洛克对儿童文学的发生也有着直接的影响。1693 年，约翰·洛克出版了《教育漫话》一书，在谈到"适合儿童阅读的书籍"时，洛克指出："你应该选择一本浅显、有趣而又适合其能力的书……我觉得《伊索寓言》是达到此目的的最佳读物。……《列那狐的故事》是可以达到同样目的的另一本书。"① 在西方，很多学者都有共识，那就是把英国的纽伯瑞出版《美丽小书》的 1744 年看作是儿童文学的开端。纽伯瑞是约翰·洛克的崇拜者，是洛克教育思想的信奉者，他以"教育和娱乐"为《美丽小书》的宣传语，在丛书第一本的序中，称约翰·洛克为"伟大的洛克先生"，并为卷首画拟了"快乐的教育"这一题目。熟悉《教育漫话》所提出的教育思想和儿童读物标准的读者，都能感受到

---

① ［英］约翰·洛克. 教育漫话［M］. 杨汉麟，译. 北京：人民教育出版社，2006：146—147.

纽伯瑞出版的童书所标榜的"快乐的教育"正来自约翰·洛克。

中国的儿童文学的发生，是因为自身的发展需求而汲取西方的现代性思想的一个结果。中国儿童文学是清末民初现代性思想启蒙的有机组成部分。儿童观是儿童文学的原点。儿童文学的发生，有待于传统社会的儿童观发生深刻的变化。虽然中国和西方的儿童文学的发生，在思想上是同源的，但是，两者的发生所需要解除束缚的传统的儿童观却存在着很大的不同。

我们先来看看西方学者对西方传统的儿童观的一些描述。

历史学家菲力浦·阿利埃斯指出："和我们今天普遍的看法不同，当时的人们并不认为儿童已经具备了成年人的人格。他们死得太多。……对儿童的冷漠是当时人口因素的直接和必然的结果。这种状况在穷乡僻壤一直延续到 19 世纪，在当时的范围里，它与基督教精神相吻合，根据基督教精神，受洗的孩子才得到尊重，被看作具有不朽的灵魂。"① 这段话给我们的启示是，西方儿童文学的不得发生，与传统宗教思想的束缚有关。

约翰·洛克的《教育漫话》一书有一节题为"父亲正确的教子方法及合理的父子关系"，洛克在其中指出："你不应指望他的倾向与你的一模一样，也不应指望他在 20 岁时具

---

① ［法］菲力浦·阿利埃斯. 儿童的世纪［M］. 沈坚，朱晓罕，译. 北京：北京大学出版社，2013：58.

有的思想会与你 50 岁时的思想竟然没有区别。"① 父母不应
"老是与他们保持距离，视之为地位较为卑下的另类"②，不
应"老是保持一副权威的模样"③。从洛克所主张的带有儿童
本位色彩的"父子关系"，我们可以从反面想象出传统儿童
观的面貌。

　　保罗·阿扎尔所指出的大人对儿童的压迫的关系是这样
的："因为成人（除了那些幸运的、疯癫的和几位诗人，上
帝给予了他们理解儿童语言的能力，如同仙女懂得鸟儿的话
语一般）长期以来是在错误地祈祷着的。他们在审视中总是
觉得自己是那么高大美丽，于是他们将带有他们特征的，混
合着属于他们的实际精神和信仰的，充斥着属于他们的虚伪
和精神局限的书籍给予儿童。"④ 这句话所透露的传统儿童观
是成人高高在上，对儿童予以强加的成人本位的儿童观。李
利安·H. 史密斯所著《欢欣岁月》一书的第二章"儿童文
学的起源和发展"，批评的是与保罗·阿扎尔所描述的儿童
观非常相似的儿童观："由于我们作为成人的岁月已经如此
漫长，而童年又是那么短暂，于是我们以为童年的经验相对
而言不那么重要。"⑤

　　菲力浦·阿利埃斯撰写《儿童的世纪》，不顾一些学者
的反对，坚持认为："传统社会看不到儿童，甚至更看不到

① ［英］约翰·洛克. 教育漫话［M］. 杨汉麟，译. 北京：人民教育出版社，
　　2006：92.
② 同①90.
③ 同①90—91.
④ ［法］保罗·阿扎尔. 书，儿童与成人［M］. 梅思繁，译. 长沙：湖南少年儿童
　　出版社，2014：5.
⑤ ［加拿大］李利安·H. 史密斯. 欢欣岁月［M］. 梅思繁，译. 长沙：湖南少年
　　儿童出版社，2014：8.

青少年。儿童期缩减为儿童最为脆弱的时期，即这些小孩尚不足以自我料理的时候。一旦在体力上勉强可以自立时，儿童就混入成年人的队伍，他们与成年人一样地工作，一样地生活。小孩一下子就成了低龄的成年人，而不存在青少年发展阶段。"①

我们再来看看中国学者对中国传统的儿童观的一些描述。

1901 年，梁启超发表《卢梭学案》一文，在介绍卢梭的民约思想时，批判中国"父母得鬻其子女为人婢仆，又父母杀子"这一旧俗，赞同卢梭人人自由、权利平等的思想："彼儿子亦人也，生而有自由权，而此权当躬自左右之，非为人父者所能强夺也。"②

五四人物中，对儿童观问题思考得最早也最为深刻的当推周作人。早在 1912 年，周作人撰写《儿童问题之初解》一文，就质疑"成人本位"的儿童观："中国亦承亚陆通习，重老轻少，于亲子关系见其极致。原父子之伦，本于天性，第必有对待，有调合，而后可称。今偏于一尊，去慈而重孝，绝情而言义，推至其极，乃近残贼。……中国思想，视父子之伦不为互系而为统属。儿童者，本其亲长之所私有，若道具生畜然。故子当竭身力以奉上，而自欲生杀其子，亦无不可。"③

梁启超、周作人对中国传统儿童观的描述是符合历史事

---

① ［法］菲力浦·阿利埃斯. 儿童的世纪［M］. 沈坚，朱晓罕，译. 北京：北京大学出版社，2013：序言.
② 梁启超. 卢梭学案［J］. 清议报，1901（98—99）.
③ 周作人. 儿童问题之初解［G］//钟叔河. 周作人散文全集：第 1 卷. 桂林：广西师范大学出版社，2009.

实的。儒家的亲子关系的思想，最早体现为"孝悌"中的"孝"。《论语》中说："君子务本，本立而道生；孝弟也者，其为仁之本与。"认为"孝悌"是"仁之本"。《论语》对"孝悌"作这样的解释："有子曰：'其为人也孝弟，而好犯上者，鲜矣；不好犯上，而好作乱者，未之有也。'""孝"体现的是上下尊卑的等级秩序。陈独秀说："三纲五常之名词，虽不见于经，而其学说之实质，非起自两汉、唐、宋以后，则不争之事实也。""愚以为三纲说不徒非宋儒所伪造，且应为孔教之根本教义。"① 就《论语》对"孝"的阐释来看，陈独秀的这一观点是有道理的。在"孝"这一观念上，法家的韩非子与儒家的主张是一致的。《韩非子》的"忠孝"一章，"以孝悌忠顺之道为是"，认为，"臣事君，子事父，妻事夫，三者顺则天下治，三者逆则天下乱，此天下之常道也"。虽然韩非子将"孝"定义为"子事父"，但儒家经典《礼记》中有云："何谓人义？父慈、子孝、兄良、弟弟、夫义、妇听、长惠、幼顺、君仁、臣忠十者，谓之人义。"可见，早期儒家思想里也是有着"父慈子孝"这一双向的父子关系的。但是，经汉代董仲舒至宋代朱熹，三纲被明确为"君为臣纲、父为子纲、夫为妻纲"，父子关系就进一步被固定成了"子事父"这一单向的关系，如周作人所说，"父慈子孝"被"去慈重孝"，于是就只有"二十四孝"故事，却没有"二十四慈"故事。

从上述中西方思想家、学者关于中西方传统儿童观的论述着眼，大致可以看出中西方传统儿童观有以下异同。

① 陈独秀. 宪法与孔教 [J]. 新青年，2（3），1916－11－01.

相异的方面主要有两点。第一点，西方的传统儿童观深受基督教思想的影响，即阿利埃斯所说的"受洗的孩子才得到尊重，被看作具有不朽的灵魂"，而这一思想与当时社会儿童的低生存率有关，而中国的传统儿童观与宗教思想基本没有关联，而是来自儒家思想。第二点，从约翰·洛克、保罗·阿扎尔、李利安·H. 史密斯的话语来看，西方的传统儿童观存在着因为尊奉成人经验而漠视儿童的问题，但是人格压迫这一倾向并不明显，但是，中国传统的儿童观不仅存在着因为独尊成人经验而漠视儿童的问题，而且儒家的"父为子纲"这一儿童观还存在着伦理上的人格压迫、权利剥夺这一严重问题。

两相比较，中国的"父为子纲"这一儿童观对儿童文学的发生所具有的束缚作用，要比西方的传统儿童观对儿童文学的发生所具有的束缚作用来得更大、更持久。西方的儿童文学在产生之时，身上没有类似儒家"三纲"主义中的"父为子纲"这种伦理传统的重负。中国儿童文学因为有了成人本位的"父为子纲"这一重负，在其发展、演变的道路上，就一直背负着与其抗争的宿命。"五四"新文化运动中，周作人通过"思想革命"来建构"新文学"的理念，提出了"人的文学"这一主张。他在论述"人的文学"的"人的道德"内涵时，主要主张的是男女两本位的道德和以儿童为本位的道德。这一思想是以男人是妇女和儿童的压迫者为逻辑前提的。儒家思想是男权的化身，因此，在男人统治的社会里，儿童文学不仅产生得很艰难，而且产生之后的发展也必然遭到男权社会的阻碍。1932 年，周作人就说："中国是个奇怪的国度，主张不定，反复循环，在提倡儿童本位的文学之后会有读经——把某派经典装进儿歌童谣里去的运动发生，这与私塾读《大学》《中庸》有什么区别。"到了21世纪的今天，仍然发生着包括读《弟子规》在内的儿童读经运动，在青岛某小区里，埋有一块石碑，上面赫然写着"埋儿奉母"四个大字，据说，深圳的某公园里，也刻着"郭巨埋儿"的故事。以我有限的了解来看，西方似乎并没有发生过如此严重的儿童观的倒退。

中西方传统儿童观也表现出相同性，那就是由于对儿童缺乏研究而导致的对儿童精神世界的"误解"，即如卢梭在《爱弥儿》的"原序"中所指出的："我们对于儿童是一点也不理解的：对他们的观念错了，所以愈走就愈入歧途。最明智的人致力于研究成年人应该知道些什么，可是却不考虑孩子们按其能力可以学到些什么，他们总是把小孩子当大人看待，而不想一想他还没有成人哩。"① 周作人也说过类似的话："盖儿童者大人之胚体，而非大人之缩形。……世俗不察，对于儿童久多误解，以为小儿者大人之具体而微者也，凡大人所能知能行者，小儿当无不能之，但其量差耳。"② 人类对自身的认知，尤其是对儿童的认知，有一个从低向高的发展过程，有待于自身的智慧达到一个更高的水平。

尤瓦尔·赫拉利的《人类简史》宣称："究竟欧洲在现代早期培养了什么潜力，让它能在现代晚期称霸全球？这个问题有两个答案，相辅相成：现代科学和资本主义。"③ 尤瓦

---

① ［法］卢梭. 爱弥儿［M］. 李平沤，译. 北京：商务印书馆，1978：2.
② 周作人. 儿童研究导言［G］//钟叔河. 周作人散文全集：第1卷. 桂林：广西师范大学出版社，2009.
③ ［以色列］尤瓦尔·赫拉利. 人类简史［M］. 林俊宏，译. 北京：中信出版集团，2017：265.

尔·赫拉利重视科学的观点可以得到彼得·盖伊的支持——"科学方法是启蒙世界最重大、最鼓舞人心的现实之一,科学方法的运用产生了重大的成果。既然从天体现象到植物现象,科学方法成为广泛领域唯一可靠的知识手段,那么看起来有道理,而且具备现实可能性的是,这种方法可以推广到有高度人文关怀的其他领域:人与社会的领域。"① "五四"新文化运动与"欧洲"的现代性对应的是"赛先生"和"德先生"即"科学"和"民主"。从儿童文学的维度来看,"科学"和"民主"是两个密切关联的概念,"科学"和"民主"形成一股合力,都促使中西方的传统儿童观实现了现代转化。

周作人曾说:"关于儿童,如涉及教养,那就属于教育问题,现在不想来阑入,主张儿童的权利则本以瑞典蔼伦开女士美国贺耳等为依据,也可不再重述。"② 周作人还说过:"大家知道欧洲的儿童发见始于卢梭,不过实在那只可算是一半,等到美国史丹来霍耳博士的儿童研究开始,这才整个完成了。"③ 可以说,周作人这是在认为,对"发现"儿童发挥了最大作用的应该是作为"科学"和"民主"的合力的"儿童学"。在周作人这里,我们的确看到了他所接受的斯坦利·霍尔(即周作人所说的贺耳、史丹来霍耳)的影响。受此影响,周作人十分重视对"儿童"的科学研究。在《论救

---

① [美]彼得·盖伊. 启蒙时代(下)——自由的科学 [M]. 王皖强,刘北成,译. 上海:上海人民出版社,2016:152—153.
② 周作人. 凡人的信仰 [G]//钟叔河. 周作人散文全集:第9卷. 桂林:广西师范大学出版社,2009.
③ 周作人. 安徒生的四篇童话 [G]//钟叔河. 周作人散文全集:第7卷. 桂林:广西师范大学出版社,2009.

救孩子——题〈长之文学论文集〉后》一文中，周作人认为，要想"救救孩子"，就"要了解儿童问题"，"须得先有学问的根据，随后思想才能正确"。① 周作人在批判了成人社会对儿童的"旧的专断"和"新的专断"之后，深为遗憾地说："中国学者中没有注意儿童研究的，文人自然也同样不会注意，结果是儿童文学也是一大堆的虚空，没有什么好书，更没有什么好画。"②

西方儿童文学走过了近三百年的历程，中国儿童文学的历史也超过了一百年，在人类的生活和思想方式发生了后现代式变化的今天，建构更合理的儿童观，是儿童文学健全发展的重要基础。本文可算作是对这一问题所做出的一个角度的初步思考。

发表于第二届国际儿童文学论坛暨第四届中美儿童文学论坛（美国，普林斯顿大学）

---

① 周作人. 论救救孩子——题《长之文学论文集》后［G］//钟叔河. 周作人散文全集：第 6 卷. 桂林：广西师范大学出版社，2009.
② 同①.

"别求新声于异邦"

——英 国 儿 童 文 学 在 中 国 的 翻 译

　　讨论英国儿童文学在中国的翻译这一话题，可以洋洋洒洒写一本大书。以几千字的篇幅来谈论这一课题，只能管中窥豹式地简要梳理自清末以来英国儿童文学在中国的百年翻译历史中的重大事件和重要现象，以期认识英国儿童文学在中国儿童文学产生和发展过程中发生的影响。

　　清朝末年的戊申年（1908 年）11 月，发生了一件对中国儿童至关重要的历史事件，那就是商务印书馆开始出版由孙毓修编译、编撰的《童话》丛书。《童话》丛书的出版，标志着中国儿童文学的出版拉开了大幕。

　　《童话》丛书的出版自 1908 年至 1923 年 9 月，历时 15 年，共出版了三集计 102 种作品。与英国被称为儿童图书出版的开创者纽伯瑞的儿童图书的出版一样，商务印书馆出版的《童话》丛书不仅作为商业经营是成功的，同时也产生了重要的社会影响。1928 年时，赵景深就说过："孙毓修先生早已逝世，但他留给我们的礼物却很大，他那七十七册童话差不多有好几万小孩读过。"举凡在中国儿童文学创设的初期发挥过重要作用的人物，周作人、茅盾、郑振铎、冰心、赵景深等人都受到过它的影响。比如，1910 年，10 岁的冰心就接触到了《童话》丛书，并曾经将《大拇指》的故事讲给自己的弟弟们听。汇集 102 种作品的《童话》丛书凭哪些作品给人留以印象和影响呢？20 世纪 20 年代的文学评论家张若谷的话颇有启发——"我在孩童时代唯一的恩物与好伴侣，最使我感到深刻印象的，是孙毓修编的《大拇指》《玻璃鞋》《红帽儿》《小人国》等"。和张若谷一样，后来的文化名人们谈起《童话》丛书，不离嘴边的是这些外国儿童文学作品。

英国儿童文学与中国儿童文学的发生

中国对英国儿童文学作品的翻译始于清末民初。如果说，1909 年，周作人译王尔德的《安乐王子》（即《快乐王子》），尚缺乏儿童文学意识（以文言翻译，收录于《域外小说集》），那么，《童话》丛书中编译的民间童话《大拇指》、第福的《绝岛漂流》（即笛福的《鲁滨逊飘流记》）、《小人国》《大人国》（斯威夫特的《格列佛游记》之节选）等作品则是专门面向儿童读者的。

行文至此，英国儿童文学就该登场了。编译要有原本，

《童话》丛书的原本就来自英国。赵景深曾指出过，故事读本的来源凡三种："1. *Chamber's Narrative Readers*（《室内故事读本》）；2. 'A. L' *Bright story readers*（《快乐的故事读本》）；3. *Books for the Bairns*（《小孩书》）。"（"Chamber's Narrative Readers"应翻译成"《钱伯斯故事读本》"）。在大英图书馆可以查到这些原本的书目，在牛津大学图书馆可以看到部分原本，这三种儿童文学出版物，在英国出版时间久、影响大。这就证实了为中国儿童文学的出场来揭幕的《童话》丛书，的确是以英国出版的儿童文学（不都是英国的儿童文学作品）为重要资源的。

儿童文学是人类在从传统社会向现代社会转型的过程中创造出的一种现代文学。英国是引领现代性的国家，再加上勃兰兑斯所说的，英国人的儿童心性是无与伦比的，因此，英国成为儿童文学的发源地，在相当长的一段历史时期里，引领了世界儿童文学的潮流。所以，给中国儿童文学的发生期带来直接而重大影响的是英国出版的儿童文学，这并不是一件偶然的、孤立的事情。事实上，自1908年至今的百年中国儿童文学，一直从英国汲取着儿童文学的优质资源。

周作人对中国的"儿童文学"这一观念的发生具有开山之功。他用于阐释"童话"的理论方法，就是取自英国学者安德鲁·朗格的人类学派的神话研究。周作人说，对他影响最多的是安德鲁·朗格的《习俗与神话》《神话仪式与宗教》这两部书，"因为我由此知道神话的正当解释，传说与童话的研究，也于是有了门路"。周氏的作为中国儿童文学理论的滥觞之作的《童话研究》（1912年）、《童话略论》（1913年）、《古童话释义》（1913年）就是运用朗格学说阐释童话的成果。安德鲁·朗格还是儿童文学的编撰家，他自 1889 年起，历时 18 年，为儿童陆续编辑、刊行以十二种颜色命名的十二部《朗格童话》（又称《彩色童话集》），自问世以来，历久不衰，备受世界各国儿童们的喜爱。周作人很早就关注到朗格编辑出版的《彩色童话集》，并在文章中加以介绍。

郭沫若的《儿童文学之管见》也是儿童文学理论发生期的重要文章。在文中，郭沫若引用华兹华斯的《童年回忆中不朽性之暗示》一诗中的诗句，然后很有见地地说："这种天光，这种梦境是儿童世界的衣裳，也正是儿童文学的衣裳。"可见，作为主张浪漫主义的创造社的主将，郭沫若在建构"儿童文学"观念时，受到了英国浪漫派诗人华兹华斯的深刻影响。

民国时期的英国儿童文学翻译

1949 年之前的民国时期的英国儿童文学翻译的一个重要特征是选书有很高的眼光。

1913 年，吉卜林的《原来如此的故事》被选了三篇故事，以《新小儿语》为书名，在上海的美华书馆出版（译者佚名），1930 年，全本的《原来如此的故事》由张友松译出，书名为《如此如此》。1922 年，赵元任翻译的卡洛尔的《阿丽思漫游奇境记》由商务印书馆出版。1922 年，穆木天选译《王尔德童话》；1948 年，巴金译《快乐王子集》。1928 年，谢颂羔译罗斯金的《金河王》。1929 年，梁实秋译巴利的《潘彼得》（即《彼得·潘》）。1930 年，顾均正译萨克雷的

《玫瑰与指环》。1931 年，王清溪译金斯莱的《水孩》（即《水孩子》）。洛夫廷的《杜立特医生的故事》，1931 年，蒋学楷译为《陶立德博士》，1949 年，陈伯吹译为《兽医历险记》出版。1933 年，赵景深译史蒂文森的《儿童的诗园》（即《一个孩子的诗园》）。1936 年，朱琪英和尤炳圻分别翻译格雷厄姆的《杨柳风》（即《柳林风声》）。

上述作品除史蒂文森的《一个孩子的诗园》，均为幻想儿童文学作品。了解幻想儿童文学发展的历史的人就知道，这些作品不仅是英国，也是世界幻想儿童文学的经典作品。在民国期间，《阿丽思漫游奇境记》和《水孩子》至少有五种译本，《彼得·潘》至少有四个译本，《玫瑰与指环》和《王尔德童话》至少有三个译本。这说明，中国的英国儿童文学翻译领域已经显现出经典效应。

民国时期的英国儿童文学的介绍还有一个特征，就是名家译名作、名家评名作。比如，赵元任、赵景深、梁实秋、穆木天、顾均正、陈伯吹、张友松等译者在当时，特别是在后来，都分别是学术界、文学界、翻译界的名家。而周作人、赵元任、梁实秋、叶公超等名家曾以不同的形式，分别对《阿丽思漫游奇境记》《杨柳风》《彼得·潘》这些经典作品发表过评论。在英国儿童文学翻译、评论上汇集名家的盛况，在对其他国家的儿童文学翻译上以及在此后的时代都没有再出现过。

对英国儿童文学的关注，也发生在儿童文学创作领域。《阿丽思漫游奇境记》翻译出版之后，对儿童文学创作发生了直接的影响。沈从文读了这本书很受触动，他说，"我想写一点类乎《阿丽思漫游奇境记》的东西，给我的小妹看"，于是，在沈从文笔下，中国第一部长篇童话《阿丽思中国游记》（1928年）诞生了。1932年，陈伯吹创作长篇童话《阿丽思小姐》，采用与沈从文一样的写法，将阿丽思请到了中国。《阿丽思漫游奇境记》之上发生的这种儿童文学翻译对创作的直接影响，在中国儿童文学翻译史上可谓绝无仅有。

近四十年间的英国儿童文学翻译

1949年以后的二十年间，中华人民共和国的儿童文学译介偏向苏联儿童文学，而1978年改革开放以来，特别是实行市场经济的20世纪90年代中期以来，欧美儿童文学又成为翻译、引进的重点。

从整体上看，近四十年间对英国儿童文学的翻译介绍，更具有国际性视野，呈现为系列化、系统化和跟踪性这样几个特点。在中国的翻译笔下，英国维多利亚时代的儿童文学版图不断被扩大：罗伯特·史蒂文森的《金银岛》、亨利·哈格德的《所罗门王的宝藏》、弗雷德里克·马里亚特的《新森林的孩子们》以及托马斯·休斯的《汤姆·布朗的求学时代》这些维多利亚时代的名著，都被送到了中国儿童读者的手中。

英国20世纪前60年里的最著名的儿童文学作家，内斯比特、米尔恩、罗夫汀、特拉弗斯、托尔金、C. S. 刘易斯、玛丽·诺顿、琼·艾肯、艾伦·加纳等人的作品都陆续被翻译进来，其中不乏《彼得兔》（波特）、《杜立特医生》（罗夫汀）、《玛丽·波平斯阿姨》（特拉弗斯）、《纳尼亚传奇》（C. S. 刘易斯）等系列作品。

通过翻译，20世纪70年代以来的异彩纷呈的英国儿童文学可谓是目不暇接地进入了中国儿童读者的视野。杰奎琳·威尔逊的《手提箱孩子》《1 + 1 = 0》《坏女孩》《非常妈妈》等作品，温尼·琼斯的《哈尔的移动城堡》，苏珊·库珀的《灰国王》《黑暗在蔓延》，迪克·金-史密斯的十几部动物小说都及时地被中国读者所了解。这一时期被翻译的作家中，影响最大的是罗尔德·达尔和 J. K. 罗琳。罗尔德·达尔的《女巫》《查理和巧克力工厂》《玛蒂尔达》等作品，不仅深受中国孩子们的喜爱，而且也是当代英国儿童文学作品中最得中国评论家们青睐的作品。在艺术价值评判这方面，达尔的作品超过了更有知名度的 J. K. 罗琳的《哈利·波特》。罗琳的《哈利·波特》系列在中国是被跟踪着新作而翻译出版的，该系列产生了久远的轰动性影响，这种影响也深入到了青少年的精神世界之中。

近十来年间，在翻译西方图画书的热潮中，英国的图画书同样成了引进的宝贵资源。波特的《彼得兔》系列被完整翻译出版，作为世界图画书的早期作品，拥有很高的知名度。昆汀·布莱克和他的《光脚丫先生》等作品、约翰·伯林罕和他的《迟到大王》等作品、安东尼·布朗和他的《大猩猩》等作品，在中国都确立了经典图画书作家、经典图画书作品的地位。

"别求新声于异邦"（鲁迅语）。回顾百年历史，如果没有英国儿童文学的翻译，中国的儿童文学的发生与发展会是什么样子，这是无法假设的，但可以肯定的是，英国儿童文学的翻译引进，给中国儿童文学从理念到创作都带来了具体

而深刻的影响，而最重要的是，大量经典、优秀的英国儿童
文学的翻译，给中国孩子的童年阅读，带来了深切而丰富的
感受。我们可以期待，所有这些英国儿童文学的已经翻译的
作品，还有今后不断增添的新的翻译作品，还将给一代一代
的中国儿童带来童年的阅读快乐。

佩里·诺德曼的误区
——与《儿童文学的乐趣》商榷

　　中国俗话里有句话叫作"远来的和尚会念经"。作为比喻，这话有一定道理，因为远来的和尚会带来异质的、新鲜的东西。就中国的儿童文学而言，西方儿童文学创作和理论就是"远来的和尚"，而且一直都很会"念经"。历史已经证明，中国儿童文学的发展，离不开对西方儿童文学的学习和借鉴。

　　近些年来，儿童文学理论研究出现了十分可喜的现象，那就是一些学者积极汲取来自西方的后现代理论的资源，对儿童文学理论和历史进行新的、具有深度的探究，使儿童文学的学术出现了新的可能性。在那些被汲取的后现代理论中，知名儿童文学学者佩里·诺德曼的理论观点备受中国的热衷后现代理论的儿童文学研究者的追捧，产生了深广的影响。

十多年前，我读到佩里·诺德曼著述的《阅读儿童文学的乐趣》（第二版，2000 年中国台湾繁体字版），感到其观点和论述方式都比较新鲜，不过，坦白地说，因为当时自身对后现代理论了解不够，对于诺德曼的后现代话语阐释（再加上翻译的问题），我也有不少阅读中的困惑。近年来，随着对后现代理论有了更多的认识，特别是看到国内有的搬用后现代理论的儿童文学研究者，用与佩里·诺德曼相似的理论观点，批判儿童文学的"现代性"，[①] 这时，再读佩里·诺德曼、梅维丝·雷默合著的《儿童文学的乐趣》（第三版，2008 年中国大陆简体字版），就有了新的认识和评价。

佩里·诺德曼、梅维丝·雷默合著的《儿童文学的乐趣》运用各种文学理论，特别是后现代理论，将关于儿童文学的讨论引向复杂化，使其更具有理论性，这是非常值得称道的。但是，我对有的研究者将这部著作奉为"儿童文学的极致"，却不以为然。"儿童文学的极致"是该著作第三版的译者陈中美的译后记的题名。陈中美说："不管是书的内容，还是书中所体现的精神，本书均可称得上是一本巨著，是儿童文学思考的'极致'，面对'极致'，我们不由会心生崇敬。"[②] 当我不是用仰视的目光，而是以平视的目光去凝视、谛视、审视《儿童文学的乐趣》的理论观点的时候，它的某些局限甚至是陷入的误区就逐渐显露了出来。其实，对比于

---

① 杜传坤. 中国现代儿童文学史论［M］. 北京：中国社会科学出版社，2009；吴其南. 20 世纪中国儿童文学的文化阐释［M］. 北京：中国社会科学出版社，2012.

② 陈中美.《儿童文学的乐趣》译后记》［G］//［加拿大］佩里·诺德曼、梅维丝·雷默.《儿童文学的乐趣》. 上海：少年儿童出版社，2008.

我们的某些学者的仰视姿态，诺德曼本人却是谦虚和清醒的，他说，在《儿童文学的乐趣》一书中存在着"我们可能会想当然的一些偏见，我们必须尽力让读者认清这些偏见以及它们潜在的意义"。①诺德曼的这种学术心态是令我尊敬的。《儿童文学的乐趣》是鼓励探讨的（书中列出了大量的"探讨"问题），《儿童文学的乐趣》也热衷于批判和争论（这是理论的品格之一）。所以，我愿意回应这样的学术研究方式，对《儿童文学的乐趣》中的一些重要理论观点，进行讨论、辨析、质疑，以期将所涉及的重要学术问题的讨论引向新的可能性。

本文针对及引用的文本是佩里·诺德曼、梅维丝·雷默合著的《儿童文学的乐趣》一书，如果我所依据的译文与两位学者的原意存在出入，我只能先在这里对佩里·诺德曼和梅维丝·雷默表示十分的歉意。本文标题之所以是"佩里·诺德曼的误区"，是因为本文所质疑的观点，大都在佩里·诺德曼独撰的《阅读儿童文学的乐趣》（中国台湾繁体字版）一书中提了出来。

一、儿童"缺乏经验"：儿童观、儿童文学观上的偏见

在《儿童文学的乐趣》之"儿童到底有什么不同"一节里，诺德曼说："而且，不管意识形态如何变化，我们相信

---

① ［加拿大］佩里·诺德曼，梅维丝·雷默. 儿童文学的乐趣［M］. 陈中美，译. 上海：少年儿童出版社，2008：前言.

他们始终会有不同，原因仅在于关键的一点：他们活得还不够长，因此——这才是真正的问题所在——较少有机会接触能引导他们获得知识和理解的种种经验。"[1] "我们的文化把儿童作为一个群体划分开来，其主要原因正是意识到他们缺乏经验——这点却是对的，从而成人对儿童需要承担两个义务。一是有义务保护他们，不让他们接触他们尚未理解从而无法处理的经验；二是有义务教育他们，培养他们的理解力，让他们有能力照顾自己。我们之前说过，首先正是这些义务导致了儿童文学的发展——一种专门为缺乏语言和生活经验的读者而写的文学。"[2] "……阅读这些文本的儿童可能会错失其中的复杂性，因为他们还不懂得如何思考阅读对象，所以可能注意不到或无法理解其中的复杂性。普遍的意识形态假设就是通过这种方式发挥政治作用的：让儿童无知，从而处于成人的控制之下。如果成人愿意放宽控制，那成人与儿童之间就只有一个差别需要成人注意：儿童缺乏必要的经验，因而无法发展出成人所能达到的那种理解力。……如果我们注意到这个差别，就会考虑如何为儿童提供经验才能帮助他们发展这种理解力。"[3]

上述引用的几段话，较为清晰地呈现了佩里·诺德曼的儿童观和儿童文学观。他的这种关于儿童和儿童文学的假设，与我三十几年来建构的"儿童本位"的儿童观和儿童文学观分歧很大。按照后现代哲学家理查德·罗蒂的真理观，

---

① [加拿大] 佩里·诺德曼，梅维丝·雷默. 儿童文学的乐趣 [M]. 陈中美，译. 上海：少年儿童出版社，2008：154.
② 同①154—155.
③ 同①155.

真理是存在的，但真理不是一个"实体"，不能像客观世界一样"存在那里"，真理只能存在于"对世界的描述"之中。正是"对世界的描述"，存在着真理和谬误之分。这样就值得也应该思考、辨析，我和诺德曼对儿童和儿童文学的假设中，哪些是真理，哪些是谬误。以下，我就对诺德曼的上述假设进行辨析乃至批判，我个人的观点也将呈现于辨析和批判过程之中。

在上述引用的表述里，其实诺德曼也认为儿童是无知的。他与"普遍的意识形态假设"的不同只是在于，后者是继续"让儿童无知，从而处于成人的控制之下"，而诺德曼却"愿意放宽控制"，想通过"为儿童提供经验"，从而"发展出成人所能达到的那种理解力"，也就是说，他想通过成人的帮助，使儿童摆脱"无知"的状态。

如果仅仅从经验，特别是诺德曼在书中运用的"各类阐释性策略和语境"的经验这一个维度来定义儿童，自然就会产生儿童是无知的这一假设，但是，有很多人并不像诺德曼这样，仅仅从"经验"这一维度来假设儿童，假设儿童文学。比如，周作人就不认为没有成人的那种经验的儿童不能欣赏文学。周作人很看重《阿丽思漫游奇境记》这样的"有意味的'没有意思'"的荒诞作品，他说："文学家特坤西（De Quincey）也说，只是有异常的才能的人，才能写没有意思的作品。儿童大抵是天才的诗人，所以他们独能鉴赏这些东西。"① 在周作人这里，鉴赏"有意味的'没有意思'"这

---

① 周作人. 阿丽思漫游奇境记［G］//钟叔河. 周作人散文全集：第 2 卷. 桂林：广西师范大学出版社，2009：529.

种"只是有异常的才能的人，才能写"出来的高级文学，并不需要成人的经验。他反而对"相信给小孩子的书必须本于实在或是可能的经验，才能算是文学"① 这一观点不以为然。

小说家张炜对儿童的心灵感动之易与成人的心灵感动之难深有感慨："麻木的心灵是不会产生艺术的。艺术当然是感动的产物。最能感动的是儿童，因为周围的世界对他而言满目新鲜。儿童的感动是有深度的——源于生命的激越。……感动实在是一种能力，它会在某个时期丧失。童年的感动是自然而然的，而一个饱经沧桑的人要感动，原因就变得复杂了。比起童年，它来得困难了。它往往是在回忆中，在分析和比较中姗姗来迟……人多么害怕失去那份敏感。人一旦在经验中成熟了，敏感也就像果实顶端的花瓣一样萎缩。所以说一个艺术家维护自己的敏感就是维护创造力。"② 在张炜对艺术的评价标准里，"经验"似乎更属于负面选项。

评论家吴亮同样在赞扬儿童的艺术能力："由于概念的侵蚀，我们的感觉渐渐地衰退了，至少也显得迟钝起来——我们装得像一个洞明一切的旁观者，仅仅启动自己的判断力，对眼前发生的这一艺术事实持一种自以为是的态度，却忘记了艺术之所以被缔造出来，主要不是供判断的，而是为了纠正判断的。我们洋洋自得于日益变得老练的判断能力，却把那种与生俱来的感觉能力悄悄地放逐。应当把感觉拯救出来，应当恢复儿童式的对大千世界的最初新鲜感，这样才

---

① 周作人. 阿丽思漫游奇境记 [G] //钟叔河. 周作人散文全集：第 2 卷. 桂林：广西师范大学出版社，2009：530.
② 张炜. 秋日二题 [A] //萧夏林. 忧愤的归途. 北京：华艺出版社，1995.

能使我们的眼光保持常新，免使我们面对着的艺术品在概念判断的冷观下黯然失色。"①

具有真正艺术气质的艺术家丰子恺说："我企慕这种孩子们的天真，艳羡这孩子们的世界的广大。或者有人笑我故意向未练的孩子们的空想界中找求荒唐的乌托邦，以为逃避现实之所；但我也可笑他们屈服于现实，忘却人类的本性。"②

美国学者希利斯·米勒在《文学死了吗》一书中，以儿童文学作品《瑞士人罗宾逊一家》为例，将儿童对它的"天真的方式"的阅读和成人的"去神秘化的方式"的阅读进行比较分析，从而探讨文学理论（成人的修辞阅读和文化研究）促成了文学的死亡这一问题。米勒指出："要想正确阅读文学，必须成为一个小孩子。"③ 法国学者保罗·阿扎尔说："他们不具备组织运用理念的能力，但这对他们来说却绝非是一种缺陷。"④

从上述引用的观点可以看出，"实在或是可能的经验"、"经验"、"概念"、"判断"、"现实"这些成人所拥有的能力，在鉴赏文学艺术时，并不是一种优势，而"感动"、"敏感"、"对大千世界的最初新鲜感"、"天真"、"空想"、"天真的阅读"这些儿童所拥有的能力，却与文学艺术的本源密切相关。

---

① 吴亮. 思想的季节［M］. 深圳：海天出版社，1992：281.
② 丰子恺. 谈自己的画［G］//王泉根. 中国现代儿童文学文论选（改题为《儿童的世界》）. 桂林：广西人民出版社，1989.
③ ［美］希利斯·米勒. 文学死了吗［M］. 秦立彦，译. 桂林：广西师范大学出版社，2007：176.
④ ［法］保罗·阿扎尔. 书，儿童与成人［M］. 梅思繁，译. 长沙：湖南少年儿童出版社，2014：205.

　　"我们相信好的儿童文学是假设读者缺乏经验"，所以，儿童文学是"一种专门为缺乏语言和生活经验的读者而写的文学"——这只是诺德曼自己对儿童以及儿童文学的假设。在这个问题上，他的偏见或者说误区有三点：一是只关注"知识和理解"之来源的"经验"，却没有把具有"超验"性的感受性、感动和想象力这些对文学艺术来说更重要的能力纳入视野和考量。二是没有意识到儿童有其独特的经验世界，这个经验世界与我们大人颇为不同。三是把儿童文学偏狭而又矮小化地定义为"一种专门为缺乏语言和生活经验的读者而写的文学"，而完全把英国浪漫派诗人、德国浪漫主义童话作家、刘易斯·卡洛尔、马克·吐温、凯斯特纳、林格伦等所代表的儿童文学的伟大传统一笔抹杀了。

　　需要强调的一点是，诺尔曼所看重的经验，主要指的是成人的与"知识和理解"相关的经验，这种经验儿童的确"缺乏"，可是事实上，儿童也拥有着成人所失去的（已经忘记）的属于童年生活的经验，比如游戏的经验、幻想的经验、与大自然进行"交感"的经验，而儿童的这些经验对于欣赏儿童的文学，则发挥着十分重要的作用。因此，诺德曼的"我们相信好的儿童文学是假设读者缺乏经验"这一关于儿童文学的假设就应该修正为：我们相信，好的儿童文学是假设儿童读者也有着丰富而独特的人生"经验"而创作出来的。耐人寻味的是，越是给离成人世界遥远的年幼儿童创作的文学，越是假设年幼读者的人生经验很丰富。这一点，是由洛贝尔的《青蛙和蟾蜍》、笛米特·伊求的《拉拉和我》、桑贝和葛西尼的《小淘气尼古拉》等儿童文学经典所充分证明了的。

　　由于以"经验"作为欣赏文学的首要的甚至有时是唯一的条件（《儿童文学的乐趣》一书似乎极少讨论感受力、想象力），诺德曼得出了儿童的审美能力低于成人的审美能力这一观点。"许多理论家都认为儿童文学文本的特殊之处就在于它们拥有两种隐含读者……儿童文学文本拥有'一真一假两种隐含读者。儿童作为儿童文学文本的法定读者，并不能完全理解文本，对文本来说，儿童更多的是一种借口，而不是其真实的读者'。换句话说，儿童文学文本隐含的真正的成人读者比法定的儿童读者懂得更多；文本要求成人读者所掌握的知识和策略库，是法定的儿童读者无法拥有和达到的。"① 那么，怎么才能使儿童读者像成人读者一样"懂得更多"呢？诺德曼给出的办法是："成人应该把他们自己理解文学文本并从文学经验中获得乐趣的所有方式都告诉孩子。"② 因为"儿童文学所提供给大人和孩子的乐趣大多来自对话，即与别人一起谈论、思考甚至是争辩。在表述这些信念的时候，我们描述了文学，尤其是儿童文学，所带来的种种乐趣，从徜徉于虚构世界的基本乐趣，到通过各类阐释性策略和语境（context）所获得的深层思考和理解的满足，这些乐趣是所有年龄阶段的读者都能体会到的。之所以强调所有年龄阶段的读者，是因为我们相信即便是很小的孩子，都能够而且应该学会分享这些阐释性策略和语境。"③

　　诺德曼所说的"儿童文学文本隐含的真正的成人读者比

---

① ［加拿大］佩里·诺德曼，梅维丝·雷默. 儿童文学的乐趣［M］. 陈中美，译. 上海：少年儿童出版社，2008：30.

② 同①45.

③ 同①前言.

法定的儿童读者懂得更多"这一假设未必是真的。儿童听《大萝卜》这个故事，站起身来应和着"嘿哟，嘿哟"的号子，与故事人物一起去拔萝卜这种身心合一的审美表现，与成人儿童文学研究者理性地将《大萝卜》的主题归纳为"团结力量大"（未必合理）相比，却是儿童对故事"懂得更多"，因为他们比成人体会更深，更知道拔出这个"萝卜"的意义和价值。当成人陶醉、满足于《猜猜我有多爱你》里大兔子的爱的表达时，孩子们却感受到了自己的爱的情感遭大人贬抑的委屈。一个孩子就质疑大人拿他的优势比自己的劣势这种比爱的方式："我的手臂本来就没有你的长嘛！"当很多成人读者对《安的种子》里的安大加赞赏时，儿童读者却能够发出疑问：安明明知道了种莲花的方法，可为什么不把它告诉本和静呢？在儿童文学阅读里，这种儿童读者比成人读者"懂得更多"，懂得更好的事实不胜枚举。可是，诺德曼却认为，阅读儿童文学的"大多"乐趣，要靠成人这方面来给予，单靠儿童自己是无法获得的，究其原因，盖在于以成人的"经验"——文学专业知识作为欣赏文学的首要的甚至是唯一的条件。

诺德曼这样做，是不是剥夺了儿童用自己的方式，即"天真的阅读"而获得儿童文学的乐趣这一权利？希利斯·米勒这样描述自己童年时的"天真"的阅读方式："小时候我不想知道《瑞士人罗宾逊一家》（*The Swiss Family Robinson*）有个作者。对我而言，那似乎是从天上掉到我手里的一组文字。它们让我神奇地进入一个世界，其中的人们和他们的冒险都已预先存在。文字把我带到了那儿。……在我看来，我通过阅读《瑞士人罗宾逊一家》所到达的世界，似乎并不依赖于书中的文字而存在，虽然那些文字是我窥见这一虚拟世界的唯一窗口。我现在会说，那个窗户通过各种修辞技巧，无疑塑造了这个世界。那扇窗并非无色的、透明的。但无比荣幸的是，我当时并未意识到这一点。我通过文字，似乎看到了文字后的、不依赖于文字存在的东西，虽然我只能通过阅读那些文字到达那里。我不乐意有人告诉我，标题页上的那个名字就是'作者'的名字，这些都是他编出来的。……那难道不过是孩子的幼稚，还是我（虽然以幼稚的形式）回应着文学的某些基本特质？现在我年纪大了，也聪明多了。我知道《瑞士人罗宾逊一家》是一个叫约翰·大卫·威斯（Johann David Wyss，1743—1818）的瑞士作家在德国写的，我读的是英译本。但我相信我的童年经历是真切的。它可以为回答'何为文学'提供一条线索。"① 作为一个出色的文学理论家，一个解构主义批评的代表人物，希利斯·米勒对儿童阅读的"天真的方式"的欣赏和守护的姿态是发人深思的。在获得儿童文学的乐趣这件事上，不仅应该允许"天真的阅读"存在，而且要保护其不受《儿童文学的乐趣》一书所津津乐道的那些"阐释性策略"的伤害。我的阅读感觉里，《儿童文学的乐趣》这本书的字里行间，弥漫着一种拥有经验、拥有文学的"阐释性策略"的成人的优越感，这是不是也是诺德曼所批判的那种"殖民"和"霸权"呢？

阿扎尔早于米勒肯定着儿童的"天真的方式"的阅读：

---

① ［美］希利斯·米勒. 文学死了吗［M］. 秦立彦，译. 桂林：广西师范大学出版社，2007：23—24.

"他们没有任何疑问，任由阅读的快感引领着他们。他们不再自问，笛福有没有亲自去过他所叙述的那场旅行，或者他们可以跟着他书里的那张地图一起出发，他们就这样信服着他的讲述。孩子们甚至分不太清楚究竟谁是这本书的作者，因为写《鲁滨逊漂流记》的那个人，不正是鲁滨逊自己吗？也许他们比成年人更智慧，他们把作者当成那个被虚构出来的肉身，满怀趣味地看着他在书里存在游走着，研究他的爱和他的苦难遭遇，忘记了真正的作者其实是他们永远无法见到的。"①

阿扎尔在评论《格列佛游记》时还说："这本书的某些特点，他们既没有看见，也暂时不具备发现它们的能力。但这一切对他们来说都不重要。"②

事实上，诺德曼所列出的那么多阅读"儿童文学的乐趣"，大都是成人的"修辞阅读"、"文化阅读"的乐趣。这种来自"读者—反映理论"、"精神分析理论"、"原型理论"、"结构主义理论"、"解构主义"、"意识形态理论"、"文化研究"的"阐释性策略"，里面有很多不仅非儿童所能理解，而且也不是普通成人读者所能做到，而是文学批评家才能做到的事情。我在给一年级研究生（9 人）上课时做过一次试验，让他们去做《儿童文学的乐趣》中的一个探讨题——"看下述列表或其中任何一条时，脑海中想想你所喜欢的一个文本（或者让孩子想想）。想想这个文本为你提供了下述哪种'乐趣'，是以何种方式提供的，或者你如何才能从这

---

① ［法］保罗·阿扎尔. 书，儿童与成人［M］. 梅思繁，译. 长沙：湖南少年儿童出版社，2014：69.
② 同①80.

个文本中得到那些乐趣"。① 我拿出"下述列表"中的一条："运用知识库和理解策略的乐趣——体验自己熟练掌握文本的乐趣"，② 让研究生们就此在"脑海中想想你所喜欢的一个文本"，结果没有一个人想得出来。他们说，不理解"运用知识库和理解策略的乐趣"指的是什么。连儿童文学研究生进行诺德曼式的儿童文学乐趣的"探讨"都困难重重，诺德曼却要"让孩子想想"，实在是太心急了。这种急于把成人在文学上的专业知识即"通过各类阐释性策略和语境"来"理解文学文本并从文学经验中获得乐趣的所有方式都告诉孩子"的做法，对儿童的文学审美能力的健全发展，会产生拔苗助长的危害。

我认为，《儿童文学的乐趣》在大多数情况下，研究的是成人（而且还是具有文学批评资质的成人）阅读儿童文学的乐趣，而不是在研究儿童阅读儿童文学的乐趣，因为一般的儿童读者无法进行这样的"批评式阅读"。

当然可以教儿童阅读儿童文学的策略，而且适当的策略也的确能够给儿童带来与"天真的阅读"所不同的乐趣，但是，我认为这种阅读需要特殊的条件和环境，比如像是学校语文阅读的课堂。教儿童阅读儿童文学的"各类阐释性策略"时，必须注意三个问题：一是必须采取能为儿童理解和接受的独特方法，这种方法需要对一般文学理论进行有效转化，而不能对其照本宣科，就像诺德曼在《儿童文学的乐趣》一书所常常做的这样；二是需要清醒地认识到，这种运

---

① ［加拿大］佩里·诺德曼，梅维丝·雷默. 儿童文学的乐趣［M］. 陈中美，译. 上海：少年儿童出版社，2008：36.

② 同①.

用"阐释性策略"的阅读并不是儿童阅读儿童文学的常态，即不是像诺德曼所说的，"……儿童文学所提供给大人和孩子的乐趣大多来自对话，即与别人一起谈论、思考甚至是争辩"，我们绝对不能要求儿童在"大多"的情况下，都要进行这种在成人的知识和经验"控制"之下的阅读；三是教儿童阅读儿童文学的"各类阐释性策略"时，不能像诺德曼那样把"所有年龄阶段的读者"，把"很小的孩子"都囊括进来。对年幼的儿童，不能用"各类阐释性策略"伤及其"天真的阅读"的审美心理。

《儿童文学的乐趣》一书中出现的一些重大失误的根本原因，都来自诺德曼的儿童观上的假设：儿童与成人的"关键的"不同，在于他们"缺乏经验"——"获得知识和理解的种种经验"。诺德曼的这一假设是一种做了遮掩的成人本位思想，它以"成人所能达到的那种理解力"为儿童的唯一和最高的发展目标，却没有看到儿童的"天真的方式"的阅读所具有的珍贵价值，没有反思具有"理解力"的成人在审美能力方面会出现的退化。诺德曼就是这样，通过儿童缺少成人的经验，需要获得"成人所能达到的那种理解力"这一假设，赋予成人以不可撼动的权力。诺德曼说，"儿童文学代表了成人对儿童进行殖民统治的努力"，[①] 我在他的理论中，的确看到了这种努力。

但是以儿童为本位的人们对儿童，对儿童文学却有另外一种假设："我们的社会是一个以成人为中心的社会，因此，

① ［加拿大］佩里·诺德曼，梅维丝·雷默. 儿童文学的乐趣［M］. 陈中美，译. 上海：少年儿童出版社，2008：149.

我们仅仅认定儿童的成长依赖于成人，却看不到事情的另一面真实，即成人必须与儿童携起手来，也从儿童那里获得创造新的、健全的生活的智慧和力量。……对儿童文学而言，继承童年的文化传统，珍视儿童心性中不可替代的人生价值，守护儿童不丧失自己特别的眼光，这正是儿童文学肩负着的任重而道远的使命，这正是儿童文学在人类发展进程中所做的独特的历史性贡献。"①

二、"相似比差异更为重要"：方法论的倾斜

在对儿童的认识方面，诺德曼质疑了"成人总是根据儿童的行为与他们自己的行为之间的区别，来解释儿童的行为"② 这一假设方式之后，提出了一种"更好的"假设方式："一定还有其他可供选择的方式，可以更积极更正面地思考儿童，我们相信这样做会创造出一种不一样的、也更好的真实。具体说，如果聚焦于儿童与成人相似而非相反的一面，可能会更有成效。"③ "本书的书名，《儿童文学的乐趣》，暗示本书的焦点问题应是文学的乐趣。在这里，我们讨论儿童文学与其他文学的区别，是因为我们认为相似比差异更为重要，儿童文学的乐趣从本质上讲就是所有文学的乐趣。"④

我在前面指出，《儿童文学的乐趣》在大多数情况下，

---

① 朱自强. 儿童文学概论 [M]. 北京：高等教育出版社，2009：18.
② ［加拿大］佩里·诺德曼，梅维丝·雷默. 儿童文学的乐趣 [M]. 陈中美，译. 上海：少年儿童出版社，2008：147.
③ 同②151.
④ 同②31.

不是在研究儿童阅读儿童文学的乐趣，这是有根据的，而根据之一就来自诺德曼自己的交待——"《儿童文学的乐趣》，暗示本书的焦点问题应是文学的乐趣"。一本研究儿童文学的乐趣的书，当然可以研究其中蕴含着的普遍的"文学的乐趣"，但是，当诺德曼将"相似比差异更为重要"作为方法论时，失误就出现了——诺德曼认为"儿童文学的乐趣从本质上讲就是所有文学的乐趣"。

无论是在逻辑上，还是在事实上，儿童文学的乐趣不可能"就是所有文学的乐趣"。在逻辑上，被定义项"儿童文学"的外延小于下定义项"所有文学"的外延，因此，诺德曼这是犯了定义过宽的逻辑错误。在事实上，毫无疑问，儿童文学作为文学的一个门类，与成人文学之间，共同拥有着很多相同的乐趣，但是，儿童文学作为一个与成人文学存在着"差异"的文类，拥有很多成人文学所没有的乐趣，这也是不争的事实。读列夫·托尔斯泰的《三只熊》《高加索的俘虏》《傻瓜伊万》等儿童故事所获得的那种乐趣，从同一作者的《战争与和平》《安娜·卡列尼娜》《复活》这些成人小说中，肯定是得不到的。

儿童文学的出现，给文学阅读增添了新的乐趣，而这些弥足珍贵的新乐趣主要是一种"差异"性的存在，而不是"相似"性存在。因此，诺德曼认为研究"儿童文学的乐趣"，"相似比差异更为重要"这一方法论的功效是非常令人怀疑的。更严重的问题在于，在实际操作中，当诺德曼说出"儿童文学的乐趣从本质上讲就是所有文学的乐趣"这一观点时，这已经不是"认为相似比差异更为重要"了，而是用"相似"取消了"差异"。事实上，正如诺德曼自己所说的，

他的确把"本书的焦点",由"儿童文学的乐趣"置换成了
"文学的乐趣"。

《儿童文学的乐趣》一书,为取消"差异"而做了种种
努力。诺德曼和雷默曾说:"认为儿童的想象力与成人的想
象力有质的差别,这种看法与其他任何对于儿童的一般化看
法一样,都是没有根据的。"① 他们反对皮亚杰关于儿童的发
展存在着一些不同(差异)的阶段这一理论,认为"成人以
这种方式剥夺孩子的机会的确非常普遍。因为基于发展理论
的假设正控制着当前的教育观念"。② 我认为,不能因为皮亚
杰等人立足于"差异"性的儿童的发展理论研究存在不足,
就否定儿童不同的发展阶段之间存在着"差异",就像不能
因为小儿医科常常出现误诊,就取消小儿医科一样。诺德曼
和雷默不承认不同年龄段儿童的心智能力存在"差异"这一
观点,比如,他们说:"近来的科学研究显示,孩子并不一
定以自我为中心,不一定不能进行抽象思维,也不一定不能
经由系统的教导进行学习。"③ 这段话是很暧昧的。"并不一
定以自我为中心","不一定不能进行抽象思维",到底是能
还是不能呢?看来还是得区别对待。儿童是可以进行抽象思
维,但是儿童的抽象思维和大人没有质的"差异"吗?比如
小学儿童阅读儿童文学时的抽象思维和大学文学教授(比如
诺德曼)的抽象思维能是一样的吗?诺德曼举马修斯与儿童
讨论哲学为例,来证明儿童与成人的哲学思维的相似性,其

① [加拿大]佩里·诺德曼,梅维丝·雷默. 儿童文学的乐趣 [M]. 陈中美,译.
上海:少年儿童出版社,2008:450.
② 同①146.
③ 同①48.

实这恰恰是个反例，因为马修斯在《哲学与幼童》《与小孩对谈》《童年哲学》等著作中，与儿童讨论哲学的内容和方式与成人自己讨论哲学的内容和方式是不同的，这说明"差异"依然是客观存在的。

重视"差异"是 21 世纪最重要的思想概念之一，也符合后现代理论的反对权威、去中心化的多元思想。重视差异并不一定导致二元对立思维。正是因为重视儿童与成人之间存在的差异，所以，我才主张成人与儿童通过儿童文学，形成相互赠与的人际关系。不重视差异只重视相似，就谈不到相互赠与。蒙台梭利认为，"在与儿童的关系上，成人是一个自我中心主义者，不是利己，但是以自我为中心，他总是从自己的角度出发来考虑一切，因此常常会误解儿童"。[①] 重视成人与儿童之间的相似，成人就更容易成为蒙台梭利所说的"自我中心主义者"，更容易自觉地通过儿童文学把成人拥有的知识和经验一股脑地灌输给儿童，而不管儿童是否需要，是否能够接受这些经验。卡尔·波普尔说："我确定孩子们是最大的贫苦阶级。"面对最没有能力维权的孩子，更重视差异性而不是更重视相似性，才有助于保障儿童的儿童文学权益，也有助于成人与儿童通过儿童文学来相互学习。

在儿童文学与成人文学的关系上，在儿童和成人的关系上，把"相似比差异更为重要"这一观点普遍化，甚至绝对化，是一件非常危险的事情，会不停地犯错误。诺德曼、雷默的《儿童文学的乐趣》已经提供了这方面的教训，而在方

[①] ［美］波拉·波尔克·里拉德. 现代幼儿教育法 ［M］. 刘彦龙，李四梅，译. 济南：明天出版社，1986：97.

法论上与诺德曼如出一辙，即同样"弱化差异"的杜传坤的论文《"捍卫童年"：必要的界限与弱化差异》① 也正在提供这方面的教训。

三、"搜寻中世纪的儿童文学"：本质主义的思维方式

把儿童文学看作是不以人的意志为转移的客观存在的"实体"，是一种本质主义的观点。儿童文学不是一个像石头一样，可以拿在手里的"实体"，而是进入现代社会以后，由人的语言建构出的一个新的文学"观念"。如果用这一建构主义的儿童文学本质论来研究儿童文学的历史起源，就应该对儿童文学这一观念的建构过程进行"知识考古"，而放弃寻找作为"实体"的儿童文学这块"石头"的努力。

在《儿童文学的乐趣》一书中，诺德曼和雷默认为中世纪存在着儿童文学："亚当斯进一步论证了中世纪的确存在儿童文学的观点，并认为那时的儿童文学不仅仅包括教科书，还应该包括那些献给孩子的虚构文本和诗歌，比如直接面向儿童读者或以儿童为中心人物的文本，还有同一个作者写的语言较为简单的文本。'我希望，'她说，'年轻的学者们如果尚未接受某些观念误导，认为孩子无人爱或是缩小的成人……将会跟我一起搜寻中世纪的儿童文学。'这句话最具启发性的是文学需要搜寻——意思是它们并未明确标志是

---

① 杜传坤. "捍卫童年"：必要的界限与弱化差异［G］//陈世明，马筑生. 当代儿童文化新论. 上海：复旦大学出版社，2014.

专门给儿童看的文学，而且不像现在大多数人所认为的儿童文学那样容易辨别。过去人们认为儿童所需要的文学——也许是他们的真正需要——跟现代的儿童文学观念很不一样。"①

诺德曼所支持的亚当斯显然是认为，人们之所以说中世纪没有儿童文学，是因为受了"某些观念误导"，这种观念认为，中世纪把孩子看作是"无人爱或是缩小的成人"。那么，从逻辑上讲，诺德曼要想"搜寻中世纪的儿童文学"，是不是就得能够证明——中世纪的孩子有人爱，在成人眼里，他们不是"缩小的成人"？但是，我相信诺德曼不会去做这样的证明，因为他这样说过："哈沙不赞同阿里耶的说法，她认为在中世纪'童年实际上已被视作生命周期的一个明确的阶段，因而童年观也是存在的'。不过她的说法较有说服力，那时的童年跟现在的不一样，童年观也跟现在不一样。"②

诺德曼特意在"不一样"下面加了重点号。这很好，它提醒了我：如果"儿童文学"是在现代的童年观影响下建构起来的一个文学观念，那么，与现代的童年观"不一样"的中世纪的童年观一定建构不出与现代"儿童文学"观念一样的文学观念出来。既然如此，将与现代"儿童文学"观念"不一样"的文学观念，也称为"儿童文学"是说不通的。

"搜寻中世纪的儿童文学"是没有意义的，同时也是不

---

① ［加拿大］佩里·诺德曼，梅维丝·雷默. 儿童文学的乐趣［M］. 陈中美，译. 上海：少年儿童出版社，2008：127—128.
② 同①126.

可能的，因为没有一个"中世纪的儿童文学"这样的"实体"等着我们去"搜寻"。可能的只是对中世纪是否存在"儿童文学"这一观念进行"知识考古"。中世纪存在"儿童文学"这一观念吗？如果存在，中世纪的"儿童文学"观念是什么样子？诺德曼和雷默显然没有对此进行"知识考古"，而是说了一句"过去人们认为儿童所需要的文学""跟现代的儿童文学观念很不一样"① 就走开了。但是，诺德曼和雷默的论述却透露了他们在无意识之中，也是承认中世纪没有"儿童文学"观念的。比如他们论述说：民间故事的"其他一些特征——让许多成人感到不安的特征，也同样被保留下来，比如狼在威胁小红帽和三只小猪时使用的可怕暴力，再比如继母、狼在故事中一成不变总是邪恶的。这些故事不仅表达了以往时代的传统假设，而且正如我们在第五章提到的，过去人们并没有把儿童单独对待，也没有考虑他们需要与成人不同的故事"。② 中世纪的人们"没有考虑他们需要与成人不同的故事"，而现代的人们则认为儿童"需要与成人不同的故事"，这就是这两个时代的根本差异。但是，诺德曼和雷默似乎认为，儿童文学是不以中世纪的人们"没有考虑他们需要与成人不同的故事"这一主观愿望为转移的客观存在即一个"实体"，所以，他们认为，"中世纪的儿童文学"这块"石头"可以"搜寻"得到，哪怕"它们并未明确标志是专门给儿童看的文学"。问题正在这里——因为中世纪的人没有"儿童文学"这一观念，所以他们无法把某一类

① ［加拿大］佩里·诺德曼，梅维丝·雷默. 儿童文学的乐趣［M］. 陈中美，译. 上海：少年儿童出版社，2008：127—128.

② 同①497.

作品"明确标志是专门给儿童看的文学"。现代社会与中世纪的不同就在于，它持着"儿童文学"这一观念，将大量的作品"明确标志是专门给儿童看的文学"。

作为中世纪存在儿童文学的证据，诺德曼和雷默介绍了法夸尔的观点。法夸尔把"那些教孩子阅读、写作、计算和文明行为的教科书"也视为儿童文学，认为"这些同样存在于中国古代的书正是现代儿童文学的雏形"。① 诺德曼和雷默赞同法夸尔的观点，即他们也认为，中国古代的儿童教科书即蒙学读物"正是现代儿童文学的雏形"。我对这一观点深表质疑。西方的"中世纪的儿童文学"我没有研究，所以不敢说，可是，中国的蒙学读物，《三字经》《百家姓》《千字文》《弟子规》与"现代儿童文学"在思想内容和艺术形式上，却明明是背道而驰的。在中国现代教育史上，自民国初年起，现代小学校正是为了克服这种传统的蒙学教材，才拿儿童文学做了语文教材的核心。

并不是儿童可以读的文学就一定是儿童文学，也不是用于启蒙教育的教材就一定是文学，更不一定就是儿童文学。中世纪的儿童观也能催生儿童文学观念这也是需要证明的。诺德曼和雷默像现在这样，对此不加证明，而是拿着现代社会产生的儿童文学理念去"搜寻中世纪的儿童文学"，是试图完成一项不可能完成的任务。

《儿童文学的乐趣》还有一个需要解释的问题。诺德曼和雷默声称过去时代也有"儿童文学"，并且认为，"很难说

---

① ［加拿大］佩里·诺德曼，梅维丝·雷默. 儿童文学的乐趣［M］. 陈中美，译. 上海：少年儿童出版社，2008：127.

那些沉浸于成人价值观的孩子根本没有从这些书中得到多大乐趣"。① 但是，他们在论述"儿童文学的乐趣"时，运用的"儿童文学"文本，无一例外的都是现代的作品，即运用的都是在他们曾质疑的关于儿童的假设——现代儿童观的影响下创作的作品。即使是列举引起读者广泛争议的作品，还有列举他认为应该进一步讨论和思考的文本，也都是《哈利·波特》和《在我的坟上跳舞》这样的现代社会的作品。这是为什么呢？是因为过去的，比如中世纪的儿童文学文本不容易找到吗？如果是，它们为什么找不到了呢？彼得兔的故事也是一百年前的作品，按说也不容易找到，它们容易被找到，是因为它们被现代的"儿童文学"观念所认同。诺德曼不是说"很难说那些沉浸于成人价值观的孩子根本没有从这些书中得到多大乐趣"吗？可是这本谈论"儿童文学的乐趣"的书，怎么对这些中世纪的所谓儿童文学的乐趣完全回避掉了呢？我想，实用主义哲学的"工具"论可以解释这一现象——诺德曼的手里根本没有"中世纪的儿童文学"观念这一"工具"。他也不可能获得这一工具，因为"中世纪的儿童文学"观念只能由中世纪的人来建构，现代社会的任何人都不能越俎代庖。

结语

《儿童文学的乐趣》所存在的上述儿童观、儿童文学观

---

① ［加拿大］佩里·诺德曼，梅维丝·雷默. 儿童文学的乐趣［M］. 陈中美，译. 上海：少年儿童出版社，2008：128.

上的偏见，儿童文学理论的方法论的倾斜以及本质主义的思维方式这几个问题，都对这部著作的学术品质造成了负面的影响，而其中最为突出的负面结果是，诺德曼和雷默拉远了与儿童文学之间的距离，从而很多儿童文学所特有的乐趣都从他们的视野中消失了。正是由于这一点，在我眼里，运用既成的文学理论颇为娴熟的这部著作的学术价值打了相当大的折扣。因为说到底，儿童文学理论不仅要看到自己与既成的文学理论（包括后现代理论）的相似性，而且还要在运用、借鉴所有既成的文学理论的基础上，再向前迈进一步，进行更属于自己的"差异"性创造。这种"差异"性创造正是儿童文学理论的难度所在，然而也是价值所在、魅力所在。

我曾在批判当代中国儿童文学中的成人本位倾向时指出："不论从历史还是从现实来看，对于以成人为本位的文化传统根深蒂固的中国，'儿童本位'的儿童文学观，都是端正的、具有实践效用的儿童文学理论。它虽然深受西方现代思想，尤其是儿童文学思想的影响，但却是中国本土实践产生的本土化儿童文学理论。它不仅从前解决了，而且目前还在解决着儿童文学在中国语境中面临的诸多重大问题、根本问题。"[①] 而现在，辨析佩里·诺德曼在儿童观上的偏见，面对其成人本位色彩十分强烈的意识形态立场，让我感到，在当下西方的儿童文学语境里，"儿童本位"论同样是一种真理性理论，依然值得人们以此为工具去进行儿童文学以及

---

① 朱自强. 论"儿童本位"论的合理性和实践效用 [J]. 中国海洋大学学报，2014（3）.

儿童教育的实践。

选自朱自强著:《儿童文学的"思想革命"》,青岛出版社 2017 年 5 月第 1 版

小说童话：一种新的文学体裁

一、确立"小说童话"的依据

据我所知，在本文之前，中国的儿童文学理论研究中还未曾使用过"小说童话"这一概念性的术语，也未曾将在本文中被称为"小说童话"的一类作品作为一种新的文学体裁来确立。我在经过认真而慎重的思索、论证之后，认为在中国也有必要将在本文中被称作"小说童话"的一类作品作为一种新的文学体裁来确立，并提出以"小说童话"作为指谓这一文体的术语。由于作为指谓一种文学体裁的术语还有待于一个"约定俗成"的过程（在中国范围内），因此，我在小说童话一词上慎重地加上了引号，以示作为一种新的文学体裁名称的"小说童话"目前还是个人的、权宜的名称。

那么，什么是"小说童话"，在进行定义式的阐述之前，我想先介绍两篇论文。一篇是陈丹燕的《让生活扑进童话——西方现代童话创作的一个新倾向》①，另一篇是周晓波的《当代外国童话"双线结构"的新发展》②。陈丹燕的论文，是我国最早的较系统地评述西方现代童话出现的"让生活扑进童话"这一倾向的文章，具有打开一扇大窗户的功绩。在其后的周晓波的文章研究对象与陈丹燕的文章相同，虽然对陈丹燕论述的问题范围没有太多的超逸，不过对"双线结构"的集中论述，进一步深入地廓清了"让生活扑进童话"的西方现代童话或曰拥有"双线结构"的外国当代童话的一个重要特征。

本文试图作为一种新的文学体裁来确立的"小说童话"，基本上便是上述两篇文章所研究的那一类西方现代童话或曰外国当代童话。如果也以那两篇文章所列举过的作品为例，那就是，《蟋蟀奇遇记》《夏洛的网》《奇怪的大鸡蛋》《长袜子皮皮》《随风而来的玛丽·波平斯阿姨》等。但是本文与陈文、周文所不同的问题意识在于，陈文与周文虽然指出这些作品与以往的童话有极大不同，但是仍然把这些作品划进原有的文学体裁（童话）进行研究，而本文则认为这些作品已经属于新的文学体裁（"小说童话"）。

必须申明一个重要的事实，那就是虽然目前我国针对上述作品还没有一个区别于童话的文学体裁上的称谓，但是，在上述作品的诞生地却是有一个区别于童话的文学体裁上的

① 未来，1983（5）.
② 浙江师范大学学报（儿童文学专辑），1985.

称谓的。

在西方的儿童文学中，对如格林童话那样的经过搜集、整理的民间童话，在德语中叫作 Märchen，在法语中叫作 Conte desfées，在英语中叫作 Fairy tale。对像安徒生童话那样的作家在民间童话类型基础上的独特创作，英语称作 Literary fairy tale。对 19 世纪后半叶以后诞生的《阿丽丝漫游奇境记》《小熊温尼·普》《随风而来的玛丽·波平斯阿姨》《地板下的小人们》《长袜子皮皮》这样的作品，英语称之为 Fantasy。Fantasy 一词在两种场合下使用，一种场合是指"幻想"，一种场合是作为表示文学体裁的专用名词。本文使用的 Fantasy 一词属后种情况。

从 Fairy tale 到 Literary fairy tale，再到 Fantasy，这是世界儿童文学中的幻想故事型作品发展的三个阶段。目前，前两个阶段也已成为我国儿童文学理论界的共识，我们称之为从民间童话（Fairy tale）到文学童话或曰创作童话（Literary fairy tale）。但是对第三阶段的 Fantasy，在我国虽然由于陈丹燕、周晓波的上述论文的系统论述，以及散见于韦苇、汤锐等研究者的著述中的介绍，使人们对 Literary fairy tale 到 Fantasy 这一变化有所了解和认识，但是这些研究显然是把这看作是童话体裁内部的变化，而不是看作是由一种文学体裁向另一种文学体裁的转变，当然也就没有提出一个与作为文学体裁的 Fantasy 相对应的汉语的体裁名称。

洪汛涛在著作《童话学》中，曾在与日语"童话"和英语的 Fairy tale 的对比中，阐述了作为"完全是中国式"的汉语的"童话"这一术语的意义沿革以及稳定后的内涵。其中有这样一段话："这种 Fairy tale，多为早期作品。以后，英语中，又出现 Fantasy 这个词，这个词意为幻想。这样又有 Fantasy tale，即'幻想故事'这个名称了。现在，我们常常把这类幻想故事，译为'童话'。"在这里值得注意和重视的是洪汛涛提供了英语中与 Fairy tale（我们将这类作品称为童话）这一名称不同的 Fantasy tale（我国目前也将其译成童话）这一名称存在的信息。洪汛涛所说的，"现在，我们常常把这类幻想故事，译为'童话'"，这是符合翻译中表现的事实的。比较系统地集中论述西方现代童话新倾向的陈丹燕和周晓波的论文也仍然用童话来指称《长袜子皮皮》《随风而来的玛丽·波平斯阿姨》这类 Fantasy 就是一个有力的证明。

将安徒生式的童话（Literary fairy tale）与《长袜子皮皮》式的作品（Fantasy）一概称为童话显然是不尽科学的。因为从这里我们感觉不到 Literary fairy tale 与 Fantasy 在性质上或者在作为不同的文学体裁上的区别。造成这种暧昧结果的原因之一，就是因为在中国，与童话不同的 Fantasy 这一文学体裁还没有确立起来，因而也就不可能马上给予 Fantasy 一个相对应的中国式的固有名称。当然，在中国也并非没有等于或者接近 Fantasy 的作品，张天翼的《宝葫芦的秘密》、郑渊洁的《皮皮鲁和鲁西西新奇遇记》就可以称为中国的 Fantasy，孙幼军的《小布头奇遇记》则接近于Fantasy。说《小布头奇遇记》接近于 Fantasy，是因为作品像安徒生的《坚定的锡兵》那样，没有超脱"童话逻辑"即物性的框架。中国的 Fantasy 还处于萌芽期，作为一种文学体裁还没有确立起来。由于对这类萌芽式的作品在研究上的不彻底，儿童文学评论界仍然不加怀疑地将其称为童话。

　　将 Literary fairy tale 与 Fantasy 暧昧地用"童话"来囊括，就不可避免地要掩盖幻想故事型儿童文学作品的文学史的发展阶段性，不可避免地造成幻想故事型作品系列的评论中的概念混乱。我个人认为，对 Literary fairy tale 在一般情况下可以称为童话（在与 Fairy tale 即民间童话相共处，尤其是相比较的情况下，则应称为创作童话），对 Fantasy 可以称为"小说童话"。我之所以不按直译将其称为"幻想故事"，是因为，目前在中国，童话本身就普遍地被理解为"幻想故事"。我同意这种理解，而对最近发表的葛玲玲的具有新意和独到见解的《童话的幻想和童话的假定》① 一文中所提出的"童话并不像一些人所说的那是一种特殊的幻想性文学"的观点，基本持怀疑态度。我将 Fantasy 称为"小说童话"主要是因为，Fantasy 是一种以小说式的表现方法创作的幻想故事（这里的"故事"，指叙事性作品），其母体是童话，但又吸收了现实主义小说的遗传基因。

二、"小说童话"的本质

　　从这里开始我不再使用 Fantasy 一语而相应地使用"小说童话"。我前面说过，在"小说童话"的发源地欧美，"小说童话"是作为一种文学体裁来确立的。在深受欧美儿童文学影响的日本，从 1960 年石井桃子等人出版《儿童与文学》

---

① 儿童文学研究，1991（5）.

一书起，开始使用"小说童话"这一概念，目前，"小说童话"在日本的儿童文学界，已作为儿童文学的一种体裁而固定下来。既然作为一种体裁来看待，"小说童话"就必定要有定义。

加拿大的利丽安·史密斯在她的那本著名的《儿童文学论》中指出："所谓小说童话是从独创性的想象力中生成的，这种想象力就是超越了从我们用五官所能了解的外界事物所导引出的概念，形成更为深刻的概念的一种心灵力量。"① 将非现实的世界"表现得如在眼前存在"一样的"小说童话要求我们在阅读一般的故事时的精神准备之上，还要具有一种第六感那样的东西"②。日本的《文学教育基本用语辞典》对"小说童话"所下的定义要更为规范："将现实中不可能发生的事情，描写得如同发生了一样的文学作品的总称。（中略）小说童话与童话的极大差别在于，前者具有二次元性世界，后者却是一次元性的。"

在英美儿童文学研究上深有造诣的日本学者神宫辉夫给"小说童话"下的笼统定义是："包含着超自然的要素，以具有小说式的展开的故事，引起读者惊奇感觉的作品。"③

美国作家罗伯特·内桑这样给"小说童话"下定义："所谓小说童话就是将没有发生过的，也不可能发生的事情描写出来，让人觉得这些事情也许真的发生过。"④

---

① ［加拿大］利丽安·史密斯. 儿童文学论（日文版）［M］. 岩波书店，1987：273.
② 同①278.
③ ［日］神宫辉夫. 儿童文学的至将门［M］. 日本广播电视出版协会，1989：115.
④ ［日］佐藤晓. 小说童话的世界［M］. 讲谈社，1986：60.

从以上关于"小说童话"的解释中，我们可以感到"小说童话"有这样几个要素：1. "小说童话"表现的是超自然的，即幻想的世界；2. 采取的是"小说式的展开"方式，将幻想"描写得如同发生了一样"；3. "小说童话"与童话不同，其幻想世界具有"二次元性"，有着复杂的组织结构。

我们从上述关于"小说童话"的论述，已经能够发现"小说童话"与童话存在着区别，下面想结合介绍国外研究者的观点进一步具体地论述"小说童话"与童话两者间的区别。

同是幻想故事型作品的"小说童话"与童话，都拥有一个幻想世界，但是"小说童话"的这个世界具有二次元性，而童话则是一次元性的。对童话的一次元性，日本学者相泽博在分析格林童话《青蛙王子》时做过阐述："这篇童话有值得注意之处，那就是公主讨厌青蛙是因为青蛙给人的感觉上的不愉快再加上它的厚脸皮，公主对令人不快的青蛙像人一样能开口说话这一点并不感到讨厌和恐怖。当青蛙一旦变回成王子，公主就马上与王子结婚，对王子不久之前还被魔法变成青蛙的不吉利的过去毫不计较。在童话中，就是这样对脱离人类世界的超自然的东西、神妖魔法的东西，毫无感觉。就是说，在童话里面，现实世界与发生魔法和不可信之事的世界被认为都是处于相同的次元，不论发生什么异常事都处之泰然，并不感到讨厌或恐怖等。这就是童话的一次元性，与传说的二次元性明确地被区别开来。在传说中出现的人物，如果青蛙开口对他讲话，一般来说，他就会受到极大震惊，或者吓呆在那里，或者即使逃回家里，也要陷入神经失常。这是因为传说中的人物，与现实中的人相同，把妖怪或魔法的世界与这个现实世界作为不同次元的存在明确分开来的缘故。"①

与童话相反，"小说童话"的世界则具有二次元性。比如张天翼的《宝葫芦的秘密》，王葆最初听到宝葫芦向他讲话时，并不像童话中的人物那样觉得这是理所当然的事，而是"我摸了摸脑袋。我跳一跳。我捏捏自己的鼻子。我在自己腮巴上使劲拧了一把：嗯，疼呢！'这么看来，我不是做梦了。'"王葆在家里与宝葫芦说话，奶奶听见了，问："小葆你跟谁说话呢？"这时王葆只能回答："没有谁。我念童话呢。"而不能像童话中的人物那样毫无顾忌地把宝葫芦的事告诉奶奶。在《宝葫芦的秘密》里并存着现实和幻想这两个次元。王葆在这两个次元中可以像从一个房间进入另一个房间那样自由来往。

同是幻想故事型的作品，"小说童话"与童话的人物性格大不相同。童话中人物的性格，全都不是个性的，而是类型的，所以，故事情节也不是像性格剧那样由每个个性性格决定情节的发展，相反却是每个类型为了使情节发展而存在着。

同是幻想故事型的作品，"小说童话"与童话的故事叙述形态大不相同。童话是将人们心中存在的共通的非现实部分原封不动地昭示于外部，以此为背景进行叙述，而"小说童话"则是采取向作者一个人的内部世界进入的叙述方式。

"小说童话"与童话的确存在着重大的区别。不过同是作为幻想故事型作品的家庭成员，它们当然也有着一些相似

---

① ［日］相泽博. 童话的世界［M］. 讲谈社，1970：35.

之处，尤其是在"小说童话"与创作童话之间。因此，英国的儿童文学作家、评论家塔温贞德说："遵从着民间童话的模式（无论是怎样间接地）的创作童话与以'现在'为出发点的现代的小说童话之间，必须进行区别，不过，这一区别也不能过分强调。如果举出一个区分明确的例子的话，《艾丽丝漫游奇遇记》和《艾丽丝镜中游记》这两册艾丽丝，是小说童话而不是创作童话。"①

由于与童话具有原初的单纯性相比，小说童话的构成十分复杂细致，所以，才出现了创作童话本质上多为短篇，而小说童话长篇较多的情况。这一内容和形式的关系，有时也作用于相反方向，那就是作为小说童话创作的作品，当它为短篇时，往往成为难以与创作童话相区别的作品，而尽管是当作创作童话来写的作品，却越是变为长篇便越是接近于小说童话。因为篇幅一长，作品中人物就难以作为类型而存在，而为了使背景世界能够支撑起长篇就有必要进行各种安排，这样即使不愿意，作者的个性也将浓烈地流露出来。如果有不这样做的长篇创作童话的话，那么它基本上是拙劣之作。而且，从语源上看，德语和法语的"童话"一词都有"短小"之意在里面，可见人们最初就认为童话应该是短篇体裁。

三、"小说童话"的成因及其艺术魅力

"小说童话"这一幻想故事型文学的新体裁萌生于 19 世

---

① ［日］吉田新一. 英国儿童文学论［M］. 中教出版社，1980：41.

纪末，繁荣于 20 世纪，这不是一种偶然的文学现象。"小说童话"产生的背景后面，是变化了的成人作家的儿童观和社会现实。

考察世界儿童文学发展史，我们会十分清晰地看到成人社会持有的儿童观对儿童文学的发生、发展起着重要的决定性作用。17 世纪持着儿童生来便有罪的原罪观念的清教徒们创作的是教训主义的儿童文学，带着强烈地压抑儿童天性的禁欲色彩。这样的文学当然把解放儿童心灵的幻想力和想象力视为洪水猛兽，因此，民间童话这样的幻想故事是遭到排斥的。到了 17 世纪末，英国的哲学家洛克提出"白板"说，否定了宗教的原罪观念。18 世纪，法国的思想家卢梭对原罪观念进行了更为彻底的批判，认为儿童绝不是邪恶、无知的人，儿童代表着人的潜力的最完美的形式。他提出的"人是生而自由的"和"返回自然"的口号对儿童文学产生了深刻的影响。但是，在卢梭教育思想中，存在着偏重知识、感情、感受性，而把想象力视作为危险的偏颇。因此，受他影响的儿童文学作家不仅没有创造出幻想故事型的作品，而且其中有些作家甚至否定富于想象力的小说《鲁滨逊漂流记》和富于幻想力的《小红帽》《灰姑娘》等民间童话。

"小说童话"最早产生于儿童文学传统最深厚的英国。英国的浪漫派诗人为此作出了重要努力。他们对产业革命以后的近代社会重视合理主义，轻视想象力的现象，对人的异化现象表现出厌恶和反抗。在思考近代社会的异化时，他们注意到在儿童身上丰富地保有着成人所渐渐失去的想象力和感受性。儿童的本性就像是充满着喜悦，在天空中自由飞翔的小鸟，浪漫派诗人们的这一发现对儿童文学的巨大质变发挥了作用。

世界儿童文学中的"小说童话"的先驱性作品是《水孩子》（1863年）、《艾丽丝漫游奇境记》（1865年）、《北风后面的国家》（1871年）。创作这三部作品的都是英国作家，他们分别是金斯莱、卡洛尔和麦克唐纳。这三部作品有两个共同特色：第一，作品中描写的是作家独创的幻想世界；第二，作家把生活于现实中的儿童送入了自己独创出的幻想世界。这三位作家为什么能创造出这种与童话截然不同的"小说童话"呢？回答这个问题，必须考察作家和读者（主要是儿童）双方的内在需求。

如果为了让儿童愉悦而创作"小说童话"的话，作家就势必要重视儿童读者的心理。事实上这三部作品，都是以自己所喜爱的孩子为直接听众创作出来的，作家的目的就是要用故事给孩子们带来快乐。那么为什么不选取一次元性的民间童话讲给孩子们听呢？这一定是因为作家本能地意识（也许是潜意识）到对孩子们来说与那些和自己没有任何关系的人在"很久很久以前"所经历的冒险故事相比，自己的伙伴中的一个人"现在"所作的冒险要有趣得多。因此，作家便采取了把现实中的儿童（读者的伙伴）送入幻想世界的方式。

真正的儿童文学作家在点燃手里的儿童文学"火炬"的时候，绝不是只照亮了儿童，自身却仍然处于黑暗之中。上述三部作品的产生就一方面愉悦、启示着儿童，另一方面满足着作家自身的内在要求。金斯莱等三位作家都对当时的社会持着批判的态度，他们内心中有着暴露社会现实的扭曲和矛盾的欲求。当孩子们听故事的要求摆到他们面前时，他们便创造出了一个不受社会现实所束缚的自由的非现实的世界，以此对信仰衰退、利欲熏心、重视外表、轻视心灵世界的时代风潮进行批判。

可以说，儿童观的变化、社会现实的变化对"小说童话"的产生起了根本作用。"小说童话"是时代的产物。

纵观整个文学史，我们会发现这样一种现象：当一种创作形式出现模式化时，另一种新出现的创作形式，往往即使不能取而代之，也会带来新鲜的活力。"小说童话"的出现就给儿童文学，特别是给幻想型故事的创作带来了质的变化。虽然"小说童话"并不能取代依然受到儿童喜欢的民间童话、创作童话这两种形式，但是，不可否认，"小说童话"给儿童读者带来了新的艺术魅力和审美体验。本文打算在结束时对此略谈一二。

1. "弄假成真"以加强幻想

幻想乃是人类的一种可贵的品质。与想象力紧密联系着的幻想，是人类创造力的本源之一。许多迹象表明，儿童向大人成长的过程，是幻想力逐渐走向衰弱的过程。如果在儿童时代，人类的幻想力不得到充分的发展和巩固，在长大成人时，幻想力的衰弱将来得更快和更彻底。儿童文学中的幻想型故事作品，便具有发展和巩固儿童旺盛丰富的幻想力的功能。

如果对儿童阅读幻想型故事的情况做认真观察，就会发现在总体上，学龄前和小学低年级儿童对民间童话（比如格林童话）、创作童话（比如安徒生童话）怀着浓厚的兴趣，至小学高年级，尤其是进入初中，便对前两类童话逐渐降低兴趣，而向少年小说等真实表现现实生活的文学样式倾斜。然而，这个时期，并非儿童不再需要幻想型的作品，而不过是由于儿童自然科学知识的增加和理性精神的萌生，对民间童话、创作童话这样"明知道不能相信却还是要听"的类型，在阅读欣赏上产生了一定的心理障碍（怀疑）。可以说"小说童话"的出现，成功地完成了一次远征，把幻想型文学的版图扩大到了儿童文学读者的高年龄层。

"小说童话"只有在现实中逼真地让幻想存在、发生，才能说服并吸引具有了一定的自然科学知识和理性思维的儿童读者。把幻想引入现实这既是给自己出的难题，同时也是给走向幻想的新的层次铺设的一级台阶。"小说童话"采用了"让人觉得也许真的发生过"的现实主义小说的展开方式，从而达到了一种"弄假成真"的艺术效果。"小说童话"萌生时便是达尔文进化论出现，科学精神、合理主义急速发展的时代，"小说童话"以文学的方式对人类头脑中存在的幻想的真实性做了论证。可以说"小说童话"的诞生和走向繁荣是人在幻想力争得"公民权"的一大胜利。"小说童话"既加强了幻想的力量，又延长了儿童发展幻想力的时期。

2. 创造个性以吸引读者

民间童话和创作童话，塑造的多是类型化人物，而"小说童话"则以现实主义小说的描写手段，创作富于个性的性格。但是，尽管运用了现实主义小说的手法，创作的人物却又与现实主义小说的人物不尽相同。主要原因就是"小说童话"的人物处于幻想与现实交织的二次元世界。这一特殊的环境使"小说童话"的人物对儿童读者产生了特殊的魅力。

由于是具有个性的非类型化人物，便更加使儿童读者感到可感、可信、可亲，仿佛那人物就是自己或者至少是自己身边的伙伴，即是说更容易把读者拉入"同化"这一阅读的最佳境界。由于是在幻想与现实这两个世界自由来往的人物，就更能满足儿童读者的好奇心。不用说，《长袜子皮皮》中的皮皮不仅自己大出风头，而且也解放了儿童心中的想象力，满足了他们与皮皮相同的欲望。

3. 观照现实以深化主题

童话由于是由幻想这一个次元构成的世界，所以，一般来说并不直接反映现实，而是以象征的意蕴来对现实作折光反映。"小说童话"则直接切入现实，表现出作家对现实社会的观照。"小说童话"中，由于幻想与现实交织于一起，往往给作家认识和评价生活带来一个与童话和现实主义小说均不相同而又十分有效的角度。

德国著名的儿童文学作家米歇尔·恩德创作的在世界引起巨大反响的"小说童话"《莫莫》（有中译本为《时间窃贼》）就是以一群灰绅士夺取构成人们生命的时间，将人的本质异化的故事，直接对现代文明提出了质疑。

被誉为战后英国儿童文学旗手的玛丽·诺顿的"小说童话"《地板下的小人们》描写了寄居在人类家庭地板下的小人们，被人类发现后，被迫出走的受难过程，明确地对资本主义现代文明进行了批判。

幻想作为人类可贵的品质，对阻碍人类真正健康发展的东西有着本能的反抗基因。"小说童话"这一幻想型文学样式，便在无法超越现实的现实主义小说所鞭长莫及的位置上努力在批判现实的弊病，探求着更美好健全的人类的未来。也许正因如此，英国的儿童文学作家、评论家塔温贞德才认为：近代成人文学衰落的原因之一，就是成人把"小说童话"分封给儿童以后便不再回顾[1]。

载于《东北师大学报》1992年第4期

---

① ［日］猪熊叶子，神宫辉夫. 英国儿童文学作家们［M］. 研究社，1987：16.

周作人的《儿童的文学》解说

周作人的《儿童的文学》载于 1920 年 12 月 1 日《新青年》第八卷第四号。

《儿童的文学》是一篇讲演文。1920 年 10 月 26 日，是中国文学史上值得大书一笔的日子，因为在这一天的下午，周作人在北京孔德学校做了题为"儿童的文学"的讲演。这场讲演与在此之前的《圣书与中国文学》（1920 年 11 月 30 日在燕京大学文学会讲）、《新文学的要求》（1920 年 1 月 6 日在北平少年中国学会讲）一起被人们并称为周作人"三大文学讲演"。根据周作人"声音细小"、"照稿宣读"的讲演风格推测，也许场上效果并不见得多好。但是，讲演稿《儿童的文学》在《新青年》上发表后，却有如登高一呼，应者云集。自此之后的两三年间，题目冠以"儿童文学"云云的文章、书籍开始不断出现，可以猜测是受到了周作人的《儿童的文学》一文的影响。比如，严既澄发表于 1921 年的《儿童文学在儿童教育上之价值为题》一文，未加注释地大段袭用了《儿童的文学》中的重要观点，魏寿镛、周侯予出版于 1923 年的《儿童文学概论》一书，也未加注释地袭用了《儿童的文学》的两段重要文字，由此可知，他们都读到了周作人的文章并深受其影响。

周作人曾说："我来到北京之后，适值北京大学的同人在方巾巷地方开办孔德学校，——平常人家以为是提倡孔家道德，其实却是以法国哲学家为名，一切取自由主义的教育方针，自小学至中学一贯的新式学校，我也被学校的主持人邀去参加，因此又引起了我过去的兴趣，在一九二〇年十一月二十六日乃在那里讲演了那篇《儿童的文学》。这篇文章的特色就只在于用白话所写的，里边的意思差不多与文言所写的大旨相同，并没有什么新鲜的东西……"① 周作人的这段话里既有自谦成分，也有记忆不确之处。

我以为，在《儿童的文学》里，周作人的儿童文学理论有新的重要的发展。这主要表现在三个方面：

第一，更清晰、深入地阐述了"儿童本位"的儿童观的内涵；

第二，直接借鉴麦克林托克和斯喀特尔等美国学者的"小学校里的文学"教育的观点，论述了"小学校里的正当的文学教育"的诸问题；

---

① 周作人. 苦茶——周作人回想录 [M]. 兰州：敦煌文艺出版社，1995：310—311.

第三，从文体的角度，梳理小学校的文学教育的儿童文学资源，呈现了更加完整的儿童文学的文体面貌。

《儿童的文学》是中国儿童文学理论宣言式文章，对它的解读可以牵连出儿童文学理论、儿童文学史研究的许多重大、重要问题。

1.《儿童的文学》是中国首次出现"儿童文学"这一词语（概念）表述的文献

在中国，第一次使用"儿童文学"这一词语（概念）的是周作人。

在周作人的著述中，"儿童文学"这一概念的形成过程大致是，先是于 1908 年发表的《论文章之意义暨其使命因及中国近时论文之失》一文中，提出"奇觚之谈"（即德语的"Märchen"，今通译为"童话"），将其与"童稚教育"联系在一起，随后于 1912 年写作《童话研究》，提出了"儿童之文学"（虽然孙毓修于 1909 年发表的《〈童话〉序》一文，出现了"童话"、"儿童小说"这样的表述，但是，"儿童之文学"的说法仍然是一个进步），八年以后，在《儿童的文学》一文中，提出了"儿童文学"这一词语。

在我的阅读视野中，《儿童的文学》不仅是中国第一篇最为系统地论述儿童文学的论文，而且还应该是中国首次用"儿童文学"这一词语来表述儿童文学这一概念的文献。

2014 年 6 月，中国海洋大学与美国南卡罗莱纳大学在哥伦比亚市共同主办第二届中美儿童文学论坛。我在论坛上发表的《论周作人的"儿童文学"观念的发生——以美国影响为中心》一文，考证了周作人撰写《儿童的文学》一文，从他所购读的麦克林托克的 *Literature in Elementary Schools* 和斯喀特尔的 *Childhood in Literature and Art* 两书中受到的影响，指出："在麦克林托克的 *Literature in Elementary Schools* 一书中多次出现了 literature for children 这一词语。这个词语的意思是专门给孩子的文学，即儿童文学。在斯喀特尔的 *Childhood in Literature and Art* 一书中多次出现了 literature for children 和 books for children 这样的词语。在《儿童的文学》一文中，周作人笔下的'儿童文学'很可能直接来自麦克林托克和斯喀特尔笔下的 literature for children 一语。"

2. 更加清晰、深入地阐述了"儿童本位"的思想内涵

《儿童的文学》虽然文中没有出现"儿童本位"这一字样，但却是更加清晰、深入地论述"儿童本位"思想的文章。这里之所以用"更加"这一说法，是因为周作人在《儿童问题之初解》（1912 年）、《儿童研究导言》（1913 年）、《学校成绩展览会意见书》（1914 年）、《小学校成绩展览会杂记》（1914 年）、《玩具研究一》（1914 年）、《人的文学》（1918 年）等文章中，都论述过"儿童本位"的思想。

到了写《儿童的文学》，周作人将此前的"儿童本位"的儿童观与关于"儿童的文学"的论述整合了起来。在文中，他不仅继续批判封建的儿童观（"以前的人对于儿童多不能正当理解，不是将他当作缩小的成人，拿'圣经贤传'尽量地灌下去，便将他看作不完全的小人，说小孩懂得什么，一笔抹杀，不去理他。"），而且还深入揭示儿童的心灵世界："儿童在生理心理上，虽然和大人有点不同，但他仍

是完全的个人，有他自己的内外两面的生活。儿童期的二十岁年的生活，一面固然是成人生活的预备，但一面也自有独立的意义与价值，因为全生活只是一个生长，我们不能指定那一截的时期，是真正的生活。""我们承认儿童有独立的生活，就是说他们内面的生活与大人不同，我们应当客观地理解他们，并加以相当的尊重。""我们又知道儿童的生活，是转变的生长的。因为这一层，所以我们可以放胆供给儿童需要的歌谣故事……"这样，周作人建立起了儿童具有与成人对等的人格，儿童具有"与大人不同"的内面生活这样两个支撑自己的现代儿童观的基本观点。

3. 对儿童文学的教育功能做了明晰的阐释

周作人阐述儿童文学的教育功能时，是直接借鉴麦克林托克 *Literature in Elementary Schools* 一书中的观点——"小学校里的正当的文学教育，有这样三种作用：（1）顺应满足儿童之本能的兴趣与趣味；（2）培养并指导那些趣味；（3）唤起以前没有的新的兴趣与趣味"。

周作人所引述的上述麦克林托克的观点，也对郑振铎的儿童文学观产生过很大的影响。他在《〈儿童世界〉宣言》《儿童文学的教授法》两篇文章中，都曾加以引用。

4. 对儿童文学的文体把握更为系统、完整

周作人在绍兴时期发表的那组儿童文学研究文章，文学体裁主要限于"童话"和"儿歌"，但是，在《儿童的文学》里，他的文学体裁上的视野一下子打开了，论述里出现了"诗歌"、"传说"、"天然故事"、"写实的故事"、"滑稽故

事"、"寓言"、"戏曲"等文学体裁，这使周作人描画的"儿童文学"的疆域更加开阔了。

我认为，出现这种学术上的发展，很可能是因为周作人借鉴了美国麦克林托克等人研究"小学校里的文学"的著作。比如，周作人 1914 年购读的麦克林托克的 *Literature in Elementary Schools* 一书，就有"文学种类及小学阶段的文学元素"一节论述，后面还列专节讨论了"故事"、"民间传说"、"童话"、"神话"、"写实主义小说"、"寓言"、"诗歌"、"戏剧"等。

周作人还按照"儿童学上的分期"，"将各期的儿童文学分配起来"。虽然各期的文体划分值得推敲，但是这种划分意识显然是有眼光的。

5. 在对周作人的"儿童本位"论的认识上，有几个重要的问题需要辨析

（1）"儿童本位"论与杜威的儿童中心主义的关系

在中国儿童文学史研究上，一直存在着周作人的"儿童本位"论，是受杜威的"儿童中心主义"影响而产生这种观点。"解放前，以杜威的'儿童中心主义'和整个资产阶级的'自由教育论'的教育理论为基础的儿童文学理论，都认为'儿童文学就是用儿童本位组成的文学'……"（蒋风：《儿童文学概论》）"周作人认为'儿童的文学只是儿童本位的，此外更没有什么标准'，儿童文学应当'顺应满足儿童之本能的兴趣与趣味'，'顺应自然，助长发达，使各期之儿童得保其自然之本相'。不难看出，周作人的这些观点明显地受到了杜威'儿童本位论'的影响。"（王泉根语，见蒋风

主编：《中国现代儿童文学史》）"'儿童本位论'是'儿童中心主义'的中国化了的理论表述和用语。"（方卫平：《中国儿童文学理论批评史》）"众所周知，'儿童本位论'是周作人等在借用杜威实用主义教育观的基础上提出来的，其原意是'儿童中心主义'，它促动了儿童教育的现代化，但在解读儿童文学本体审美特征方面是乏力的。"（谭旭东：《寻找批评的空间》）"杜威的儿童本位论主要是一种教育-教学理论，在'五四'时的中国，经过周作人、胡适等鼓吹推演，与文化人类学、'复演说'相融合，才变成一种儿童文学理论。"（吴其南：《20世纪中国儿童文学的文化阐释》）

上述说法流布甚广，但却是违背儿童文学史的客观事实的（对这一观点，我曾在《中国儿童文学与现代化进程》一书中予以否定）。理由主要有两点。第一，周作人的"儿童本位"论属于文化批判理论、文学理论，它在血统上不是源于杜威的儿童中心主义这一教育理论，而是受到了斯坦利·霍尔、高岛平三郎等人的儿童学、生物学上的进化论、人道主义和个人主义思想的影响。此间影响关系，细读周作人的著作即可了解。第二，从史料来看，周作人从没有与杜威的儿童中心主义理论发生过交集。没有交集也就谈不到受其影响。对杜威这个人，周作人似乎也是不以为然，未予赞赏的。周作人共有七篇文章提到过杜威，但几乎都没有好印象。这与周作人反复撰文赞美给他以思想影响的蔼理斯形成了鲜明的对比。

周作人的"儿童本位"的儿童观，明显接受的是儿童学的直接影响。关于美国儿童学对周作人的影响，我在《儿童研究导言》的解说里已经谈过。关于来自日本儿童学的影响，周作人曾自述："在东京时，得到高岛平三郎编的《歌咏儿童的文学》及所著《儿童研究》，才对于这方面感到兴趣，……"①

吴其南认为周作人等人使用的"儿童本位"中的"'本位'原是一个金融学用语"，② 其实是不对的。我曾说周作人使用的"儿童本位"来自日语语汇，③ 这是有事实依据的。

首先，在语言表述上，从周作人等人所使用的"本位"一词的意义来看，它应该取自日语语汇。

查日语《学研国语大词典》，对"本位"（日语表记与汉语完全相同）一词的解释是——

> 本位：（名词）　（1）原来的位置。以前的位置。（2）成为（思想和行为的）中心的基准或标准。作为结尾词，也接在名词后面使用，表示将其作为思想和行为的中心。

而查汉语的《现代汉语词典》，对"本位"一词的解释是——

> 本位：（1）货币制度的基础或货币价值的计算标准：金～｜银～｜～货币。（2）自己所在的单位；自己的工作岗位：～主义｜做好～工作。

---

① 周作人. 苦茶——周作人回想录 [M]. 兰州：敦煌文艺出版社，1995：539.

② 吴其南. 20世纪中国儿童文学的文化阐释 [M]. 北京：中国社会科学出版社，2012：77.

③ 朱自强. 中国儿童文学与现代化进程 [M]. 杭州：浙江少年儿童出版社，2000：166.

可见，周作人等人的"儿童本位"一语的用法，不是《现代汉语词典》所说的任何一种用法，而是《学研国语大词典》里说的第二种用法。在明治时代，周作人所欣赏的日本文豪夏目漱石就使用了"本位"一语。上述《学研国语大词典》里，解释"本位"词条时，作为例句，引用了夏目漱石于 1909 年在春阳堂出版的《文学评论》中的一句："我感到，这一倾向似乎正在成为著述的本位……"所以，说周作人的"儿童本位"论的"本位"一词的语源是日语，这是符合逻辑的。

其次，从文献上的直接影响来看，我查阅到，高岛平三郎所著《应用于教育的儿童研究》（即周作人所说的《儿童研究》）一书的目录和正文里，都出现了"儿童本位"一语。完全可以猜想，周作人所用"儿童本位"这一表述，很可能就来自高岛平三郎的这部著作。

（2）"儿童本位"论与"西方人类学派"的关系

方卫平在《中国儿童文学理论批评史》一书中，以"西方人类学派与现代中国儿童文学理论建设"为题，用力地论述了他的"西方人类学派"给予周作人"儿童本位"的儿童文学理论以根本影响这一观点。

方卫平说："……他的儿童文学观的直接理论来源主要也是由这一学派提供的。……不了解人类学派学说对周作人的影响，也就不可能了解周作人儿童文学观的真实面貌，而不了解周作人儿童文学观的真实面貌，也就不可能把握现代中国儿童文学理论初期的生成状态及其历史特征。"① 将这句话引申一下也可以说，如果将"人类学派学说对周作人的影响"阐释错了，"也就不可能了解周作人儿童文学观的真实面貌"，进而"也就不可能把握现代中国儿童文学理论初期的生成状态及其历史特征"。

方卫平认为，"西方人类学派"给予周作人儿童文学观的影响"最集中地表现在三个方面"。

"首先，人类学派为周作人确立具有新的时代内容和思想特征的'儿童观'提供了有力的理论支持，这一儿童观为他的儿童文学观念的展开找到了一个建筑在近代科学精神基础之上的逻辑起点。""第二方面，人类学派为周作人的儿童文学观提供了许多具体的理论阐说；这些阐说是支撑周作人儿童文学观念体系的最基本的理论构件。""西方人类学派对周作人儿童文学研究影响的第三个方面，表现在研究方法的运用上。"②

方卫平所认为的上述三个影响，后两个影响也有一定的值得讨论的问题，但是，他所谓第一个影响，却是完全不能成立的。

我们先看方卫平提出的一个重要依据："他还明确承认：'我们对于儿童文学的有些兴趣这问题，差不多可以说是从人类学连续下来的。'于是，周作人儿童文学观念的酝酿与建构，便始终是在西方人类学派学说的理论笼罩之下进行

---

① 方卫平. 中国儿童文学理论批评史［M］. 南京：江苏少年儿童出版社，1993：150.
② 同①155—158.

的。"① （重点号为本文作者所加）连周作人自己都说对于"儿童文学"的兴趣直接来自"人类学"，事情还会有假吗？但是，方卫平对周作人的自述的引用出了错误，他将周作人所说的"儿童学"，误认成了"儿童文学"，所以便差之毫厘，谬以千里，形成了"于是，周作人儿童文学观念的酝酿与建构，便始终是在西方人类学派学说的理论笼罩之下进行的"这一错误判断。

据方卫平的《中国儿童文学理论批评史》的"注"，周作人的这段话引自"周作人：《我的杂学》"。根据我的记忆，周作人的这段话应该出自《我的杂学》之十《儿童文学》一文。后来这篇文章构成了《知堂回想录》中的《儿童文学》一节。

方卫平之所以生出"周作人儿童文学观念的酝酿与建构，便始终是在西方人类学派学说的理论笼罩之下进行的"这一错误判断，是因为对《儿童文学》一文的解读出了问题。

《儿童文学》开篇即说道："民国十六年春间我在一篇小文中曾说，我所想知道一点的都是关于野蛮人的事，一是古野蛮，二是小野蛮，三是文明的野蛮。一与三是属于文化人类学的，上文略说及，这其二所谓小野蛮乃是儿童。"这段话毫无理解上的歧义，在周作人的理解中，他想知道的"儿童"，并不属于文化人类学的研究范畴。

那么要想了解"儿童"，应该汲取何种理论资源呢？依然是在《儿童文学》一文中，周作人做了明确的交代："我

---

① 方卫平. 中国儿童文学理论批评史［M］. 南京：江苏少年儿童出版社，1993：154.

在东京的时候得到高岛平三郎编《歌咏儿童的文学》及所著《儿童研究》，才对于这方面感到兴趣，其时儿童学在日本也刚开始发达。斯丹莱贺尔博士在西洋为斯学之祖师，所以后来参考的书多是英文的，塞来的《儿童时期之研究》虽已是古旧的书，我却很是珍重，至今还时常想起。以前的人对于儿童多不能正当理解，不是将他当作小形的成人，期望他少年老成，便将他看作不完全的小人，说小孩懂得甚么，一笔抹杀，不去理他。现在才知道儿童在生理心理上虽然和大人有点不同，但他仍是完全的个人，有他自己内外两面的生活。这是我们从儿童学所得来的一点常识，假如要说救救孩子，大概都应以此为出发点的。"① 可见，作为周作人的儿童文学理论之原点的"儿童本位"的儿童观并非来自西方人类学派，而是来自儿童学。

在《儿童文学》一文中，周作人明确承认的是，"我们对于儿童学的有些兴趣这问题，差不多可以说是从人类学连续下来的"。是"儿童学"，而不是"儿童文学"，因此，我们可以说的只能是"周作人儿童文学观念的酝酿与建构"，"始终是在西方""儿童学"的"理论笼罩之下进行的"。

那么，"西方人类学派"对于周作人的儿童文学理论具有什么影响作用呢？

我在《中国儿童文学与现代化进程》一书中指出："西方（包括日本）在儿童文学发展的早期，也都将人类学的方法运用于儿童文学研究上，可以说，这是儿童文学走向现代

---

① 周作人. 儿童文学 [G] //钟叔河. 周作人散文全集：第9卷. 桂林：广西师范大学出版社，2009.

化的必经环节。周作人第一个将这一方法移植到中国，显示了敏锐的理论目光。"① 对其给周作人的影响，我则做了这样阐释："由安德鲁·朗格等人的人类学理论，周作人得到了'童话者，原人之文学'的解释。仅此，似还不能使周作人与儿童文学发生直接联系。可是，由于人类学，周作人开始对儿童学发生了兴趣：'我们对于儿童学的有些兴趣这问题，差不多可以说是从人类学连续下来的。'"② 前面所引"我在东京的时候得到高岛平三郎编《歌咏儿童的文学》及所著《儿童研究》，才对于这方面感到兴趣⋯⋯"云云的"这方面"，指的就是"儿童学"，有了"儿童学"，才有了周作人对于"儿童文学"进行理论研究的兴趣。周作人在《童话略论》中还有过这方面的交代："⋯⋯则治教育童话，一当证诸民俗学，否则不成为童话，二当证诸儿童学，否则不合于教育⋯⋯"③ 周作人此处所言"民俗学"即人类学。将童话应用于教育，是儿童文学发生期的一个重要环节。可以说，在这一环节中，"证诸儿童学"比"证诸民俗学"更具有对于儿童文学成立的决定性。

方卫平在《中国儿童文学理论批评史》中也说及"儿童学"对周作人的儿童文学理论有影响，但是没有具体的论述，而在"西学东渐与传播"一节，有大段"儿童学"在中国的介绍，却没有出现周作人的名字。正是因为没能认识到"儿童学"之于周作人儿童文学理论的根本性、重要性这一

① 朱自强. 中国儿童文学与现代化进程［M］. 杭州：浙江少年儿童出版社，2000：255.
② 同①253.
③ 周作人. 童话略论［G］//钟叔河. 周作人散文全集：第1卷. 桂林：广西师范大学出版社，2009.

问题，才出现了我在《儿童研究导言》解说中已经指出过的重大失误，即将西方人类学进化学派的理论和美国哲学家、教育家杜威的儿童中心主义教育学说看成了"这两种理论适应了当时建立现代儿童文学形态的需要，在突破囿于封建文化意识的无视儿童独立人格的传统'儿童观'，建立尊重儿童独立人格和精神需求的新型儿童文学观方面为人们提供了有力的理论支持。可以说，中国现代儿童文学批评的最初的理论框架，就是以这些学说为学术基座的"。①

对儿童观的认识，对儿童观是儿童文学的原点这一问题的认识，对周作人的"儿童本位"儿童观的认识，对周作人的这一儿童观是其儿童文学理论的原点这一问题的认识，是中国儿童文学史（包括理论批评史）研究的一个重要立论基础。如果这一基础出现了倾斜，中国儿童文学史（包括理论批评史）的建构也必然是倾斜的。

（3）"儿童本位"论与复演说的关系

吴其南认为："在晚清至'五四'这段时间，周作人等以'复演说'这种方式发明了儿童和儿童文学，使中国儿童文学走向自觉……"②

在我的理解和认识中，"发明了儿童和儿童文学"的不是"复演说"，而是"儿童本位"论，"复演说"恐怕也难以称作"儿童本位"论的基础。"儿童本位"论是"思想革命"，是文化批判，用周作人自己的话说，其"出发点"是要"救救孩子"，即把儿童从"野蛮的大人的处治"下解放

① 方卫平. 中国儿童文学理论批评史 [M]. 上海：少年儿童出版社，2007：29.
② 吴其南. 20世纪中国儿童文学的文化阐释 [M]. 北京：中国社会科学出版社，2012：62.

出来。可是，"复演说"并无这一"思想革命"的指向。"复演说"主要解决的是对童话进行解释的"门路"——"……盖个体发生与系统发生同序，儿童之宗教亦犹原人……综上所言，足知童话者，幼稚时代之文学，故原人所好，幼儿亦好之，以其思想感情同其准也"。①

（4）"儿童本位"论可否被超越

"儿童本位"论是贯穿于中国儿童文学百年历史的最重要的儿童文学观，它产生于"五四"时期，经过当代的理论诠释和创作实践，已经成为儿童文学创作和研究中最有影响力的儿童文学思想。但是，近年来，儿童文学学术界有学者提出了以"主体间性"来超越"儿童本位"论这一理论主张。② 对此，我撰文指出：试图以"主体间性"超越"儿童本位"论的理论主张，没有真正理解"儿童本位"的本义，没有认识到在儿童文学这个世界里，儿童与成人之间，有着其他任何人际关系都不具有的特殊关系。在现阶段，"儿童本位"论依然是远比"主体间性"更具有历史和现实实践之有效性的一个方案。作为历史真理，"儿童本位"论在实践中，依然拥有马克思所说的"现实性和力量"。③

选自朱自强著：《现代儿童文学文论解说》，海豚出版社2014 年 12 月第 1 版

---

① 周作人. 童话研究［G］//钟叔河. 周作人散文全集：第 1 卷. 桂林：广西师范大学出版社，2009：264—265.
② 杜传坤. 中国现代儿童文学史论［M］. 北京：中国社会科学出版社，2009；吴其南. 20 世纪中国儿童文学的文化阐释［M］. 北京：中国社会科学出版社，2012.
③ 朱自强. 论"儿童本位"论的合理性和实践效用［J］. 中国海洋大学学报，2014（3）.

赵景深、周作人"关于童话的讨论"解说

这里所讨论的赵景深、周作人"关于童话的讨论"是指赵景深和周作人讨论童话的书信，最初发表于 1922 年《晨报副镌》，后收录于赵景深编《童话评论》（新文化书社，1924）。

我以为，周作人与赵景深讨论童话的书信往来，可以视为中国儿童文学学术史上的一段佳话。赵景深当时似乎还是天津棉业专门学校的学生，他抱着学术求教的姿态给北京大学的教授周作人写信，两人关系如同师生，但是通信所进行的却不是单方面的赐教，而是平等的学术讨论。细细品味观点的交集处，可以看出周作人对赵景深观点的回应甚至指正，也可以感受到被指正的赵景深的某种程度的坚持。两人的通信，在一定程度上显出了思想、学识的高下，另外，青

年人赵景深的急切，年近中年的周作人的沉稳，均可在对书信的细读中隐约浮现。

这组书信可以说是继周作人《童话研究》《童话略论》《古童话释义》之后，童话理论研究的又一重要收获。与周作人的上述文章的研究相比，这组书信的童话讨论，显然更具有"儿童的文学"这一意识，因此，对于儿童文学理论建设更具意义和价值。

这组书信主要讨论了以下几个方面的问题。

1. 对"童话"这一文体概念和童话研究方法的探讨

讨论从赵景深对"童话是什么"这一问题的追问开始。他认为，童话就是"神仙故事（fairy tale）"，所以，"童话不是神怪小说"，"童话不是儿童小说"。

对赵景深的童话就是"神仙故事（fairy tale）"这一观点，周作人进行了纠正。他指出："至于 fairy tale（神仙故事）这名称，虽然英美因其熟习，至今沿用，其实也不很妥当，因为讲神仙的不过是童话的一部分；而且 fairy 这种神仙，严格地讲起来，只在英国才有，大陆的西南便有不同，东北竟是大异了。所以照着童话与'神仙故事'的本义来定界说，总觉得有点缺陷，须得据现代民俗学上的广义加以订正才行。"

对周作人的这个解答，赵景深可谓心悦诚服，他回信说："总之，我现在已明白出 fairy-tales 不能算是代童话的名词；fairy 的范围实在是很小的，不过是神怪的一部分。"

赵景深思考童话之初，就有鲜明的儿童读者意识。他说："总起来说，童话这件东西，既不太与现实相近，又不太与神秘相触，它实是一种快乐儿童的人生叙述。"周作人对此的回应是："童话的训读是 warabe no monogatari，意云儿童的故事；但这只是语源上的原义，现在我们用在学术上却是变了广义，近于'民间故事'——原始的小说的意思。"可见周作人的童话研究，并不止于"儿童"这一个着眼点，而是广及民俗学的考证，这就有了思想和学术的深度。

对于周作人的对童话"照着童话与'神仙故事'的本义来定界说，总觉得有点缺陷，须得据现代民俗学上的广义加以订正才行"这一观点，以及周作人对 fairy 一语的考证这种研究方法的价值，赵景深是怀着疑虑的。他在回复周作人第一封信时说："我把 fairy 一字，写了三页信纸，费了你好几分钟，写完一想，反觉这事不重要；我们研究童话的，最要紧的还是研究用什么童话供给儿童。考据神话，未免近于癖好，于社会上没有多大关系。你以为如何?"对此，周作人的回答是："童话的分析考据的研究，与供给儿童文学的事情，好像是没有什么关系，但这却能帮助研究教育童话的人了解童话的本义，也是颇有益的。中国讲童话大约有十年了，成绩却不很好，这是只在教育的小范围里着眼的缘故。"周作人以学问为根底讨论问题的姿态，也在这里体现了出来（联想中国儿童文学学术在当代曾出现的退化，"只在教育的小范围里着眼"，只在"儿童"的"小范围里着眼"，也是重要的原因之一）。

最后，赵景深接受了周作人主张的民俗学研究（"童话的分析考据的研究"）这一方法，回信称："……你用民俗学去解释童话，我现在更为相信，这是最确当的方法。"在这一基础上，赵景深说："……童话虽不能不用民俗学去解释，但是却不必只从民俗学上去研究。""我对于童话的志趣，便是将童话供给儿童看；我愿用民俗学去和儿童学比较，我不愿用民俗学去研究民俗学。"这是赵景深的进一步思考，显示了他的学术悟性和社会责任。关于"用民俗学去和儿童学比较"这一童话研究方法，其实周作人早就有过明晰的思考。他在 1913 年发表的《童话略论》中说："童话研究当以民俗学为据，探讨其本原，更益以儿童学，以定其应用之范围，乃为得之。"①

在辨析童话文体时，学识广博的周作人将童话与相近文体进行了比较研究。

周作人曾指出："原始社会——上古，野蛮民族，文明国的乡民与儿童社会——的故事，普通分作神（Mythoe）、传说（Saga）及童话（Märchen）三种。这三个希腊、伊思兰和德国来源的字义，就只是指故事，现在却拿来代表三种性质不同的东西。神话是创世以及神的故事，可以说是宗教的；传说是英雄的战争与冒险的故事，可以说是历史的：这两类故事在实质上没有什么差异，只是依所记的人物为区分。童话的实质也有许多与神话传说共通。但是有一个不同点：便是童话没有时与地的明确的指示，又其重心不在人物而在事件，因此可以说是文学的。……我的意见是，童话的最简明的界说是'原始社会的文学'。文学以自己表现为本质，童话便是原人自己表现的东西，所不同的只是原人的个性还未独立，都没于群性之中而已。"周作人解释童话与神

---

① 周作人. 童话略论 [G] // 钟叔河. 周作人散文全集：第 1 卷. 桂林：广西师范大学出版社，2009：276.

话、传说的异同，多么简约、透彻，颇显思路的清晰。

在童话和寓言的关系上，赵景深对于"把寓言也和童话分开了"这一做法有些微词（用了"但是"），而周作人的回应则是："至于寓言与童话，因为形式上不同，似乎应当分离。"因为反对"教训"，周作人有将寓言排除在儿童文学之外的倾向。比如，他在1954年所作《关于伊索寓言》一文中就说："《伊索寓言》向来被认为启蒙用书，以为这里边故事简单有趣，教训切实有用。其实这是不对的。于儿童相宜的自是一般动物故事，并不一定要是寓言，而寓言中的教训反是累赘，所说的都是奴隶的道德，更是不足为训。"① 在西方儿童文学中，寓言是已经衰萎的文体，但在中国儿童文学中，20世纪90年代以前，寓言却一直比较发达，这种反差是具有暗示意味的。周作人对寓言的怀疑，显示了他的敏锐的现代意识，也是他高出常人的地方。

周作人在辨析"童话"这一概念时，视野是开阔的，思考是严谨的。他认为"童话的最简明的界说是'原始社会的文学'"，同时主张在"将童话应用于儿童教育"时，"别立一个教育童话的名字"，并解释说："教育这两个字不过表示应用的范围，并不含有教训的意义，因为我相信童话在儿童教育上的作用是文学的而不是道德的。"

当然，周作人的"童话的最简明的界说是'原始社会的文学'"这一说法是存在着逻辑上的缠夹的。即是说，按照建构主义的本质论的历史观，"童话"并不是"原始社会"

---

① 周作人. 关于《伊索寓言》［G］//钟叔河. 周作人散文全集：第12卷. 桂林：广西师范大学出版社，2009：529.

的知识，而是现代社会的知识，正如周作人对其日语原义的考证，是"儿童的故事"的意思。我觉得，既然周作人也说，"童话""用在学术上却是变了广义，近于'民间故事'——原始的小说的意思"，不如索性导入"民间故事"这一概念，在"民间故事"和"童话"这两个概念的比较、辨析中，呈现儿童文学的演化过程。当然，这是时代的局限性，也许我们不必苛求。

2. 对于儿童审美特点的讨论

这方面的讨论缘起于赵景深对周作人的译文《儿童的世界》里的"附记"的阅读。赵景深在信中表示："我在这篇上面，得了很多益处，尤其服膺你那几句附注。"在引用了周作人的关于"两种方向不同的错误"的观点之后，赵景深阐述了自己赞同的理由："因为儿童对于儿童文学，只觉得它的情节有趣，若加以教训，或是玄美的盛装，反易引起儿童的厌恶。我幼时看孙毓修的《童话》，第一、二页总是不看的，他那些圣经贤传的大道理，不但看不懂，就是懂也不愿去看。幼时读到无活动的事实的诗，也是不能领略。"

周作人则意识到成人作家的创作意图与儿童审美需求之间的错位："文学的童话的本意多是寄托，教训或讽刺，但在儿童方面看来，他的价值却不在此，往往被买椟而还珠：这可以说是文学的童话的共通的命运。"对此，赵景深进一步论述说："儿童听或看童话多爱事实，事实以外的理，多不大注意的，所以童话中说理愈多，愈不能近儿童，真是'文学的童话共通的命运'！"

周作人还认为儿童不喜欢"文人"喜欢的"扭扭捏捏"

的文体："改做中国古文的《志异》等为童话，几乎近于创作，因为那些文人和读者喜欢的文体都是那种扭扭捏捏的，不很宜于儿童，重述者须得加以取舍，是很不容易的事。"

在回答赵景深"若介绍童话给儿童看，究应怎样译法（直译，意译或其他）才算合式"这一问题时，周作人说："……尽中国语的能力所及的范围以内，保存原文的风格，表现原语的意义，换一句话就是信与达。""我所主张的翻译法是信而兼达的直译。"说来也巧，就在五天前（2014 年 9 月 6 日），刘绪源兄在中国海洋大学所上名家课程《近百年中国文章变迁史》上，讲到了周作人的翻译观，介绍了周氏"正当的翻译的分数似应该这样打法，即是信五分，达三分，雅二分。假如真是为书而翻译，则信达最为重要"这句话。马上去查《周作人散文全集》，知其出自《谈翻译》一文。很显然，周作人在《关于童话的讨论》中的话，是对他所熟悉的严复的"信达雅"翻译法的有意识的纠正。然而在《谈翻译》中，却并不完全排斥"雅"。是否可以推测，周作人对待儿童文学的翻译和对待一般文学的翻译，价值立场是有不同的。回答赵景深的问题时，周作人避"雅"而不谈，也许是认为"雅"这一审美风格与儿童的审美存在着隔膜。

王泉根的《中国现代儿童文学文论选》收录了《关于童话的讨论》，并在"砚边小记"中说：这场讨论"……对于童话的文学性、与儿童的联系这一方面则显得单薄了一些"。[①]我以为这不是没有作文本细读，就是在苛求。

---

① 王泉根. 中国现代儿童文学文论选 [C]. 桂林：广西人民出版社，1989：241.

3. 通过王尔德、安徒生的比较性研究，提出儿童文学的美学标准和艺术境界

在中国儿童文学的发生期，王尔德和安徒生是产生了重要影响的两位作家。周作人在 1909 年的《域外小说集》中就译介了王尔德的《安乐王子》，又在群益书社于 1921 年出版《域外小说集》增订本时，加进了安徒生的《皇帝之新衣》，还于 1919 年，在《新青年》第六卷第一号上译介了安徒生的《卖火柴的女儿》。另外，在《〈域外小说集〉著者事略》一文中也对两位作家的生平和创作做过简要介绍，而且还在 1913 年发表《丹麦诗人安兑尔然传》，更在 1918 年发表了《安德森的十之九》。可以说，对这两位作家在中国的介绍、传播，周作人发挥了极为重要的作用。

赵景深认为，王尔德"童话大部分是'非小儿一样的文体'"，"因为作者注重在思想上，于是艺术上便顾不得是否近于儿童了"。与此相比，虽然安徒生的思想"有些处太玄美，儿童多不能领略其妙，至于他表现思想的方法，却还是顾及儿童方面，用事实去推阐的多。他只将事实写得极真切，并不用任何深奥的话"。不过，赵景深看到了事情的多面性："所以我以为安徒生的童话只是大部分的'小儿说话一样的文体'。"（这里赵景深所谓"小儿说话一样的文体"，乃引自周作人《王尔德童话》一文。）"王尔德的童话虽是内中很多深奥的语句，不是小儿说话一样的文体，似乎是文学家的话，但是他的《幸福王子》《利己的巨人》和《星孩儿》三篇中，我却觉得很有许多话是天真可爱的。"

在比较王尔德和安徒生的童话时，周作人的眼光更为犀

利和透澈："安徒生与王尔德的童话的区别，据我的意见，是在于纯朴（naive）与否。"在周作人这里，"纯朴"是儿童文学的一个美学标准。

正是在将安徒生与王尔德进行比较时，具有理论建构和创造天分的周作人提出了"融合成人与儿童的""第三的世界"这一儿童文学所独有的艺术境界。

"纯朴"性和"融合成人与儿童的""第三的世界"，这是周作人所建构的儿童文学的本质中的两个根本质素。在今天，它们依然是值得认同的真理，具有可实践性和现实力量。

说到这里，我不禁想起谭旭东对周作人的不以为然的一段话："儿童文学理论有没有真正的大家，这是值得怀疑的！我读到不少所谓的儿童文学理论批评著作，这些著作没有让我建构儿童文学的信心，反而让我怀疑中国儿童文学理论是否有自己真正的话语，是否有自己真正的理论基石，是否有自己真正的学科。我的感觉是，目前我所接触到的儿童文学理论批评都是源自周作人的一本《儿童文学小论》，大家谈来谈去，都是'儿童本位论'和'童真童趣'。周作人无疑是现代文学史上不可否认的大家，但他的一点儿童文学小论，能否承担得起中国儿童文学的理论大厦呢？我想阅读过周作人著作的人都是了解这一点的，周作人那些关于儿童文学和儿童教育的随感性的文字，和今天我们许多作家关于儿童和文学的感想性的文字并无多少不同之处。"① 我自认是"阅读过周作人著作的人"，坦率地说，谭旭东对周作人的这

---

① 谭旭东. 寻找批评的空间 [M]. 哈尔滨：黑龙江教育出版社，2007：28—29.

种评价真是看得我心惊肉跳，久久无语。谭旭东的这一言论，暴露出的已经不是学术判断的水准问题，而是学风问题，因为我不相信任何一个仔细、认真地"阅读过周作人著作的人"，会说出如此轻狂的话来。

最后，想做一点勘误工作。王泉根评选的《中国现代儿童文学文论选》，蒋风主编、方卫平和章轲编选的《中国儿童文学大系·理论（1）》，钟叔河编订的《周作人散文全集》，所表记的"麦加洛克（Macculloch）"，实为"麦扣洛克（Macculloch），在周作人的《神话学与安特路朗》一文以及《知堂回想录》一书中，都是"麦扣洛克"，而且英文表记"Macculloch"与"麦扣洛克"的英文表记完全相同。

另外，在周作人的著作中，以及一些选本中，常常出现 Marchen 这一表记，此为德语 Märchen（即"童话"之误）。

选自朱自强著：《现代儿童文学文论解说》，海豚出版社 2014 年 12 月第 1 版

附录

"三十"自述

——兼及体验的当代儿童文学学术史

　　1982 年 1 月，我于东北师范大学中文系毕业，留校从事儿童文学教学和研究工作，至今刚好是 30 年过去。作为学术生命，30 年恐怕远不是所谓"三十而立"的"年龄"，即使还没有"知天命"至少也过了"不惑"之年。叙述三十年的学术生命历程，如果重回那些早起的晨曦和不眠的夜晚，并不像"弹指一挥间"那么轻松、简单，所以，自序以"'三十'自述"为题，表示其为一种学术自传。

　　这三十年不仅对我个人的学术生命具有历史感，而且也与中国儿童文学学术开展的一个十分重要的历史阶段重合在一起。在这三十年里，尽管还很不如人意，儿童文学学科依然有了前所未有的发展，而我通过儿童文学理论、中国儿童文学史论、中国儿童文学批评、日本儿童文学研究以及儿童文学视角的语文教育、儿童教育研究，参与到儿童文学事业的建设中来，可谓尽心尽力地挑过几篮子土。我亲历和见证了中国儿童文学学术近三十年的发展历程。对我个人学术的总结，从某种意义来说，也是对这三十年儿童文学学术开展的一个角度的描述。因此，有了"兼及体验的当代儿童文学学术史"这一副标题。我希望这一自述，对已经逝去的中国儿童文学三十年，能成为有用的一点儿历史资料。

我满怀感慨地回想往昔，深为能与儿童文学学术界的几代同仁们一路同行感到欣慰。在自述中，如果不是与我的学术研究有直接关系，对界内同仁的成果则不作提及。这只是由于"自述"这一体裁所限。事实上，我对界内同仁的成果历来十分看重，这有我的论著时常提起为证。在近三十年的儿童文学的学术星空上，我们每一个人都是一颗星星，并且一直交相辉映，这也包括曾经彼此论争的对方。

在编学术文集的过程中，我想起过岳飞的诗句："三十功名尘与土，八千里路云和月。"我绝不是想标榜自己有什么"功名"，三十年里，挑来拣去，只编成十本册子，算不上有什么功名。何况儿童文学研究有其特殊的难度，心不能及、力所难逮，亦是我时常品味的体验。我只是想记录自己一路认真走来的足迹以及沿途看到的风景，以此作为学术生命和真实人生的一个纪念；我只是想总结自己过去的工作，以便更好地踏上新的学术起点……

一、1982 年至 2012 年：学术成长的历程

　　如果把一个研究者的学术生命比作人类生命的过程，我的儿童文学成果的"怀胎期"可能所用时间稍长。1982 年 3 月，我留校任教后，即到北京师范大学，参加全国高校儿童文学教师进修班，学习了一个学期。此前我对儿童文学的认知几乎就是一张白纸，这次进修可以说是一次启蒙。坦率地说，返校以后，有一段时间，我并没有对儿童文学研究凝神聚力。究其主要原因，一是参加学校的出国留学外语培训，分去了很多时间，二是当时所读到的儿童文学研究和作品没能引起我的浓厚兴趣。

　　随着外语能力的提高，我开始阅读日本儿童文学作品和理论著述，眼前出现了儿童文学的一种新的风景，再加上融入思想解放潮流的中国儿童文学充满变革热情，已经在创作和理论批评方面，开始陆续催化出令人眼睛一亮的成果，我终于兴致勃勃地背起了行囊，加入到了新时期儿童文学学术研究的队伍中来了。

　　1. 1986 年至 1990 年：对中国儿童文学传统的批判与被批判

　　与文学创作一样，看一个文学研究者的原点即最原始的起点，往往能够看到其"娘胎里带来的东西"。局限也好，潜质也好，一个研究者的学术本性往往蕴含其中。

　　1986 年，我发表了第一篇论文《论少年小说与少年性心理》（《当代文艺思潮》，1986 年第 4 期）。我把这篇论文看作是自己的学术原点。我愿意不避自夸之嫌地说：儿童本位的立场（当时完全是出于本能，而不是自觉），重视"思想革命"（取自周作人"五四"时期倡言的"语言革命"和"思想革命"），通过作品文本的细读发现问题并阐发理论，个性化的反思批判精神，是这篇一万五千字的论文所具有的学术特质。可以说，这些学术特质，后来持续地呈现在我的儿童文学研究的展开之中。

《论少年小说与少年性心理》一文发表之后，立刻引起了儿童文学研究者的注意。评论家周晓先生在为《少女少男心理小说选》① 所作的序文《少女少男心灵的歌与泪》中这样评价说："我想首先提一提东北师范大学教师朱自强的一篇题为《论少年小说与少年性心理》的长篇学术论文（见于《当代文艺思潮》一九八六年第四期）。我认为这是一年前《儿童文学选刊》和《文学报》分别选载了《今夜月儿明》、《柳叶眉儿落了》并发起讨论以来，理论研究上的一个值得重视的收获。此文从心理学、教育学和儿童文学功能论、创作论等多种角度，对论题的阐发颇多建树，仅以文章对《今夜月儿明》的分析而言，它精辟地指出这篇小说勇敢地开风气之先，但也未能完全摆脱旧传统的羁绊，'沉溺—教育—改悔'的模式化的说教意味，是小说的明显的不足。论文作者引用了一个少女来信提及她为'处在那种感情的状态中自己怎么不觉得害臊'而羞耻，敏锐地从这一读者反馈中察觉到小说的副作用，指出'产生早恋这种感情是不应该的，可耻的'这种想法，最有可能使少年对自己的品质发生怀疑从

---

① 宁夏人民出版社，1987.

而导致对自己的否定。应该说，这是道人之所未道，是很有见地的。"平生第一篇论文，能得到自己所尊敬的师长辈分的批评家周晓先生的鼓励，心中动力频生。

在《论少年小说与少年性心理》之后，我陆续发表了《呼唤自由的审美意识——对少年小说创作的思考》(《文艺评论》，1987 年第 3 期)、《论中国当代儿童文学的儿童观》(《东北师大学报》，1988 年第 4 期)、《用"生命气息吹嘘过的"〈早恋〉——兼谈变革儿童文学观念的紧迫性》(《当代文坛报》，1988 年第 10 期)、《儿童观——儿童文学的原点》(《文艺报》，1988 年 11 月 12 日)、《中国儿童文学传统批评与新时期儿童文学介绍》([日本]《中国儿童文学》第 8 号，日文撰写)、《张天翼童话创作再评价》(《中国现代文学研究》丛刊，1990 年第 4 期) 等论文、评论。

正如周晓先生的评论以及上述论文题目所透露的，"摆脱旧传统的羁绊"，"变革儿童文学观念"，是我学术起步阶段的强烈的问题意识，其语境是改革开放后的思想解放运动。对中国儿童文学的教训主义传统进行反思和批判，"呼唤自由的审美意识"是上述文章的共同问题意识，沿着儿童观这一问题展开学术思考，是这些文章的共同方法。

"……绝不是说我国没出现过优秀的作家和出色的作品，但是，五六十年代的'教育儿童的文学'，给人的总体感觉是：作家为儿童之'纲'，君临儿童之上进行滔滔不绝的道德训诫甚至政治说教，仿佛儿童都是迷途的羔羊，要等待着作家来超度和点化。在儿童文学中得到满足的常常不是儿童的合理欲望和天性，倒是儿童文学作家的说教欲。儿童文学作家十分虔诚地相信自己尊奉的教育观念的正确性，一心坚决而又急切地要把儿童领入成人为他们规定好的人生道路。这是一种带有强制和冷酷色彩的儿童观。历史已经令人可悲地证明了两点：一是我们的作家们过去所信奉的许多教育观念是错误的，二是在作家们高高在上的道德训诫和说教之下，遭到压抑甚至扼杀的是儿童们合理的欲望和宝贵的天性。"这是《论中国当代儿童文学的儿童观》一文中的一段话。就当时来看，不仅算得上"深刻"，而且还非常超前。

我在这篇文章中还说："1976 年，中国政治局势的突变，给在文革中濒临绝境的儿童文学带来了转机，但是仍然不能过于乐观。在儿童文学缓慢的复苏和发展过程中，旧的儿童观仍有着很强的惯性，表现出不容忽视的力量。"这句话说出不久就应验了。就在《儿童观——儿童文学的原点》一文在《文艺报》上发表刚好一年的 1989 年 11 月 11 日，鲁兵在《文艺报》上发表了《原点在哪里》一文，对我的这篇文章进行了尖锐的批判。随后，《儿童文学研究》1990 年第 5 期上发表了署名"亦古"的文章《当代意识和历史眼光——兼与朱自强同志商榷》，从批评的立场对我的上述观点进行了回应。需要说的是，鲁兵的文章，与那个特殊时代的语境有关，有些观点已经超出了正常的学术讨论。

我在前面说，我的审视、批判中国儿童文学的教训主义传统的姿态"非常超前"，这是有依据的。我对中国儿童文学传统的批判，如"张天翼童话创作再评价"、"中国儿童文学传统批判"这样的题目所示，是围绕经典作家、作品展开的。这显然是对当时已经建构起来的中国现当代儿童文学史的重新审视，有着鲜明的"重写文学史"的色彩。但是，我的这种从"思想革命"的层面，批判中国儿童文学的历史传统的声音，在当时是非常孤寂的。

比如，我在 1988 年发表的《论中国当代儿童文学的儿童观》这篇具有"重写文学史"姿态的反思和批判文章，并没有进入在当时很年轻的新锐批评家的方卫平的思想视野。他的《中国儿童文学理论批评史》一书对这篇"重新发现"中国儿童文学另一种面貌的具有"思想革命"性质的论文只字未提。还是到了 23 年后的 2011 年，我才听到方卫平也开始说中国传统儿童文学存在着压抑儿童这一倾向（方卫平用了"与童年为敌"这一更为激烈、刺激的表述），到了 24 年后的 2012 年，我才在方卫平的《从"事件的历史"到"述说的历史"——关于重新发现中国儿童文学的一点思考》一文中读到"不少作品怀着教育儿童的动机和'自信'，总是把儿童设定为一个被质疑、被否定的对象，作品中所潜藏、体现的童年观，也总是表现出一种否定性的，而非建设性的价值判断和情感取向——'与童年为敌'，成为了历史上许多原创儿童文学所呈现给我们的一种基本的文化姿态"这样的文字。其主要观点和主要的语言表述与我当年的论文几乎如出一辙。

我所以在介绍方卫平的文章时，明确标示"23 年后"、"24 年后"这一时间，是因为读到了钱淑英的《2012 年儿童文学研究：困境与希望并存》和王侃的《哗变的学术——论方卫平的儿童文学研究》这两篇文章，惊讶地看到了他们误解中国新时期儿童文学学术史的客观事实的观点。

钱淑英在文章中说："在《从"事件的历史"到"述说的历史"——关于重新发现中国儿童文学的一点思考》一文中，方卫平依据自身的历史观念以及来自文本阅读的直接经

验，提出了'重新发现中国儿童文学'的迫切性问题。早在
1993年，方卫平就在新历史主义观念的指引下，完成了对于
中国儿童文学批评史的建构。'重新发现中国儿童文学'，实
际上是方卫平在《中国儿童文学理论批评史》中完成学理性
的历史叙述之后，通过《儿童文学名家读本》《中国儿童文
学分级读本》这两套读本'重新发现'和'重新解读'中国
儿童文学文本的过程，发现了重新评价中国儿童文学进而重
新梳理、建构中国儿童文学史的意义和价值。"① 我认为，说
方卫平"提出了'重新发现中国儿童文学'"是提出了一个
"迫切性问题"（重点号均为本文作者所加），说他"发现了
重新评价中国儿童文学进而重新梳理、建构中国儿童文学史
的意义和价值"，这样的评价是违背历史事实的。我认为，
方卫平所说的"'与童年为敌'，成为了历史上许多原创儿童
文学所呈现给我们的一种基本的文化姿态"这一问题，对于
当前的中国现当代儿童文学史研究，早已不是一个"迫切性
问题"了，因为至少在我这里，如前述二十几年前的一系列
论文所示，如我于十几年前的 2000 年出版的《中国儿童文
学与现代化进程》一书所示，"重新评价中国儿童文学进而
重新梳理、建构中国儿童文学史"，这是早就有人提出过并
进行了较为系统的学术研究，取得了一系列成果的学术问
题，而且更为重要的是，所谓"与童年为敌"，这已经是新
时期里，中国儿童文学大体解决了的问题，所谓"迫切性"
的说法是难以成立的。

　　而王侃教授的《哗变的学术——论方卫平的儿童文学研

---

① 钱淑英. 2012 年儿童文学研究：困境与希望并存［J］. 文艺报，2013 - 02 - 01.

究》一文，由于他对近三十年中国儿童文学整体学术研究的生疏和隔膜（包括对方卫平本人的理解偏差），以及被方卫平编儿童文学选本时所谓"重新发现中国儿童文学"所误导，竟然认为"这个编选思想其实是二十多年前在中国现当代文学研究领域提出的'重写文学史'之学术主张的余绪，是这一主张迟至二十多年后在儿童文学研究领域的回响"。将在儿童文学领域"重写文学史"这一工作上，方卫平一人的姗姗来迟，误判为中国儿童文学学术整体的第一次学术行为，说"这'二十多年'可直接视为儿童文学学科在学术上落后于中国现当代文学学科的直观距离"。[①] 一笔就把其他学者"二十多年"来重写中国儿童文学史的努力和成绩抹杀掉了。事实上，在"重写文学史"这个问题上，儿童文学学科并没有落后于中国现当代文学学科"二十多年"。上个世纪出版的王泉根的《现代儿童文学的先驱》（1987年）、班马的《中国儿童文学理论批评构想》（1990年）、孙建江的《二十世纪中国儿童文学导论》（1995年）、我的《中国儿童文学与现代化进程》（2000年）都是非常明晰地从不同角度重写文学史的著作。如果真如王侃自己所说，他对儿童文学这个学科有着"由衷的敬意"，我希望他不要只读一人，而要关注、了解整体，然后再来臧否儿童文学学科。像现在这样，通过评价"重写文学史"这一研究，指责"儿童文学学科在学术上落后于中国现当代文学学科""二十多年"，如果不予以指出，以后再有人以讹传讹，对儿童文学学科的伤害，将是非常大的。

---

① 王侃. 哗变的学术——论方卫平的儿童文学研究［J］. 文艺争鸣，2012（10）.

文学史研究当然是一种"述说"，含有个人对历史的主观阐释。但是，文学史研究依然需要保有客观性，而不是想怎么说就怎么说的恣意"建构"。尤其是涉及"事件的历史"时，如果遮蔽掉（不管是有意无意）早已真实发生过的同类"事件"，而用"迫切性"、"发现了"这类词语来评价二十几年后又发生的同类"事件"，甚至把后发的同类"事件"当成首创（如王侃所做的），这种历史"述说"，打造出的无疑是一种伪历史。

为了在儿童文学学科提倡严谨学风、维护学术规范，更为了对三十年来的中国儿童文学学术发展史有一个客观的认识和描述，作为当事人，我觉得有必要，甚至有义务站出来，做上面这样一个澄清。我认为，这才是对历史负责，对儿童文学学科负责的态度，因为这并不是事关个人的小问题，而是关系到改革开放后的三十年里，中国儿童文学学术的丰富性和复杂性的大问题，关系到如何客观描述新时期儿童文学学术进程和走向的大问题，关系到新时期中国儿童文学学科水准的大问题。

2. 1990 年至 1993 年：对"新潮"儿童文学的批判与被批判

在那个时期，希望改革开放之后的中国儿童文学有一个长足的发展，并通过自己的理论研究和批评，为这一发展尽微薄之力，是对学术兴致勃勃、孜孜以求的我的重要心态。

所以，在八九十年代之交，我一方面反思中国儿童文学创作的历史传统，一方面考察中国儿童文学的创作现状，为的是探索一条健康的发展之路。当时，我对存在争议的班马的创作是强烈质疑的，而对曹文轩、刘健屏、常新港几位颇受好评的年轻作家，当我怀着期待认真阅读他们的作品时，却发现在思想和艺术上与自己的儿童文学审美标准颇有不符，于是1990年，我在《当代作家评论》第4期上发表了《新时期少年小说的误区》（一万四千字删节稿，全文一万八千字发表于《儿童文学研究》1991年第2期），对这些问题进行讨论。

这篇文章刚一发表，就引起了轩然大波。1990年10月，一个规模很大的儿童文学国际会议在上海举行。当时，我正作为客座研究员，在大阪国际儿童文学馆从事研究。日本著名学者鸟越信先生是我的导师，也是该馆的学术领导。他从上海开会回来后跟我讲，你的一篇论文成了热议的话题。鸟越先生不通汉语，不能很具体地了解当时的状况，只能以寥寥数语告诉我，所以，我还不能想见当时是什么具体情形。12年后，我读到了梅子涵教授的具体描述："《新时期少年小说的误区》写于1990年4月，我见到是10月份，那时候，一个规模很大的儿童文学研讨会在上海举行。在宾馆的大厅里，在房间里，乃至电梯里，都有人在说这篇文章。宾馆在我所在的大学边上，叫上海教育国际交流中心，我就跑去学校的图书馆，把文章复印了来。"①

对《新时期少年小说的误区》一文，在与我同代的儿童文学研究者那里，基本是呈现一边倒的批判态势。就在《儿童文学研究》杂志在1991年第2期上发表《新时期少年小说的误区》的全文之后，紧接着就在第3期和第4期上刊载了

① 梅子涵. 朱自强教授 [J]. 中国儿童文学，2002（1）.

吴其南的《错位的批评——读〈新时期少年小说的误区〉》、金燕玉的《批评武器和批评方法的双重失误——评〈新时期少年小说的误区〉》两篇全面否定的批评文章。

方卫平在《中国儿童文学理论批评史》一书中，对这场讨论作了这样的评论："这场讨论的话题牵涉到如何认识和评价新时期少年小说领域一批青年作家在艺术探索和创新方面所作的开拓性贡献和取得的成就，如何认识和把握少年小说的艺术特征、审美个性及其具体审美形态的多样性，如何认识当代少年儿童读者的审美接受能力和如何调整、重建当代少年小说的期待视野，如何看待少年小说作家的自我倾向和艺术个性，如何看待少年小说的艺术世界与作家主体世界的复杂关系，等等。当然，这场讨论也提出了理论批评自身态度、方法和策略中的一些值得重视和思考的问题，例如，批评者对批评对象的创作、理论观点应有更全面、深入的了解和把握，批评的概念、尺度应与批评对象相互契合，批评的勇气与批评的科学精神应更好地结合起来，等等。"①

方卫平的这段不明说的话，对于不详细了解争论内容和背景的一般读者而言，是有些暧昧的。但是，对我而言，不论是当时，还是现在，我都从这一评论里，明白看出方卫平对我的《新时期少年小说的误区》一文所持的一边倒的否定立场和态度。比如，他说"这场讨论的话题涉及如何认识和评价新时期少年小说领域一批青年作家在艺术探索和创新方面所做的开拓性贡献和取得的成就"，言外之意是我抹杀了

---

① 方卫平. 中国儿童文学理论批评史［M］. 南京：江苏少年儿童出版社，1993：394—395.

"一批青年作家在艺术探索和创新方面所作的开拓性贡献和取得的成就"，他说"批评的勇气与批评的科学精神应更好地结合起来"，言外之意是我的批评是不符合"科学精神"的，总之，我的批评是错误的。

为什么方卫平对我的文章持否定立场，我在很长的时间里不解其原因。后来，到了 2006 年，我读到方卫平的《方卫平儿童文学理论文集》的《自序》，才醒悟到，我对新时期少年小说误区的批评，是依据我由《汤姆·索亚历险记》《哈克贝利·芬历险记》等世界"儿童文学精品"的阅读体验建立起来的儿童文学的艺术标准（我在文章中明确说明了这一点），而方卫平在《中国儿童文学理论批评史》中对这篇文章之所以否定，深层原因是因为他的"儿童文学阅读趣味和评判尺度"来自的系统与我所依据的系统完全不同。方卫平自己就说，他参与《新语文读本·小学卷》的主编工作，自 2000 年 12 月起，"在长达整整一年的""地毯式地收集、阅读""儿童文学精品的过程中"，"我业已形成的儿童文学阅读趣味和评判尺度也经受了一次革命性的打击和洗礼"。① 为什么阅读"儿童文学精品"竟然会对"业已形成的儿童文学阅读趣味和评判尺度"造成"革命性的打击"？由这句话，我才注意到，方卫平文章里的"清算"一语，其实意味深长。我理解，方卫平这是在从根本上反思自己"业已形成的儿童文学阅读趣味和评判尺度"的可靠性，想站到世界"儿童文学精品"这一价值系统上来。我还认为，前述方

---

① 方卫平. 方卫平儿童文学理论文集：卷一［G］. 济南：明天出版社，2006：自序.

卫平在 2011 年、2012 年论述的"重新发现中国儿童文学"这一意识，也是他的儿童文学价值观发生转向的一种学术结果。

对《新时期少年小说的误区》一文，方卫平的评价和态度后来发生了较大的转变。2000 年 11 月，梅子涵、曹文轩、方卫平、彭懿和我，我们五个人在新蕾出版社的召集下，在天津远洋宾馆进行"中国儿童文学 5 人谈"，在"关于批评"板块里，方卫平说："我们今天的工作由于它都是匆忙的，由于是歌颂性的，所以人们无暇也没有耐心来进行一些深层次的美学理性的梳理。所以这个也就导致我们今天的批评在丧失它的独立性的时候也丧失了它的思想的、美学的、发现的和创造的能力。我想起了朱自强在 90 年代初以来所做的一些很有意义的工作，当然不是他坐在我们的对面我们恭维他，我们也想逮机会来痛骂他一下。我在想他 1990 年开始发表《新时期少年小说的误区》，大概是 1991 年（应为 1993 年——本文作者注）发表的《新时期儿童文学理论的误区》，一直到近年来的一些批评，在某种程度上表明了在批评精神丧失的这个时代，我们少数批评家身上依然保留了那些很可贵的批评勇气和品质。""这里讲到朱自强当年的壮举，我现在回顾起来，还怀念他当时的那一举动，还是在感谢他那种举动。他的文章具体方面我觉得是可以讨论的，有一些批评方法我觉得也是可以讨论的，但是当人们对新时期的一些有成就有地位的中青年作家一致说好的时候，他用自己独特的声音、独特的视角、独特的观点，来进行自己独特的分析和批评，我觉得这种批评家的精神、勇气和素养、素质是非常可贵的。"①

在同代学人中，就我所见到的文字而言，似乎唯有梅子涵对《新时期少年小说的误区》的观点，在当时就是赞成和肯定的。梅子涵曾说："他研究儿童文学是很学者化的，为自己构造了一个很纯粹的状态，阅读、思考，把属于自己的认识真实、完整地表达出来。这和他生活在长春那样一个比较远离中心的城市有一点关系，但更主要的是他自己的生活和研究姿态。他把自己放在事情的距离之外，这反倒使他更加看得清那些事情。热闹有时是会很表面和肤浅的，站在冷清的位置上，倒恰好又可能正是站在了事情和思想的前沿。1990 年，我读他的《新时期少年小说的误区》时，心里就闪出过这样的感慨。他的那个批评，不说我们这些当时的前沿人物都没有那样的精神，首先是我们都没有那样的思想。整个八十年代的儿童文学热热闹闹，莺歌燕舞，形势一天比一天好，我们就没有想到要去推敲写作中可能的失误。我们那时也是举着批评的旗帜的，但是只朝着明显陈旧的命题和观念挥动，而对于新的，敏感就显得差了。我不说别人，只说自己，整个八十年代，就完全没有想过，作为儿童文学作家，我的写作，我的那些成就里，有些什么是可以批评和修改的，是可以颠覆和毁去的；有些什么倒又真的值得坚持，合乎儿童文学方向。没有想这些。"②

梅子涵还这样分析、评价包括《新时期少年小说的误区》一文（以及《儿童文学的本质》）的批评方法："朱自

---

① 梅子涵等. 中国儿童文学 5 人谈 [M]. 天津：新蕾出版社，2001：237—240，259.
② 梅子涵. 朱自强教授 [J]. 中国儿童文学，2002（1）.

强是一个非常重视文本的批评家、理论家，他不空说。他肯定或者否定，探讨原理或者方式，一定是把文本铺开了，例子在手，才开始进行。他在意和擅长分析作品，讲情节，不放过细节，解构作者的用心，如果否定叙事的角度，那么会提出新的进入，考察人物心理和行为的可靠性，如果是不可靠和生硬、做作的，那么是什么原因……他是真真实实把作家的创作读得熟了，才来认认真真做他评论家的事的；他是认认真真把一部书读得熟了，才提取书里的智慧或是弊端来推论逻辑、证实原理。他真是一个遵守技术和规矩的人。"①

　　研究中国儿童文学的日本学者河野孝之在《中国儿童文学批评的火热时代——体验的中国儿童文学批评史》（载于《儿童文学批评·滥觞》，〔日本〕发现大陆出版社，2002 年）一文中，在介绍了上述在我身上发生的批判"传统"又被"传统"所批判，批判"新潮"又被"新潮"所批判这两个事件之后，这样说道："就是这样，朱自强先是被老资格作家批判，接着又成了年轻作家的敌对。可是，对此应该作这样的理解——朱自强的批评不是左顾右盼、犹疑不决的，它避免了文革似的政治的、情感的对立，将学术讨论的氛围带到了整个儿童文学界。"

　　对《新时期少年小说的误区》一文，我自己曾做过反思和自我批评："回想起来，90 年代初我写那篇文章的时候，草率和鲁莽这一点是可以肯定的，虽然那里面的很多观点我至今还没有变，我坚持，但是从行文的一些语气、用语上，还有包括那篇文章的写法上，因为毕竟涉及了四个作家，在

---

① 梅子涵. 朱自强教授 [J]. 中国儿童文学，2002（1）.

那样一篇篇幅比较长、有一万七八千字的文章里，我觉得还是应该对一个作家搞一篇作家论，对这个作家创作的整体进行比较深入的研究，在这个基础上再做出结论可能更好一些。"①

对于我在《新时期少年小说的误区》一文中存在的对被批评的作家的成绩肯定不足、语气过于激烈这些偏颇，几位当事作家给予了极大的理解和宽容，我们也因此后来都成了很好的朋友。常新港在 2008 年回顾自己 30 年的创作时说："那几年，自己的创作看起来一切似乎都很顺利。1993 年（实为 1990 年），朱自强先生在《当代作家评论》上发表了震动了当时儿童文学界的著名文章《中国少年小说的误区》（'中国'应为'新时期'）。他列举了当时很活跃的儿童文学作家的名字，用犀利的笔点出了他们的'误区'。他在文中着重客观批评了曹文轩、刘健屏和我。可想而知，在那时听惯了赞美的青年作者来说，这种不同的声音和严厉的批评，带给我的震动会让我经营了多年的儿童文学大楼摇晃起来。多年之后，我不得不佩服朱自强先生的眼光和文学视野，他作为一个学者的真知灼见，让我冷静下来，可以看清自己儿童文学的'局限'。"②

需要说明一点，我指出常新港的创作中的问题，并不代表我否定其文学才能。撰写《儿童文学的本质》一书，我就对他的《独船》给予了高度评价。我说："《独船》之所以具有很高的儿童文学价值，就在于使少年读者感悟到石牙在生

① 梅子涵等. 中国儿童文学 5 人谈［M］. 天津：新蕾出版社，2001：237—240，259.
② 常新港等. 回眸儿童文学 30 年［J］. 中国图书商报，2008 - 06 - 17.

活的困苦磨难面前的崇高尊严和抗争的力量，从而产生自尊自强的精神。正因如此，描写了不幸甚至死亡的《独船》的美学价值才是高层次的，即不是一种悲哀，而是一种悲壮。"[①] 2000 年以后，经过沉思和蓄电的常新港强力回归儿童文学创作，其作品因为构思和表现上的独特创意，成为我的重点关注对象。自 2004 年至 2010 年，我为春风文艺出版社的"21 世纪中国文学大系"编儿童文学年度选本，几乎每本都选入常新港的作品。我为中国台湾编选的《东北少年小说选》，其中的一本《黄金周末》，书名就取自所收录的常新港的小说。2005 年，我曾针对当时长篇作品创作的艺术凝练度不足的问题说道："在一些长篇作品中，作者不假思虑地往里面塞进去一大堆未经筛选、组织、整合的材料，用材料的罗列取代了艺术的结构和立意。我想，如果是一个经过短篇艺术修炼的作家，大约不会出手这样的作品。比如，作品被收入这个选本里的常新港和彭学军，其长篇作品的高艺术水准难道与他们锲而不舍地打造短篇艺术没有内在联系吗？"[②]

我之所以用这么长的篇幅，介绍围绕《新时期少年小说的误区》发生的讨论、争论，一方面固然是因为此事对于我的学术成长意义重大，另一方面还因为，它所涉及的也是事关新时期儿童文学创作以及理论走向的大问题。

由此，我想引出一个一直未被揭示的重大学术问题——

我以个人的体验感觉到，在 20 世纪 80 年代成长起来，

① 朱自强. 儿童文学的本质 [M]. 上海：少年儿童出版社，1997：131.
② 朱自强. "短篇"精神——一种需要张扬的艺术精神 [G] // 朱自强选编. 2004 年儿童文学. 沈阳：春风文艺出版社，2005.

目前已经成为中国儿童文学学术界知名人物的人们那里，实际上以对"儿童本位"论的态度、立场为分水岭，在儿童文学的艺术评价标准以及为建立这一标准而采用的参照系方面，存在着极大的差异，并且显现出并不同质的两大学术脉流。我认为，这一当代儿童文学学术史的重要面貌，在很多对当代儿童文学学术状况的言说中，基本是被遮蔽着的，在个别评论中，甚至是被歪曲着的（比如，王侃在《哗变的艺术——论方卫平的儿童文学研究》一文中，做出的方卫平"一直以来坚执'儿童本位'"这一评判，就有违客观事实）。但是，这一学术事实，尽管被遮蔽，甚至被歪曲，它却不以人的意志为转移地存在着，因而今后的中国儿童文学理论研究，也就可能依然受到这已经存在的两大理论脉流的影响。清醒地认识并指出这一点，对今后进一步建构"真实的"儿童文学学术史是非常必要的。

今天回忆《新时期少年小说的误区》所引发的讨论、争论，难免心生感慨。当年那么多人对儿童文学事业的肩负责任的关注以及认真的学术争鸣的局面，在今天已经难以出现。那是一个令人深深怀念的时代。

1993 年，我发表了可以视为《新时期少年小说的误区》的姊妹篇的《新时期儿童文学理论的误区》（《儿童文学研究》，1993 年第 1 期）。这篇论文的副标题是"吴其南的儿童文学观质疑"。我的这篇文章，尽管具体讨论的是吴其南的儿童观、儿童文学观，但涉及的却是 80 年代偏重少年文学，轻视幼儿文学的重大问题（今天图画书的崛起，其实是对 80 年代这一偏颇的一种矫正），以及某些儿童文学理论家思想深层存在的成人本位意识的问题。

在论文中，我认为，80 年代以来出现了"儿童文学创作和理论偏重于少年小说、偏重于少年读者中的高年龄层这一滑坡现象"，并指出："在欧美、日本等儿童文学发达的国家里，童年文学尤其是低幼文学历来受到重视，水平很高，儿童文学的三个层次有着科学合理的布局，协调着发展。儿歌、故事、童话等'走向衰落的迹象'本该是令儿童文学界忧心忡忡的事，因为正是这里聚集着嗷嗷待哺的至少占三分之二的读者。"但是，吴其南却"对少年小说占儿童文学的主导地位这一趋向表示出欢迎和赞赏，称其为是'非常有力地兴起一场少儿文学文学化运动'"。

我在论文中，引用吴其南的"同是六岁的幼儿，有的缠着奶奶讲狼外婆，有的自己看图画书，有的还在吃奶，有的，如宗璞，已能背诵整本的唐诗！"等说法，分析他在"缠着奶奶讲狼外婆"的幼儿和"已能背诵整本的唐诗"的六岁"宗璞"之间，贬前者而褒后者，"这种对待儿童阅读现象的价值观是偏离儿童文学精神的"。我进一步指出，吴其南之所以膜拜"整本的唐诗"（成人文学），看不起"狼外婆"（儿童文学），是因为其"儿童观上的重大错位"。"吴其南曾在多篇文章中反复强调论述成为他的儿童观核心的一个观点：儿童的审美能力处于低水平。比如：'最易受到大众欢迎的恰恰不是那些美学价值最高，最具有创造精神的作品，而是那些读者熟悉，符合人们审美经验，难度不大的创作。……儿童文学的读者年龄小，审美能力普遍偏低，这种现象更为明显。''越是在文化层次较低的读者那儿，如少儿文学，这些非审美的功用所占的比例就越大。''少儿文学的读者作为一个整体毕竟属于社会审美能力较低的一个层次。'

'我们常说读者是文学发展的推动力，其实，从另一方面看，读者也会成为文学前进的阻力。斗胆说句冒犯小读者的话，少儿读者较低层次的审美能力就是少儿文学走向较高水平的最大包袱。我们不能完全摆脱这个包袱，否则少儿文学就不存在了。'"针对吴其南的这些观点，我批评说："吴其南的上述话语，虽然是在要提高儿童文学的文学性的前提下所讲的，但是，由于他那种否定儿童的儿童观，提高儿童文学的文学性已是一纸空谈。他的话中的逻辑关系透露着吴其南的理论观点的真意——'小读者也会成为文学前进的阻力'，因为'少儿读者较低层次的审美能力'作为'最大包袱'，阻碍着'少儿文学走向较高水平'。'不能完全摆脱这个包袱'的少儿文学也便'不能完全''走向较高水平'。归根结底一句话，儿童文学命中注定的是一种较低水平的文学。"

在文章的结尾，我告诫说："总之，我们只有像尊重《战争与和平》一样尊重《三只熊》，像尊重'整本唐诗'一样尊重'奶奶讲的狼外婆'，即只有我们像尊重成人文学那样尊重儿童文学，从而彻底消除了潜意识中的儿童文学劣等感，我们才有可能真正提高儿童文学的文学性。"

令人欣喜的是，大约自20世纪90年代中后期以来，特别是近年来，"儿歌、故事、童话等'走向衰落的迹象'"明显得到了遏制，给幼儿和小学儿童的作品越来越被儿童文学作家和评论家所重视，儿童文学的整体格局正逐渐走向平衡。

3. 1994 年至 1997 年：《儿童文学的本质》——建构"儿童本位"的儿童文学观

前面回顾 1986 年至 1993 年这段时期，我用"对中国儿童文学传统的批判与被批判"和"对'新潮'儿童文学的批判与被批判"来概括，但是，这一期间，我的研究并不只是在做"批判"工作，同时还发表了《儿童文学中的人道主义》（《儿童文学研究》第 23 辑，1986 年）、《论儿童文学与成人文学的差异》（《东北师大学报》，1987 年第 4 期）、《鲁迅的儿童观：儿童文学视角》（《东北师大学报》，1989 年第 5 期）、《作家对儿童文学的精神需求》（《社会科学探索》，1991 年第 6 期）、《论儿童文学的特质》（《东北师大学报》，1993 年增刊）等论文，表现出儿童文学本质论研究的学术趋向。前辈学者蒋风先生显然看到了我的这一学术趋向，他在主编《儿童文学教程》（希望出版社，1993 年 6 月）时，就是邀请我来撰写"儿童文学的本质"这一章的。

现在有必要对我的日本留学经历做一下交代。我曾经三次作为访问学者，去日本从事儿童文学研究，时间上分别为 1987 年 10 月至 1988 年 12 月（东京学艺大学、大阪国际儿童文学馆），1990 年 4 月至 1991 年 4 月（大阪国际儿童文学馆），1997 年 10 月至 1998 年 10 月（大阪教育大学）。

日本留学这一学术经历，对我个人的学术发展至关重要。择主要的说来，一是获得了治学方法、态度方面的启示；二是获得了在世界性学术视野下，以西方（包括日本）儿童文学经典为参照系，从事儿童文学研究这一重要意识；三是获得了大量西方（包括日本）的儿童文学资料。

我特别想提及的是，有幸师事已故的日本著名学者鸟越信先生，对我的儿童文学学术研究产生了深刻影响，带来了珍贵的资源。鸟越先生博览群书、记忆超群、治学严谨。在先生的指导下做研究，既有压力，也有动力。鸟越先生对弟子在学术方面要求很严格。1988 年 12 月，鸟越先生、日本著名作家阿万纪美子女士和我，在大阪图书馆有一场讲演、对谈会。我深为自己的日语口语水平担心，但是，鸟越先生闭口不谈请翻译的事情。我知道，在鸟越先生的意识里，在日本留学的日本儿童文学研究者就要用日语讲演，这是学术常识。所以，自己只能殚精竭虑、用心准备。1989 年，鸟越先生约我为《大阪国际儿童文学馆学报》撰稿，也不谈翻译问题。我就知道，这是要求我直接用日文撰写。正是在鸟越先生的严格要求和不断施压之下，我的学术能力和日语水平才有了更大的进步的可能性。

在日本儿童文学研究方面，1994 年以前，我发表了《战后日本儿童文学的变革》（《东北师大学报》，1991 年第 6 期）、《中日儿童文学术语异同比较》（《东北师大学报》，1993 年第 5 期）、《我的日本儿童文学观》（日文撰写，《大阪国际儿童文学馆培育会会报》第 15 期）、《日本的"阿信"与中国的"阿信"》（日文撰写，《国际儿童文学馆学报》第 6 号）、《〈买手套〉论》（日文撰写，《宫泽贤治与新美南吉比较研究》，文溪堂，1994 年）等论文，1994 年以后，除了继续发表一些论文，还出版了《日本儿童文学面面观》（湖南少年儿童出版社，1994 年 5 月，与张锡昌合著）、《日本儿童文学论》（山东文艺出版社，2007 年 1 月）。这些成果都给我思考儿童文学的本质问题带来了很大的帮助。

在儿童文学研究的初期，我在写作《论儿童文学与成人文学的差异》的时候，就已经有了建构儿童文学独特的价值观和批评标准这一理论意识，而且最初的学术论文中的思考，就已经在不知不觉之间，朝着儿童本位的方向迈进。对中国儿童文学传统和"新潮"儿童文学的批判，就是在运用处于建构之中，并不很成熟的儿童文学批评标准。这两次讨论、争论，变成了我自觉地建构清晰、完整、系统的儿童文学观的动力。正如我在《儿童文学的本质》的"后记"里所写的："自从我进入儿童文学研究领域，无论是对创作现象还是理论问题，总是褒贬分明，并且率真而言。我的几篇批评文章也受到了一些学术同仁的反批评。这些学术问题的争论最后往往都归结到一个根本处：'儿童文学究竟是什么？'我知道，争论只是一种手段，通过争论形成并逐步完善各自的儿童文学观才是最终目的。因此，对与我持有不同理论观点的学术同仁，我内心怀着尊敬和谢意，因为他们的思考从独特的角度给我以启发，并激励我在儿童文学本质论方面不断求索。"

1994 年至 1997 年，除了陆续发表论文，我的主要学术工作是撰写学术专著《儿童文学的本质》（少年儿童出版社，1997 年 11 月）。写这样一本儿童文学本体理论的书，我是有着清醒而自觉的意识的。

本质论是儿童文学本体理论，对于儿童文学理论建设是重中之重。我在《儿童文学的本质》中这样论述本质论对于儿童文学研究个体的意义："对儿童文学研究个体来说，儿童文学本质观不是一朝一夕所能建立起来的，而且一旦建立起来的儿童文学本质观也会随着创作的发展、时代和自身的变化而重新建构。但是，不管怎样，一个儿童文学研究者，应该具有探索儿童文学本质的自觉意识，力求尽早和尽可能完善地建立起自己的儿童文学本质观。因为没有一个具有理论性、系统性、科学性的儿童文学观来观照，儿童文学的各方面研究，就会因为缺乏统一的价值系统而陷入盲目性、摇摆性和混乱性，从而使研究失去学术品格。事实上，我们的儿童文学研究中曾经存在、正在存在着这种问题。"

我在《儿童文学的本质》一书里较为系统地建构起了"儿童本位"的儿童文学观这一理论形态。这一儿童文学观当然汲取了以周作人为代表的现代"儿童本位"论的理论资源，也吸收了外国儿童教育哲学、心理学、文学、儿童文学的相关成果，不过整体的思想观点以及整体的理论框架则是我个人的一种原创。我在书中说："希望读者看到，我的'儿童本位'的儿童文学观更是蕴含着当代思考、发现和诠释的理论成果。"

在《儿童文学的本质》一书中，我的儿童本位的儿童文学观的建构有两个支点：一个是儿童观研究，一个是儿童文学名著研究。这也是我建构儿童文学的本质的两个方法。儿童观研究的目的，是想将儿童从普遍人群（也可以说是成人）那里分离出来；儿童文学名著研究的目的，是想将优秀的儿童文学从一般的儿童文学以及成人文学那里分离出来。在我本人的"儿童分化"和"儿童文学经典化"过程中，《儿童文学的本质》一书的撰写，是最为重要的一项工作。

我在书中说："正如对于文学艺术，人是至关紧要的一样，对于儿童文学，儿童则是至关紧要的。在儿童文学理论问题上，尤其是在儿童文学本质论上，对儿童的认识是最为根本的出发点。在儿童文学的本质与儿童观之间，存在着衡定而又紧密的因果逻辑。因此，探求儿童文学的本质，无可避免地要去探求儿童的本质，探求儿童的本质与儿童文学的关系，进而在这种关系之中，把握儿童文学本质的脉搏。"我甚至说："儿童这一存在对儿童文学的本质具有决定性，即是说，开启通向儿童文学本质大门的钥匙紧握在儿童的手中。"

仅从这本书章节的题目，就能看到我要将儿童观研究落到实处的良苦用心："第二章 儿童观与儿童文学"、"第三章 童年人生的珍贵价值"、"第四章 儿童·成人：人生的两极"、第四章之"二、儿童：独特文化的拥有者"、第七章之"一、儿童的审美能力评价"、第八章之"二、成熟的'儿童'：自我表现的特异性"。这本书的章节题目也显示着"在儿童文学的本质与儿童观之间，存在着衡定而又紧密的因果逻辑"："第二章 儿童观与儿童文学"、"第五章 感性的儿童与感性的儿童文学"、"第六章 动态成长的儿童与儿童文学"、"第七章 纯粹的审美能力与纯粹的艺术"、第八章之"三、作家·儿童：秘密结盟的团伙"。

我将儿童文学名著的研读作为《儿童文学的本质》一书的支点，是"因为我相信，'任何一种特定事物的定义也就是那一类中的好事物的定义，因为一件事物在它那一类中是好的事物，它就只能是具有那一类特性的事物'。我的儿童文学本质论是企图建立在对好的儿童文学作品的体验之上的"。[1]

正因为《儿童文学的本质》在本质论所应有的丰富的层

---

[1] 朱自强. 儿童文学的本质 [M]. 上海：少年儿童出版社，1997：11.

面上展开经典名著的研读，在后来的儿童阅读推广运动中，为了帮助社会提升对儿童文学的认知，该书才以《经典这样告诉我们》（明天出版社，2010年4月）这一书名得以再版。

我很感谢逻辑思辨很敏锐的梅子涵教授洞悉了《儿童文学的本质》一书的独特性和原创性。他说：《儿童文学的本质》"很完整地表达了他对儿童文学的认识，对儿童的认识，对儿童文学作家的认识。这是三位一体的三个方面，相互牵涉，互为因果。这是一本阅读起来可以兴致勃勃的书，对于研习、写作儿童文学的人，你可以读到通常教程里根本没有的思想、见解、引例、阐述"。"《儿童文学的本质》可以让人读得兴致勃勃，重要的原因就是他阐述的魅力。这是我国儿童文学理论中很成功很重要的一部著作，我是四处推荐，我的研究生们人手一本。"① 赵大军在其博士论文中说："朱自强先生在九十年代先后推出《中国儿童文学与现代化进程》和《儿童文学的本质》两本著作，把'儿童本位的儿童文学'理论阐述得系统而透彻。如果说周作人当年提出'儿童本位的文学'是山泉出岫，那么到《儿童文学的本质》已经是泱泱大河，一种至今对我们的文化仍属某种程度上的异质的文化完整地展现出来。"② "泱泱大河"这溢美之词，在周作人面前我绝不敢当，不过，对周作人的"儿童本位"思想，我一直在努力继承并想发扬光大，这倒是真的。

想起来，我真的很幸运，当时无师自通地从儿童观做起，沿着儿童观，又去探寻、建构儿童文学的本质，从而建

① 梅子涵. 朱自强教授 [J]. 中国儿童文学，2002（1）.
② 赵大军. 儿童文学理论的基本问题与方法 [D].

立起了儿童本位的儿童文学观。对我个人而言，《儿童文学的本质》是我的儿童文学理论的奠基之作。此后，我的儿童文学研究，基本是以此书所建构的儿童文学观为理论根底来展开。由于写作这本书，我找到了统摄自己后来的儿童文学理论、史论、评论的灵魂——儿童本位的儿童文学观。不仅如此，后来我的语文教育、儿童教育研究，也是以"儿童本位"思想为原点的。

据我所见，在我的著作里，《儿童文学的本质》是被引用次数最多的著作之一。在有的大学，它还是攻读博士学位、硕士学位的入学考试参考书。

近年来，有的儿童文学研究者片面接受西方后现代主义理论的影响，发出了反本质论（有时打着反本质主义的旗号）的批判声音。虽然没有点名道姓，但是，我的本质论研究也在被批判之列。甚至毋宁说，由于我写了《儿童文学的本质》一书，理所当然地首当其冲。我自认为，自己的研究尽管含有一定的普遍化、总体化思维方式，但是，并不是本质主义研究而是本质论研究，努力采取的是一种建构主义的姿态。我在《儿童文学的本质》中就说："我也在'选择'。我曾经想把书名冠以'我的儿童文学的本质'。但是，它有些不像书名。"也就是说，我承认也有"你的"儿童文学的本质。我并不认为儿童文学具有超历史的、永恒不变的一个本质。这本书的结语或许可以作为证明——

　　这本对儿童文学的本质进行探寻的小书至此是结束了。

　　但是，动态发展的儿童文学仍然处在建构自身本质的路途之上。只要儿童的本质是一个不断建构的动态的过程，儿童文学的本质也就是一种暂时的、后延的、有待发生的东西，因而对儿童文学的本质的阐释就永无止境，永无结束。

本书所做的儿童文学本质的研究工作只是在"现在"这个特定的时点上对儿童文学的本质所做出的有限的诠释，它在下面一个个历史时点将逐渐被改变。

但我希望，即使被改变，作为构成历史的一个小小的时点，它还能够具有一种自身存在的意义和价值，我希望它曾描述出儿童文学本质生成的一段历史。

我当然知道，绝对正确、没有瑕疵的文学理论是没有的。不过，我又坚信，历史地来看，对于有着漫长历史的以成人为本位的文化传统的中国，儿童本位的儿童文学观，是端正的、具有实践价值的儿童文学观。它虽然深受西方现代思想，尤其是儿童文学思想的影响，但却是中国本土实践产生的本土化儿童文学理论，不仅从前解决了，而且目前还在解决着儿童文学在中国语境中面临的诸多根本问题。

由于盲目而片面追随西方后现代的某些理论，近年反本质论立场的儿童文学研究，由于同时缺失凝视、谛视、审视这三重学术目光，出现了十分不良的学术后果，值得我们深思。对此，我在《儿童文学的本质》一书的增补文字中，在《"反本质论"的学术后果——对中国儿童文学史重大问题的辨析》一文中已经有所论述。

4. 2000 年：《中国儿童文学与现代化进程》——"重写"
的文学史

我的脑海里曾经闪过这样的念头：假设哪一天，我需要
重评教授职称，但是只能送审一部学术代表著作，我一定会
在《中国儿童文学与现代化进程》《儿童文学的本质》《儿童
文学概论》这三本书之间，久久地犹豫不决。这三本书，一
本是史论，一本是本体论，一本是基础理论，但都是我作为
学者的立身之本，很难取舍。

虽然《中国儿童文学与现代化进程》的文字写作时间只
有半年，但是，它基本是打好"腹稿"了的，而且用了十多
年的时间来打"腹稿"。本书的思考起源应该追溯到《儿童
文学中的人道主义》《论中国当代儿童文学的儿童观》《鲁迅
的儿童观：儿童文学视角》《张天翼童话创作再评价》等论
文。作为整体框架的雏形，则形成于 1993 年申报国家社会
科学基金项目的思考、论证过程之中。

1994 年，我师从东北师范大学的孙中田教授，攻读中国
现当代文学博士学位。在孙老师的同意、支持下，我将项目
课题研究与博士论文写作这两项工作合为一体。因为研究
"中国儿童文学与现代化进程"这一课题之初，我就想把现
代儿童文学置于整个现代文学的格局中进行阐述，所以用了
较长的时间调查、研读《新青年》《小说月报》等新文学报
刊以及周作人、鲁迅、叶圣陶、冰心、沈从文等现代作家的
著作。孙中田教授是国内著名的茅盾研究专家，虽然当时已
经年近 70，但是，在学术上充满与时俱进、锐意求新之青春
活力。记得孙老师馈赠我的《〈子夜〉的艺术世界》一书的

后勒口上就写着：不断地超越自己，是多么快乐的事情。孙老师这句话常常警醒我：不能不断地超越自己，一定是十分痛苦的事情。孙老师充满思想和创见、富于激情和雄辩的授课以及组织的博士生的学术研讨，把我从儿童文学领域引向了更为广阔和深远的学术天地，进一步强化了我的将儿童文学与现代文学融为一体进行研究的意识。与去日本留学的经历相近，攻读博士学位的过程，是对我的学术成长和进步的莫大馈赠。顺便说一句，在中国大陆，我应该是以儿童文学论文获得博士学位的第一人（1999 年获得博士学位）。

作为一个自足、完整的学科，儿童文学与一般文学一样，也拥有文艺学、文学史、文学批评、文献书志学这四大研究领域。文艺学可以说是关于文学的哲学，文艺学研究的宗旨是对文学的本质和原理进行理论的、系统的探究，从学理上讲，文艺学具有为一切文学研究提供理论依据的作用。所以，如果一定要按照学术逻辑和规范，在文艺学和文学史研究之间排一个顺序，我会选择先作理论，后作史。

韦勒克、沃伦在《文学理论》一书中说："材料的取舍，更显示对价值的判断……"[①]，否则"文学史于是就降为一系列零乱的、终于不可理解的残篇断简了"。[②] 钱锺书评夏志清的《中国现代小说史》说："文笔之雅，识力之定，迥异点鬼簿、户口册之论，足以开拓心胸，澡雪精神，不特名世，亦必传世。"[③] 文学史家面对的文学史不是一个"自然"时

① ［美］韦勒克、沃伦. 文学理论 ［M］. 刘象愚等，译. 北京：生活·读书·新知三联书店，1984：32，35.
② 同①.
③ 钱锺书语，见 ［美］夏志清. 中国现代小说史 ［M］. 上海：复旦大学出版社，2005：封底.

间，而是"价值"时间。所以，要依据理性的"价值判断"来进行"材料的取舍"，要以"识力之定"来"开拓心胸，澡雪精神"，如此写成的文学史才不是"点鬼簿、户口册之论"。

韦勒克、沃伦所言"价值的判断"，钱锺书所言"识力之定"，是文学史家必备的能力，而这种能力一是来自具有洞察力的历史观，二是来自具有通透性的文学观。

我庆幸自己走的是先作理论，后作史这样一条路。如果我没有在《儿童文学的本质》一书中，对儿童文学的本质进行过较为清晰、深入的思考，没有建构起儿童本位的儿童文学观，《中国儿童文学与现代化进程》一书就不是今天这个面貌。还可以说，如果我没有写《儿童文学的本质》，就很难写出《中国儿童文学与现代化进程》，因为正如北方的谚语所说，人不能隔着锅台上炕。

我对已有的某些中国现代儿童文学史和当代儿童文学史著述的最大不满，是缺乏明晰、统一的儿童文学观和历史观。它们没有发现或者说阐释出历史变化的轨迹和内在的规律。也可以说，它们缺少德国汉学家顾彬所说的文学史著述所应有的"一根一以贯之的红线"，它们不能像写《中国现代小说史》的夏志清那样，"从现代文学混沌的流变里，清理出个样式与秩序"。在文学史观问题上，我对某些激进的后现代理论无条件地反对文学史研究采用宏大叙事的观点，持质疑的态度。

所以，我撰写《中国儿童文学与现代化进程》时，学术考察和思考的焦点是：以西方这一维度为参照，在人类社会的现代化进程中，找到中国儿童文学史的起点、走向及其动力和阻力，探寻出中国儿童文学起落消长的规律及其因由。为了达到这个目的，我以在《儿童文学的本质》一书中建构的儿童本位的儿童文学观为价值尺度，以现代性的展开为主轴，建立起了五个体现儿童文学现代价值观的坐标点，勾勒现代化进程中的中国儿童文学的历史走向以及其中的起落消长。在这个坐标系中，正能量、正方向是解放、发展儿童生命的儿童本位的儿童文学，负能量、反方向的则是压抑、束缚儿童生命的"教训主义"以及其隐秘的变种的"规范"、"框范"论。

撰写《中国儿童文学与现代化进程》一书，是继《论中国当代儿童文学的儿童观》《张天翼童话创作再评价》等论文之后，有规模地"重写文学史"的一项重要工作。所以，当我看到王侃教授撰文说，方卫平于2011年撰文提出"重新发现中国儿童文学"，是在率先呼吁"重写文学史"，颇不以为然。

我知道这一课题研究还有没有做足的学术工作，还有需要进一步推敲的学术观点，不过，《中国儿童文学与现代化进程》作为博士论文完成以后，专家学者们对它的充分肯定，还是给予我很大的鼓舞和自信。吴福辉教授在博士论文的通讯评议中说："……由'现代化'出发考察中国儿童文学，理论观点上突破性大。我最觉得有分量的突破是：中国儿童文学不是'古已有之'，是只有'现代'，没有'古代'的；两个'现代'说，指出中国儿童文学发展中的基本矛盾线索；周作人、鲁迅在中国现代儿童文学形成中的真正作用及互相影响关系。""本文的学术开拓性是毋庸置疑。关于中国儿童文学的'现代化'进程，以及它在获得'现代性'时所存在的矛盾性、复杂性和总体的前行性，迄今为止，只有此篇论文给人一种全新的感觉。它本身又是一篇全面的史论，从中国儿童文学的现代发生，直到今天新时期的儿童文学状况，全部摄入作者的宏大视界。因此，本文也是一篇足够填补学术空白的、有深度、有历史宽阔度的优秀论文。它几乎是中国儿童文学史的一个雏形。相信它会对今后的此类研究产生影响。"论文答辩委员会委员郭铁城研究员认为：论文"通过研究中国'外源型'现代化对儿童文学的特殊影响，发现并提出了中国儿童文学的'两个现代'问题，这一理论的提出，打破了以往儿童文学历史研究中的单一阐释，也揭示了中国儿童文学现代化过程的矛盾性和复杂性，同时对我国一般的文学史研究也具有启迪意义"。我的导师孙中田教授认为："全文以翔实的材料和辨析的精神，展示了儿童文学现代化与社会现代化的互动关系，在史实的推演中，提出了许多具有创造性的见解。这对儿童文学研究来说，不仅具有学术上的突破性，同时也具有使这一学科更加丰富的价值。"

《中国儿童文学与现代化进程》于 2000 年 12 月出版（浙江少年儿童出版社）后，王确、谈凤霞、俞义等学者曾撰写书评，给予了较高的评价。作为与我同代的儿童文学学者，梅子涵更是慷慨地给予《中国儿童文学与现代化进程》一书好评。梅子涵说："他今年出版的博士论文《中国儿童文学与现代化进程》是他承袭着这些年的扎实研究和认识积累的又一个很硕厚的成果。资料丰富，思想丰富。资料是客观的，可是需要思想去整理、推敲和识辨；思想是主体的，但是资料可以触动、拂掠和推进。学术人的智慧是不是充沛，这两者结合之后的亮度是完全不一样的。我在阅读《进程》的时候和在阅读《本质》的时候一样，都有一种佩服的心情：朱自强这两个方面是双健的。二十年的时间二十年的努力已水到渠成地给了他一个大气和潇洒的理论形象。"①

"具有使这一学科更加丰富的价值"，"相信它会对今后的此类研究产生影响"，可以说，博士论文评审专家的这些预测在某种程度上是应验了的。自《中国儿童文学与现代化进程》出版以来，得到了年轻学者的普遍关注，特别是成了很多儿童文学方向博士论文写作的参考文献和引用资料，以我所见，就有侯颖的《论儿童文学的教育性》、李学斌的《儿童文学的游戏精神》、谈凤霞的《20世纪初中国儿童文学的审美进程》、王黎君的《儿童的发现与中国现代文学》、陈恩黎的《轻逸之美——对儿童文学艺术品质的一种思考》、李利芳的《中国发生期儿童文学理论本土化进程研究》、李丽的《生成与接收：中国儿童文学翻译研究（1898—1949）》、杜传坤的《中国现代儿童文学史论》、王蕾的《安徒生童话与中国现代儿童文学》、陆霞的《走进格林童话——诞生、接受、价值研究》等博士论文。能与担负着发展中国儿童文学学术之重任的更年轻的学者们，以这样的方式进行学术沟通和交流，于我是深感快慰的事情。

5. 2006年至2009年："仍旧专注于国内儿童文学纵深面研究"

2003年，我从东北师范大学调出，来到中国海洋大学工作至今。自2005年至2010年，我担任文学院以及后来的文

① 梅子涵. 朱自强教授［J］. 中国儿童文学，2002（1）.

学与新闻传播学院院长工作，尽一份应尽的社会责任。学院行政工作占去了我的相当一部分时间和精力，但是，我始终不忘自己的学者身份和学术职责，只要能挤出时间，就会投入更为珍惜的学术研究工作。

好像是在 2002 年，新蕾出版社在北京主办了一次关于《中国儿童文学 5 人谈》一书的研讨会。我在会上的简短发言的题目是"《中国儿童文学 5 人谈》与成长的中国儿童文学"，我说了这样的话："我们五个人或者在创作领域，或者在理论、评论领域，可以说不仅是新时期中国儿童文学发展过程的见证人，而且也为这场建设挑过一两筐子泥土。我们都是在新时期这一充满生机的时代里'成长'起来的。现在，每当看到这本书，我心里想的更多的是，自己学术的青春时代已经逝去，身处学术的壮年时期，我能否既挽留住一些青春的活力，又收获壮年的一份成熟。说白了，就是自己的学术能否继续'成长'的问题，就是再过若干年，假设还能有幸参加类似'五人谈'这类工作，自己来谈什么的问题。"这番话里，蕴含着我对自己新的学术创造的要求和期待。

这一阶段的论文研究，值得一提的有两个成果：一是指出了当下儿童文学的"困境和出路"，二是提出了"分化期"这一文学史分期的观点。

在《文艺争鸣》2006 年第 2 期上，我发表了《新世纪中国儿童文学的困境和出路》一文。这是一篇考察儿童文学创作思潮，具有反思和批判精神的一篇文章。

在这篇文章中，我重提在 2002 年第六届亚洲儿童文学大会的论文发言中的观点："在儿童生命生态令人堪忧的今天，儿童文学缺乏'忧患'、'思考'、'深度'、'凝重'，是十分可疑的现象。虽然秦文君写了《一个女孩的心灵史》，但是，这种姿态似乎是无人喝彩、无人追随。这个时代，多么需要卢梭的《爱弥儿》、塞林格的《麦田里的守望者》式的作品。如果众多儿童文学作家退出关注、思考教育问题的领域，对儿童心灵生态状况缺乏忧患意识，儿童文学创作将出现思想上的贫血，力量上的虚脱。这样的儿童文学是不'在场'的文学，它难以对这个时代以及这个时代的儿童负责。"我指出："在破坏童年生态的功利主义、应试主义的儿童教育面前，相当数量的作家患了失语症，创作着不能为儿童'言说'的儿童文学。导致这种状况，与作家人生痛感的丧失，思想的麻木甚至迷失有关。"

"如何解读时代，为儿童'言说'?""'儿童'何时能成为思想的资源?""中国儿童文学何时成为感性儿童心理学?""真正走向'儿童本位'这条路!"从这几个文章的小标题，大略可以了解我的儿童文学批评中一以贯之的儿童文学理念。

儿童文学作家张洁在谈论她读那段时间的儿童文学创作和评论的感受时，说过这样的话："不得不说的一个人：朱自强。平凡主题，深邃思考，独到见解，激情表述，得当铺陈——这是我对朱自强作品的感受，《中国儿童文学的困境和出路》恰切地点到了中国儿童文学既普遍又被忽视的问题。他是目前为数不多仍旧专注于国内儿童文学纵深面研究的专家，他的研究对中国儿童文学的积累和发展都有很大作用。"①

如果说，《儿童文学的本质》是理论建树，《中国儿童文学与现代化进程》是文学史专论，《日本儿童文学论》是外国文学研究，那么，张洁对我的"是目前为数不多的仍旧专注于国内儿童文学纵深面研究的专家"这一评价，针对的是我所做的儿童文学批评工作。可以说，三十年来，我在儿童文学学科的理论、史论、批评这三大园地，都持续地进行着耕耘。

在《中国儿童文学的困境和出路》一文中，我说："我认为，文学理论和批评也应该是一种理想，一种预言，文学理论和批评应该运用'心'的想象力，揭示出当下还不是显在，但是不久将成为巨大问题的隐含状态。"这句话表达的是我对批评家这一身份的理解。《新时期少年小说的误区》和《新时期儿童文学理论的误区》，在"儿童文学热热闹闹，莺歌燕舞，形势一天比一天好"的情势下，指出"新潮"潜藏的"误区"，《中国儿童文学的困境和出路》中，对"困境"和"出路"的阐述，以及稍后，我在其他文章中提出的"分化期"观点，都是我作为批评家，试图运用"'心'的想象力"的一种努力。

2000 年，我曾经在《中国儿童文学与现代化进程》一书中，指出并论述了 20 世纪"八十年代"是"向文学性回归"的时代，"九十年代"是"向儿童性回归"的时代。对中国儿童文学在"新世纪"这十来年的开展，应该如何进行价值时间的阐释呢？

触发对这一重要问题的思考的契机，是 2006 年《文艺

---

① 张洁. 中国儿童文学 1/4——大约在冬季［J］. 学生导报，2005 - 03 - 07.

报》的刘颋约我撰写一篇宏观论述新世纪儿童文学状况的文章。为此，我写下了《新世纪中国儿童文学的发展走向》（《文艺报》，2006年10月17日）一文，开启了对"分化"问题的思考和研究。此后，又陆续发表《论中国儿童文学的后现代和产业化问题》（《中国海洋大学学报》，2008年第3期）、《论"分化期"的中国儿童文学及其学科发展》（《南方文坛》，2009年第4期）等论文。这些论文指出，中国儿童文学在新世纪里，进入了"史无前例"的"分化期"，以此厘清了"纷繁复杂、混沌多元"的现象背后的共性特征，也完成了我对近三十几年中国儿童文学历史进程的完整阐释。

我所谓"分化"，是指"新世纪的中国儿童文学正在出现这样几个'分化'趋势：幻想小说从童话中分化出来；图画书从一般幼儿文学中分化出来；儿童文学分化出语文教育的儿童文学；通俗（大众）儿童文学从作为整体的儿童文学中分化出来"。① 我指出："分化使儿童文学由单一结构变成多元、复合的结构，由执行单一功能，变成执行多元功能（分化出的新形态的儿童文学分枝，执行各自的功能），是儿童文学发展的必然规律。因此，目前中国儿童文学发生的分化，是一种多元的、丰富的、均衡的发展状态，是走向发展、成熟所应该经历的一个过程。"②

对于这一十分重要的文学史分期的成果，学术界给予了较高的评价。

---

① 朱自强. 论中国儿童文学的后现代和产业化问题 [J]. 中国海洋大学学报，2008
（3）.

② 朱自强. 论"分化期"的中国儿童文学及其学科发展 [J]. 南方文坛，2009
（4）.

2009 年，在"全国儿童文学理论研讨会"上，我发表了论文《论"分化期"的中国儿童文学及其学科发展》，进一步明确提出，"中国儿童文学正处于史无前例的'分化期'"。"分化期"这一理论观点引起了与会者的高度重视，而且，文章马上被与会的《南方文坛》杂志主编、评论家张燕玲约去发表。曹文轩教授对大会进行学术总结，在归纳会议研讨中的重要议题时，第一个讲的就是我所论述的"当下的儿童文学正面临着前所未有的分化"。他指出——

> 如何界定当下的中国儿童文学已经变得十分困难。从前的儿童文学，形态比较稳定和单一。何为"儿童文学"，在相当漫长的岁月中，是一个不证自明的问题。就说文学的体裁，小说、童话、诗歌、散文，一直是分得清清楚楚的，几乎是用不着去加以辨别的，然而，现在的情况却大不一样了。在很短的时间内，儿童文学出现了许多新的形态。朱自强的论文就分化现象做了很有学理的分析。"幻想小说从童话中分化出来，作为一种特有的文学体裁正在约定俗成，逐渐确立；图画书从幼儿文学概念中分化出来，成为一种特有的儿童文学体裁。"除了体裁的变化，"在与语文教育融合、互动的过程中，儿童文学正在分化为'小学校里的儿童文学'即语文教育的儿童文学；在市场经济的推动下，儿童文学分化出通俗（大众）儿童文学这一类型。"（朱自强）①

---

① 曹文轩. 关于"全国儿童文学理论研讨会"[J]. 南方文坛，2009（4）.

陈恩黎这样评价我所提出的"分化"概念："此论文（按：指我的《论中国儿童文学的后现代和产业化问题》一文）和作者的《新世纪中国儿童文学的发展走向》（2006 年）一文构成了描述当下中国儿童文学状态的较为完整的学术视野。作者提出的'分化'概念大大拓宽了儿童文学的研究空间，其前瞻性和开放性不容置疑。"①

赵霞在《历史·现实·本土化——关于中国儿童文学研究走向的思考》一文中，也论述到了我所提出的中国儿童文学的分化问题。她说："在发表于 2009 年《南方文坛》第 4 期的《论"分化期"的中国儿童文学及其学科发展》一文中，朱自强针对中国儿童文学在'分化期'所出现的'纷繁复杂、混沌多元'的现象，提出了五个需要着力解决的理论问题，分别关乎'通俗儿童文学理论'、'儿童文学的文化产业研究'、'儿童文学的儿童阅读理论'、'语文教育的儿童文学研究'以及'图画书理论'的进一步建构。这是针对当下中国儿童文学发展现状所提出的五个十分具有现实意义和研究价值的理论话题，它们也已经开始引起一部分研究者的关注。可以想见，如果能够就这些话题展开扎实、系统、深入的研究，中国儿童文学批评将获得一次重要的理论丰富与提升，而这些本土话题也将为建构中国儿童文学理论的本土话语，提供重要的学术机遇。"②

我对新世纪儿童文学的"分化期"的发现和命名，从性

① 陈恩黎. 2007 年度中国儿童文学研究的双重迷局 [J]. 浙江师范大学学报，2008（6）.
② 赵霞. 历史·现实·本土化——关于中国儿童文学研究走向的思考 [J]. 文艺报，2010 - 02 - 24.

质来说，做的既是批评家的工作，同时也是一个文学史家的工作。我想起了韦勒克说的话："文学研究不同于历史研究之处在于它不是研究历史文件而是研究有永久价值的作品。……研究文学的人能够考察他的对象即作品本身，他必须理解作品，并对它做出解释和评价；简单说，他为了成为一个历史学家必须先是一个批评家。……除非我们想把文学研究简化为列举著作，写成编年史或记事。"①

重视对作品的阅读，是我的儿童文学研究的一个特点，也是一个研究路数。不管我运用了多少跨学科的理论、方法，我的一切观点都建立在对作品文本的细读之上。如果不仅从"写什么"，而且从"怎么写"的角度，深入进行文本分析，理论的触角自然会延伸到文体论研究。这话也可以这么说，不会文学文本细读和分析的人，很难成为文体家，因而也就很难被称为批评家。文学，正如苏联被文学界公认为"短篇小说大师"的安东诺夫所言，"是个细腻的东西"。

我想罗列一些成果：《小说童话：一种新的文学体裁》（这篇论文第一次明确将 Fantasy 作为一种文学体裁来确立）、《中国幻想小说论》（专著，与何卫青合著）、《人类幻想精神的家园——论童话的本质》、《论幻想小说与童话的文体区别》、《日本的大众儿童文学》、《从动物问题到人生问题——论沈石溪动物小说的艺术模式与思想》、《〈疯狂绿刺猬〉的文体意味》、《一部作品与一种文体》、《"成长故事"与儿童小说艺术》、《新世纪以来中国新原创图画书的

---

① ［美］韦勒克. Concepts of Criticism（New Haven）［M］// ［美］夏志清. 中国现代小说史. 上海：复旦大学出版社，2005：329—330.

萌动》、《亲近图画书》（专著）……可见，对童话、幻想小说、动物小说、成长小说、图画书等儿童文学的重要体裁，我都做过文体论研究，对大众儿童文学这一类型也做过探讨。正是因为有这些文体论研究，后来撰写《儿童文学概论》一书，我才拿出了与以往的儿童文学概论式著作所迥然不同的文体划分。

回到"分化期"这一事情上来。我能发现"分化期"并为之命名也不是什么神秘之事。说穿了，这只不过是因为我认真作过"分化"所涉及的文体的研究，对艺术儿童文学和大众儿童文学这两种类型进行过思考（如上述成果所示，又如我主持并与翻译家林少华联袂翻译的日本通俗儿童文学名著"活宝三人组"系列作品所示），持续对小学语文教育进行着儿童文学视角的研究（如《小学语文文学教育》《朱自强小学语文教育与儿童教育讲演录》两书所示），对中国儿童文学演化的历史作过整体的把握（如《中国儿童文学与现代化进程》一书所示），对西方（包括日本）已经发展到哪个阶段了，大体心中有数（如《日本儿童文学论》一书所示），当然，最后还要加上在香港教育学院做访问教授时，于某个早晨被阳台上的小鸟唤醒，脑海里突然闪出的一点灵感。

可以说，我所提出的"分化期"一说，已经得到了一些学者的关注和认同，作为一个历史分期的概念，我期待着更多学者对"分化"形态做出更多的具体、扎实、深入的研究。

6. 2009 年：《儿童文学概论》——儿童文学学科基础理论建设

一个学科成熟与否，其中一个重要标志就是这门学科的基础理论是否深厚。2009 年，我在高等教育出版社出版的 40 万字的《儿童文学概论》，是一部重要的基础理论著作，它体现出我对儿童文学这一学科的全方位的思考和把握。

自蒋风先生出版个人撰写的《儿童文学概论》（湖南少年儿童出版社，1982 年 5 月）以后的 30 年间，出版了很多主编的、集体写作的概论式著作，而个人独立撰写的概论著作，我这本《儿童文学概论》应该是唯一的一种。对于个人独立撰写概论式著作的学科建设意义，我在接受《中华读书报》记者的访谈时曾说："原创的、学术性的教材，当然也可以产生自一两人主编、多人撰写这种编著形式，不过，我认为，如果著作者是当行专家，个人撰写的教材可能更有利于进行贯通全著作的体系性建构，给教材一个统摄性灵魂，有利于将具有整体性的价值观和学术、知识体系落实到每一章节，以至于渗透到字里行间，使之形成有机的呼应，使教材成为一个生气贯通的生命整体。自 1982 年蒋风先生出版个人撰写的《儿童文学概论》以来，难见个人撰写的儿童文学概论著作出版。而具有原创性的个人撰写的概论式著作，对于学科建设具有不可或缺的重要意义和价值。尤其对学科的历史尚浅、基础较弱的儿童文学而言，迫切需要从'编者'时代，跨入'著者'时代。"①

对《儿童文学概论》一书，谈凤霞在《基础理论个性化的深度建构——评朱自强的〈儿童文学概论〉》一文中评论说："从上世纪90年代起，冠之以'概论'、'原理'、'教程'等的儿童文学基础理论著作迭出。但总体看来，不少著作的理论观点乃至框架结构都存在不同程度的重复，而且有些理论分析显得相对表层和普泛，甚至已经有些滞后。随着近些年中国学界对儿童文学认识的质的飞跃，儿童文学理论也需要有新的提升。朱自强先生的《儿童文学概论》（高等教育出版社，2009年出版）在这方面做出了有力的突破。""独立写作一部学科基础理论的著作，要推陈出新极需功力，著者依托于几十年兢兢业业、扎扎实实的儿童文学的教研，实践了学术著述的一个重要原则——厚积薄发！该著作体现出鲜明的厚重感：丰厚的阅读积累、深厚的专业学养、雄厚的理性思辨以及宽厚的学术胸襟。著者立足于广阔的国际视野来发现问题和讨论问题，在论述中旁征博引，涉及的理论包括文学、文化学、心理学、教育学、阅读学、美学、哲学等，充分证明了儿童文学研究并不是肤浅单薄的'小儿科'，而是一门复杂、艰深的学问。"②

我认为，《儿童文学概论》在理论体系架构和文体分类方面做出了新探索。

全书分为上下两编："儿童文学原理"和"儿童文学文

① 朱自强、《中华读书报》记者. 儿童文学学科：亟须从编者时代跨入著者时代[J]. 中华读书报，2010－05－14.
② 谈凤霞. 基础理论个性化的深度建构——评朱自强的《儿童文学概论》[J]. 中国儿童文学，2010（2）.

体论"。在"儿童文学原理"一编，我拿出全书近三分之一的篇幅，用五章来充分讨论问题。儿童文学本质论、发生原理论、读者论、作家论、研究方法论，这些论题都是儿童文学原理的核心问题，基本涵盖了整个问题领域。我相信这个设计，不仅是阐释儿童文学原理的一个新的结构性框架，而且也是十分有效和优化的理论结构。

本概论在探究儿童文学原理问题时，提出了一些新的观点和讨论问题的方法或角度。仅以第一章为例，"儿童文学本质论"是儿童文学理论最为核心的问题，我用了近四万五千字的篇幅进行重点探讨，其中有新意的是，明确以儿童研究作为儿童文学研究的前提，设专节进行"儿童研究"，是对以往教材的一个突破；建立并强调"儿童本位"的儿童文学观，给教材一个统领全体的灵魂；从"现代性"、"故事性"、"幻想性"、"成长性"、"趣味性"、"朴素性"这六个方面阐释儿童文学的特质，在整体上是一种新的见解。

在"儿童文学文体论"一编，我在借鉴国外特别是日本的经验的基础上，提出一个新的儿童文学文体分类模式。

我对儿童文学的文类进行重新分类的设想由来已久。2003 年 5 月，东北师范大学王确教授主编小学教育专业教材《文学概论》（人民教育出版社）时，很有眼光地列出"儿童文学"一章，并邀请我来撰写。在第三节"儿童文学的分类及分类的目的"里，我提出了一个新的儿童文学分类体系，划分出了"韵语儿童文学"、"幻想儿童文学"、"写实儿童文学"、"纪实儿童文学"、"科学文艺"、"动物文学"、"图画书"这七大文类。

在撰写《儿童文学概论》时，我基本依据 2003 年发表的文体分类表进行了论述，只在章内做了个别微调，比如，在纪实儿童文学一章中，把游记放在了散文里，在科学文艺一章中，对"科学小品"概念提出质疑，并将其置换成了"科学美文"，在动物文学一章，在动物小说、动物故事之后，增加了动物散文。

我认为《儿童文学概论》的这一儿童文学文体分类方法，更清晰、更准确地勾画出了儿童文学在文类上不同于成人文学的独特面貌，有助于读者认识、感受儿童文学的特殊魅力。①

我个人是十分看重自己的这部著作的，也可以说是"敝帚自珍"吧。我在该书的"前言"中说："我想以撰写概论式教材的形式，对自己在 26 年的儿童文学教学、研究中形成的儿童文学理念和知识体系，进行全面总结，以此为儿童文学教材建设提供一种新的形式和风格，为中国的儿童文学学科建设添上一块对我个人来说是最为重要的砖瓦。"

当然，在这本书的写作过程中，我也感受到了自身的局限。对此，我在"前言"里也有所交代："因为只懂日语，在西方儿童文学言说方面，我的局限已经日渐明显。我知道自己的这种西方儿童文学研究的模式终究不过是一种过渡形态，所以期待着英语、德语、法语、西班牙语等不同语种儿童文学的研究专家的早日出现。"

7. 2010 年至今：儿童文学与中国现代文学一体化研究

2010 年 7 月，我辞去了院长这一行政职务，得以全身心

① 朱自强. 儿童文学概论［M］. 北京：高等教育出版社，2009：前言.

地投入到教学和学术研究中来。近三四年来，我思考最多的学术问题，一个是儿童文学与中国现代文学的一体化研究，再一个就是小学语文儿童文学教学方法研究。

　　我对儿童文学与中国现代文学的一体化问题的思考由来已久。写作《中国儿童文学与现代化进程》时，就已经具有把现代儿童文学放入现代文学的整体格局中加以把握的研究意识。我在书中说："'五四'时期的中国儿童文学作为'五四'新文学的有机组成部分，其孕育和生成得之于整个新文学所谋求和创造的思想、文化、艺术的土壤。"① "如果我们将'自扫门前雪'的现代文学研究和儿童文学研究打通起来，一方面研究儿童文学时将其放在现代文学的整体格局中进行，一方面，研究现代文学时，将儿童文学也收入视野之中，那么，无论是儿童文学研究还是现代文学研究，都会出现新的研究领域，产生新的理论发现。比如，导入儿童文学视角，我们可以更容易感受到周作人在'五四'之后所谓'厌世冷观'态度后面的炎炎之火；如果我们体悟了鲁迅的'儿童本位'的儿童观中的童心崇拜的因子，就会发现鲁迅的《故乡》、《社戏》的儿童——成人的对比观照模式以及鲁迅小说创作中的亮色，发现鲁迅创作《朝花夕拾》，除了向逝去的童年寻求心灵的慰藉，还获得了一种批判封建思想和文化的武器；如果我们知道西方浪漫主义在儿童文学发展史上发挥的巨大作用，就会对五四时期是现实主义的文学研究会发起了'儿童文学运动'，而浪漫主义的创造社除郭沫若

---

① 朱自强. 中国儿童文学与现代化进程［M］. 杭州：浙江少年儿童出版社，2000：156.

外，几乎没有对儿童文学发生影响的现象感到疑惑，并被这疑惑引出中国浪漫主义与西方浪漫主义质地不尽相同的发现。"①

2010 年以来，我所做的儿童文学与中国现代文学一体化研究，其实是对《中国儿童文学与现代化进程》所开启的研究的一个接续。

2010 年，我在《中国文学研究》杂志第 1 期上发表了论文《"儿童的发现"：周氏兄弟思想与文学的现代性》。我在文章中指出，"儿童的发现"对于作为"五四"新文学领袖的周氏兄弟的现代思想与文学，具有十分重要的意义："正是因为'儿童'的发现处于'人'的发现的终端，对'儿童'的发现的程度，才标示出社会思想的现代性水准。在中国现代文学的发生期，'儿童'的发现是一件具有决定意义的历史事件。周氏兄弟能够超出他人，分别站在理论和创作的前沿，成为'五四'新文学的领袖，一个重要原因是他们发现了'儿童'，从而获得了深刻的现代性思想。"

在发表于《东北师大学报》2010 年第 1 期上的《"儿童"：鲁迅文学的艺术方法》一文中，我指出：鲁迅文学的世界是丰富而复杂的，"儿童"、"童年"当然只是其中的一个表现维度，但是，它却弥足珍贵。在艺术上，"儿童"（童年）不仅是鲁迅文学的描写、表现的对象，而且更是鲁迅文学的一种方法。在鲁迅的作品中，"童年"成为作品的结构和立意的支撑；"儿童"成为小说的重要的叙述视角；"儿

---

① 朱自强. 中国儿童文学与现代化进程［M］. 杭州：浙江少年儿童出版社，2000：154—155.

童"成为塑造人物性格的一个重要元素。如果没有"儿童"、"童年"这一维度的存在，鲁迅文学的思想和艺术都会贬值，鲁迅文学的现代性也将不能达到现有的高度。

2012年6月，在中国海洋大学与美国得克萨斯农工大学合办的"中美儿童文学高端论坛"上，我发表了论文《"儿童的发现"：周作人的"人的文学"的思想源头》。我在论文中指出："五四"新文学的思想是在颠覆封建专制的"三纲"这一基础上建立的。可是，周作人在《人的文学》中表达的现代文学观，却主要是在颠覆"父为子纲"、"夫为妻纲"，而"君为臣纲"却并没有作为批判对象。考察其原因，主要是周作人认为"三纲主义""其根柢则是从男子中心思想出来的"，周作人的反对封建专制，是以颠覆"男子中心思想"为第一要务。这一立场显示出周作人的现代思想的独特之处。"儿童的发现"是"人的文学"的思想源头之一，在周作人的整个思想体系中，具有十分重要的核心地位。作为思想家的周作人，在"儿童的发现"上，他的道德家、教育家、学问家这三个身份，起到了根本的、合力的作用。因为兼备这三种身份，使周作人在"发现儿童"这一思想实践中，走在了时代的最前端。

最近，我又完成了《从感性到理性：中国现代文学史的写作方法——以夏志清和顾彬的文学史写作为参考》《论新文学运动中的儿童文学》两篇论文。前者体现出我进入中国现代文学研究的努力，后者主要是把儿童文学置于新文学运动之中，研究《新青年》《小说月报》以及文学研究会所进行的"儿童文学运动"。

儿童文学研究是中国现代文学史研究的题中之义。没有儿童文学视野的中国现代文学史是不完整的，这一认识已开始进入中国现代文学学者的学术视野。2012 年出版的由魏建、吕周聚两位教授主编的《中国现代文学新编》一书，我也是作者之一。他们邀请我参与，是因为最初设想列出儿童文学专章并由我撰写。虽然后来因为一些客观原因，最终在我撰写的"为人生的文学"一章里，只将"儿童文学"作为了一节，但是，教材毕竟明确体现出了对儿童文学在一定程度上的重视。主编在"前言"中就说："为了追求文学史书写的客观性，本教材尽可能弥补了此前部分中国现代文学史教材的缺失，例如对儿童文学创作的相对忽视等。"①

2012 年 10 月 27 日至 28 日，作为国家重点学科的山东师范大学中国现当代文学学科在济南举办了"现代中国文学史编写"高层论坛，我受邀在会议上发言。本来我提交的论文是《从感性到理性：中国现代文学史的写作方法——以夏志清和顾彬的文学史写作为参考》，可是，会议主办方特别希望我就儿童文学研究作一发言，于是我的论文发言成了"论儿童文学与中国现代文学的一体性"。这也可见，会议主办方是关注、重视儿童文学研究的。

以我的上述体验来看，在中国现代文学史研究方面，儿童文学研究是有新的学术空间的，融入整个现代文学的儿童文学研究，将为中国现代文学史研究提供新的视野，是会大有作为的。

8. 1988 年至今：图画书——我的儿童文学观的启蒙恩物

"20 年前，我在东京学艺大学留学时，选修了我的导师

---

① 魏建，吕周聚. 中国现代文学新编 [G]. 北京：高等教育出版社，2012：前言.

根本正义教授讲授的《幼儿的文学教育》这门课。每次上课，根本教授都用一个包袱皮包了一大摞图画书，将它们介绍给学生。这是我的图画书认知的第一次或者说真正的启蒙。虽然在此之前，我也看过中国的图画书，但是从这门课上我却得到了一种不同的图画书概念。由这门课开始，我开始关注图画书，并购读了日本图画书研究专家松居直的《绘本是什么》《看绘本的眼睛》以及其他学者关于图画书的论述。在清风家庭图书馆的两个月的体验，也加强了我的一种实感：幼儿文学基本就是由图画书构成的，图画书是幼儿文学的代名词。

1988 年 12 月我回国时带回了十几个纸箱的书，其中有数百册是西方、日本的图画书。1981 年，日本出版了《精选世界绘本 100 种》一书，其中所收录的百种图画书名著中，有 20 多种我当时已经拥有（顺便说一句，《中国儿童文学 5 人谈》里"图画书"一章里所介绍的外国图画书名著的封面照片，就都是拍自我收藏的图画书）。回国后，我选出了其中的 10 种，如《白兔子和黑兔子》、《一棵大树》（即希尔弗斯坦的《爱心树》）、《在森林里》、《蓝孩子和黄孩子》、《哈罗德的奇异冒险》（即《阿罗房间要挂画》）等进行翻译，并带着这些图画书跑了长春、沈阳等几家出版社联系出版。几乎所有编辑都觉得这些图画书真好，但是，有的认为成本太高，没有市场而放弃，有的提出可以把四幅画面压缩到一页来出版，而遭到了我的拒绝。想到今天儿童读物出版的图画书热，我深感新的事物的产生是多么有赖于成熟的社会条件。

从 90 年代初开始，我在东北师大为本科生和研究生上儿童文学课，图画书都是专门讲授的内容。另外，我也曾经到幼儿园去给孩子讲图画书。

"因为认定图画书的价值，图画书在儿童文学中特殊重要的位置，而且心里一直有着图画书的情结，2000年作'中国儿童文学5人谈'对谈时，我提出了'图画书'这一议题，并在对谈中预测：图画书将是21世纪中国儿童文学的一个非常大的生长点。至于说现在这样一个发展速度与我当时的预期是否契合，我只能说，图画书的出版的热度，特别是引进作品的出版数量和质量应该说还是令人鼓舞的……"

上述文字是2007年12月16日，蓝袋鼠亲子文化网对我采访时，我说过的一段话。这篇采访文字，后来收录于我的《童书的视界——文学·文化·教育》（接力出版社，2010年5月）这本文集之中。这段文字显示出，我接触图画书、研究图画书始于25年前的1988年。

前面说到，我撰写《儿童文学的本质》一书，重视对经典的阐释，并以此建构儿童文学的价值观。我在该书中，对《大萝卜》《蓝孩子和黄孩子》（后来出版时，彭懿将书名译为《小蓝和小黄》）《古利和古拉》《小猫吃了什么》等图画书经典作品做了细致的分析、论述。在第七章"纯粹的审美能力与纯粹的艺术"中，我在质疑班马的"儿童期还未能真正进入到人的审美境界，毕竟还在一种前审美的阶段"，吴其南的"儿童文学的读者年龄小，审美能力普遍偏低"这样的观点时，举出的证据除了美学家、文学家的观点，就是幼儿对图画书进行审美阅读的实例。

由于班马和吴其南对儿童的审美能力持贬低的态度，导致他们对给予儿童，特别是幼儿的文学的审美品质的怀疑。班马认为：在幼儿文学中，"真正文学的含义是让位于无处不在的教育性。考察所有形式的幼儿文学各种样式，便可从中看到，几乎都是一种传达声、光、形、色等的外部世界知识，传达伦理和训诫等等的人生社会知识，甚至是传达生理、卫生、食宿等等的生存知识。'寓教于乐'的出发点仍是教化思想"。① 吴其南则说：儿童"一般较为欣赏浅显的、故事性强的作品，而这些作品在美学上并不属于较高层次"。② 我在书中引用了班马和吴其南的上述观点后，反驳说："进入我视野中的幼儿文学作品是《小黑孩桑布》《脏狗哈里》《小猴子乔治》《大手套》《我到森林去散步》《三个好心的强盗》《彼得的椅子》《白兔子和黑兔子》《三只小猪》《古里和古拉》等一大批在世界范围内公认的图画故事名著。能代表幼儿文学，体现幼儿文学本质的，是这样的作品。熟悉这些作品的读者都知道，它们与非审美的功利主义是绝缘的，它们是真正的、纯粹的审美的结晶。"③ 我猜测，班马所谓"考察所有形式的幼儿文学各种样式"，肯定没有包括考察我所举例的那类世界经典图画书。

我想强调的是，如果缺失了对给幼儿的经典图画书的认知，对儿童文学本质的阐释就很可能出现根本的失误。围绕儿童的审美能力是否处于"低水平"，围绕儿童文学是否是纯粹的艺术这一涉及儿童观和儿童文学观的重大问题的讨

---

① 班马. 中国儿童文学理论批评与构想［M］. 长沙：湖北少年儿童出版社，1990：69—70.
② 蒋风. 儿童文学教程［M］. 太原：希望出版社，1993：246.
③ 朱自强. 儿童文学的本质［M］. 上海：少年儿童出版社，1997：274.

论，给予我最大学术自信的并不是给高年龄儿童的少年小说之类的作品，而是给年幼孩子的图画书。在这一点上，我要怀着感谢地说，图画书是我的恩物，因为它给了我极为重要、极为根本的儿童文学理念上的启蒙。我认为，2000 年以后，某些重要的儿童文学研究者的儿童文学艺术价值观所以出现转向，也与图画书对他们的启蒙有重要关系。

2002 年，我参与东北师范大学王确教授主编的小学教育专业教材《文学概论》（人民教育出版社，2003 年 5 月）一书的写作，我撰写"儿童文学"一章，在第三节"儿童文学的分类及分类的目的"里，我提出了一个新的儿童文学分类体系。出于对图画书在儿童文学中的重要价值和地位的重视，我将图画书列为儿童文学的七大文类之一。在 2009 年出版的《儿童文学概论》一书中，我如愿以偿地将图画书辟为专章，进行了图画书文体理论的探讨。2011 年出版的《亲近图画书》（明天出版社，2011 年 5 月），则主要是以论评的方式，对图画书进行了研究。

对图画书，除了进行文体研究、作品评论，我还翻译了河合隼雄、松居直、柳田邦男的图画书对谈著作《绘本之力》以及赤羽末吉、五味太郎、宫西达也、长谷川义史、高楼方子、木村裕一、秋山匡等日本著名图画书作家的数十种优秀图画书。日本的图画书（绘本）处于世界一流水平，对其优秀作品的翻译，值得一记。

9. 2002 年至今："童年生态"研究

近十年来，站在"儿童本位"思想的立场上，关注"童年生态"、张扬儿童文化、批判应试教育，是我的一项重要学术工作。这是我的重视"思想革命"的儿童文学研究的一个必然延伸，它为我的学术工作打上了一个有别于其他研究者的特殊标记。我在文集《儿童文学论》（中国海洋大学出版社，2005 年）里设置的"儿童教育哲学"，在文集《童书的视界——文学·文化·教育》里设置的"儿童文学与周边"这样的栏目，在一定程度上，呈现了这方面的研究工作。

长期以来，我对儿童教育的思考，一直隐含在儿童本位的儿童观和儿童文学观的整个建构过程之中。不过自 2002年以后，通过关注童年生态，思考儿童教育问题成为我的一个显在的研究。十年里，我陆续发表了《童年和儿童文学消逝以后……》（《中国儿童文学》，2002 年第 1 期）、《儿童文学与童年生态》（《中国儿童文学》，2003 年第 1 期）、《童年的诺亚方舟谁来负责打造——对童年生态危机的思考》（《中国儿童文化》第一辑，2004 年 12 月）、《童年的身体生态哲学初探——对童年生态危机的思考之二》（《中国儿童文化》第二辑，2005 年 12 月）、《儿童教育的当代危机及其应对》（《中国德育》，2006 年第 9 期）、《"童年"：一种思想的方法和资源》（《中国图书评论》，2006 年第 6 期）、《自由与儿童的自我意识的生成》（《中国儿童文化》第三辑，2007 年 2月）、《和谐的儿童教育要尊重童年》（《中国教育报》，2007年 6 月 14 日）、《儿童与成人：冲突的两种文化》（《出版人》，2006 年第 13 期）、《在童心中寻找精神家园》（《中国教育报》，2008 年 12 月 11 日）、《身体生活：儿童教育的根基和源泉》（《江苏教育》，2009 年第 6 期）等论文和文章。

2004 年年底，我应山东教育电视台之邀，为《教育时话》节目做了儿童教育系列讲座（该系列讲座于 2005 年 2 月间播出，之后又反复重播，文字整理在《朱自强小学语文教育与儿童教育讲演录》一书中）。这十讲的内容，体现了我对儿童教育问题的一些思考。"儿童的心灵不是一张白纸"、"早期知识教育的陷阱"、"儿童是独特文化的拥有者"、"让孩子的心灵去闲逛"、"我们现在怎样做'父亲'"、"孝道与亲情"、"把学习的快乐还给孩子"，这些讲座的题目，既体现出现实的针对性，也透露出我的儿童本位的教育思想。

我将儿童文学视为一种世界观、人生观。我曾经在《儿童文学的本质》一书中说过："对儿童观和儿童文学本质的探寻，不能仅仅从纯学问的立场出发，把它作为谋生的饭碗或者智力的操演形式，而是应该上升到通过对儿童文学本质的思考，追问自身的生存哲学的层次，即把自己的生命和灵魂投入到研究之中，在儿童文学的本质与自身的生存哲学或曰人生观之间寻找到沟通之路。我相信，超然物外、隔岸观火的冷漠的研究态度，只能使研究者远离儿童文学本质的真髓。"[①] 在现实生活中，我也是努力在保持学术思想和生活实践的一元性、一致性。我在《童年的诺亚方舟谁来负责打造——对童年生态危机的思考》一文中讲述过在儿子的成长过程中，我和妻子所奉行的快乐教育和解放教育的实践。我深深感谢儿童文学赋予我们的这种人生智慧。

由于我和儿子亲身体验着功利主义的应试教育对人性的压迫，并且一起抵抗着这种压迫，所以对当下破坏童年生态

---

① 朱自强. 儿童文学的本质 [M]. 上海：少年儿童出版社，1997：14.

的应试教育现状充满了压抑不住的愤怒："一个孩子，一个生气勃勃的生命来到这个世界，本来应该是为了享受自由、快乐的生命，体验丰富多彩的生活的，但是，孩子的生命的蓝天，却竟然被几本教科书给遮黑了。周一至周五，从早到晚学习，周六还要到学校补课，周日安排家教，寒暑假也不能休息。教科书上的知识学习不仅成了中学生的几乎全部生活，而且这种学习生活已经蔓延到了小学甚至幼儿园里。在我所居住的城市里的一所幼儿园，从孩子两三岁开始就让他们学习汉字，教师夸耀地说，到上小学之前，可以让孩子学会两至三千个汉字，这样孩子就可以更早地读书、学习了。据说，这样的做法还是一个早期教育研究的科研项目。不是为了'存在'而学习，而是为了学习而'活着'，学习不是为了给生命带来精神充实和快乐，而是将生命变成了单纯学习的机器，这就是应试教育下的'学习'的本质。""多年以来，我是带着深深的对'生'的困惑，思考着儿童、童年、儿童文学、儿童教育、儿童文化诸问题。也许永远是一种理想，我希冀通过对这些对象的思考来探寻自身'生'的路径。近两年，这样一种'生'的追寻将我引到了一个使我心怀恐惧的问题面前。我的眼前常常出现绿水断流、草木枯萎、蓝天遮蔽、翠鸟不飞的场景。这不是自然生态的景观，而是人类生命中的童年生态的景观。我知道，这只是我的一场梦魇，但是，我又是多么害怕，一场大梦醒来，眼前是与梦魇一样的现实……在朱小鹤的成长过程中，我对功利主义的应试教育对童年生态的破坏有了真切的实感，而我耳闻目睹的其他许多孩子的生存状态又使我看到童年生态遭普遍破坏的灾难性。儿童是祖国的未来不能是一句空喊的口号。我不相信压抑儿童生命力、剥夺儿童生命实感的功利主义的应试教育能承诺给我们的民族一个生气勃勃、创造无限的未来。这并非耸人听闻——被破坏的童年生态里，潜藏着我们这个民族将面临的严重的精神危机。功利主义的应试教育的大洪水还在一浪一浪地汹涌而来，童年可以避难的诺亚方舟谁来负责打造?!"①

我还将批判应试教育的思想，主张解放儿童的教育思想，创作成了这样的歌词——

书本知识

我不是一只容器

我本是一片大地

能开花结果

能绿荫满地

我不是一只鸭子

我本是一只天鹅

能一飞冲天

能引吭高歌

书本知识

装装装

把我变成容器

---

① 朱自强. 童年的诺亚方舟谁来负责打造——对童年生态危机的思考 [G] //中国儿童文化: 第一辑. 杭州: 浙江少年儿童出版社，2004.

书本知识
塞塞塞
把我变成鸭子

让鸟儿失去了蓝天
让种子失去了大地
这是一种什么
这是一种什么教育?!

弟子规

小儿郎上学堂
一头撞到了南墙上
小儿郎把家归
回家还要背弟子规

"没有规矩
不成方圆"
他们给我
一只圆规

我画画画
我画画画
画来画去
我墨守成规

我描描描

我描描描

描来描去

成了缩头乌龟

念了弟子规

我不知道我是谁

念了弟子规

我已经无家可归

2010 年起，我和妻子左伟一起创作出版了系列儿童成长故事《属鼠蓝和属鼠灰》（四册，获得山东省文学艺术最高奖"泰山文艺奖"），用文学形象表达了我们呼唤生态性的童年的教育思想。

为了抵抗崇拜书本知识的应试教育，我在《童年的身体生态哲学初探——对童年生态危机的思考之二》一文中强调了"童年生命的身心一元性"，"童年的身体生活是生态的成长（学习）方式"，主张"身体教育先于书本教育"，进而从根本上否定应试教育："今天，都市里的孩子，享受着优裕的物质生活，却被困在逼仄的应试教育的栅栏里。在功利主义的应试教育生活中，童年并非一点儿游戏、身体教育都没有，但是，它们往往不仅是半途而废的，而且不是作为童年人生的目的，而是作为锻炼身体、调节情绪的手段来认识的。取消童年的身体游戏这一滋润精神的本真生活，是我们这个时代价值观迷失的一种根本表现。"

我自己认为，上述两篇思考童年生态危机的论文，不仅切中了我们这个时代的儿童教育的根本弊病，而且也是有一定思想的原创性和学术深度的，它们（也包含其他一些文章）所发出的声音是独特而珍贵的。

持着"儿童本位"的儿童观，我一直把"儿童"、"童年"看作是一种珍贵的思想资源。我在《"童年"：一种思想的方法和资源》一文中写道："在西方，有着关注儿童，并通过儿童来思考人性的人文传统。自西方进入现代社会，'发现'儿童以后，'儿童'、'童年'成为社会思想的宝贵资源。从'发现儿童'的卢梭，到吟咏'儿童是成人之父'的华兹华斯；从在'快乐原则'与'现实原则'间做犹疑、痛苦选择的弗洛伊德，到将儿童命名为'本能的缪斯'的布约克沃尔德，从通过'童年'建立'梦想的诗学'的巴什拉，到把儿童尊奉为哲学家的费鲁奇，许多思想者面对人类的根本问题时，总是通过对'儿童'的思想，寻找着走出黑暗隧道的光亮。""在中国的历史上，也曾经出现过尊崇'赤子'、'童心'的思想。老子说：'抟气致柔，能如婴儿乎？'老子的人生目标即见素抱朴，'复归于婴儿'。庄子所说的'童子'、'婴儿'与老子的'婴儿'是旨趣相通的。追求赤子之心的道德飞跃，老庄可谓一脉相承。主张性善论的孟子说：'孩提之童，无不知爱其亲者，及其长也，无不知敬其兄也。''大人者，不失其赤子之心者也。'明代的王畿更明确提出保童真勿失的主张：'赤子之心，纯一无伪，无智巧，无技能，神气自足，智慧自生，才能自长，非有所加也。大人通达万变，惟不失此而已。'受其影响的李贽则进一步提出了童心说：'夫童心者，绝假纯真，最初一念之本心也。若失却童心，便失却真心；失却真心，便失却真人。人而非真，全不复有初矣。'令人遗憾的是，这些将儿童、童年作为生命哲学的思考根基的珍贵思想，在当时的社会上，不过是吉光片羽、空谷足音，都没有像在西方那样，形成具有推动社会变革力量的社会思潮。"

在"发现儿童"方面，古代如此，那么当代如何呢？我曾经指出："在中国当代学术界、思想界，与'五四'时期相比，在'儿童'意识、'童年'意识上也存在着较为明显的退化现象。尼尔·波兹曼和大卫·帕金翰等学者论述、描绘的'童年的消逝'、'童年之死'现象在当下中国也正在露出端倪，不仅如此，由于奉行功利主义的应试教育，中国还出现了自身特有的童年生态危机。'童年'生态的被异化是最为深刻的教育问题和社会问题之一，也是民族的危机所在。已经成为民族未来的隐忧的童年生态问题，必须是全体社会给予最大关注和应对的问题。""但是，中国思想界、学术界对'童年'生态遭到根本性破坏这一现实不仅十分麻木甚至有所遮蔽。不能不遗憾地说，'童年'几乎没有成为当代思想文化界的精神资源（虽然我也注意到了张炜、刘晓东、吴亮、葛红兵等作家、学者尊崇儿童的言论），而且，与'五四'当年的思想者相比，今天的思想界面对童年生态面临的危机（也是我们民族面临的危机），既迟钝、麻木，又缺乏责任感。"①

我所说的"今天的思想界"，也包括儿童文学学术界。因此，当我看到王侃教授的《哗变的学术——论方卫平的儿童文学研究》一文，不禁哑然失笑。王侃教授又一次误读（不是哈罗德·布鲁姆在《影响的焦虑》中提出的那种文学

---

① 朱自强．"童年"：一种思想的方法和资源［J］．中国图书评论，2006（6）．

文本阅读意义上的"误读")了方卫平。他把方卫平的"与童年为敌"这一对中国历史上的儿童文学创作状况的定性描述，错误地理解成是方卫平对当下儿童教育现状、儿童生存环境做出的定性描述。他说："显然，方卫平对当代中国儿童文学、对由儿童文学参与其间的文化环境有清醒、客观和尖锐的认识。"并对他所臆想出来的方卫平对当下"与童年为敌"的社会环境的抵抗姿态，做出了高之不能再高的评价："……当我颓然于拼斗（指王侃与"童年为敌"的儿童教育环境的拼斗——本文作者注）的挫败感时，他却可能像阿基米德那样在寻找一个可以撬动地球的杠杆，最后，他会带着这副杠杆，站到这个'与童年为敌'的时代面前。某种意义上说，因为这'与童年为敌'的时代与环境，使得方卫平的存在和意义变得醒目和突出。时代和环境越恶劣，他手持杠杆的形象就越夺目。"①

王侃所描画出的方卫平"手持杠杆"的"夺目"形象，纯属一种毫无根据、一厢情愿的凭空臆想。方卫平的儿童文学研究在某些方面，是取得了不错的成绩，但是，在与这个时代的"与童年为敌"的教育进行抗争这方面，却并没有什么作为。事实上，王侃在上述文章中，也并没有列举出方卫平批判当下童年生态惨遭破坏的社会现实的只言片语。这不是王侃忘记了例举，而是实在举不出来。我相信，中国儿童文学界绝对没有一个人，会将这样一个"手持杠杆"（那可是阿基米德"杠杆"啊！）的伟大思想家的形象与任何人联系在一起，因为当下的儿童文学界，还没有出现这样的思

---

① 王侃. 哗变的学术——论方卫平的儿童文学研究［J］. 文艺争鸣，2012（10）.

想家。

10. 1999 年至今：走向实践性——小学语文教育与儿童教育研究

对作为学科的儿童文学，我将其归纳出两大学科属性：跨多学科性和实践应用性。儿童文学的实践应用性，指的是儿童文学是小学语文教育、幼儿园教育、家庭教育的珍贵资源和重要方法。实现儿童文学的实践应用性，需要研究者将学术研究贯彻在行动性之中。

儿童文学包含着语文教育、儿童教育，语文教育、儿童教育包含着儿童文学——不论是儿童文学学科，还是语文教育、儿童教育学科，这都应该是学科建设的题中之义。我曾经在一篇总结、梳理新世纪以来儿童文学发展走向的文章中，指出儿童文学分化出"语文教育的儿童文学"这一趋向，并认为，这是儿童文学学科走向丰富和成熟的表征。

自 1999 年起，我开辟了自己学术的一块新的园地：小学语文教育研究。这一研究是从做教育部的一个项目开始，但是，已经早有两个因由：一是我在 1987 年第一次留学日本时，就从日本儿童文学学者那里看到，他们有人同时在进行着儿童文学视角的语文教育研究（比如，我在东京学艺大学访学时的导师根本正义教授），从而对儿童文学与语文教育的关系有所体认；二是，我当时任职的东北师范大学具有语文教育的学科基础和学术资源。

1999 年年底，我所申报的研究课题《小学语文文学教育》（虽然成果的用途是教材，但我是将其作为重要学术问题来研究的）获教育部师范教育司教材项目立项。这是教育部为全面推进素质教育，提高教育素质而实施的"中小学教师继续教育工程"中的教材建设的一个项目。当时，我应要求，带着申报课题的论证材料赶赴北京，当面接受教育部师范教育司邀请的专家评审。语文教育学科的评审专家是中国教育学会副会长李吉林和中国教育学会小学语文教学专业委员会理事长崔栾。十分荣幸，《小学语文文学教育》所提出的"文学教育"这一小学语文教育理念及其操作方法得到了两位专家的高度评价。在"审查意见"中，专家写道——

该大纲鲜明提出"文学教育"的重要性，并初步构建了较为完整的理论体系。

一、针对性：现行小学阅读教材中的文学作品及文学色彩较浓的课文约占90%，而广大小学语文教师在阅读教学中普遍缺乏文学教育的理念和操作。"文学教育"的提出，会引起小学语文老师对阅读教学新的思考，形成新的认识。

二、创新性：该大纲"文学文本阅读理论"、"文学文体与语言教育"以及"文学教材的阅读教学"等方面的理论，颇为新颖，为小学老师通过"文学教育"，促进儿童思想、道德、情感以及智慧的发展提供了理论依据，具有创新性。

三、科学性：从"文学教育"入手，可以在小学阅读教学中，有效地实施素质教育，因为"文学教育"符合儿童身心发展以及学习语言的规律，符合小学阅读教学的规律。

　　2000 年一整年，我竭尽全力，潜心写作，完成了《小学语文文学教育》一书，由东北师范大学出版社于 2001 年 2 月出版。在该书中，我所倡导的小学语文"文学教育"的理念和方法，其资源就是儿童文学。这是一本主要以儿童文学为视角和方法，将儿童文学与小学语文教育相融合的小学语文教育研究著作。我个人认为，在我国的小学语文教育研究领域，不仅其理念和方法是位于学术前沿的，而且也开了风气之先。

　　如果说，《小学语文文学教育》一书是在我们国家施行素质教育国策的背景下产生的成果，那么，2002 年以来，我所从事的以儿童文学为视角和方法进行的小学语文教育研究（包括讲演活动），则是拜新一轮的语文教育改革，特别是新课标重视儿童文学教学、课外阅读所赐。

　　2002 年起，我应山东文艺出版社之稿约，花费近两年时间完成了《快乐语文读本》（小学·12 卷，山东文艺出版社，2004 年 1 月）的编著工作。这套语文读本，从选文、单元设计到导读，特别是每单元后面的互动阅读的问题设计，均出自我一人之手。据我所见，这是唯一一套由一个人编著的小学课外语文读本。我之所以放下了手中的所谓纯学术研究，一个人全心全意做这项工作，是因为：一方面，我认为语文读本的编撰，也是语文教育研究的一种特殊形式，具有很高的学术含量，通过编著读本，既可以检验，更能够提高自己的语文教育研究的水准；另一方面，语文读本的编著，给我带来了深度的心理愉悦和精神享受。

　　编著《快乐语文读本》，使我进一步认清、认定小学语文教育要走儿童文学化这条路。针对目前小学语文教育现状，我以这套读本贯彻了我在儿童文学、语文教育研究中一直大声主张的以儿童为本、以兴趣为本的理念，所选作品力求符合趣味性、艺术性、思想性、语文教育价值这四个标准。在以"把学习的快乐还给孩子"为题的序中，我对"快乐教育"、"快乐学习"做了这样的诠释："《快乐语文读本》所主张的'快乐'不是单纯的感官娱乐，而是一种心灵愉悦、精神满足的状态。快乐不是对学习的消解，而是对学习的深度激活；快乐也不是思考的对立面，因为思考本身就是一种快乐，而快乐本身也能够成为一种思考。《快乐语文读本》蕴涵的'快乐'是多元的：游戏性、幽默感、驰骋想象、心灵感动、人生智慧、知识探求等，都是这套读本的快乐的元素。"

《快乐语文读本》出版之初，坊间有大量的语文读本，经过几年时间的筛选，现在仍然在市面流通的只剩下为数不多的几种，而《快乐语文读本》即是其中之一。究其缘由，我想主要是因为它是一套有自己的理念和方法的儿童文学化的读本。

小学语文教育需要以儿童为本位，需要儿童文学化，这是我所倡导的中国的小学语文教育应该朝向的变革、进步的方向。这一主张体现在《朱自强小学语文教育与儿童教育讲演录》（见文集第 6 卷）、《小学语文教材七人谈》（合著）、《儿童本位：小学语文教材的基石》、《儿童文学：小学语文教材的主体性资源》等著作和论文中，已经在小学语文界产生了较为广泛的影响。

近年来，对小学语文教育的批判已经成为社会性话题。由于我的观点的影响力和重要性，2011 年，《中国教育报》为我开设了"小学语文教材批判引发的系列思考"专栏，用较大篇幅连续发表了我的五篇文章，引起了较多关注。

自 2001 年至 2010 年，我参与或主持完成了三部对谈著作，它们是《中国儿童文学 5 人谈》（新蕾出版社，2001 年 9 月）、《中国儿童阅读 6 人谈》（新蕾出版社，2008 年 12 月）、《小学语文教材七人谈》（长春出版社，2010 年 1 月）。从"儿童文学"到"儿童阅读"，再到"小学语文"，这三部著作反映了这十年里，中国社会的儿童文学理论与儿童教育、语文教育实践逐渐紧密结合的发展趋势，也反映了我个人学术研究的跨度。

2013 年 1 月，我以"小学语文文学阅读课程研究"为题，获得了深圳市爱阅公益基金会资助项目，此项目的具体研究内容为小学语文儿童文学阅读教学法。我认为，小学语文阅读教学研究需要接地气！最重要的是了解所教的"东西"是什么。不懂儿童文学，在方法论上是结构性缺失。缺失了儿童文学理念和操作，儿童文学阅读教学研究就成了空中楼阁。我希望以这一项目的研究，填补小学语文儿童文学教学法研究的缺失。

我通过对培养儿童的健全人性和语言能力的小学语文教育、儿童教育的研究，以及将学术落实于教育现场的实践行动，来表达我对中国社会进步的关怀。这是一份令我深深感受到生命存在价值的学术工作。

二、未来：一个现代性实践者的学术反思

没有反思意识和能力的研究者是不会持续不断地产生学

术创造力的。我愿意不断地对学术自我进行反思。目前，我对自身的反思性思考，与对现代性理论的反思，与对后现代理论的思考连系在一起。

如果进行自我评估，我在至今为止的著述之中，表现出来的学术形象大体上应该是一个现代性理论的实践者。从《中国儿童文学与现代化进程》这样的书名，到儿童文学是"现代"文学，它只有"现代"，没有"古代"这样的观点，都在很大程度上显现出现代性思想、立场以及方法。我认为，研究在社会现代化进程中产生的儿童文学，现代性意识和现代性理论话语，是不可回避的，也是十分有效的研究方法。缺失现代性意识和现代性理论话语的儿童文学理论、史论、批评，都可能在重大的、根本的问题上语焉不详、言不及义。

不过，我对后现代理论也并非没有做过吸收和借鉴。就拿我视为"儿童文学研究的前提"的"儿童研究"来说，我在《儿童文学概论》中就做过后现代色彩的阐述："我们这里讨论的'儿童'，不是生物学的概念，而是人类社会进入一个特定的历史阶段后创造出的一个概念，是历史的概念。'儿童'是在社会变迁的历史中，被文化所建构出来的意识形态。作为历史的概念，每一种形态的'童年'，都是某个历史时代的制式在具体的儿童生命、生活上的映现，是成人社会对'童年'的普遍假设。"[1] 在本质论研究方面，我在《儿童文学的本质》里也说："我们应该将儿童文学的本质看作儿童文学在其发展过程中的不断扬弃和创造。从这个意义

---

[1] 朱自强. 儿童文学概论 [M]. 北京：高等教育出版社，2009：前言.

上讲，儿童文学的本质不是先天给定的，而是历史生成的。儿童文学的本质蕴藏于儿童文学的历史发展中，生成于自身不断变革更新之中。审视儿童文学的本质需要建立一个历史之维。当我们把儿童文学交还历史之时，我们与其是在诘问儿童文学的本质为何物，莫如说是在求索儿童文学的本质生成为何形。"[①] 上述观点，已经在摆脱假定儿童文学具有超历史的、永恒不变的本质这种形而上学的本质主义，正在靠近建构性后现代主义理论。

我对于哈贝马斯将"现代性"视为"一项未竟的事业"，抱有深切同感。现代性思想的相当大部分，依然适合中国的国情。在中国这个正在建构"现代"的具体的历史语境里，或者用哈贝马斯的话说，在中国的"现代性"还是"一项未竟的事业"的时代里，我只能、只有成为现代性的实践者。不论在现在，还是在将来，这都具有历史的合理性、合法性。至少，我也得在自己的内部，使"现代"已经成为一种个人传统之后，才有可能与"后现代"对话、融合。这体现出人的"局限"，但是也可以看作是一种规律。

2000 年，我在《中国儿童文学与现代化进程》一书中，将"解放儿童的文学"预设为"新世纪的儿童文学观"，当然是把"现代性"当作"一项未竟的事业"，当然不愿意让激进的、否定性的后现代理论来阻止我所预设的这一现代性计划。但是同时，我也愿意自觉地从建设性的后现代主义那里汲取资源，让其帮助我更有效地思考乃至修正（部分的）这一现代性计划。

---

① 朱自强. 儿童文学的本质［M］. 上海：少年儿童出版社，1997：10.

现代社会以及人类的思维方式和精神结构正在发生重大的变化，20世纪60年代以来出现的某些后现代思想理论就是对这一变化的一种十分重要的反应。后现代理论关注、阐释的问题，是人的自身的问题，对于知识分子，对于学术研究者，更是必须面对的问题。从某种意义、某些方面来看，后现代理论是揭示人的思维和认识的局限和盲点的理论。与这一理论"对话"，有助于我们看清既有理论（包括自身的理论）的局限性。我在《儿童文学的本质》的"后记"里说：我"所做的儿童文学本质的研究工作只是在'现在'这个特定的时点上对儿童文学的本质所做出的有限的诠释"，现在，我则想说，就是这"有限的诠释"本身，也不是"有限的诠释"的全部，而只是部分，并且存在着局限。

后现代理论中具有开拓性、创造性和批判性的那些部分，对我有着极大的吸引力。我知道，后现代理论中有我所需要的理论资源。不过，如同"现代性是一种双重现象"（吉登斯语）一样，后现代主义理论也存在着很多的悖论。我的基本立场，正如写作《后现代理论——批判性的质疑》一书的道格拉斯·凯尔纳和斯蒂文·贝斯特的立场："我们并不接受那种认为历史已经发生了彻底的断裂，需要用全新的理论模式和思维方式去解释的后现代假设。不过我们承认，广大的社会和文化领域内已经发生了重要变化，它需要我们去重建社会理论和文化理论，同时这些变化每每也为'后现代'一词在理论、艺术、社会及政治领域的运用提供了正当性。同样，尽管我们同意后现代对现代性和现代理论的某些批判，但我们并不打算全盘抛弃过去的理论和方法，不打算全盘抛弃现代性。"①

在我眼里，在某些理论问题上，现代性与后现代不是敌人，是一种爱恨交织的复杂关系。两者之间虽然充满了矛盾，却是互为证明的存在，共同构成了巨大的思想张力。所以，我今后可能将采取将现代性理论与后现代理论进行融合、互补的理论立场和姿态。尽管极有难度，但是我愿意努力尝试，争取使自己的儿童文学学术研究能出现新的景观，学术思考能产生更大的思想张力。

自觉地进行学术反思，在我有着学术现实的迫切性。我的儿童文学本质论研究和中国儿童文学史论研究，在一些重大的、根本的问题上，面临着一些学者的质疑和挑战，它们是我必须面对的问题，也是我愿意进一步深入思考的问题。其中最为核心的是要回答本质论（不是本质主义）的合理性和可能性这一问题，而与这一问题相联系的是中国儿童文学的历史起源即儿童文学是不是"古已有之"这一问题。这两个问题，是儿童文学基础理论建设和学科建设上的重大问题，需要研究者们进一步重视，充分地展开思想的碰撞和学术的讨论。

近年来儿童文学界出现了反本质论的学术批评。其中，吴其南是有一定代表性的学者。他在《20世纪中国儿童文学的文化阐释》一书中说："……这些批评所持的多大（大多）都是本质论的文学观，认为现实有某种客观本质，文学就是对这种本质的探知和反映；儿童有某种与生俱来的'天性'，儿童文学就是这种'天性'的反映和适应，批评于是就成了

---

① ［美］格拉斯·凯尔纳，斯蒂文·贝斯特. 后现代理论——批判性的质疑［M］. 张志斌，译. 北京：中央编译出版社，2011：35.

对这种反映和适应的检验和评价。这种文学观、批评观不仅不能深入地理解文学，还使批评失去其独立的存在价值。"①

"本质主义的文学理论不是文学本质论的代名词，不是所有关于文学本质的理论阐释都是本质主义的。本质主义只是文学本质论的一种，是一种僵化的、非历史的、形而上的理解文学本质的理论和方法。""建构主义不是认为本质根本不存在，而是坚持本质只作为建构物而存在，作为非建构物的实体的本质不存在。"② 但是，吴其南的上述论述是将本质论和本质主义不加区分地捏合在了一起，他要否定的是所有"本质论的文学观"。从"儿童有某种与生俱来的'天性'，儿童文学就是这种'天性'的反映和适应"这样的语气看，他似乎连"儿童有某种与生俱来的'天性'"这一事实也是否认的。吴其南是经常操着后现代话语的学者，他的反本质论立场，我感觉更靠近的是激进的后现代理论。但是，我依然认为，吴其南积极借鉴后现代理论，探求学术创新的努力是值得肯定的。

尽管我依然坚持儿童文学的本质论研究立场，但是，面对研究者们对本质主义和本质论的批判，我还是反思到自己的相关研究的确存在着思考的局限性。其中最重要的局限，是没能在人文学科范畴内，将世界与对世界的"描述"严格、清晰地区分开来。

理查德·罗蒂说："真理不能存在那里，不能独立于人

---

① 吴其南. 20世纪中国儿童文学的文化阐释［M］. 北京：中国社会科学出版社，2012：6.

② 陶东风. 文学理论：建构主义还是本质主义？——兼答支宇、吴炫、张旭春先生［J］. 文艺争鸣，2009（7）.

类心灵而存在，因为语句不能独立于人类心灵而存在，不能存在那里。世界存在那里，但对世界的描述则否。只有对世界的描述才可能有真或假，世界独自来看——不助以人类的描述活动——不可能有真或假。""真理，和世界一样，存在那里——这个主意是一个旧时代的遗物。"① 罗蒂不是说，真理不存在，而是说真理不是一个"实体"，不能像客观世界一样"存在那里"，真理只能存在于"对世界的描述"之中。正是"对世界的描述"，存在着真理和谬误之分。

著述《语言学转向》的罗蒂对真理的看法，源自他的"语言的偶然"这一观点："……如果我们同意，实在界（reality）的大部分根本无关乎我们对它的描述，人类的自我是由语汇的使用所创造出来的，而不是被由语汇适切或不适切地表现出来，那么我们自然而然就会相信浪漫主义'真理是被造而不是被发现的'观念是正确的。这个主张的真实性，就在于语言是被创造的而非被发现到的，而真理乃是语言元目或语句的一个性质。"② 其实，后结构主义也揭示过"所指"的"不确定性"。用德里达的话说："意义的意义是能指对所指的无限的暗示和不确定的指定……它的力量在于一种纯粹的、无限的不确定性，这种不确定性一刻不息地赋予所指以意义……"③

连批判过后现代理论的伊格尔顿也持着相同的观点。他说："任何相信文学研究是研究一种稳定的、范畴明确的实

① ［美］理查德·罗蒂. 偶然、反讽与团结［M］. 徐文瑞，译. 北京：商务印书馆，2003：13—14，16.
② 同①.
③ ［美］格拉斯·凯尔纳，斯蒂文·贝斯特. 后现代理论——批判性的质疑［M］. 张志斌，译. 北京：中央编译出版社，2011：23.

体的看法，亦即类似认为昆虫学是研究昆虫的看法，都可以作为一种幻想被抛弃。""从一系列有确定不变价值的、由某些共同的内在特征决定的作品的意义来说，文学并不存在。"① 其实，伊格尔顿是说文学作为一个"实体"并不存在，文学只作为一种建构的观念存在。这一观点的哲学基础是语言不是现实的反映，而是对现实的虚构。语言里没有现实的对应实物，只有对现实的概念反应。

虽然作为"实体"的儿童文学不存在，但是作为儿童文学的研究对象的文本却是存在的，尽管其范围模糊并且变化不定，因人而异。面对特定的文本，建构儿童文学的本质的时候，文本与研究者是一种什么关系呢？吴其南说："'现实作者'和'现实读者'是在文本之外的。而一篇（部）作品适合不适合儿童阅读，是不是儿童文学，主要是由文本自身决定的。"② 这仍然是把儿童文学的文本当作是具有"自明性"的实体，是带有本质主义思维色彩的观点。本质论研究肯定不是脱离作为研究对象的文本的凭空随意的主观臆想，但一部作品"是不是儿童文学，主要是由文本自身决定的"这一说法，从反本质主义的建构主义观点来看，恐怕是难以成立的。文本无法"自身决定"自己"是不是儿童文学"，因为文本并不天生地、先在地拥有儿童文学这一本质。

作品以什么性质和形式存在，是作家的文本预设与读者的接受共同"对话"、商谈的结果，建构出的是超越"实体"

① ［英］特里·伊格尔顿. 当代西方文学理论［M］. 王逢振，译. 北京：中国社会科学出版社，1988：27.
② 吴其南. 20世纪中国儿童文学的文化阐释［M］. 北京：中国社会科学出版社，2012：2.

文本的崭新文本。在这个崭新文本的建构中，读者的阅读阐释起着至关重要的作用。我读某位作家的一篇文章，将其视为描写作家真实生活的散文，可是，作家在创作谈中却说，是当作小说来写的。假设我永远读不到那篇创作谈（这极有可能），在我这里，那篇作品就会一直作为散文而存在。可见，这篇文章是什么文体，并不"主要是由文本自身决定的"。再比如，安徒生童话并不天生就是儿童文学。试想一个没有任何儿童文学知识和经验的成人读者，读安徒生的童话，阅读就不会产生互文效果，自然也不会将其作为儿童文学来看待。一部小说，在某些读者那里，可能被看作历史文本。一部历史著作，在某些读者那里，也可能被看作小说文本。本质并不是一个像石头一样的"实体"，可以被文本拿在手里。本质是一个假设的、可能的观念，需要由文本和读者来共同建构。在建构本质的过程中，特定的文本与研究者之间，肯定不是吴其南所说的"'现实读者'是在文本之外"这种关系，而是在社会历史条件下，在文化制约中，研究者与文本进行"对话"、碰撞、交流，共同建构某种本质（比如儿童文学）的关系。

我相信，持上述建构主义的本质观，能够将很多从前悬而未决，甚至纠缠不清的重要学术问题的讨论发展、深化下去。比如，关于中国儿童文学史发生问题研究上，出现的是否"古已有之"这一争论，到目前为止，主张中国的儿童文学"古已有之"的王泉根（观点见《中国儿童文学现象研究》）和方卫平（观点见《中国儿童文学理论批评史》）与主张儿童文学是"现代"文学的我本人（观点见《中国儿童文学与现代化进程》）之间的讨论，可以说是彼此都不同程度地陷入了本质主义思维的圈套，从而处于一种解不开套的困局的状态。但是，如果引入建构主义的本质理论，就可以走出山穷水尽，步入柳暗花明。

目前，我已经运用建构主义的本质理论，开始进行这方面的研究，写出的论文《"儿童文学"的知识考古——论中国儿童文学不是"古已有之"》已收录于学术文集之中。

在这篇论文中，我指出："依据建构主义的本质论观点，现在我认为，作为'实体'的儿童文学在中国古代（也包括现代）是否'古已有之'这一问题已经不能成立！剩下的能够成立的问题只是，在中国古代，作为建构的观念的儿童文学是否存在这一问题。"在研究儿童文学理念在中国古代（也包括现代）是否存在这一问题时，我引入福柯提出的历史学研究的"事件化"方法和布尔迪厄的建立"文学场"的方法，论述道："对作为观念的儿童文学的发生进行研究，要问的不是儿童文学这块'石头'（实体）是何时发生、存在的，而是应该问，儿童文学这个概念是在什么时候，在什么样的历史条件（语境）下，出于什么目的建构起来的，即把儿童文学概念的发生，作为一个'事件'放置到特定的历史语境中进行知识考古，发掘这一概念演化成'一整套社会机制'的历史过程。而且，如果如罗蒂所言，'只有对世界的描述才可能有真或假'，那么，我对儿童文学这一理念的现代发生的描述，和一些学者对儿童文学这一理念的古代发生的描述，两者就很可能一个是'真'的，另一个是'假'的。"

最后，我想以我在即将出版的《"分化期"儿童文学研究》一书的"前言"里说的一段话，作为这个总结历史的

"自述"的结束，也作为新的学术出发的开始——

学术研究也需要想象力和激情。中国儿童文学的这一"分化期"将深化到什么程度？将延续到什么时候？当"分化期"这一历史时期结束，中国儿童文学将步入一个什么样的新的时代？想到这些问题，我禁不住兴致勃勃地想打点行囊，为自己的下一个儿童文学史论的学术行程去做好准备。

2013 年 4 月 6 日凌晨
于中国海洋大学浮山校区寓所

此文为《朱自强学术文集》（10 卷）的《自序》（《朱自强学术文集》于 2016 年由二十一世纪出版社集团出版）

图书在版编目（CIP）数据

中外儿童文学比较论稿/朱自强著 . —上海：少年儿童出版社，2020
（新世纪儿童文学新论）
ISBN 978 - 7 - 5589 - 0701 - 2

Ⅰ. ①中… Ⅱ. ①朱… Ⅲ. ①儿童文学—比较文学—文学研究—中国、国外 Ⅳ. ①I106.8

中国版本图书馆 CIP 数据核字（2019）第 256079 号

新世纪儿童文学新论
中外儿童文学比较论稿

朱自强 著

许玉安 封面图
赵晓音 装 帧

责任编辑 姚 慧 美术编辑 赵晓音
责任校对 沈丽蓉 技术编辑 许 辉

出版发行 少年儿童出版社
地址 200052 上海延安西路 1538 号
易文网 www.ewen.co 少儿网 www.jcph.com
电子邮件 postmaster@jcph.com

印刷 上海盛通时代印刷有限公司
开本 787×1092 1/16 印张 25.5 字数 275 千字 插页 1
2020 年 1 月第 1 版第 1 次印刷
ISBN 978 - 7 - 5589 - 0701 - 2/I·4498
定价 88.00 元